新 潮 文 庫

笑 う 死 体

マンチェスター市警 エイダン・ウェイツ

ジョセフ・ノックス
池田真紀子訳

新 潮 社 版

11291

目次　*Contents*

主要登場人物

エイダン・ウェイツ（エイド）……マンチェスター市警巡査

パーズ……………………………………〃　警視。ウェイツの上司

ピーター・サトクリフ（サティ）…マンチェスター市警警部補。ウェイツのパートナー

カレン・ストローマー………………マンチェスター市警監察医

ナオミ・ブラック……………………〃　巡査

シャン…………………………………ウェイツの元恋人

リッキー………………………………シャンのボーイフレンド

アンソニー・ブリック………………弁護士

アニーサ・カーン……………………〃　。アンソニーの部下

ナターシャ・リーヴ…………………パレス・ホテルのオーナー

フレデリック・コイル………………〃

アリ・ナッサー………………………パレス・ホテルの夜間警備員

マーカス・コリアー…………………〃　昼勤警備員

ジェフ・ショート……………………弁護士

オリヴァー・カートライト（オリー）……テレビのコメンテーター

ソフィ…………………………………マンチェスター大学の女子学生

アール…………………………………〃　学生

ガイ・ラッセル………………………クラブ「インコグニート」のオーナー

アリシア………………………………〃　従業員

エイミー・バローズ…………………看護師

ゼイン・カーヴァー…………………麻薬組織フランチャイズのボス

ベイトマン……………………………ならず者の男

笑う死体

スティーヴン・Kに

何かを知っているのに、やはり知らないかのようだ。
――トーマス・リゴッティ『遊戯』

それはノックから始まった。

そのことを思い出すと、彼の表情は歪《ゆが》む。思い出すたびに彼はまぶたを閉じ、掌《てのひら》で顔をつるりとなでる。それは頭にぎっしりと詰まったいやな記憶のうちの一つで、蘇《よみがえ》ってくるきっかけはたいがい些《さ》細《さい》なことだ。嵐《あらし》の接近を知らせる、空気のぴりぴりとした手触り。土砂降りの雨が上がったあとに残る、オゾンの刺すようなにおい。交際を始めたばかりの恋人や新しい同僚とテーブルをはさんで向かい合っているときその記憶がふいに蘇ってくると、この関係はどうせ長続きしないのだからと自嘲《じちょう》して、彼は心が過去へとさまようにまかせる。視界がぼやけ、強烈な光を直視したときのように、輪郭のにじんだ白い点がそこをよぎっていく。

「あら、玄関に誰か来たみたい」老夫婦の妻の声が聞こえた。

日曜の夜の十時過ぎ。老夫婦はきっと、そろそろ床につこうとしているところだっただろう。

夫婦の住まいはごく平均的な大きさのチューダー様式の一軒家で、何があろうと持ち

こたえられそうな頑丈な見かけだったが、ただ一つ、雨にだけは弱いらしかった。玄関ドアに嵌《は》めこまれた煤《すす》けたガラスを透かして、雨漏り水を受けるバケツが二つ三つ、廊下に並んでいるのが見えた。ノックしてもなかなか反応がないのは、その水音のせいかもしれない。少年はもう一度ノックし、ドアから一歩下がって家を見上げた。年老いた夫婦二人で暮らすには広すぎるように思えたが、少年が暮らす薄っぺらな壁に囲まれた窮屈な部屋にはない、気概のようなものが感じられた。

こんな人里遠く離れた辺鄙《へんぴ》な土地だ。意気地がなければすぐに朽ちてしまうだろう。

玄関を開けたのは妻だった。ドアを開けるなり、奥を振り返って夫を呼んだ。夫は妻よりもっと年を取っていて、歩くのにも骨が折れるといった様子だった。妻の肩越しに顔をのぞかせ、玄関先で震えている小柄な少年を目にした瞬間、驚いた顔で眼鏡を押し上げた。少年は骨と皮ばかりに痩《や》せ、目に生気がなく、肌は鉛色をしていた。着ているのはTシャツとズボンだけで、どちらも雨を吸って濡《ぬ》れていた。老夫婦はあたりに視線を巡らせたが、少年は一人きりのようだった。

妻は気遣わしげに少年の顔をのぞきこんだ。「大丈夫なの、坊や」

少年は無言で震えていた。

妻は外の闇《やみ》にもう一度目を凝らしたあと、少年の手首を取って優しく家に引き入れ、玄関を閉めた。「この子、凍えそうよ」夫にそう言い、少年の手を引いて居間に連れて

いった。夫は玄関の掛け金をかけ、鍵もかけ直してから、自分も居間に戻った。タイル床に少年の濡れた足跡がついていた。

靴を履いていない足跡だった。

「私はドット」妻が言った。「こちらはサイよ」

少年はやはり無反応だった。ドットは肩をすくめ、少年を毛布でくるんでやると、湯を沸かしにいった。サイはソファに座って手を揉《も》み合わせた。少年は七歳か八歳くらいだろうが、目の下にできた黒いくまのせいでずっと老成して見えた。室内を見回すどころか、すぐ前のものに焦点を合わせることさえせず、うつろな目をただまっすぐ前に向けていた。ドットが湯たんぽを抱えて戻り、サイは愛情のこもったしぐさで妻の腕にそっと手を置いた。と、少年の目がふいに動いて二人を見た。物珍しい場面を見たとでもいうようだった。

「坊や、お名前は」ドットが毛布を持ち上げて湯たんぽを少年の体に押し当てながら尋ねた。少年はいっそう激しく震え出した。歯の根が合わず、赤ん坊ががらがらを振り回しているような音が鳴った。きつく目をつむり、歯が鳴らないように顎《あご》に力を入れている。「警察に連絡したほうがいいかしらね」ドットは夫に訊《き》いた。サイはうなずき、さっそく立ち上がった。自分にやれることができてほっとしていた。サイが電話をかけにいっているあいだ、ドットは少年の頭をなでていた。額が熱かった。血液が沸騰《ふっとう》してい

るのかと思うほどだった。

「おい、ドット……」廊下からサイが呼んだ。

「ここで待っててちょうだいね」ドットは少年に声をかけた。

ドットの姿が見えなくなるや、少年は毛布からするりと抜け出してドア脇《わき》のスイッチに飛びつき、電灯を何度も消したりつけたりした。オフ・オン。オフ・オン。廊下に首だけ出して老夫婦の様子をうかがう。サイとドットは困惑顔を並べてつながらない電話を見つめていた。少年は忍び足で玄関に行って掛け金と鍵をはずし、ドアを開けた。

暗闇の奥から人の形をした影が現れ、ゆっくりと近づいてきた。雨は上がり、都会暮らしの少年が初めて目にするような星空が広がっていた。満天の星を背負って近づく人影は、なぜか夜の闇よりもなお黒々として見えた。

「よくやった、坊主《ぼうず》」人影は——男は少年にうなずいた。男の顔は刃物のように鋭く尖《とが》っていた。年季の入ったポーカーフェースは、内面で起きていることを完璧《かんぺき》に隠している。代わりにすべてを語っているのは肉体だ。全身を覆《おお》い尽くした筋肉と血管の複雑なネットワークは、世界中の憎悪《ぞうお》を収集して保存する記憶装置のようだった。手袋をはめた右手に釘抜《くぎぬ》きハンマーがある。男は左手で少年の髪をくしゃくしゃにした。すぐに手を止め、驚嘆の表情を浮かべてその手を離す。

そして少年の耳から取り出したコインを差し出した。

「何かもらったら何と言うんだった、ウォリー」

「ありがとう、ベイトマン」少年はしかつめらしい顔でコインを受け取った。

ベイトマンは少年の脇を抜けて家に入っていき、少年はポーチに腰を下ろした。

「ちょっと……」サイの声が聞こえた。「あんた誰――」

湿った鈍い音、重量のある物体が床にぶつかる音。

ドットの悲鳴。「何するの。やめ――」

湿った鈍い音がもう一つ、重量物が床にぶつかる音もう一つ。耳を澄ますと、家の奥から低くうめく声が聞こえた。決意を秘めた低い唸《うな》り声、何か短い言葉らしき音。きっと夫の名前だろう。足音が二つ、最後の一撃、そして、完全な静寂。

少年はベイトマンからもらったコインを握り締めて暗闇を凝視した。口によだれがたまり、目の前を白点が漂い始めた。それは初め、ちらちらと瞬《またた》いているだけだったが、まもなく猛烈な勢いで増殖して、ついには豪雨のごとく視界を埋め尽くした。彼の目は漆黒の闇を見つめているのに、まるでまばゆい光を直視しているかのようだった。

I
ミッドナイト・シティ
Midnight City

1

その年の熱波は殺人的だった。熱に浮かされて見る夢のごとく終わらない日々がのろのろと過ぎ、のちに振り返って、あれは実は夢だったのではないかと誰もが思った。エアコンの作動音、グラスのなかで氷がぶつかり合う音にまぎれて、その音は絶えず聞こえていた。ぽたり、ぽたり、水が滴《したた》るように、人々が少しずつ正気を失っていく音。街は際限なく爆発を続けているようにぎらつき、人はその内側に閉じこめられて毎日を過ごすしかない。ようやく訪れた夜は幻覚に似て、電気を帯びていた。街のどこへ行っても火花が閃《ひらめ》いた――夏服の少女たち、白い歯を輝かせる少年たち。

深夜零時から早朝六時、彼らの顔は独特の表情を描く。バーに出入りし、街角でキスを交わし、腕を振って歩道を行く。その前に起きたできごとはみな過去へ遠ざかり、少なくとも数時間のあいだ、明日という日はこのまま来ないかに思える。彼らの多くは学生だ。不景気から避難するべく大学に通っているが、いつの日か学費分を回収できる見込みはない。学生でなければ最低賃金の仕事に就いて、週末を楽しみに日々をやり過ごしている。俺の目に映る彼らは、よかれ悪《あ》しかれいまその瞬間を生きていて、日中の行動指針たる不安はなりをひそめ、この数時間は、ある種の確信がそれに取って代わる。

その日、俺は連続百二十日目の夜勤をこなしていた。半年間、休みなし。これは終身刑だ。

それが俺の確信だった。

その日も早朝六時まで若者たちの顔を眺めて過ごした。人生が文字どおり俺の前を素通りしていった。いまこの瞬間から自分だけ置き去りにされないよう、誰かからうなずきかけられれば俺もうなずき、笑みを向けられれば笑みを返した。目立たないよう用心しながらも、前向きなもの、火花に出合うたび、それを自分のなかに取りこんだ。

通報が入ったとき、俺たちはすでにウィルムズロー・ロードを流していた。ウィルムズローは全長十キロ近い幹線道路で、貧困層の多い中心部と、街の南側に広がる高級住宅街とを結んでいる。ヨーロッパで最も発着本数の多いバス通りでもあり、いつ通りかかってもタクシーや二階建てバス、通勤車両と光であふれている。最近は火事もあふれている。通り沿いに設置されたスチールのくず入れに端から火をつけて歩いている奴《やつ》がいるからだ。おそらく単なるいたずらだろうということもあって連続放火事件の捜査優先順位は低く、しかも発生するのは日没後と決まっていたから、急行せよという指令は漏れなく俺たち夜勤に回ってきた。

そして、夜勤の固定メンバーは二人だけだ。
駆け出しの刑事が交代で加わることはあるものの、それは〝夜勤も経験した〟と胸を

張るためだけのことだ。また俺たちが月に数度休みを取るときは、出世をあきらめた遊軍が臨時でシフトに入ることもある。万年夜勤は二つのうちいずれかを意味する。仕事以外にやることがないか、出世街道を完全にはずれたか。入職から数年にして、俺はその条件を両方ともクリアした。

俺たちが到着したとき、くず入れの火はすでに消えていた。パートナーと俺は、くすぶる燃えがらをのぞき、付近で何人かを呼び止めていくつか簡単な質問をした。そして引き上げようとしたところで、通りの反対側に学生が集まっていることに気づいた。俺は時刻を確かめ、車のあいだを縫って通りを渡った。

集まった学生は、スピ・セーフ、仲間内で〝スーパーサイズ〟と呼ばれていた中東系の若者を追悼する深夜の集会を始めようとしているところだった。スーパーサイズは十八歳の新入生で、入学を機に生まれて初めて大都市の生活を始めたばかりだった。数時間前、女子学生が路上で強盗に襲われているのを目撃したスーパーサイズは、犯人を追いかけようとして左右をよく確かめないまま大通りに飛び出し、バスに轢《ひ》かれて命を落とした。

強盗犯は逃走した。

事故地点の歩道に、蠟燭《ろうそく》のほか、ブラックライト、花束が手向《たむ》けられ、スーパーサイズの友人だという学生が十人ほどそれを囲み、携帯電話で悲しい歌を流しながら、缶に

汗をかいたビールを回し飲みしていた。俺は車道には下りるなよと念を押したあと、また通りを渡ってパートナーの待つ車に戻った。俺たちの車はマットブラックの覆面ＢＭＷだが、犯罪者なら一目で警察車両と見分ける。その最大の理由は、たいがいいつも助手席を占領している男だ。俺の上司、ピーター・サトクリフ警部補。ぱっと見て、こいつは刑事か犯罪者かでしかありえないと誰もが思うだろうが、どちらが真実に近いか、俺はいまだ結論を出せずにいる。

「中東の坊や《チキンマクナゲット》たちは元気だったか」（訳注／英語を話す中東系の人々をチキンナゲットと揶揄するスラング。外側が茶色で中身は白いから）サトクリフは新聞のスポーツ欄に目を落としたまま言った。

この男は〝氏か育ちか〟論争の好例といえそうだ。生まれつきのクソ野郎なのか、それとも名前が災いしてクソ野郎になったのか（訳注／十三人を殺害したとされる有名な連続殺人鬼〝ヨークシャー・リッパー〟ピーター・サトクリフと同姓同名）。贅肉《ぜいにく》が大半を占める体を押しこめられて縫い目がはち切れかけているスーツのジャケットは、大量の汗を吸って取り返しのつかないダメージを食らっていた。奴が発散する熱は破壊力抜群で、俺たちは左右のドアを全開にしていた。

「指令は何でした？」俺は無線機のほうに顎《あご》をしゃくった。サトクリフが手を振って俺を通りの向かいから呼び戻した理由がそれだった。

サトクリフはふんと鼻を鳴らして新聞のページをめくった。「〝ハンバーグラー〟（訳注／マクドナルドのマスコットキャラクターの一人）がまた盗んだとよ」

俺は辛抱強く待った。

サトクリフは大きく息を吐き出して新聞をたたんだ。「セクシャル・ハラスメントだか性的暴行だか何だかだ……」

「セクシャル・ハラスメントだか何だか？」

サトクリフの顔や首や体は奇妙なところが膨れていて、しかも膨れている部位が絶えず変遷《へんせん》する。肌は死人みたいに青白い。生きながら遺体保存処置《エンバーミング》を施されたかのようだ。

俺たち同僚がフルネームを呼ぶことはない。ただでさえ不愉快な人間なのだ。フルネームを聞かせて市民をなおも不愉快な気分にさせることがないよう、みな名字を縮めて〝サティ〟と呼ぶ。

「まったく、なんなんだよこの暑さは」サティは薄くなりかけの髪を手でかき上げた。頭皮がてらてらと透けている。「フレディ・マーキュリーから輸血されたみたいだぜ」そう言ってから俺が隣にいることを初めて思い出したみたいに顔を上げ、黄ばんだ歯をむき出してにやりと笑った。「知ってんだろ、エイド。〝セクシャル〟ってキーワードが出た瞬間、俺の脳味噌《のうみそ》はシャットダウンする。しかしまあ、おまえが調べたいって言うなら、オーウェンズ・パークに行ってやってもいい……」

セクハラだか何だか、か。

サティが若い女以上に憎んでいるものはこの世でただ一つ、俺だ。奴はアルコール除

菌ローションを両手になすりつけた。俺が車を乗り降りするたび、サティは躍起になって除菌ローションを塗りたくる。両手をこすり合わせる様子は、ほくほくして手をこすり合わせているように見えなくもない。張り合いを与えてやろうと、俺はサティににっこり微笑《ほほえ》んだ。それからウィンカーを出して車を発進させた。

2

マンチェスター大学の学生寮オーウェンズ・パークに到着したのは、午前零時少し前だった。市内最大の学生寮で、一年生を中心に一千人超の学生が暮らしている。緑豊かなゆったりとした敷地に五棟の大きな建物が配置され、そのうちタワー型の一棟は木立のはるか上空にそびえ、表通りからも見えた。灰色の建物群は、緑に囲まれた周辺環境から完全に浮いている。ベビーブーマー世代が喜びそうな外観だった。一九六〇年代に耐久性を重視して建設されたものの、いまとなっては築年数なりに古ぼけて見える。いったん更地に戻して造り直そうという話もあるらしいが、いざ取り壊すとなったら、それはそれでもったいないように思う。そうでなくても再開発ラッシュで街全体が工事現場の様相を呈している。

俺は車を駐《と》めてサティを見た。

「行きます？」

「イキますかとは、ずいぶんと立ち入った質問だな。下着の抽斗《ひきだし》を調べる段になったら電話してくれればいいさ」サティは新聞に目を戻した。「若いねえちゃんはおまえの専門分野だしな……」

俺はサティのいやみを無視して車を降りた。正直なところ、ついてこられずにすんでほっとしていた。サティと俺は〝悪い刑事〟という意味では同じだが、種類は違う。パートナーを組まされているのはどちらにとっても一種の懲罰みたいなもので、互いにいろんなことをできるかぎり面倒にしてやることに余念がない。俺たちの唯一《ゆいいつ》の共通点がそれだった。

俺はゲートを抜けて敷地に入り、暗闇《くらやみ》に煌々《こうこう》と浮かんだ白い照明の列をたどった。刈ったばかりの芝生のにおいに嗅覚《きゅうかく》をくすぐられて、つかの間、心が浮き立った。この学生寮に住んだことはないが、若いころ、パーティに押しかけたり友人に会ったりしにきたことは何度もあった。その友人たちの誰ともう連絡を取り合っていないことを思い、連中の部屋やベッド、その生活の主はあれから何度も入れ替わったのだろうと想像すると、不思議な気持ちになった。一瞬、ネバーランドの門をくぐって自分の過去に足を踏み入れたような錯覚にとらわれた。はしゃいだ様子で笑いながら十代の少女が駆けていき、水鉄砲を持った少年がその後を追いかけた。振り返って目で追うと、二人は笑い声を残して闇に溶けていった。万物が共有する残酷な真実を見た気がした。俺は歳《とし》を取る。オーウェンズ・パークは永遠に十八歳であり続ける。

構内マップで目当ての棟を確認し、二階の部屋のブザーを押して待った。構内は不気味なほど静まり返っていた。俺は振り向いて周囲に視線を巡らせた。芝生から立ち上る

昼間の熱気の目に見えないパワーを感じた。通路をはさんで、灰色の頑丈な建物の明るい窓の列が俺を見下ろしている。まもなくオートロックが解除される音が聞こえ、俺は向き直ってドアを開けた。

3

エントランスに入った。並んだ街乗り自転車の脇《わき》をすり抜け、ぽつんと一つ灯《とも》った裸電球の下を通って階段を上った。この棟は風通しが悪い。熱波など想像できなかった数十年前の都市で計画されたものだからだろう。毛穴という毛穴から汗が噴き出した。閉ざされたドアの奥から物憂《ものう》げな話し声がかすかに聞こえていた。制汗剤と酒とドラッグが混じった若者のにおいがした。

まるで圧力鍋《あつりょくなべ》のなかにいるようだった。

階段を上っていくと、十代の少年が行ったり来たりしていた。肌は黒い。端整な顔立ちをして、黒っぽい色のしゃれたトレーニングウェアの上下を着ていた。結露した大きなグラスから一口大きくあおったところで俺に気づき、眉根《まゆね》を寄せた。

「女の人が来ると思ってた」

俺は足を止めた。「どんなサービスを期待してた？」

少年は鼻を鳴らし、一歩近づいて声をひそめた。グラスからミントの香りが漂った。

「友達のことで電話したんだ。俺が電話したことはその子は知らない。女子の問題だから、女の刑事が来るだろうと思った」

「女子の問題？」

少年はうなずいた。「電話で言っといたんだけどな。伝わってないってことは、仲が悪いの？」

「通信指令部はきみと違って口下手なんだ。きみはミスター……？」

「アール」

「それはファーストネームかな、それともラストネーム？」

「あんたに教える唯一の名前だよ。刑事さんは何て呼ばれてる？　その、面と向かって呼ばれるときは」

俺はにやりとした。「ウェイツ」

アールは一瞬、俺を見つめた。思案顔をしてからこう言った。「そいつはヘヴィだな（訳注／ウェイツ〈Waits〉はおもり〈weights〉とも聞こえる）」それから、キッチン付きの共用エリアに俺を案内した。「ここで待っててよ。ソフィを呼んでくるから」

生活音やヒップホップ・ミュージックの規則正しいビートが廊下の奥から聞こえていたが、共用エリアは無人だった。屋外が暗く、室内は明るいため、黒い鏡と化した窓ガラスに俺の姿が映っていた。テーブルにトレーが並んでいる。クラッシュアイス、ミント、砂糖、ライム。ガラスの足つきのデザートカップ。水滴のついたラムのボトルもあった。

ドアの奥から若い女の声が聞こえた。「えー？」

俺は蛍光灯のまぶしい光の下で座って待った。一分ほどたつと、アールが戻ってきてテーブルの前に立ち、俺を完全に無視したままカクテルを作り始めた。プロのバーテンダーを思わせる手さばきだった。ラムのボトルを掌《てのひら》の上でスピンさせたりまでしている。

やがて俺の視線に気づいて言った。「アルケミストでバーテンやってるんだ」

アルケミストは、歓楽街スピニングフィールズにある人気のバーで、あまり通いつめると健康と口座残高に取り返しのつかないダメージを食らいかねない。

「これ」アールはいま作ったカクテルをグラスに注いでこちらに滑らせた。モヒートだった。

「勤務中なんだ」俺は滑ってきたグラスを受け止めて言った。

「誰があんたにって言ったよ、シャーロック。ソフィが飲みたいかもしれないだろ」

アールは廊下に出ると、少し前に出てきた部屋のドアにうなずいた。それから自分の部屋に戻っていった。俺は手がじんじんするほどよく冷えたグラスを持ち、アールに教えられた部屋の前に行ってドアをノックした。

この奥で、誰がどんな様子で待っているのだろう。

「どうぞ」南部の訛《なまり》のある震え声が聞こえた。日焼けクリームのにおいがかすかに漂う室内で、若い女が待っていた。デニムのショートパンツとタンクトップという服装でベ

ッドに座っている。強い陽射《ひざ》しに焼かれた肩は赤く火照《ほて》っていたが、数週にわたってビタミンDがたっぷり供給されたおかげか、肩以外の肌は輝くように艶《つや》やかだった。目の下にそばかすがあり、額が広く顎が細かった。デスク上の小型ファンの風が揺らしている茶色の髪は、先端だけがブリーチされて金色をしている。脚に痣《あざ》がいくつかできていたが、動転したり取り乱したりしていないのを見て、俺はほっとした。やや気まずそうにしているだけ、やや不機嫌そうな顔をしているだけだ。彼女はノートパソコンを閉じてデスクの片側に寄せた。

「もっと年上の人かと思ってた……」彼女は言った。

「肝臓だけは倍くらい歳を食ってるよ」

彼女は表情をわずかにゆるめた。俺はアールから預かったグラスを渡した。

「エイダン・ウェイツ。刑事部の巡査だ」

「ソフィです」

「みんながいるキッチンで話したほうが気楽かな、ソフィ」

ソフィは俺の顔をまじまじと見た。「ううん、ここで大丈夫です。ただ、ドアを閉めてもらえますか」

俺はドアを閉め、デスクのそばに置かれた派手なピンク色の椅子《いす》を指さした。「いいかな」

ソフィがうなずき、俺は椅子に腰を下ろした。

「きみの友達はずいぶん心配してるようだった」

「アールはいい人だから……」

「口数は少ないけどね」

「警察に電話したなんてびっくり。彼、警察が大嫌いなのに。あ、すみません――」

「いいんだ、俺も基本的にアールと同意見だから。でも、警察にも使い道がないわけじゃない。警察嫌いが通報したとなると、よほどのことなんだろうね。初めから順を追って話してもらえるかい」

「あたし、一年生なんです……」

それさえ言えば事情はすべてわかるだろうとでもいうようだった。

「安心して。それは犯罪じゃないから。専攻は？」

「英文学」

「ああ、聞いたことはあるぞ」

「社会に出てからは使い道がないかもしれないけど」

「社会そのものに使い道がない場合も少なくない……」

「そうかも」ソフィはグラスを額に押し当てて左右に転がしたあと、中身を一口飲んだ。

「先週、クラブに行ったの。このクラブ」

デスクからくしゃくしゃのチラシを取って俺に差し出した。

クラブ〝インコグニート〟。

学校の制服姿の若い女の写真が印刷されていた。趣向を凝らした惹句《じゃっく》を並べて新入生をクラブイベントに誘っている。〝入場無料《フリーエントリー》（ダジャレで失礼！）〟。噂《うわさ》によれば、避妊具も無料で配られる。大半の女子学生は、その意味を百パーセント了解した上で、一度はそのクラブに行く。無料の酒を飲み、常連客の熱い視線を浴びて、帰る。ただし、怪しげな話も聞こえてきていた。男性の入場料は二十ポンド。客のほとんどは、払った金に見合ったサービスを期待する。入場待ちの行列が通り沿いに長く延びているのを俺もたびたび見ていた。

俺はチラシを返した。「このクラブのことなら聞いたことがあるな」

「そこで知り合った人のことなの。名前はオリー。ずっと年上だけど、いい人だった。服のセンスもよかったし。クラブの常連の一人って感じ」

インコグニートの常連がどんな人物かは想像がつく。ソフィは、無意識にだろう、両方の掌をベッドで拭《ぬぐ》うようなしぐさをした。

「その人のフラットに行って……」

「そのほうが話しやすければ、女性の警察官を呼ぼうか」

ソフィは首を振った。「その人と寝たんです。それ自体は問題じゃなくて」

「その痣は」俺は脚の痣に目をやった。

「あ、これは関係ないんです。ふだんから自転車で移動してるから。大学で気に入ってるところの一つがそれなの」短い間があった。「その夜は何でもなかったんです。ただ、その人が動画を撮影してて——」ソフィはふいに口をつぐみ、ベッドに視線を落とした。

「それをネタに脅迫されてるわけだね」

ソフィは顔を赤らめてうなずいた。「そんなこと、ほんとにやる人がいるなんて思わなかった」グラスの酒をまた一口飲む。「その人はこう言ったの」いったん言葉を切って言い直す。「その人はこうほのめかしたの。これからも自分と会わないと、動画がネットに流れるぞって」

「しかし、きみはもう会いたくない」

ソフィはうなずいた。

「オリーのラストネームはわかるかな」

「どうするつもり?」

「話をする」

「いまから?」

「善は急げと言うだろう」

「でも、こんな夜中に」

「夜が遅いほど好都合なんだ。ことの重大さが伝わりやすいから」

「……これって重大？」

大したことではないと自分を納得させようとしているのがわかった。

「きみの友達は深刻な事態だと思っているようだね。俺も同意見だよ。オリーはきみを脅して意に染まないことをさせようとしている。それしか方法を知らない男も一部にいる」

「ラストネームは聞かなかった」ソフィは目をそらした。「だけど、刑事さんが決めてかかってるみたいなことじゃ――」

「俺は何も決めてかかってなどいないよ。オリーの外見を教えてもらえるかな」

「刑事さんより年上。三十代の真ん中くらいかな。どっちかっていうとぽっちゃり体型。明るめの赤毛。染めた色が抜けかけてるみたいな」

「動画の件で連絡をよこしたわけだ。とすると、電話番号を教えたのかな」

ソフィは首を振った。「次の朝、目が覚めてすぐ彼のフラットを飛び出したの。そのとき、うっかり学生証が入ったジャケットを置いてきちゃって。今日、メールが届いた」

「オリーのフラットはどこに？」

「キーズ。どの建物だったかはよく覚えてない。一番大きい建物だと思うけど」

「メールを見せてもらえるかな」

ソフィは一瞬だけ俺の視線をとらえた。「見せたくない」

声に内心の苦悶《くもん》がにじみ出たのはこれが初めてだった。アールが通報してくれてよかったと思った。

「脅しの内容を知っていたほうが話がしやすい。やりとりの内容を把握しておけると助かる」

「じゃあ、いまの時点でもう正式に被害届を出したことになるってこと？　電話したのはあたしじゃないのに。アールが勝手にしたことなのに」短い間があった。「うちの親に殺されちゃう」

俺は少し考えてから言った。「メールを見せてもらえれば、きみが知っているのと同じだけ俺も知ることになる。その男を見つけられたら、非公式に話をするよ。そのほうがよければ」

「画像が添付されてるの」

「見るのは俺だけだ」

「でも、刑事さん、神父とかみたいじゃないし。あ、すみません、口が軽そうって言いたいわけじゃ……」

追い詰められた感覚を与えないよう、俺は椅子の背にもたれた。「神父みたいじゃな

い、か。ここ何カ月で一番うれしい褒め言葉だ」

ソフィは覚悟を決めたようにノートパソコンを開き、画面を俺のほうに向けて、自分は壁を見つめた。

最高のデビューだったよ。きっとスターになれる。でもそれにはまず、世界中の人たちに見てもらわないと。異論があるなら、また来て僕を説得してくれ。:)　XXX《キスキスキス》

その下にgifファイルが添付されていた。動画の一秒分がループ再生されている。動画のソフィは全裸でベッドに座り、笑っていた。薬物でハイになっているように見えた。

俺は画面をソフィのほうに向け直し、立ち上がってデスクに自分の名刺を置いた。

「あとは任せてくれ」

4

車に戻って運転席に乗りこんだ。サティがあちこちを拭《ふ》いた除菌ローションのにおいが充満していた。無線機もぬるついていた。

「通報者は現時点で正式な被害届を出す意思がないとのことです、どうぞ」

少なくとも通信指令部に関しては、この件の対応はこれで完了だ。

「どうだったよ」サティがもぞもぞしながら言った。「容疑者の目星はついたか」

俺は息ができるようウィンドウを下ろし、エンジンをかけて車を出した。

「どうせこんなところじゃねえの。女はひでぇへちゃむくれで、どこかの物好きな男にむりやりキスされたって騒いでる」

俺は無言で車を走らせた。

サティには家族がいない。俺の知るかぎり、友達もいない。かつて刑事として将来を嘱望された時期もあったらしいが、しだいに他人の不幸がやみつきになり、夜勤の魅力にじわじわと取り憑《つ》かれていった。それが十年前の話で、いまでは他人の不幸だけが奴の生きがいだ。夜勤の仕事は簡単にいえばパトロールで、夜の街を車で流してトラブルを探す。夜勤という響きには、ちゃんとした刑事らしい仕事への端緒になるのではとい

う幻想がついて回る。解決まで見届けられるのではという期待。だが、その望みはたいがい、昼勤の刑事に事件を引き継ぐと同時に砕け散る。翌日、同じ捜査事件をふたたび昼勤から引き継いだときには、まるきり別物に形を変えていることも少なくない。最低限の捜査さえ行われていない場合もある。俺たちはいわゆる私服刑事で、形式の上では刑事部に所属しているが、刑事部のほうは俺たちを一員として勘定していない。制服警官さえ、俺たちに対しては必要最小限の礼儀、処分を食らわずにすむぎりぎりの敬意しか示さない。俺が夜勤を続けているのは、そうするしかないからだ。

一方のサティは、好き好んでやっている。

彼は人間に魅了されると同時に、嫌悪《けんお》してもいる。サティに言わせれば、男はそろって打たれ弱い能なしで、女は例外なく下半身がゆるゆる、下手をすればフェミニストということになる。そのくせ留置場に乗りこんでいって大喜びで座りこみ、一晩中でもおしゃべりにつきあうし、相手が道に迷っている、酔っ払っている、あるいはその両方だと見るや、車に乗せて自宅に送り届けたりもする。傍目には思いやりから出た行為と映るが、実のところ、他人の落ちぶれた姿をせせら笑っているのだ。

それどころか、そのお膳立《ぜんだ》てをすることもある。

気の荒い犯罪者の前で故意に情報屋の名前を漏らすくらいは日常茶飯事だし、女のセックスワーカーをわざわざ治安の悪い地域で車から降ろしたりもする。断酒会にもぐり

こんで無料のコーヒーにウォッカをこっそり混ぜ、参加者が酔っ払うのを見ておもしろがったことまであるらしい。「そのあと、青い髪をした女を家まで送ってやってさ」サティは言った。「ファックしたよ。ヘアダイが染《し》み出して顔が青くなるまで」

俺たちの関係は、消耗戦だ。

サティは俺を毛嫌いしている。しかもそれを隠そうとしない。そのくせこちらが嫌悪を露《あら》わにすると、奴のなかの何かが刺激されるらしい。だから俺は反感を声ににじませないよう用心していた。サティからどれほどひどいことを言ったりされたりしても、優越感を与えないよう、ぐっとこらえて笑みを向けておく。

奴は巨体の持ち主で、俺たちの意見が一致しない場面は少なくないが、俺が身体的な脅威を感じたことは一度もなかった。サティはいまの状態を心底楽しんでいるから、その現状を暴力で変えようとはしない。ただ、精神的な打撃となると話はまるで変わってくる。いつだったか、事故多発地点の待避スペースに車を駐めてヘッドライトを消し、スピード違反の車を待ち伏せしたときのことだ。午前三時か四時くらいで、サティは暇つぶしにだらだらと昔の事件の話をしていた。やがて初めて夜勤に就いた日の話題になった。不審者がいるという通報を受けて、サティは犬の保護施設に急行した。

「魔女みたいな女が入口で待ちかまえてた。ロングコートから指なし手袋まで、お決まりの黒ずくめの格好だった。妙なことに、千ボルトの電気でも流されてるみたいに全身

がひくついてた。髪の毛に棲《す》みついた幽霊の声でも聞いてたんだろうよ。しかもその日の幽霊の顔ぶれはかなりたちが悪かった。ヒトラーにホーチミンにフレデリック・ウェスト（訳注／実の娘を含む十二人以上の女性を殺害したとされるイギリスの連続殺人犯）ってとこか。

俺は入口前の小道をたどって近づいた。いかにも善人面《づら》してな。女はイエス・キリストがどうのこうの、信じれば救われるだのとまくし立てた。イエスの復活は間近だとか何だとか。そこで俺は言った。イエスは今夜、遠くに出かけて留守みたいだぜとな。

聞いてるうちに、女はどうやら保護施設に侵入して、なかの犬どもに初めての聖体を与えたらしいってわかった。あんたはちょっとここで待ってな、と俺は言って、廊下伝いに施設の真ん中あたりまで行ってみた。死ぬかと思うようなひでえにおいでさ。いや、とにかくありえないような強烈なにおいだったよ。見ると、どのケージの犬も濡《ぬ》れてる。ずぶ濡れだ」サティは笑った。「イカレ女は灯油を使って犬どもに洗礼を施したんだよ。振り向いたら、女はまだ入口にいて、こっちに背を向けてぶるぶる震えてた。よく見ると、おいおい、いままさにマッチを擦ろうとしてるところじゃねえか。魔女のやつ、神の招待客名簿に犬と俺をまとめて追加したってわけだよ」

サティはあわてて外に飛び出したが、眉毛は焦《こ》げてなくなり、髪も大部分が燃え落ちた。外の芝生に突っ伏して咳《せ》きこんでいると、ケージに閉じこめられて生きたまま焼かれる犬たちのうめき声や吠《ほ》え声が聞こえた。夜が明けるのを待ち、サティは女の足跡を

追って林に入った。ところが足跡は、三十メートルほどの地点で唐突に途切れていた。サティが知るかぎり、それきり誰もその女を目撃していない。何の噂もない。悪霊《あくりょう》に憑かれた人々、ぷつりと途切れる手がかり。そこまでは、夜勤にありがちな話だ。

　俺の平常心をぐらつかせたのは、その一件についてのサティの解釈だった。

「そのとき俺は悟ったね」サティは言った。「飢餓に戦争に子供の貧困。俺らはな、終わりに立ち合うために生まれてきたんだよ、エイド。断末魔の苦しみのただなかに産み落とされたんだ。人類は自殺願望を持ってる。遺伝子に組みこまれてるそのスイッチを、ついに何かがぱちんと入れちまった。俺たちは人類最後の世代ってわけさ」

　聞いていて、サティは本気でそう信じているのだとわかった。なおも悪いことに、奴はその思いつきに陶酔している。

　夜勤は、人ごとに違う意味を持つ。俺たちの上司にとっては、使いにくい部下を厄介払いする先、目障《めざわ》りな部下を視界から消すための方便だ。俺にとっては臆病《おくびょう》さを意味する。自分の人生から隠れてやり過ごすための逃げ場。俺のパートナー、サティにとって、夜勤は生きることそのものだ。世界の終わりを見物するかぶりつきの席。そしてサティは立ち上がって拍手を贈ろうとしている。スタンディングオベーションでそのときを迎えようとしている。

「な、言ったろ」サティは除菌ローションを自分の顔、首、胸に気前よく塗りたくりながら言った。「今夜は街中のうすのろ間抜けどもがそろって出動してきてるぞ」

5

インコグニートはピカデリー駅近くの倉庫を転用したクラブで、入口から延びる入場待ちの列は、角を曲がってその先まで続いていた。男たちは何人かずつ固まって並び、煙草《たばこ》を吸いながらでかい口を叩《たた》き合っていた。ネオンと熱気にやられてみなおかしくなりかけている。肌の露出の多い女たちがそれに追い打ちをかけているが、女たちにしても死んだようにぐったりしていた。男の多くは髪を短めの角刈りにし、不格好なよそゆきのシャツを着ていた。一つの声が霊魂のごとく飛び回って彼らに順番に取り憑いてしゃべらせているかのように、全員が同じ低くよく響く声で話した。

「うぐぅ」サティはグローブボックスからウェットティッシュを取って運転席に乗り出すと、俺がたったいま手を放したハンドルを拭い始めた。「きっと全員、同じ男がぶっ放したザーメンからできた子だな」

サティが遠回しにこき下ろした対象に俺も含まれているのだろうが、店の前の行列を眺めていると、うなずかざるをえなかった。一人の人格が紙のように薄く引き延ばされ

て二十人を覆《おお》っているかのようだった。

「ちょっと歩きます？」俺は言った。

サティはウェットティッシュを丸めてウィンドウから放り捨てた。

「だな、座ってばかりも飽きたしな。おまえさ、このバーの経営者、知ってるか」

そろって車を降りた。俺は知らないと首を振った。

「おまえみたいなのは迷惑だから生まれてくんなよって言いたくなるような奴でさ。見てくれが異様にいいんだよ。十年ぶりに帰港したクルーズ船から降りてきた歌手かよって言いたくなるけどな」

若い女が二人、互いに腕をからめ、行列を素通りして店の入口に近づいた。騒がしかった男たちが一瞬だけおとなしくなって二人を眺め回す。店の用心棒《バウンサー》はショットグラスの酒を一気にあおった直後みたいな表情を作った。それから脇に寄って二人を通し、階段を上っていく後ろ姿を目で追った。バウンサーの頭はほぼ丸刈りで、頭蓋骨《ずがいこつ》の表面を這《は》う静脈が透けて見えた。もう少し背が低かったら、考えていることまで俺にものぞけただろう。

バウンサーはサティを見て言った。「悪いが最後尾に並んでくれ、ダーリン」

「〝ダーリン〟だぁ？　警部補と呼びな。さあ、一度でちゃんと覚えられるかな」

バウンサーの顔からいっさいの感情が消えた。「こりゃ失礼、警部補どの。今夜はど

んなご用で」

「店のオーナーに話があるんだがな……」

バウンサーは動かなかった。「インコグニートの出資者は複数いる。誰に会いたいのか言ってくだされば、アポを取りますよ」

サティはまた笑った。「ガイ・ラッセルに会うのにアポだと？　奴のセフレ専用アドレス帳に名前を載っけるなんぞ、俺はごめんだ」

バウンサーはまだ動かなかった。

「な、奴のことならおまえさんだって知ってるよな。ゴム製品みたいな人間性。ドッグショーに出たら準優勝くらいは狙《ねら》えそうなかつら。いま店にいるのは知ってんだよ。それに、おまえらが女だけ年齢確認なしで入れてることも知ってんだ。オフレコで会うほうが奴にとっても好都合なんじゃねえの？」

「おい、パット」バウンサーが同僚に声をかけた。「ちょっとここを任せていいか」それから俺たちに金歯を見せて作り笑いをした。頭蓋骨に張りついた血管が波状に脈打った。「どうぞこちらへ」

なかに入り、ハエ取り紙みたいにべたべたした床を踏んで歩き、階段を上った。先頭を行くバウンサーは片腕でそっと人を押しのけながら進んだ。香水と酒のにおいが混じり合い、それだけで酔いが回りそうだった。音楽の重低音と密度の高い気の遠くなるよ

うな熱が空気を鼓動させていた。階段を上りきったところにバーカウンターがあった。その奥に広がる間仕切りのない薄暗い空間に百人ほどの客がいた。

「ここで待っててください」バウンサーが言った。

見ると、サティは集まった男女を視線で愛撫《あいぶ》していた。男女の割合はほぼ半々だった。ほとんどは男だけ、女だけで固まっているが、相手の出方をうかがいながら男女が交じっているグループもあれば、ダンスフロアで体を密着させて踊っているカップルもちらほら見えた。実際の駆け引きが行われているのは、主として壁際《かべぎわ》に並んだブース席だ。若い女が四人か五人、片側のベンチ席にぎゅう詰めに座り、反対側のベンチ席に男が二人座っていた。テーブルにあるのは銀色に光るアイスバケット一つだけ。そこで安手のプロセッコのボトルが冷えていた。

バウンサーがダンスフロアのほうから戻ってきた。「ミスター・ラッセルが会います」

「俺はここで待ってるわ」サティの目はテーブルからテーブルへとせわしなく飛び回っていた。「ここでバーの安全を確保してるよ」

ライトに照らし出されたサティの顔は、汗をかいた悪くなりかけの鶏肉《とりにく》みたいだった。

俺はバウンサーの案内でダンスフロアを突っ切り、角のブース席に向かった。四十代半ばの男が一人、その隣に若い女が一人。女は一本指で携帯電話の画面をぼんやりとスクロールし、男は近づいてくる俺にじっと視線を注いでいた。サティの描写どおりの男

だった。一分の隙《すき》もない服装をしているが、微妙に古臭い。タイトなシルエットの黒いシャツは、上から四つ目までボタンが開いてVの形を作っていた。男はホワイトニング済みの歯を見せて営業用の笑みを作り、真向かいの席を身振りで勧めた。俺はそこに座った。携帯電話を見たままの女は、この空間に合わせてデザインされたような服を着ていた。派手な色がブラックライトをとらえてぬらりと輝き、体の凹凸を妖《あや》しく際立たせている。パール入りのアイライナーにネオンピンクの口紅。隣の男より二十五歳は若そうだ。

「誰かさんは喉《のど》が渇いているようだな」男が音楽に負けない声で言った。

俺は黙っていた。

「アリシア」男は隣の女に言った。「そうだな……ジャック・ダニエルのコーラ割りを二つ」

テーブルのアイスバケットにドン・ペリニヨンがあった。俺は高級シャンパンに値しないのだろう。アリシアはどちらの顔も見ないまま立ち上がった。ブラックライトに反応するコンタクトレンズを着けていた。その目の奥には命を持ったものが何もないように見えた。男は、冷たく輝く女の後ろ姿が客のあいだにのまれて遠ざかっていくのを目で追ってから、ふたたび口を開いた。

「ガイ・ラッセルだ」そう自己紹介する。「彼女が戻ってくるまでの時間をやろう」

ラッセルはダンスフロアのほうを向いて座っていた。スポットライトの薄赤い光がその顔をさっとなでた。おそらくこの席が定位置で、他人からの見え方も計算されているのだろう。

「おたくの客の一人を捜しています」

「へえ？」ラッセルは光のなかに身を乗り出して笑顔を作った。何層にも重ねた美容整形の縫い目が見えた気がした。「その子の名前は？」

「その男の名前ですね」俺は言った。「オリー、またはオリヴァー」

「これはあんたの仕事に関係した話か」

俺はうなずいた。ラッセルの笑みはストロボライトのようにせわしなくオンオフを繰り返していた。今日の晩めしは鼻から吸う種類のものだったに違いない。「オリーまたはオリヴァーだって？」

「三十代半ば、やや太り気味、色が抜けかけた明るい赤毛」

「それだけじゃあな……」

時間稼ぎをしているだけだとわかった。頭のなかに浮かんだ名前を見て後ずさりしている。

「常連の一人です」俺は言った。「先週、ここで大盤振る舞いした」

一瞬たりとも閉じることのない目に愉快そうな笑みが浮かんだ。「ご覧のとおり、常

連客は大勢いるんだよ、ミスター……？」

「エイダン・ウェイツ。刑事です」

「常連客は大勢いるんでね、ウェイツ刑事。しかもほとんどは〝ここで大盤振る舞いする〟。ちなみに何の捜査かな」

「それは話せません」

ラッセルはもぞもぞと体を動かした。「まさかインコグニートにクソをなすりつけようとしているわけではないだろうね」

「いまさらなすりつけるまでもないでしょうに」俺は言った。

ラッセルの笑みがまたオフになった。息を吸って何か言おうとしたところで、アリシアが酒を持って戻ってきた。グラスをそれぞれの前に置き、さっきと同じ場所に腰を下ろす。別の次元から移動してきたように見えた。

「悪いな、刑事さん。時間切れだ。役に立てなくて申し訳ないね」

俺は立ち上がらなかった。ラッセルが俺の鼻先でぱちんと指を鳴らした。

俺は身を乗り出した。「大物ぶっても無駄ですよ、ガイ。本当の大物なら、見ればわかる」

俺たちがにらみ合っている横で、アリシアは携帯電話に気を取られているふりをしていた。

「オリー、またはオリヴァー」繰り返した。

「この業界で何より大事なものが何だかわかるか」

俺は奴《やつ》を見つめた。「コンドームの自動販売機」

「私にとって大事なものを当てろと言っている」

「答えは同じだ」

「見た目だよ」ラッセルは言った。忍耐が底をつきかけている。「私の見た目というだけじゃない。アリシアの見た目というだけでもない。理解されている、秘密は厳守されているという信頼感だ。匿名性《とくめいせい》だよ。男性客の大部分に決まった恋人がいる。なかには既婚者もいるだろう。カード番号を漏らすような真似《まね》をしたら、顧客は逃げていく」

「俺が捜している男は、十代の女性に性的な嫌がらせをした」

画面をスクロールしていたアリシアの手が止まった。

「女性のほうもこの店の客の一人です」

「カウンターを見ろよ」ラッセルが言った。ダンスフロアの向こう側に数十人の男たちが見えた。現金やカードを手に、酒を注文する順番を待っている。「私を稼がせてくれてるのは十代の女の子じゃないんでね」

「男性客が音楽目当てでこの店に来ているとでも？」

ラッセルの笑みが明滅し、ついに消えた。俺を見据えたあと、俺の前のグラスを取っ

て中身をアイスバケットに空けた。

「アリシア、我らが友人はまた喉が渇いたようだ」

アリシアは即座に察して立ち上がった。ラッセルは首を伸ばしてアリシアの後ろ姿を追った。フェイスリフト手術の傷痕《きずあと》が耳の後ろにあるのがちらりと見え、着けている仮面がずり落ちかけているような印象を与えた。バーカウンターのほうを見ると、アリシアはバウンサーと話していた。

「目玉が転げ落ちそうだぞ、刑事さん」ラッセルはテーブルに身を乗り出して言った。

「ゆうべ、女をお持ち帰りした。女は膝《ひざ》をついてしゃぶった。私の指をな。脱臼《だっきゅう》するかと思ったよ。私は言った。お楽しみの続きは、同意するまでおあずけだ……」

「同意？　何に？」

「匿名《インコグニート》を守ることに。名前は明かさない。うちはこの街一番のクラブだ。業界で一人勝ちしている。まあ、わからないでもないな。どのクラブも何かの隠れ蓑《みの》にすぎないご時世だ。たまに正直なクラブに行き合えば、疑いたくもなるだろう」

「この店は何について正直なんです？」

「どんな男だって若い女とやりたがってるって事実さ。それともう一つ、驚くなよ、若い女のほうも男とやりたがっているって事実だ。しかし、被害者を探している人間の耳には不都合に聞こえるだろうな。言っておくが、刑事さん、ここでは被害者は見つから

ない。ここに集まるのは欲求に正直な者ばかりだ。やりたいことを、やりたい相手と、やりたいときにやる。先週この店に来た男の名前を明かせって?」ラッセルは笑った。「冗談だろう。さあ、私のクラブから消えてくれないか」

今度は俺が笑みを見せる番だった。俺は立ち上がった。少なくともこの男の真実の顔を確かめられて満足だった。「たいへん参考になるお話でしたよ、ミスター・ラッセル。お邪魔しました」

そこにアリシアが戻ってきた。新しく作り直したジャック・ダニエルのコーラ割りを持っていた。

「遠慮はいらない」ラッセルが言った。「私のおごり《オン・ミー》だ」

俺はグラスを受け取り、中身をラッセルの頭にぶっかけ《オン・ヒム》た。「驚いたな、あんたの言うとおりにしていれば間違いはないようだ」

驚いて固まっているアリシアに空のグラスを渡すと同時に背後からバウンサーの腕が首にからみついてきて、俺はそのままダンスフロアを引きずられていった。

サティは馬《ば》鹿《か》笑《わら》いしていた。「な、言ったろ。クソが何だかわからねえ犬にわからせるには、鼻っ面《つら》になすりつけてやるしかないってことだよ」

俺たちは通りを渡って車に戻るところだった。

「待って」誰かの叫び声が聞こえた。

振り返ると、アリシアというあの若い女が追いかけてこようとしていた。

「ねえ、何様のつもりなの」

「おまえさ、こういう女をコレクションでもしてんのか」サティがあくびをしながら俺に言った。「先に署に帰ってるからな」

俺は向きを変えて通りの真ん中まで戻った。アリシアも反対側からそこまで来た。

「何だって？」

「聞こえたでしょ。あなたはいつもそうやって他人様《ひとさま》に喧嘩《けんか》売って歩いてるわけ」

「何か被害があったとしても、せっかくの植毛がやり直しになった程度のことだろう。それとも、きみはほかに俺に伝えたいことがあって追いかけてきたのか」

アリシアは俺を見つめた。ネオンのように輝くコンタクトレンズに隠れて、表情は読み取れなかった。「そうね、いくつか言いたいことはあるかも」

「ここじゃ危ない」俺はアリシアを歩道に連れ戻した。「きみ、年齢は？」「十八歳だけど酒を飲める年齢に達しているのかどうか確認されたと思ったらしい。

(訳注／イギリスの飲酒年齢は十八歳)」挑戦的な声だった。

「ついさっき、きみと同年代の女の子と話したばかりだ。先週、この店で根性のねじくれた男と知り合ったらしい。俺はその男の名前を教えてもらいたいだけだ。性根を叩き

直してやりたい。きみの友人は、無理な相談だと思っているようだったが、どうかな、きみの意見は」

「根性のねじくれた男が誰なのかによるわね」

「オリーまたはオリヴァー。ラストネームはわからない」

アリシアは答えなかった。

「なあ、心当たりがあるなら、教えてもらえないか。ラストネームでも何でもいい」

クラブに入ろうとしている集団に道を譲って、俺はアリシアに一歩近づいた。

アリシアは腕組みをした。「カートライト」小さな声で言った。

「オリヴァー・カートライト？」

アリシアはそれとわからないくらいかすかにうなずいた。

「住所まではさすがに知らないよな」

「インペリアル・ポイントって知ってる？」

「キーズの？」

アリシアがうなずく。「あそこの一〇〇三号室」

「どんな人物か教えてくれないか」

だがアリシアはすでに向きを変えてクラブのほうに歩き出していた。

「知ってたんだな」俺はその後ろ姿に言った。「俺がラッセルに性的嫌がらせの話をし

た瞬間、誰のことを言っているかきみは察した」

アリシアは首だけこちらに向けた。「オリーとわたしは相性が悪いの。どっちも主導権を握りたいタイプだから」

「車で送っていこう」俺は言った。

「どこに？」

「家とか」

アリシアは微笑《ほほえ》んだ。初めは口角が小さくひくついた程度だったが、すぐに本物の笑みに変わった。口を消してしまおうとしているかのように、口もとを手の甲で拭う。ネオンピンクの口紅が手の甲を汚した。

「送ってもらうまでもないわ」

俺が何も言わずにいると、アリシアはまた笑った。

「ガイ・ラッセルはわたしの父親だから」

6

ピカデリーからキーズまでは街の中心部を迂《う》回《かい》して車でほんの二十分の距離だ。しかも夜のこの時間ともなると道路も空《す》いている。

「何だよあちこち」サティが言った。

「あんたにはどうでもいい話だと思いますよ」

「ふん、好きにしな」サティは助手席側のウィンドウから外を眺めた。「ともかく俺を巻きこむなよ」

「巻きこむ？　何に？　あんたがやるべき仕事に？」

「どんな事件にせよ」サティは言った。「おまえはつくづく若い女に弱いよな。去年の事件で懲《こ》りただろうに」

「目玉が二つもついててなお見て見ぬふりができるのは、世界中であんた一人くらいでしょうね、サティ」

サティはこっちをじろりとねめつけたが、それ以上は何も言わなかった。目的地まで沈黙が続いた。

キーズに着いたのは午前零時半ごろだった。昔は大型商船が行き来する運河に面した

忙しい商業港だったが、工場が次々と海外に移転して、いまでは半分廃墟《はいきょ》と化している。一九八〇年代に再開発の波が押し寄せると、運河に沿って総計五十億ポンド相当の超モダンできらびやかな高層ビルや低層ビルが建ち並ぶ一角に生まれ変わった。鏡のような鋼鉄でできた建物が奇妙な角度で地面から突き出している様子は、巨大なガラス片でできた忍び返しのように見えた。みすぼらしい住宅群が大半を占めるこの街で、キーズの建築物とその住人たちの暮らしぶりはまさに浮世離れしている。

俺は車を降りてビルのエントランスに向かった。振り返ると、サティは早くもウェットティッシュでハンドルを拭っていた。

インペリアル・ポイントはこの地区に最初に建設された高層ビルで、いまでも周辺で一番高い建物だ。傾斜のついた左右非対称の形をしている。右肩下がりの株式市場を表すグラフのようだ。オーウェンズ・パークとは違い、周囲の通りからも建物からも物音一つ聞こえず、懐《なつ》かしい記憶が蘇《よみがえ》るようなこともなかった。何度か来たことはあるが、いずれも住人同士のいざこざを収めるためだった。壁がおそろしく薄いか、とりわけ気持ちに余裕がない住人ばかりなのか。

エントランスでチャイムを鳴らし、眠そうな目をしたドアマンに身分を告げた。カウンターの奥から這うようにして現れたところを見ると、仮眠を取っていたのだろう。

「案内しましょう……」ドアマンはシャツの裾《すそ》をズボンにたくしこみながら言った。

「いやいや大丈夫です」俺は言い、さっさとエレベーターホールに向かった。

十階で降りた。カーペットの質のよさが弾力として足の裏に伝わってくる。天井のエアコンが低い音を立て、壁は氷の塊のように冷たかった。廊下を歩き出すと照明が自動で明るくなり、通り過ぎるとまた自動で暗くなった。物音一つ響かない廊下には目印らしい目印がない。何度か行ったり来たりして、ようやく一〇〇三号室を見つけた。ドアにのぞき穴がある。なんとなく、そこから観察されているような気がした。ノックしようとした瞬間、ドアが十センチほど開いた。チェーンはかかったままだ。隙間から男がこちらをのぞいていた。

「オリー・カートライト？」

男はつかの間、俺を見つめた。「おたくは？」

「警察の者です。エイダン・ウェイツ巡査」

「こんな夜中に何の用かな、刑事さん」

「近隣の迷惑になりそうですから、入れていただけませんか」

男は俺をじっと見た。

俺も見つめ返した。

いったんドアが閉まり、チェーンをはずす音が聞こえた。ふたたびドアを開けた男は、文字どおり食いしばった歯のあいだから押し出すような声で言った。

「どうぞ」

入ってすぐのところにジャケットが何着かかけてあった。肩パッドの入った男物のブレザーばかりだが、くたびれたデニムジャケットが一着だけ交じっていた。リビングルームはベージュとグレーで統一されていた。真新しい家具が並び、奥の壁に玄関ドアより大きなテレビが見えた。そのとなりに大型のスーツケースが立てた状態で置いてある。俺は座った。エアコンが効いて、部屋は寒いくらいだった。鏡張りのコーヒーテーブルの端に、白い粉のかすかな痕跡《こんせき》が見えた。

おお、なんという幸運。

カートライトは部屋の入口からこちらをうかがっていた。イニシャルの縫い取りがあるドレッシングガウン姿で真面目《まじめ》くさった顔をしていた。大柄な男で、年齢は俺よりも上、ソフィが話していたとおり、三十代なかばから後半といったところだろう。薄くなりかけた髪、酒焼けした赤い顔、そこから垂れ下がった肉々しい頬。少し前に話をしたあの女の子がこの男と一夜をともにしたのだと思うと急に妬《ねた》ましくなって、俺は八つ当たりじみた態度を取った。

「座ってもらえますか」俺は言った。

部屋を横切ってきたカートライトは、ビーチサンダルを床に引きずっていた。俺は一瞬目を閉じてからふたたび開いた。

カートライトが向かい側の椅子《いす》にどさりと腰を下ろした。「用件を聞こうか」

「あなたから話していただきたいですね」

カートライトが目を怒らせて俺に視線を向け、いらだちをねじこんできた。

「わかりました。その話は後回しにしましょう」ポケットの携帯電話が震えた。俺は無視して続けた。「ご自分について話してください」

「たとえば何を」

「フルネーム、職業……」

「あんた、テレビは見ないらしいな」

「不機嫌なのは、夜中に起こされたからですか。それとも、あなたが誰なのか、俺が知らないからですか」

「まずは身分証を見せてもらいたいね」カートライトは嘲《あざけ》るように鼻を鳴らして言った。

俺は身分証を差し出した。カートライトは俺の名前を記憶に刻みつけてから返した。

それから唐突ににやりと笑った。たしかに、どことなく見覚えのある表情だった。

「名前はオリヴァー・カートライト。テレビのコメンテーターをしている。『ロリティクス』の」質問のように語尾を上げた。

強硬路線の右派オンラインジャーナリズムと関係の深い番組の名だ。常連コメンテーターのうさんくさい顔が画面に映し出されたら、それはチャンネルを変えろという合図

だ。

「次から見るようにします。あの荷物は？」

「水曜からドバイに行く」

「仕事で？」

「男だけの独身お別れ旅行」

「独身なんですね」

「そうだ。なあ、これは嫌がらせなのか――」

「嫌がらせ。そちらからその話題を振ってもらえるとは、ありがたいな」

カートライトは何か言いかけたが、思い直して口をつぐんだ。

「余暇はどう過ごしていらっしゃるんですか、オリー。飲むときはどの店に？」

「酒を出す店ならどこでも。何かいけないか」

「インコグニートに行ったことは？」

カートライトはむっとした様子で椅子の背にもたれかかった。

「仕事では嘘《うそ》をつくことがあるかもしれませんが、警察の人間を相手に嘘をつくと犯罪になります。それをお忘れなく」

カートライトはにやりとした。前歯のあいだに食べかすがはさまっていないか確かめているような顔だった。「これまでのところ嘘はついてないよ、刑事さん」

「俺が来た理由は察しがついてるんじゃないですか。玄関に女物のジャケットがありました。どう考えてもあなたのサイズじゃなさそうだ……」

「なるほど、ありがちな話だな」カートライトは重たげなまぶたの下からこちらをうかがった。「一夜限りの関係を持っておいて、一週間後にあれはレイプだったと言い出す」

「なぜそう思われるんです？」

「そういう女ばかり大量生産されるからさ。一人じゃ生きられず、本能のままに目新しい何かに飛びつくが、夜が明けるなりそれを後悔する。先に言っておくが、彼女も大乗り気だったよ」

「それを証明するのは困難でしょうね」俺は言った。「それに、この種の訴えを軽視するわけにはいかない……」

カートライトはまたにやりと笑った。彼が俺を事情聴取しているかのようだった。

「ところがどっこい、証明できる」

カートライトが肩をすくめ、ドレッシングガウンのポケットから携帯電話を取り出してスクロールするのを見て、俺は意外に思った。自分から動画の件を持ち出すような愚か者だとは。カートライトは目当てのファイルを見つけ、にやりとしながら携帯電話を俺に差し出した。ソフィの静止画が表示されている。再生ボタンをタップすると、荒い息遣いが部屋を満たした。ベッドに横たわるソフィ、その上にのしかかってせっせと腰

を動かすカートライト。画面のなかの彼は、なんとも言いがたい表情を浮かべていた。自分でも幸運を信じられないといった顔だった。

「顧客満足度に納得いただけたかな」

カートライトの左右の口角が持ち上がっていやらしい笑みを作ろうとしていた。その表情を手ではたき落としてやりたくなった。動画の再生を停止し、ファイルを削除したあと、削除済みアイテムの退避フォルダーを開いて、そこにあったファイルもすべて消去した。奴が手を伸ばしてきたが、俺が携帯を遠ざけるほうが早かった。

「ファイルはこれ一つですね？」

「ないよ、勝手に消すな――」

「座れよ、オリー」

「何だって？」

「座れ」

カートライトはしぶしぶといった様子で座り直した。

「さて、今夜の本題はここからだ」

カートライトがうんざりしたように天井を見上げる。

「バックアップがないとは思えない」

「どう思おうとあんたの勝手だ」カートライトは腕組みをして言った。

俺は無表情に奴を見つめたあと、中指でコーヒーテーブルの隅のほうをなぞり、白い粉のついた指先を奴に向けた。「ふけだと言えば、俺が信じるとでも？」

カートライトの頬が赤く染まった。

「バックアップがないとは思えない」俺は繰り返した。ポケットのなかでまた携帯電話が震えた。「というわけで、パソコンを見せてもらおう。そっちのファイルも削除したら、俺は帰る。二度と連絡しない」俺は奴を見た。「あんたからソフィに連絡が行くこともない。そうだな？」

「ああ」カートライトは俺の視線を受け止めて言った。それから俺を書斎に案内し、パソコンに保存されたファイルを見せた。さまざまな動画ファイルが並んでいたが、先週の日付で保存されたものは一つもなかった。携帯電話がまた震え、俺は画面を確かめた。サティからだった。

「ちょっと失礼」俺は隣の部屋に移動して電話に出た。

「おまえな、その部屋に引越の荷物でも運びこんでんのかよ」

「あと五分――」

「通報だ。六十秒以内にメインエントランスから出てこねえとな、おまえは一人で歩いてくことになるぞ」

電話は切れた。俺は書斎に戻った。

カートライトが俺を見て言った。「だからバックアップはないと言ってるだろう」

本当はあるのだろうと思ったが、奴の不安げな表情は芝居ではなさそうだった。

「いいだろう」俺はリビングルームに戻り、玄関に向かった。「ただし嘘だった場合、次にあんたが主演するアダルトビデオは〝刑務所もの〟になると思えよ」玄関で立ち止まり、フックからソフィのジャケットを取って奴に見せた。「こいつは預からせてもらう」

「ありがたいね、目障りだったから」

「この程度ですんで幸運だったな、オリー。今後ともぜひ楽しく暮らしてくれ」

車に戻ったときには心臓がはち切れそうになっていた。サティは車のルーフに腕を載せてもたれ、眉間《みけん》に皺《しわ》を寄せて携帯電話の画面をにらみつけ、人差し指の関節でメールを打っていた。

俺に気づいてサティが顔を上げた。「ったく、遅《おせ》えよ……」

「通報ってのは」

「不法侵入。パレス・ホテル」

俺は車に乗りこんでエンジンをかけた。またもやハンドルがぬるついていた。サティが除菌ローションをぶっかけたのだろう。「パトロールに行かせればいいのに、どうして」

「金だよ」サティは俺が後部座席に放った女物のジャケットを一瞥《いちべつ》して付け加えた。「何だか知らねえが、それの説明は不要だからな」

7

パレス・ホテルは、オクスフォード・ロードとウィットワース・ストリートの交差点にそびえる、ヴィクトリア朝様式の堂々たる赤煉瓦《あかれんが》の建造物だ。真向かいにグランド・セントラルとサースティ・スカラー、少し歩けばブラック・ドッグ・ボールルームといったバーがある。見上げると、高さ六十メートルの時計台が周囲の建物からひときわ高く屹立《きつりつ》していた。昔はよく、飲みすぎて帰り道がわからなくなったとき、ホテルの時計台を灯台代わりにした。古き悪しき時代には、知り合ったばかりの女を連れて宿泊したこともあったし、夜が更《ふ》けすぎて家に帰るのをあきらめて泊まったこともある。だから休業すると知ったときは残念に思った。改装は変化の前触れだ。パレス・ホテルは文化遺産、いつまでも変わらずにあるべき数少ないものの一つだった。休業からかなり時間がたつのに、再オープンの噂《うわさ》はまだ聞こえてこない。車で近づきながら確かめると、俺がいつも頼りにしていた時計台でさえ間違った時刻を告げていた。

深夜一時。

壮麗なエントランスが建物の設計思想をずばり宣言しているようだった。赤煉瓦の外壁に、高さ五メートル以上ある大理石のアーチが埋めこまれている。その前で若い女性

が待っていた。彼女が吐く息が白いことに驚いたが、青く輝く点に気づいて納得した。電子たばこを吸っているのだ。洗練された身なりが内面の自信を印象づけ、どろりとした熱気がのしかかるような夜の繁華街にあって、彼女ひとりが涼しげに見えた。彼女は偽物《にせもの》の煙を吐き出しながら少し遠くを見つめていて、やや間があってからようやく俺たちが来たことに気づいた。

「警察の人？」そう確かめて電子たばこをバッグにしまった。

「ウェイツ巡査です。こちらはサトクリフ警部補」

サティが横から割りこんだ。「お客さんがあったとか、ミセス――」

「ミズ」彼女が言った。

「これは失礼」サティが薄笑いを浮かべた。「いまどき性差別はいけませんよねぇ。ミズ……？」

「アニーサ・カーンです」

「パレス・ホテルとはどういう関係ですか、ミズ・カーン」

「アンソニー・ブリック法律事務所に勤務しています。ホテルの売却交渉に当たっている法律事務所です」

「へえ、ホテルが売りに出てるなんて知らなかったな」サティは言った。「知ってたら購入申し込みをしたのに……」

アニーサは笑みを作ったが、それは肩をすくめる動作のようにほんの一瞬のことだった。「カモフラージュです、刑事さん。真実を公表するより、改装予定としておいたほうが聞こえがいいでしょう」

「真実というと？」

「所有者の離婚手続きに伴う資産処理が済むまでの休業」

「とすると、ここは無人ってわけだ」

「ええ、そのはずです」アニーサは顔を曇らせた。「なかに入って確認しましょう」

ロビーは広々としていたが、明かりは奥にあるフロントデスクのランプ一つだけだった。威厳さえ感じさせる静謐《せいひつ》な空間で、外の熱気さえ入りこむのを遠慮していた。配置された家具は、一八〇〇年代の建設当初から使われているものも多かった。もともとは大手生命保険会社の本社ビルとして使われていたもので、現代建築が失った風情《ふぜい》や優雅さを醸《かも》している。高さ十メートルくらいありそうな天井は、ステンドグラスのドームになっていた。磨き抜かれた石張りの床は冷たい輝きを放ち、ロビーを取り巻く巨大な円柱が天井を支えていた。世界が窮屈になる一方のこの時代、午前一時の喧噪《けんそう》を逃れて広々とした空間に足を踏み入れる感覚は新鮮だった。

「一時間ほど前に警報装置が作動して」アニーサは控えめな音量で話したが、それでもその声はロビーに響き渡った。「そのまま誰も止める様子がなかったので、警備会社か

「こういう広い建物では、ものが倒れたりして警報が鳴るくらい珍しくないのでは……」

ら私に連絡が来ました」

「夜警を置いているんです。そのアリと連絡がつきません」

三人そろって空っぽのフロントデスクに目を向けた。表通りに面した入口を照らす角度に配置されたランプにまともに目を射《い》貫《ぬ》かれた。それがまぶしいせいで、フロントデスクより奥は真《ま》っ暗闇《くらやみ》に見える。

「あそこに常駐してるはずなんですね」俺は尋ねた。

アニーサはフロントデスクに視線を向けたままうなずいた。

「俺が見てきます。よかったら、あなたはここで待っていてください」俺はランプに向かって歩き出した。一拍おいて、彼女が俺を追って歩き出したのがわかった。ヒールの足音が石の床に鳴り渡る。まもなくため息が聞こえ、サティの安物の靴のゴム底がきゅっきゅと鳴る音がそれに続いた。

アリという警備員のデスクに来ると、俺はまずランプの向きを変えた。熱かった。きっと一晩中つけっぱなしになっているのだろう。無人のデスクには、携帯電話とカードキー、コーヒーのマグがあるだけだった。きゅっきゅという音が近づいてきて、サティが身を乗り出し、マグに手を触れた。

「完全に冷めてる」サティは言った。

俺はデスクの奥に回って携帯電話を取った。「これはもしかしてアリの？」

アニーサがうなずく。

ボタンを適当に押すと、画面が明るくなった。不在着信が五件。

「みんな私です……」アニーサが言った。

「巡回中ということは？」

「電話も持たずに？」

サティが脇《わき》のにおいを確かめるようなポーズであくびをした。「一眠りして覚まそうと思って、どっかの部屋に入りこんでるんじゃねえの」

「覚ますって、何を？」アニーサが訊《き》いた。

「あれとかこれとか」サティが答えた。

「そういう人じゃないわ」

「俺の悪い癖だな」サティは言った。「他人をつい悪いほうに考えちまう……」

アニーサは俺とサティを交互に見た。「私に連絡が来たのは、アラームが作動したのに、誰も停止ボタンを押さなかったからです。持ち場にいるはずのアリがいない。いったいどこに？」

「しょうがねえな……」サティはエレベーターホールに行き、呼び出しボタンを押した。

「捜してみるか」

「まだ契約が成立していないので、刑事さん」アニーサが言い、サティがアニーサを振り返った。「エレベーターは動きません《ノット・ワーキング》」

「仕事《ワーク》をサボってるらしいおたくの警備員と同類か」サティは階段の上り口を振り返った。その階段の先に、宮殿を思わせる有名な大階段が続いている。「俺さ、海面レベルより高いとこに行くと鼻血が出るんだよな。おまえが行けよ、エイド。俺たちは一階を捜索する」

俺はアニーサをちらりと見てから階段に向かった。

「私も上に行くわ」アニーサが言った。

サティは鼻を鳴らしただけで何も言わなかった。

声の届かないところまで来ると、アニーサは俺の顔を見て言った。「あの人、本当にあなたの上司？」

「ええ。ああ見えて、意外にいいところもあるんですよ」

「それほんと？」

俺は首を振った。「実を言うと、彼が上の階を見にいってくれるといいなと思いました。四階まで上がるころにはぽっくり逝《い》ってくれるかもしれないから」

アニーサはおずおずとした笑みを浮かべた。「そういえば、あなたの身分証を見せて

もらってなかったわ」

二人とも立ち止まった。階段は薄暗い。

「あなた、あまり警察の人って感じじゃないから」

「鋭いな」

アニーサは片方の眉《まゆ》を吊《つ》り上げた。俺はあちこちのポケットを探って身分証を取り出した。

「俺は警察の人間らしい人間じゃありませんから」

身分証を提示し、それからまた二人で階段を上り始めた。どこまで行っても終わりが見えない。階段を二続き分上って、ようやく一つ上の階に着く構造だ。

「警備員はどんな人物ですか」

「二人います。昼勤と夜勤。アリは夜勤です。とてもいい人よ」

「いつからこちらで？」

「私がパレス・ホテルの担当になったときにはもういたから、休業直後からということになるかしら。たぶん半年くらいね……」

「こんなに広いのに、警備員一人で足りるのかな。客室数は……二百くらい……？」

「三百近く」

「客室にはすべて鍵《かぎ》がかかっているんですね」俺は尋ねた。やっと二階に来た。

「そのはずですけど……」

一つの階の廊下はすべてつながっており、一周するとこの大階段に戻ってくる。俺たちは左に歩き出した。環境音がかすかに伝わってきた。洞窟《どうくつ》のようにだだっ広い建物が鳴らすアンチノイズ。電球、パイプ、家電製品のコーラス。長く人の行き来がないせいだろう、空気はよどんでむっとしていた。足を下ろすたびに、靴の下で防音カーペットの繊維がこすれる音が聞こえた。二度か三度、客室のドアハンドルを通りがかりに試したが、いずれも鍵がかかっていた。確かめるまでもなく全部のドアが施錠《せじょう》されていそうだった。

「このホテルにいらしたことはある？」アニーサが言った。「その、まだ営業していたころに……」

無理してほがらかに振る舞っているのがわかる。きっと神経が張り詰めているのだろう。真夜中に初対面の他人と並んで無人のホテルの廊下を歩くなど、そうあることではない。

「ありますよ、一度か二度」俺は答えた。「何より強烈に覚えているのは、ホテルのなかで迷子になったことかな」

「そうよね、まるで迷路だもの」

「アリも道に迷っているのかもしれませんね」

気持ちをほぐそうとして言ったことだったが、アニーサの注意をアリの件に引き戻しただけだった。

「本気でそう思ってるわけじゃないわよね。あなたも、パートナーも」

「経験から言うと、仕事熱心な警備員はあまりいません。たいがいはタイムカードを押したら、あとはデスクに足を乗っけて時間をやり過ごす。シフトの最初と最後に交代の警備員と一緒に巡回して引き継ぐだけ」

「アリはそういう人じゃないわ。わざわざ余分の手当を支払って一部屋ずつ確認してもらってるし」

二階を一周し終え、また大階段を上った。

「なぜ余分の手当を？」

「蛇口を開け閉めしたり、トイレの水を流したりしてもらってるから。ほら、誰も使っていないとにおいが上がってきてしまうでしょう」俺の表情が変わったことに気づいて、アニーサは訊いた。「どうかした？」

「客室のドアはどれも鍵がかかっていますよね」アニーサが眉をひそめたのを見て、俺は説明を加えた。「巡回に出たなら、カードキーを持っていくはずです」

アニーサが思案顔をしたちょうどそのとき、電灯がちらついたと思うと、ふいに消えた。階段室には窓がなく、俺たちは完全な闇に放りこまれた。

「どうしたのかしら」アニーサが俺を探して手を伸ばす。俺はポケットから懐中電灯を取り出してスイッチを入れ、二人のあいだを照らした。

「ブレーカーが落ちたのかな。分電盤がどこにあるかご存じですか」

「メインの分電盤はたしか一階に」

「わかりました。あなたは一階に戻って、俺のパートナーに連絡してください」俺は携帯電話を見てサティの番号を教えた。「俺の居場所を伝えて、ついでに電力を戻してもらえるとありがたい」

「やってみる」アニーサは言ったが、声が少し震えていた。不安のせいかもしれないし、がっかりしたせいかもしれない。彼女は自分の携帯電話をランタンのように掲げながら階段を下りていった。

俺は懐中電灯を頼りに三階まで上り、あちこちに光を向けて安全を確かめてから廊下に出た。廊下は長く、懐中電灯の頼りない光を向けても終点にはまるで届かない。閉ざされたドアが両側に並ぶ廊下を歩いていると、閉所恐怖に似た奇妙な感覚にとらわれた。最初のいくつかのドアハンドルを試した。どれも鍵がかかっていた。

廊下を中ほどまで進んだところで足を止めた。根拠のない恐怖が波のように押し寄せてくる。懐中電灯を消し、闇のなかで息を殺した。自分の鼓動が耳の奥に轟《とどろ》く。懐中電灯をいま来たほうに向けてスイッチを入れた。

何も変わっていない。

また歩き出した。三階の廊下を一周し、スタート地点に戻った。大階段を上り、四階に着いたところで立ち止まった。何かにおいがする。嗅覚《きゅうかく》にかすかに残った記憶ほどの弱いにおい。香水やコロンなのかどうかはわからないが、生温かく重苦しい空気とは異質なアルコールの刺激をはっきりと感じた。廊下の入口で懐中電灯の光をあちこちに振ったとき、何かが見えて思わず後ずさりした。

人だ。すぐそこのカーペット敷きの床に男がうつ伏せに倒れていた。後頭部は血で汚れている。傍らに消火器が転がっていた。

「大丈夫ですか？」俺は声をかけた。男は動かない。俺は懐中電灯の光を男の先に向け、廊下の奥を照らすようにしながら歩き出した。男のすぐ手前まで来たところで、自分が息を止めていることを初めて意識した。息を大きく吐き出し、男のそばにしゃがんで肩に手を置いた。男がうめき声を漏らした。

「聞こえますか」俺は言った。そのあいだもずっと奥の壁から目を離さなかった。懐中電灯が作る弱々しい光の輪を見つめた。そこは廊下のちょうど中間点あたりで、暗闇のなか、急にひどく無防備に感じた。

「何が……？」男は俺の腕をつかもうとした。

俺は助け起こしてやった。

「あなたがアリですね」

「そうです」

「何者かに殴られたようですね。もう安心です。俺は警察の人間ですから。何か見ませんでしたか」

「いや……わからない」

アリがそう答えたとき、廊下の先に向けた懐中電灯の光の輪を影がよぎった。アリが俺の腕をつかむ。

「心配いりません」俺は言った。「俺のパートナーがすぐに来ます。俺はいまの人影を追ってみます。大丈夫ですね」

アリは頭の傷のことを忘れてうなずき、痛みに顔をしかめた。俺は立ち上がり、懐中電灯でできるだけ広い範囲を照らしながら、人影らしきものが見えたほうに近づいた。サティの番号を押し、相手が応答すると、小声で伝えた。

「警備員を見つけました。四階です。頭部を負傷していて、手当てが必要です。廊下の突き当たりに侵入者がいるもよう。追跡します。応援の要請をお願いします」

電話を切り、一つ深呼吸をしてから廊下の角を曲がった。

誰もいなかった。

大階段に戻ったところで、音が聞こえた。蛾《が》が窓ガラスにぶつかるような音だった。

まもなく屋内の電灯が瞬《また》きながら復活した。俺は目が慣れるのを待って周囲を見回した。ふと自分の手もとを見ると、いつのまにか懐中電灯を両手で握り締めていた。スイッチを切ってポケットにしまい、階段を上って五階に向かった。何かが違っている。下の階よりさらに暑く、空気の圧力に微妙な違いを感じた。

かすかな音が聞こえた気がした。空気が抜けるような音。

隙間《すきま》風《かぜ》が肌をくすぐった。それをたどって左手に歩き出す。非常口の扉がわずかに開いていた。足で押して全開にし、外付けの非常階段越しに下をのぞいた。街の音、ひんやりとした風。ついいましがたここから外へ出た者がいるとしても、もう姿を消しているだろう。俺は止めていた息を吐き出した。何よりも安堵《あんど》を感じた。それからいま来た道を戻った。途中で明かりが漏れていることに気づいた。来たときは前を素通りした客室の一つだ。

ドアは大きく開いていた。

五一三号室。

入口に短い階段があり、両隣の客室よりも床が一段高くなっている。その階段を上った。ふいにめまいに襲われた。迷路のような建物で迷子になった気がした。

「誰かいますか……」俺は大きな声で言った。

返事はない。

入口を抜け、すぐに一歩下がって壁に背中をつけた。五一三号室は広々としたスイートだった。俺が過去に宿泊したことのあるどの部屋と比べても倍以上の面積がありそうだ。廊下に漏れていた明かりはデスクランプのもので、そのほの暗い光が陰気で秘密めいた雰囲気を部屋全体に広げていた。窓は閉まっていたが、午前一時を過ぎてもなお往来の絶えないオクスフォード・ロードのざわめきがかすかに聞こえた。街のまばゆい灯りが室内の壁に映り、光と影の模様を描きながら揺れていた。

部屋の奥に、ぴくりとも動かない男の黒い輪郭があった。

窓に向けて置かれた椅子に座っている。俺が近づいていってもまったく反応しなかった。冷たい汗が噴き出して頭皮を濡《ぬ》らす。俺は男を凝視したまま腕を上げて顔を拭《ぬぐ》った。すぐ隣まで来たところで、死んでいるとわかった。顔は汗にまみれていた。その体が発している熱が伝わってくるようだった。深夜の侵入者にしては身なりがいい。髭《ひげ》をきちんと剃《そ》り、髪もすっきりと切りそろえてある。大きく見開かれた目を見て、俺は思わず足を止めた。鮮やかなコバルトブルーの瞳《ひとみ》は、今回の生を終え、次を見据えているかのようにまっすぐ前を向いていた。だが、俺が逃げるようにその部屋をあとにしたのは、その歯を目にした瞬間だった。男の口の周りの筋肉は限界まで収縮し、大きくグロテスクな笑みを作っていた。

8

救急隊の到着まで、アリにはアニーサに付き添ってもらうことになった。俺は五階に見てもらいたいものがあることをサティに伝え、五一三号室まで引っ張っていった。最上階の廊下は風通しが悪くて暑かった。ようやく五一三号室にたどりつくころには、サティの青白い肌は大きな汗の粒だらけになって、生きたまま茹《ゆ》でられているような顔をしていた。

「ここまで上ってきた甲斐《かい》あるものなんだろうな」サティはひゅうひゅうと息をしながら部屋の入口の細い階段を上った。開けっぱなしのドアを冗談交じりにノックして叫ぶ。「お掃除にうかがいました」だが、死体を目にするなり動きを止め、それから俺を振り返ると、濡れた指を俺の胸に突きつけた。「そのへんのもんに触ってねえだろうな、おまえ」

「触ってませんって」

「そこのランプはよ」

「来たときにはついてました」

サティは俺の顔をじっと見たあと、死体に向き直った。窓が閉め切られた部屋は熱気

がこもって息苦しかった。サティがジャケットを脱ぎ、俺もそれにならった。サティのシャツは汗でぐっしょり濡れていた。

奥へ進む前に、サティは室内に視線を巡らせた。ごく一般的なキングサイズのベッド、チーク材の壁、家具や備品。ホテルの客室というより、中心街にある洒落《しゃれ》た内装のフラットのようだった。サティは床に落ちたプラスチックのカードキーに気づいて顎《あご》をしゃくった。

死体が座っている革張りの椅子は、部屋のほかの場所からそこに動かしたものらしい。いまもカーテン越しに外の光が淡く射《さ》して、壁にさまざまな形の影を映していた。

「顔を見てください」俺は言った。

「何だよ、よほどの美男なのか」サティの肌の上を汗の粒が転がり落ちた。俺は反射的に自分の顔を拭った。「先に行けよ」

デスクランプ一つでは異様さを見て取れない。そこで俺は自分の懐中電灯をつけ、死体に近づいて顔を照らした。光が歯を、あの不気味な笑みを浮かび上がらせた。サティが顔をしかめ、光を下に向けろと手を振った。

それから思案顔で唇をなめた。「何がそんなに楽しいんだろうな……」

俺は黙っていた。

懐中電灯を下に向けた拍子に光が死体の膝《ひざ》を照らし、俺はスラックスの片方の脚にあ

る奇妙な図形に目をとめた。円だ。オレンジ色の糸で縫い取られている。一歩近づいてよく見ようとすると、サティが指を鳴らして首を振った。

死体は中年の男だった。濃い色のスーツを着ている。褐色の肌を見てとっさに中東系かと思ったが、射るように鋭い青い瞳がその印象をいくらか打ち消していた。その瞳と異様な笑みがあいまって、俺たちの知らない何かを、正気と狂気の境目にある何かおそろしいことをこの男だけは知っているような印象を与えていた。

「ホームレスか」サティが言った。

俺は首を振った。「服は清潔だし、体臭もありません。ドラッグの常用者というより、大学教授とか学校の教師とか、そんな風に見えますよね……」

サティはにやりとした。「ま、鑑識が調べるまでは何を言っても机上の空論でしかない。それより、救急隊にかっさらわれちまう前にあの警備員の話を聴きたいな。山をムハンマドに届けるぞ（訳注／「山が来ないならムハンマドのほうが山に行くしかない」ということわざから転じた、「向こうが来ないならこちらが出かけていくしかない」といった意味の決まり文句。〝ムハンマド〟は警備員が中東系と見えることから）」

「警備員の名前はアリと聞いた気がしますが」

「ああ、ああ、そうだったかもな」

サティを追って部屋を出ようとしたところで、俺は振り返って死体をもう一度見た。

窓の向こうから、オクスフォード・ロードを行き交う人や車の音が聞こえていた。それ

を切り裂いて、サイレンの音が二つ、あるいは三つ、街の別々の方角から近づいてきていた。

9

アリはストレッチャーでロビーに下ろされていた。救急隊員が二人付き添い、脈拍や血圧を確認している。アニーサは少し離れたところから心配顔で見守っていた。制服警官も何人か到着して、そのうちの一人がアニーサの事情聴取を始めた。サティは救急隊の責任者に近づいた。「搬送前にちょいと話を聴きたいんだがな」

「一方通行の会話になりますよ。鎮痛剤を投与しましたから」

「なら、目が覚める薬を投与しろよ」

「そう都合よくはいきませんよ、警部補。聖マリア病院に搬送します。事情聴取はまた明日の朝にでも病院で」

サティは口を開きかけたものの、罰当たりな言葉をのみこんでうなずいた。それからロビーの奥でアニーサから事情を聴いていた制服警官に向かって大声で言った。「おい、そこのイケメンポリス！」

呼ばれた制服警官が振り向いた。

「病院まで付き添っていけ。そいつは目撃証人または犯罪者だ。いずれにせよ、逃亡のおそれがある」

「しかし警部補、さっき受けた指示では――」

「たったいま指示が変わったんだよ、スイートハート」

制服警官は動かなかった。

「いまのうちにションベン行っとけよ。病棟で見張りについたらもう行けねえぞ」

制服警官は顔を真っ赤にして向きを変え、救急隊について外に出た。

俺はサティを見た。「さすが部下の扱いがうまいな……」

「手本になる上司が身近にいてラッキーだな、おまえは。さてと」サティは手を打ち鳴らして言った。「男のストリッパーみたいな制服を着た奴《やつ》、全員集まれ」

アニーサが力尽きたように椅子に座りこんだのをみて、サティはあきれ顔で目を回した。

「おまえ、気《き》を利かせろよ。あのお嬢ちゃんをどうにかしろ」

制服警官が集合すると、サティはホテル全体を封鎖して捜索を開始しろと指示した。

「俺の指示がないかぎり、四階と五階には誰も出入りするな。さ、いまの指示を復唱してみろ」

制服警官が指示を復唱し、サティは満足げにうなった。

「いいだろう。さあ、仕事にかかれ」

サティと制服警官はそれぞれの持ち場へと散っていき、ロビーにはアニーサと俺だけ

が残された。

「大丈夫ですか」俺はアニーサに尋ねた。

アニーサは目を伏せたままうなずいた。

「夜中にたいへんでしたね。タクシーを呼びますよ」

タクシーを待つあいだ、アニーサは歩道を行ったり来たりしていた。そうしていればアリが襲われた件を忘れられるとでもいうようだった。俺のなかで眠っていた刑事が目を覚まし、二人のあいだに何かあるのだろうかと疑ったが、俺は即座にその考えを払いのけた。アニーサはアリより少なくとも二十歳は若く、エリートコースを歩むシティガールだ。タクシーが到着し、アニーサは乗りこんだが、ドアを閉める前にためらった。

「五階……」

「五階がどうかしましたか」

「アリを四階で見つけたのよね。なのにあなたの上司はなぜ、五階にも行ってはいけないと言ったのかしら。五階に何があるの」

俺は答えなかった。アニーサは彼女なりの結論を出したらしい。

「救急隊が鎮痛剤を投与する前、アリは怯《おび》えた様子だった。ひどく怯えてた……」

「何を怖がっていたんでしょうね」

「〝声〟と言ってた」

俺は自分の名刺を渡した。「明日以降に改めてお話を聴くことになりますが、その前に何か思い出したことがあれば電話をください」

アニーサはドアを閉め、俺など初めから存在しなかったかのごとく運転席の背を見つめた。タクシーは発進して車の流れに乗り、遠ざかって、やがて見えなくなった。

俺が外に出ていたのはほんの十分程度だったが、そのあいだに鑑識班が到着していた。若手の一人が重そうな機材を抱えて階段を上っていき、入れ違いにサティが下りてきた。

「一丁上がりだ」サティは言った。「五一三号室を主要な現場として封鎖した」

「五階全体を封鎖すべきでは」

「人員がまるきり足りねえんだよ。なる早で戦術チームに一部屋ずつ調べさせる。考えてみろって、明日の朝一からフロント前にチェックアウトの行列ができるってわけじゃねえんだから。じゃ、俺は帰る」

サティは口笛を吹きながら行ってしまった。広いロビーに口笛が反響した。

俺は階段を上った。制服警官と何度かすれ違った。俺に気づくとみな露骨に苦々しげな顔をするのを見て、上に行くのを誰かに邪魔されるのではないかと思った。四階にさしかかったところで監察医のカレン・ストローマーと行き合った。ストローマーは有能な女性で、毒舌と鋭い直観の持ち主だ。夜勤に復帰して以来、彼女に会うのはそれが初めてだったが、彼女の俺に対する評価はがた落ちしていることだろう。ストローマーは

地道に仕事を進める警察官、プロフェッショナルを高く評価する。彼女の顔を見れば俺をその一人と見なしていないとわかった。ビニール素材でできた下ろし立ての鑑識用カバーオールを着ていた。俺に気づいて足を止め、フードを下ろした。その下から現れた青白く痩《や》せた顔に渋い表情が浮かんでいた。ショートカットの黒髪、ガラス玉のように冷たい黒い瞳、紙みたいに存在の薄い唇。

「ウェイツ巡査」ストローマーは数段上から俺を見下ろして言った。「失礼だけど、ここで何をしているのかしら」

「不法侵入の通報を受けて最初に現場に到着して……」俺は説明を試みた。

ストローマーは目の錯覚だったかと思うくらい小さくて短い笑みで俺を黙らせると、落ち着き払った静かな声で続けた。「あなたが現場に復帰したとは知らなかったわ」

「ぎりぎりで首がつながったというか」

「よけいなことに首を突っこんでたのよね、たしか。あなたは逮捕された。証拠物件をくすねてたんでしょう……」

俺はかすれた声で言った。「告発は取り下げられました」

ストローマーはうなずき、俺との中間点に目を落としてひとり微笑《ほほえ》んだ。「申し訳ないけど、あなたはロビーに戻ってちょうだい。犯行現場を汚染されたくないの」

俺はストローマーのほうを向いたまま一段下に下りた。「この時点で判明しているこ

とがあれば教えてもらえませんか」

「死亡推定時刻は午後十一時三十分から午前零時三十分。迷惑な時間帯よね、どっちの日付で記録していいかわからないから。身元を知る手がかりになりそうなものは何一つ身につけていなかった。衣類のタグまで切り取ったみたい」

「服のタグを？」

「報告書はあなたの上司に送るわ。たしかサトクリフ警部補だったわね」

俺はうなずいて階段を下り始めた。「ええ、そうでなければいいのにと思うことがありますが」

「一つ気になることが、ウェイツ巡査」

振り返ると、彼女の薄い唇はまだあの小さな笑みを浮かべていた。

「死体のスラックスに縫い取りがあることに気づいたかしら」俺の表情を読み、彼女は続けた。「そうよね、見逃すはずがない。内側から縫われてるの……」

「つまり？」

「つまり、スラックスの内側に何かが縫いつけられてるということ。きっと大事に持っておきたかったものね……」

俺が黙っていると、ストローマーは続けた。

「遺留品にドラッグが含まれていたら、あなたが犯行現場に立ち入ろうとしたことを報

告しないわけにはいかなくなる。あなたの経歴を考えるとね」

ストローマーはいま下りてきた階段を上り始めた。俺がこの建物にいるあいだは、死んだ男を一人きりにしたくないのだろう。

「ドラッグは見つからないはずです」俺は彼女の背中に言った。

ストローマーは立ち止まったが、振り返らなかった。「どうしてそう言い切れるの、ウェイツ巡査」

「何か別のものだからです」

「そうね」彼女は言った。「あなたが確かめていないわけがないわよね」

ストローマーは階段を上って消えた。

俺はひとり踊り場に残された。息をするのさえ忘れていた。

少年は手を握ろうとしたが、その手はするりと逃げた。青空市の露店のあいだを埋める人混みのなか、少年は自分の倍ほども背の高いおとなたちに囲まれていた。誰もが勝手な方角に動いていて、少年から見えるのは、目の高さを通り過ぎていく無数の手だけだ。もう一度、同じ手をつかもうとしたが、女性は少年の手を振り払って消えた。少年は立ち止まり、おとなたちにぶつかられながら肩で大きく息をした。どこかで見たような別の手を見つけてつかんだ。暗い青色の静脈、長く伸ばした爪《つめ》、銀のアクセサリー。今度はしっかりと握って放さなかった。その手に引っ張られるまま人のいない一角に出たときもまだ握っていた。もう一方の手も伸ばしてすがりついた。ついには地面を引きずられる格好になった。

女性は足を止め、最後にもう一度だけ手を振りほどこうとしたあと、しゃがんで少年の顔をのぞきこんだ。

「何してるの」

少年は手を放した。手はともかく、その女性は少年の母親には似ていなかった。母親よりずっと若い。切り立ての花のような香りが漂った。眉根を寄せてはいるものの、ま

なざしには思いやりと物問いたげな色があった。何と答えればいいかわからないまま、少年は口を開いた。ちょうどそのとき、光の具合が変わった。何かが背後から陽射しをさえぎり、それと同時に力強い手が伸びてきて少年の肩に置かれた。

「ウォリー、勘弁してくれよ。いきなり駆け出すなって。死ぬほど心配したぞ」

女性の表情が一変した。黒髪を後ろに払って立ち上がり、まぶしそうに目を細めて、たったいま現れたりっぱな体格の男を見つめた。少年は首をねじって背後の男を見上げた。太陽を背にした男は影絵のようだ。スーパーヒーローを思わせる力強い顎、それに釣り合うたくましい肩。

「息子さん？」女性は首をかしげた。

「そう、過去の罪に下された罰ともいうかな」男は冗談めかして言い、荒くれ者の笑みを作った。「どんな罪を犯したのかは教えられないがね。ところで、俺はベイトマンだ」男は手を差し出し、女性はその手を握った。

「ホリーです」女性は自己紹介した。「息子さん、変わったお名前なのね……」

彼女は不自然に会話を長引かせていた。ベイトマンを前にした女性たちはそろってそうやって話を長引かせようとする。そのことには少年もすでに気づいていた。

「由来を知りたいかな」

ホリーは鼻に皺《しわ》を寄せてうなずいた。

「ウォリーってのは、こいつのフルネームじゃない。財布《ウォレット》を縮めたニックネームなのさ」男は少年の耳の後ろに手をやり、そこからコインを取り出し、掌《てのひら》に置いてホリーに見せた。「こいつは金の生《な》る木だから」

ホリーは笑い出した。その笑い声はおとなの女性のというより、少女のそれのようだった。ベイトマンは一歩近づいて煙草《たばこ》を勧めた。

「家は近所かな、ホリー」

ホリーの表情がまたも変わった。片方の足からもう一方へと体重を移す。

ベイトマンが車に戻ってきたのは、空が暗くなってからだった。

両親は泊まりがけで遠出しているのとホリーが言い、ベイトマンは彼女の家を見にいった。車に戻ってきたとき、ベイトマンは切り立ての花の香りをさせていた。自分の指のにおいを嗅《か》ぎ、ポケットから煙草を出して火をつけ、一人くつくつと笑った。煙草を半分吸い終わったところでようやくウォリーを見た。このときもまた少年の耳の後ろに手をやったが、コインを取り出す代わりに髪をぐいとつかんだ。そうやって少年を動けないようにしておいて、もう一方の手で煙草の先端を近づけた。

「おまえの母ちゃんには何も言うんじゃねえぞ。いいな」

ウォリーは煙草の先端を見つめてうなずいた。ベイトマンは一つうなり声を漏らしてから少年を放した。

「今日の収穫を見せてみな」

ウォリーはグローブボックスから装身具をいくつか取り出して見せた。手を握った女性たちがはめていた指輪。すれ違った男性からすった財布三つ。ベイトマンは財布の中身を確かめ、現金だけを抜き取って財布を車のウィンドウから捨てた。指輪はポケットに入れ、エンジンをかけた。それから少年をまた見たあと、車を出した。

「さすが金の生る木だ」ベイトマンは言った。

Ⅱ

レッド・アイズ

Red Eyes

1

目が覚めたとき、そこがどこなのかとっさにわからなかった。眠っているあいだに別の場所へ運ばれたかのようだった。電話が鳴っていた。俺はベッドから這《は》い出して受話器を取った。

「はい」声がひどくしゃがれていて自分でも驚いた。相手は無言だった。太陽の熱い光が窓から射《さ》して目を射た。物音は聞こえず、動くものもなかった。俺は壁にもたれて陽光を浴びた。ふだん太陽を見ることはめったにない。

「もしもし?」

数秒の沈黙があった。送話口に息が吹きかかる気配が伝わってきたあと、電話は切れた。

もう少しだけ待ってから受話器を置いて窓際《まどぎわ》に立った。ノーザンクォーター地区のこのフラットで暮らし始めて一年近くたつが、いまだに馴染《なじ》めず、自分の部屋と思えなかった。去年の捜査で引越を余儀なくされ、それがきっかけで疎遠《そえん》になった友人ともまだ連絡を取り直していない。あの事件以来、俺は一時停止したままでいた。日中は眠り通し、夜は働き通す。その朝、シフトが明けて帰宅したのは午前六時過ぎで、いまは九時

を回っていた。毎日、喧噪《けんそう》とともに窓の向こうを通り過ぎていく朝のラッシュも終わり、下の通りは閑散としていた。聞こえるのは、誰かが車で聴いているラジオ番組と、歩道を行く若い女のヒールの音だけだった。

バスルームの鏡を見た。夜勤の成果がそこに表われていた。目の下に居座った真っ黒いくまを除けば、肌のどこにも色らしい色はない。夜のあいだに顔がすっかり変わって、翌朝、まるで別人のようになっていることがある。そうやって簡単に変わってしまうものは俺自身だと、俺のなかにある自己像だとわかってはいるが、そういった自己認識の変化、その種の変化は、あまりにも急激に訪れて俺をうろたえさせる。ときには鏡に映った自分の顔が歪《ゆが》んでいくのが見えることもある。ドラッグが何年ぶりかで完全に抜けたせいなのか、心に受けたトラウマのせいなのか、それはわからない。自分について何か恐ろしい事実、否定しがたい事実が毎日あぶり出され、夜勤に身を隠す理由が増えていくように思えた。夜勤にのみこまれ、吐き出されたときには毎度、違う人間になっている。

アイデンティティの揺らぎ。

笑う男、その身元《アイデンティティ》。

ふだんなら俺は、死体の存在を何かの欠如として経験する。今回は目の前にブラックホールが口を開けたようだった。死体は身分証の類《たぐい》を何一つ携帯しておらず、服のタグ

も切り取られていたとストローマーは言っていた。まるでこの世から消えようと試みたかのよう、あらゆる意味を自分から剝《は》ぎ取ろうとしたかのようだ。しかし、発見現場となったホテルの部屋には矛盾するメッセージが残されていた。身元不明者の死について、過去にたびたび考えを巡らせたことがある。富士山の裾野《すその》に広がる〝自殺の森〟青木ヶ原樹海では、密に茂った木々が外界の侵入を拒む。インドのヴァラナシでは、積み上げられた薪《まき》の上で日々数百体が火葬される。ガンジス川では、安手のヘロインを静脈に注ぎこみ、異様な色をした川の水に腰まで浸《つ》かっていれば、やがて急流にさらわれてそのまま二度と浮かび上がらない。パレス・ホテルで死ぬのはそれと違う。完璧《かんぺき》な計画に一つだけ開いた穴。死体にまつわるほかの事実はどれも身元を隠しているのに、あの客室、あの景色を選んだことに何かの意図が感じられた。それを選んだのが死者自身であるかどうかはまた別の問題ではあるが。

電話がふたたび鳴り出して、俺はリビングルームに戻って受話器を取った。

「さあほら、起きた起きた」

「おはようございます、サティ」奴《やつ》の口臭が電話口に漂ってくるようだった。「何かありましたか」

「そのエイダン・ウェイツ印のしかめ面《つら》を笑顔に変えて、聖マリア病院に行け」

「警備員が目を覚ましたんですか」

「まだなことを祈るよ。目が覚めた瞬間、死体のあの不気味な群青色《ぐんじょういろ》の瞳《ひとみ》を最初に見せてやりたいからな。しかしまあ、手を握って涙の一つでも流してやれば、洗いざらいしゃべるんじゃねえの」

「昼勤に引き継いだほうがよくないですか」自分の時間を費やす前に、俺たちがどこまで担当することになるのか確かめておきたかった。

「建前としては、この事件はいま、ラティマー巡査部長のデスクにある」

「つまり、そこで文鎮になってるわけですね」

「だからおまえに聞き込みを手伝ってやってもらいたいわけだよ」

「へえ、それはどうして」

「俺の事件解決率にカウントされる予定だからさ、エイド。奴のじゃなく、な」

サティとラティマーにはさまれるのは、靴底の減る種類の仕事は端から俺に回ってくるということを意味する。だが、不思議と腹は立たなかった。

「あの警備員は何を知ってると思います？」俺は言った。

「ほんの一瞬死んで、あの世をちょいとのぞいてきたかもな。ふん、こっちが訊《き》きたいよ。俺としては、消火器でぶん殴られる前に何があったかのほうが知りたいね。あいつがどんな人間か、探ってきてくれ。お手々は汚れてるのか、そうでもないのか」

「このあとすぐ病院に行きます」

「もう一人の警備員のことも訊いてくれよ。昼間の警備員な。名前はマーカス・コリアー」

「そいつに関していまわかってることは」

「住所はわかってるが、まあ、想像がつくだろ。制服の連中が行ってみたが、収穫なしだった。いまほかを当たってる」

「そいつが事件に関係してると思います？」

「一つだけ頭に入れとくとよさそうな話がある。五一三号室に落ちてたカードキーな。あれはそのコリアーって奴のだ」

マーカス・コリアー。昼勤の警備員。そういう単純な話だろうか。夜勤のアリのシフトが始まる前に、コリアーが何者かをホテルに入れたのかもしれないし、カードキーを盗まれたという可能性もある。死体がそのコリアーだということも考えられるだろう。

「無関係だと俺が判断するまでは全員が容疑者だ。〝全員〟には、病院でねんねしてるおまえのお友達も含まれる。ナイスガイを演じてみても目が覚めないようなら、本物のおまえを前面に出してやるといいかもしれないな。だがいいか、それは最後の手段だぞ」

「これは殺人事件の捜査ですか」

「いや、俺の目の黒いうちは違う。そうだな、くず入れの連続放火事件から解放される

ちょうどいい気晴らしだと思っとけ。捜査ファイルを俺たちのデスクから俺の解決率に移すために、事実を徹底分析するんだよ」

サティの得意の捜査方針は、〝一番楽な道を行く〟だ。

「じゃあ、自殺ってことにする気ですか。しかしアリが襲われたことを考えると――」

「考えても意味ねえって」サティは言った。「いいか、〈スマイリー〉が奴の頭をぶん殴ったあと自殺したのかもしれないだろ。おまえはこういう事件は初めてだったな、エイダン。俺らが探してるのは結果だ。解決じゃない。俺らの仕事はな、お偉いさんどもが聞きたがってるとおりの真相を掘り出して世に知らしめることだ」

「で、死んだ男について新しいことはわかってるんですか」さりげない口調で訊いたつもりだが、好奇心を抑えきれなかった。しばしサティの息遣いだけが聞こえていた。

「もしもし？」

「解剖の結果は明日出る。そっち方面から聞こえてきてるのは、いまのところ、ストローマーがおまえをはずしたがってるって話くらいだな」

「どうして」

「ハエはどうしてクソを食うんだろうな。ストローマーはレズだろ、男が嫌いなんだよ」サティはそう言って鼻を鳴らした。「おまえのことを男と勘違いしてるのかもな」

サティと電話で話すのは、自分の耳に毒を流しこむようなものだ。早くも耳鳴りがし

始めた。俺は受話器を握り直した。

「そういう理由じゃないと思いますけどね、サティ……」

「あのな、ストローマーは女の股《また》ぐらにもぐりっぱなしでいるもんだから、ついに潜水病を発症しちまったんだよ。心配するなって」

俺は話題を変えた。「あんたはこのあとどこに？」

「今日は日曜だ。夜勤の開始時刻までまだ十時間ある。俺はベッドにいるよ。何かわかったら連絡しな」

電話を切ろうとしかけて、一つ思い出した。「少し前にも電話をもらいました？　五分くらい前」

サティの返事は口笛だった。

「何です？」

「一日に二人から電話があったとはな。エイダン・ウェイツの新記録じゃねえの。もう一人はストローマーだったりして」サティは笑った。「おまえがあの女をこっち側に引き戻したんだったらどうする」

サティは電話を切り、俺は体の汚れをというよりサティを洗い流したくてシャワーを浴びた。コーヒーを飲み、身支度をして、病院に向かうことにして、一本目の電話は誰からだったのかと首をかしげながらドアを閉めた。

2

薄い水色をした空から照りつける陽光がまぶしかった。道行く誰もが笑顔をきらめかせ、肌を輝かせていた。彼らの落とす影があらゆる方角に伸びている。陽光と無縁の日々を長く過ごしてきたから、美しく晴れた空の下、雑踏にまぎれて歩くのは新鮮に感じられた。朝の混雑した時間帯に薄汚れた赤煉瓦《あかれんが》の建物が並ぶ通りを行くと、どこか生まれ変わったよう、ふいに目が覚めたような気がした。

聖マリア病院に着くころには汗を吸ったシャツが肌にべったりと張りついていた。受付で二階の病室と聞いて階段を上った。目的の病棟の入口に、サティから見張りの任務を言い渡された制服警官がいた。ドアの前を行ったり来たりしながら、肩に顔を当ててあくびをしている。俺が来たのを見てぎくりとし、とっさにシャツの裾をズボンにたくしこんだ。

「おはよう」俺は言った。

制服警官は奇妙な目で俺を見た。「おはようございます、ウェイツ刑事」ちょうどそのとき、どこかの病室から金切り声が聞こえた。「悪夢でうなされてるらしくて」制服警官はうんざりした顔で言った。

「もう朝だ」

「本人にそう言ってやってくださいよ。何時間もずっとあの調子なんですから」

「俺たちの患者の様子は」

「一晩中ぐっすり。僕も同じものを処方してもらいたいくらいです」

「頭を殴られたいってことか？　サティなら喜んでやってくれるぞ」

「いや、あれは言い返した僕が馬鹿《ばか》でした……」

俺は話題を変えた。「アリはまだ何も話していないんだな」

「まだ目も開けていません。医者によれば後遺症はないだろうって話ですけど」

「見張りの交代はいつだ？」

「あと二時間で次が来るはずです」願をかけるような口調だった。

「どのみち俺はアリが目を覚ますまでここにいなくちゃならない。だから帰ってかまわないよ。交代要員が来るまで俺がついてるから」

制服警官は迷った。俺の肩越しに廊下の先を見つめ、それからまた俺の顔に焦点を戻した。

「アリを一人にするわけには……」

「一人？」俺は言った。

制服警官は口ごもり、適切な言葉を探した。背中で手を組んでいる姿勢が、まるで俺

に手錠をかけられたみたいだった。

「俺の噂《うわさ》は耳に入っているということかな、巡査」

触れにくい話題を俺のほうから持ち出したせいだろう、制服警官は安堵《あんど》と困惑が入り交じった目を俺に向けた。それからおずおずとうなずいた。

「そうか」俺は言った。「ちょっと待っててくれ、コーヒーを調達してくるから」

一時間ほどでアリが目を覚ました。まず医師が先に病室に入り、事情聴取に応じられそうか確認したあと、通りがかりの看護師に俺を呼びに来させた。看護師は半透明の灰色の歯をした病人みたいな見かけの男だった。俺と並んで歩きながら、何度も音を立ててその歯を吸った。看護師として働き始めたときは健康だったのに、狂気と死のオーラに囲まれて過ごすうちに自分もそれに染まってしまったのだろうか。俺は自分の仕事から何を吸収しているだろう。奥の病室でわめき声を上げていた患者は、俺たちを見て口を閉じた。頬を薔薇色《ばらいろ》に火照《ほて》らせて汗をかいていた。ひどく疲れた顔だった。

「あの患者、誰か診てやらなくていいんですか」俺は看護師に訊いた。

「放っておけばいいんです。どうせ長くないんだから」

俺は立ち止まった。「あとは一人で行かれると思います」

「それはよかった」看護師は半透明の笑みを俺に向け、くるりと向きを変えて廊下を戻っていった。途中でわめき声の患者の病室前で足を止め、怯《おび》えた顔の患者と棘《とげ》のある調

子で何か言い合った。俺はアリのベッド脇の椅子《いす》に腰を下ろした。アリは目を閉じていた。大柄な男だ。シーツの上に伸びた前腕は俺のふくらはぎと同じくらい太い。この男を昏倒《こんとう》させるには相当の力が必要だっただろう。俺が椅子に腰を下ろす気配でアリは目を開いた。

「おはようございます、ミスター・ナッサー。気分はいかがです」

アリは見ればわかるだろうというように両手を広げた。

「なぜここにいるか、医師から説明はありましたか」

アリの黒い目が俺の視線をとらえた。

「ここは病院です。あなたはゆうべ、何者かに襲われて……」

アリが手を頭にやってうなずく。

「俺はエイダン・ウェイツ巡査。パレス・ホテルの警報が鳴っているという通報を受けて駆けつけました」

アリは中東の訛《なまり》はあるが聞き取りやすい発音でゆっくりと話した。「私を見つけてくれた人ですね」

俺はうなずいた。「そうです。四階の廊下で。なぜ四階に行ったか覚えてますか」

アリは眉間《みけん》に皺《しわ》を寄せて記憶をたどった。「話し声が聞こえました」

「話し声？　どんな」

「男の話し声」そう答えてためらった。「怒鳴り声」また少し考えてから言い直した。

「叫び声」

「何人いたかわかりますか」

「たぶん二人」アリは首を振った。「言い争っているように聞こえました。口喧嘩《くちげんか》のように」

「どんな内容でしたか」

アリは眉《まゆ》を寄せた。「それは……よく聞き取れませんでした……」

「何時ごろだったかわかりますか」

「午前零時より前なのは確かです。零時を過ぎていたなら、もう巡回に出ていたはずですから」

「とすると、話し声を聞いたときはまだロビーにいたわけですね」

「そうです」

「話し声が聞こえて、階段を上った」

「はい。話し声がするほうに行きました」自嘲《じちょう》するような笑み。「馬鹿ですよね」

「いやいや、あなたは自分の仕事をしただけだ」

「何か盗まれたりしたんでしょうか」アリは起き上がろうとした。

「実を言うと、窃盗よりもう少し深刻なことが。五階で死体が発見されました」

「え、死体……？」

「不審死として捜査を始めています」

インクの滴《しずく》が水に落ちるように、その事実がアリの意識にゆっくりと染み透った。

「誰……？」

「身元はまだ判明していませんが、一つ確認したいことがあります。部外者をホテルに立ち入らせたことはこれまでに一度でもありましたか」

「いいえ、一度も」

「誰も、まったく？」

アリはしばし考えてから答えた。「作業員。何カ月か前に、何かの修理に来ました。あとは、ミスター・ブリック。たまに見回りに……」

「ミスター・ブリックというのはホテルのオーナーですか」

「弁護士です」アリは言った。「私はミスター・ブリックに雇ってもらったんです」誇らしげにそう付け加えた。

「なるほど。ミズ・カーンの同僚ということですね」

「ミズ・カーンの雇用主だと思います」

「ミスター・ブリックが最後に来たのはいつでしたか」

「もう何カ月も前です。そのあと体の具合が悪くなったと聞いています」

「わかりました。ゆうべ、ふだんと違うことはありましたか。何か見たとか、何か聞こえたとか」

「話し声が聞こえるまではとくに何も」

「俺が確認したとき、五階の非常口の扉が開いていましたが……」

アリは眉をひそめた。「私はどの非常口も開けていません」

非常口の線からは何も出てこなさそうだ。俺は路線変更をした。「パレス・ホテルで働くことになった経緯を教えていただけますか」

アリは皮肉めいた表情で鼻を鳴らした。「私がこの国に来た経緯を知りたいんですね」

「ええ、まあ」

「一年前に来ました。シリアから」

「亡命を求めて？」

「あの国には本物の悪魔がいる」アリは目を伏せてベッドを見つめ、顔を曇らせた。脳裏に何が浮かんでいるのか、俺には想像さえできない。「そうです。亡命を求めて来ました」

「どうでしたか」アリが顔を上げて俺を見た。「その、亡命の手続きは」

「たいへんでした。えーと……」アリは適切な表現を探した。「屈辱でした。収容センターの暮らしはとても悲惨です。だからこの警備の仕事を見つけました。同じ仕事でも、

私は思いやりを持って取り組みます。誠実に」そう言って肩をすくめた。「どのみちただの警備員にすぎませんが」

「シリアではどんな仕事を？」

アリは病室を見回した。懐《なつ》かしんでいるといっていいような目だった。「医師をしていました。十五年間」

「あなたの同僚、昼勤の警備員のマーカスと連絡が取れずにいます。外見の特徴として俺が聞いてるのは、きちんとした身なり、黒っぽい髪、褐色の肌、青い目……」それはマーカスではなく、死体の外見的特徴だった。殺害されたのが同僚である可能性をアリに知らせる必要はいまのところないように思えたが、アリは首を振った。

「マーカスは白人です。色白で、頭はきれいに剃《そ》っています」

「自宅にいない場合の行き先に心当たりはありませんか」

アリは首を振った。「親しくないので」

「マーカスとの関係は良好でしたか」

「わかりません」アリはそう答えてから、言い直した。「マーカスの人柄はよく知りません」

「彼の働きぶりは」

「マーカスに会ったら、私についても同じことを訊きますか」

俺は答えなかった。

「ええ」アリはうなずいた。「彼はとても有能です」

「それはどういう意味ですか」

「商才があります。起業家精神旺盛《おうせい》な人物です」

「つまり？」

アリは鼻先で笑った。「パレス・ホテルの四階のくず入れをのぞいてみると、私の言っている意味がわかるかもしれません」

俺は先を待ったが、アリはそれ以上詳しい説明はしなかった。

「証拠があるわけではないんですよ、刑事さん」アリは弁明するように言った。「私の推測にすぎません」

「わかりました。マーカスのカードキーについては？」

「はい？」

「マーカスのカードキーが五一三号室に、死体が発見された客室に残されていたと仮定して、その理由に心当たりはありますか」

アリは苦しげな顔で答えた。「ありません」

俺はアリの顔をしばし見つめた。「いいでしょう。今日の午前中に別の者が正式な供述調書を取りにきます。それまでのあいだ、病室の前に誰か一人残しておきます」

「監視ですか」

「というより保護のためです」俺は立ち上がった。

「どうして」アリはふいに息を吹き返したかのように言った。「どうしていま私を保護するんですか」

「重大な犯罪と思われる出来事の証人だから」

「アレッポで、私はあらゆる地獄を見ました。そのあと亡命したとき、何を見たか、誰からも尋ねられませんでした。みんな他人事《ひとごと》だと思ってるから」アリは乾いた声で笑った。「今回は何も見ていないのに、保護してもらえるわけですね」

「自分では何も知らないつもりでいても、実は何か知っているということもよくあります」

アリはまた鼻で笑った。「知っているつもりでも、実は何も知らないこともあります。ことわざのとおりですね。〝ガラクタを入れればガラクタが出てくる〟」

「それなら聞いたことがあります」

病棟を出ようとしたとき、さっきの患者がまた興奮してわめき始めた。灰色の歯をした看護師が廊下をやってくるのが見えた。悪意ある言葉を投げつけてやろうと意気込んでいるのが見えた。俺は仲裁するつもりでいま来たほうへ戻ろうとした。

「あの人、患者さんとまた喧嘩する気かしら」そこにちょうど通りかかった医師らしき

女性が言った。

　俺はうなずいた。「そこの病室の男性患者が一晩中騒いでたらしくて……」

「その対応も仕事のうちなのに」女性は言った。俺も同じ夜更《よふ》かし型の人間だと気づいた様子だった。それで仲間意識が芽生える場面は想像する以上に多い。青白い肌、疲れた目といった共通点に敏感に気づくのだ。「私から話をしてみます」女性は言った。

「ありがとう」

　病院から外に出るなり、熱気の壁がぶつかってきた。アリが経験したことについて、他者を尊重しない俺たち人間の習性について思いを巡らせていると、大型の黒いＢＭＷが目の前に停まった。俺は大回りして先へ進もうとしたが、車はじりじりと前進を続けて行く手を邪魔した。着色ガラスのウィンドウに俺の弱りきった顔が映った瞬間、後部シートのウィンドウが音もなく下りた。見慣れた顔が俺を凝視した。「これはこれは奇遇《アイ・リヴ・アンド・ブリーズ》だな

「エイダン・ウェイツ」スコットランド訛のある低い声。

……」

　男は灰色の髪の魔王ルシファーといった風情《ふぜい》で、生き《リヴ》たり息《ブリーズ》をしたりしているとは思えなかった。

「パーズ」

「敬称くらいはつけて呼んでもらえないか、ウェイツ」

「これは失礼いたしました、パーズ警視」

パーズが俺を見る。縁の赤い射出口のような目。「どこへ行く《ホエア・アー・ユー・ゴーイング》？」

「どこへも《ノーホエア》」俺は答えた。

「正解だ（訳注／「ゴー・ノーホエア」には「行き詰まっている、将来性がない」という意味もある）。乗れ」

3

日の当たる場所を離れて暗くひんやりとしたＢＭＷに乗りこんだ瞬間、人生そのものから離れた錯覚にとらわれた。自分より大きな何かに包まれたような感覚。馬鹿でかい後部シートにパーズと並んで座る。俺たちのあいだには、ちょうど人ひとりが横たわって死ねるくらいの距離が開いていた。視界の隅にパーズの灰色の髪と灰色の服が映った。ドライバーが車を出し、俺はまっすぐ前を見つめて待った。

パーズ警視との関係においては、どんなときもこちらが待つ立場だ。

パーズは手足のひょろ長い宿命論者のクモみたいな人物で、張った巣にかかった人間をゲームの駒《こま》に使う。策略家で、他人を巧みに利用し、利用した人間の人生を破滅させる一方で、命を救いもする。俺についても同じで、俺の人生を破壊し、命を救ったあと、終わりのない夜勤地獄に放りこんだ。俺は死ぬか、辞職するか、どちらかだろうと考えていたに違いない。ところが俺はまだ生きていて、辞職もしていない。パーズはきっと驚いていることだろう。そして、パーズを驚かせるのは、やってはいけないことの代表格だ。俺は二つの道のどちらにも進まず、必然と思えたであろう結果をパーズが手にするのを阻《はば》んだ。つねに数カ月先、数歩先の手を打つパーズにとって俺が生き延びている

という事実は、裏切りとしか解釈できないはずだ。

駐車場から通りに出た車は、難なく流れに乗った。

エンジンは静かで、自分の息遣いまで聞こえた。自分が考えている音、待っている音も聞こえた。

パーズはまだ口を開かない。顔を見ずにすんでありがたいと思った。灰色の皮膚に埋もれた、表情のない充血した目を見ずにすんで幸運だった。俺から見えるのは、パーズの両手だけだ。細く長い指、枝分かれした灰青色の静脈。パーズはその両手を握り、また開くと、身を乗り出して吐息を漏らした。

「シートベルト」パーズは言った。

俺は横目で盗み見た。パーズはウィンドウ越しに外を眺めていた。顔には笑みにきわめて近い表情が浮かんでいた。

「おまえの身に何かあっては困るからな」

俺はシートベルトを締めた。パーズが続けた。

「おまえの頭上にはどでかい暗雲がたれこめているな、エイダン。その状態でこの数カ月を無事に乗り切れる者はそういないだろう」

「ありがとうございます、警視」

「褒めたつもりはない。私の質問に答える以外、よけいな口をきくな」

俺は感情をのみこみ、下を向いた。

「それでも、口を閉じておくということをおまえなりに学んだようだ。サトクリフ警部補とうまくやっているという報告が私の耳にも届いている……」パーズはそこで間を置いた。「エレファント・マンの陰嚢《いんのう》なみに肥大したエゴの持ち主と仲よくやれているのか」

「ええ、何の問題もなく」

パーズは鼻から息を吐き出した。「適当にごまかそうとするな。私は質問をしたのだ」

「俺たちは友達ごっこをするために組まされてるわけじゃありません、警視」

「そう言う理由は何だ？」

「サティが証拠をでっち上げたので、俺はそのことを指摘しました。その直後に俺が停職処分を食らうと、サティは俺に不利な証言をすると言いました」

「それを根に持っているわけか……」

「忘れないことにしただけです」

車は走り続け、一分ほどたったころ、パーズがふたたび口を開いた。「過ぎたことだ、エイダン。水に流せ」

その水には死体がいくつも沈んでいる。

俺の考えが聞こえたかのように、パーズがふいにこちらを向いた。

俺はその視線を受け止めた。

パーズの顎《あご》は、ギロチンのように鋭くて薄い。その顎にぐっと力を入れてから、パーズは言った。「そんな顔で見るな。皮ごとその表情を剥いでやるぞ。おまえの命と給料がいまも無事にあるのは誰の情けゆえか、それを忘れるんじゃない」

俺は顔の向きを変え、まっすぐ前を見てうなずいた。「俺に会おうと思った理由を教えてもらえますか、警視」

「それはあべこべだな。私に会うことがおまえのためになるかもしれないと思った。視力検査のつもりか、エイダン。おまえはまた角の先にあるものを見ようとしている」

俺は黙っていた。

「昨日は興味深い夜を過ごしたらしいな。何をしたか聞かせてくれ」

俺はごくりと喉《のど》を鳴らした。「午前一時、サトクリフ警部補と俺は、通報を受けてパレス・ホテルに向かいました。防犯アラームが作動し、警備員が行方不明であることが判明しました。ホテル内を捜索し、意識を失って倒れている警備員を発見しました。暴行を受けたようです。消火器で頭部を殴られていました。警備員を介抱しているあいだに、侵入者が現場から逃走するのが見えました。五階まで追跡しましたが、非常口から出たところで見失いました。警備員のそばに戻ろうとした際、廊下に面した客室のドアが開いていることに気づきました。その客室を捜索したところ、死体を発見しました」

「で」

「身元を示す所持品はありませんでした。服のタグも切り取られていました」

「パレス・ホテルは休業中だな……」パーズは考えを巡らせた。「路上生活者か」

「いいえ。身なりはきちんとしていました」

「おまえの考えは」パーズはいくらか興味をそそられたように言った。

「今朝になって警備員の意識が戻りました。言い争う声を聞いたそうです。二人。おそらく侵入者は二人いて、何らかの理由から、一人がもう一人を殺したのではないかと」

「死因は」

「まだわかりません」

「自然死ということも考えられるな。自殺ということも……」同じ災いでもそれならまだましとでもいうようだった。

「考えられますが、たとえそうだとしても、あの客室で死んだ理由に説明がつきません。それに、侵入者はもう一人いたんです。俺は間違いなくもう一人見ました」

「ふむ」パーズは言った。

「もう一人いる警備員と連絡を取ろうとしているところです。マーカス・コリアーという昼勤の警備員」

「その男がもう一人の侵入者だったとも考えられる」パーズは言った。

俺はうなずいた。

「ホテルのオーナーは」

「売却交渉中だそうです。ゆうべ、交渉を進めている弁護士と話をしました」

パーズは少し考えてから言った。「いずれにせよ、オーナーと話をしてみることだな。死んだ男とパレス・ホテルとのあいだに何らかの関係があるなら、男の存在を認識しているかもしれん。その事情聴取にサトクリフ警部補は関わらせないほうがいいだろう」

「しかし、それはさすがにまずいのではありませんか、警視」

「おまえがどう思おうと私はかまわん。サティは場の温度を読み取ることに長《た》けているが、温度計をかならず尻《しり》の穴に突っこもうとする。相手が先祖代々の資産家とあっては機嫌をそこねかねない。そうだ、直腸で体温を測るといえば、死亡推定時刻はもう出ているのか」

「午前零時前後」

「昼勤の者と連携して進めているのだろうな」

「ラティマー巡査部長の捜査の支援に努めています、警視」

パーズは鼻で笑った。「おまえが単独で捜査を進めているようにしか聞こえん。なかなかおもしろそうな事件だが、しかし、私が興味深い夜について話せと言ったのは別の件だ。ミスター・カートライトとのごたごたについて」

俺は困惑してパーズを見つめ、表情の読み取りにくい充血した目の奥を探った。

「ごたごたというようなものでは……」

「なら、何と呼ぶ？」

「おしゃべりとか」

「真夜中過ぎに〝おしゃべり〟か。きっかけは十代の小娘の妄想だろう……」

「カートライトはその子と一夜をともにして――」

「同意の上でな。で？」

「一部始終を撮影していました。それをネタに関係の継続を要求しています。動画をネットに流すぞと遠回しに脅して」

「その小娘が大げさに騒ぎ立てているだけのことではないのか」

俺は反論しかけたが、パーズにさえぎられた。

「昨年のあの事件で懲《こ》りただろうに」

「俺に何を言わせたいんですか、警視」

「この件はもっと無害な解釈が可能ではないか……」

俺はしばし無言で熟考した。沈黙に押しつぶされかけたところで、ようやく言った。

「いや、ほかの解釈はありませんね。カートライトが送ったメッセージを俺も見ましたから」

「小娘から正式な被害届が出ているのか」

「これは配慮を要する事案です。本人は大事《おおごと》にしたくないと言っているんです。カートライトにも同じ配慮をしたつもりです。名前がいきなり新聞に出ることがないよう、内々に話をしました」

「その小娘から正式な被害届が出されないかぎり、我々には何の関係もない話だ」

「被害届は出ませんよ」

「それなら一件落着だな」

「オリヴァー・カートライトはよほどの重要人物らしいですね」

パーズがこちらを向いた。「おまえがいまほのめかしたことは聞き捨てならんな、エイダン」

「俺だって言いたくて言ったわけじゃありません、警視」

パーズは鼻から息を吐き出した。「ミスター・カートライトはメディアの要人でね、私の持て余し者の部下の手で真夜中にベッドから引きずり出されるような扱いを受けるべき人物ではない。ちなみに、我らがチェース警視正を含め、この界隈《かいわい》の野心をぎらつかせた人間のアドレス帳にかならず名前が載っている人物でもある。ということで、重ねて言うが、その小娘から正式な被害届が出されないかぎり、我々には何の関係もない話だ」

「了解しました」

「それに」パーズは話題を変えた。「おまえに釣り合った捜査がほかにあるようではないか。路上のくず入れの連続放火事件。容疑者は挙がっているのか」

　俺は首を振った。

「そうか、おまえを頼りにしているぞ。むろんおまえなら、その片手間に〝笑う死体〟の事件も解決を試みるのであろうな」

「死体が笑っていたことをなぜ知っているんです、警視」

「おっと、よく気づいたな」パーズは言った。「おまえがまったくの役立たずでないことを私は知っている。しかしあいにく、監察医の意見は違う」

「カレン・ストローマー」

「そうだ。今朝、電話でさんざん聞かされた。おまえがいるとドラッグで現場が汚染されるリスクがあるとな」パーズはにやりとした。「私を挑発しているとしか思えなかった」

「俺を事件から排除したがってるわけですね」

「いや、おまえをこの星から排除したがっている」

「警視は何とおっしゃったんですか」

「気持ちはわかると言ったよ。言いたいことはよくわかると。だがこうも言った。おま

えとサティは、二人いないと前に進めないロバの被《かぶ》り物のようなものだとね。おまえを舞台から下ろすと、でっぷり太った尻だけがうろうろするばかりで何の役にも立たないだろうと」

それは褒め言葉にかぎりなく近かった。

「というわけで、今回はへまをしでかすな。この街のスピードの在庫をおまえ一人で消費することなくこの事件を解決できたら、みながハッピーだ」パーズはまたにやりとした。「私たちがやる分も少しは残しておいてくれよ、いいな?」

4

パーズは病院で俺を降ろした。拾ったときときっちり同じ地点で。太陽も空の同じ位置からまったく動いておらず、俺には急いで行かなくてはならない場所もない。何もかも想像のできごとだったかに思えた。それはパーズ警視の特異な才能の一つだ。他人の夢の息の根をあっさりと止め、悪夢を現実に変える。しかも本人が意識してそうしているようには見えない。その朝かわした会話は、生と死の境界線のように思えたのに、ほんの数分後には、そんなことはまるで起きなかったかのように日常が戻っている。

携帯電話を出して仕事にかかった。

「もしもし」

「ミズ・アニーサ・カーン？　市警のウェイツです」

「おはようございます、刑事さん」怯えているような声だった。「もしかしてアリの件ですか。何かあったの？」

「たったいまミスター・ナッサーと話してきたところです。だいぶ元気を取り戻した様子でした。ほかの件でお願いしたいことがあって」

「実は私もお話ししたいと思っていたところなの。昨日の夜はすっかりうろたえてしま

ってごめんなさい。身近で暴力事件が起きるなんて初めてで。ショックを受けたというのか」

　就職の面接に備えて用意しておいた答えを読み上げているように聞こえた。とはいえ、アニーサはどんな場面でも堅苦しい態度を崩さない。俺の前で隙《すき》を見せたのはほんの一瞬だけで、彼女がいま何より気にしているのはそのことではないかという気がした。

「あの状況では誰だってそうですよ」俺は言った。「気になさらないでください」

「ありがとう」早くも声が明るくなった。「で、頼みとおっしゃるのは」

　ホテルの五階で死体が発見されたことをこれ以上伏せておくのはどうかと思えたが、その前にホテルのオーナーから事情を聴きたかった。いまアニーサに話せば、いざ俺からそのことをオーナーに伝えたとき、率直な反応を期待できなくなる。俺は慎重にその話題を避けた。

「そちらの法律事務所がパレス・ホテルの売却交渉を進めているというお話でしたね」

「そうです。実際に契約成立という段階まで進んだら、私の上司のアンソニーが采配《さいはい》を振ることになるとは思いますけど」

「ミスター・ブリックのことですね」

「そうです。どうしてご存じなの」

「今朝、ミスター・ナッサーと話していてその名前が出たので」俺は言った。「できれ

ばミスター・ブリックと話したいんですが、段取りをつけていただけませんか」

「アンソニーのほうも刑事さんとお話ししたがると思いますけど、いまタイに行っていて、帰りは来週の予定なんです」

「仕事の関係で？」

「自分探しの旅ですって。五十歳にもなって。信じられる？」

「探し始めるのに遅すぎるということはないでしょうから。ホテルの現在のオーナーはどうでしょう。話をさせていただけますか」

　アニーサは黙りこんだ。

「そうですね……」長い間があって、ようやく彼女が話し出した。

パレス・ホテルを所有しているのはコイル信託で、委託者はナターシャ・リーヴとフレデリック・コイルの二人だという。今日のうちに二人に会いたいと伝えると、予定があって無理かもしれないが、確認してまた連絡するとアニーサは答えた。俺が中心街に戻ってきたところで、アニーサから電話があった。

「ナターシャは、いますぐならお会いできるそうです。ご都合はどうですか」

「願ってもありませんよ」

「あいにく私は同席できませんけど……」

俺は先を待った。ナターシャ・リーヴは気難しい人物だからそのつもりでと言われる

のだろうと思った。何か言いにくいことがあるようだったが、アニーサは言葉をのみこんだ。彼女はすでに一度、俺に隙を見せている。一度で充分ということだろう。

「最大限、行儀よくふるまうと約束しますよ」俺は言った。「何時にどこへ行けばいいか、それだけ教えてください」

5

ナターシャ・リーヴが指定した待ち合わせ場所はキング・ストリート、ディーンズゲートと交差する細い通りだった。その近くに住まいがあるのだろう。富裕層はときに警察官を自宅に招き入れるのを拒む。所得が一定額を超えたところから、カフェやレストランで事情聴取をする確率が高くなる。基本的に労働者階級出身者しかいない警察の人間に、自宅や持ち物をどう解釈されるか不安に感じるのだろう。下手をすると反感を持たれかねない。両方を知る立場からいうと、その用心はあながち見当はずれではなかった。

ナターシャは、一目見てすぐにわかった。

すらりとした体つきに、よく焼けた肌をした女性だった。年齢は四十五歳くらいか。生まれてこのかた恵まれた生活を続けてきたに違いない。陽光、栄養、教育。俺とは正反対といってもいい。彼女の健康的に輝く肌を見て、なんとなく引け目を感じた。自分が別の種類の生き物、劣った種族のように思えた。ナターシャはクリーム色のジーンズに同系色のブラウスを着ていて、その色合いが温かみのある小麦色の肌を引き立てていた。いまこの街を覆《おお》っている熱波によって作り出されたものではない、美しい肌色だ。

遠くから見たときはベビー服店のショーウィンドウをのぞいているのだと思ったが、近づいてみると、ナターシャはガラスに映った自分の姿を確かめているのだとわかった。いくらかがっかりしているようだった。振り返って俺を見たとき、彼女の目は同じ表情を浮かべた。

ナターシャも俺を一目で見分け、そうとはわからないくらい小さくうなずいた。

「ミズ・リーヴですね。俺は――」

「ウェイッ刑事ね」俺は手を差し出したが、ナターシャはそれを無視して向きを変えた。「行きましょうか」そう言うと、俺が当然ついてくるものと思っているようにさっさと歩き出した。俺はそのあとを追った。「ゆうべ、パレス・ホテルに侵入者があったとか」

「はい」俺は彼女に顔を向けたが、ナターシャはまっすぐ前を見たままだった。「ホテルの事情を少し教えていただけると助かります」

「それは捜査に必要なの？」

「それが、実をいうと、単なる侵入事件よりはもう少し複雑な事態になってきていまして」

「あら、おもしろそうなお話」ナターシャはそっけなく言った。「いいわ。あのホテルは私の家族が三十年前から経営しているの。その年月の三分の一は私が経営者を務めている。ずっと黒字で来たけれど、家族の事情で手放さざるをえなくなって、目下、売却

交渉が一ミリずつ前進しているわ」

ナターシャの口調は淡々としていた。人生に対する興味を完全に失っているといった風だった。それだけで歴史の講義が終わったことに、俺はすぐには気づかなかった。三十年の歴史がセンテンス三つに凝縮されていた。

「オーナーは二人いるとうかがいました」

「所有者はコイル信託。委託者は二人」ナターシャは言った。

「一人はあなたですね。もう一人は誰ですか」

「フレデリック・コイル。私の夫よ」

「結婚されているとは知りませんでした」

「終わりにさしかかったころには、フレディもそのことを忘れていたみたいね。離婚の手続き中なのよ、刑事さん。その交渉も一ミリずつ前進しているの」

「ホテルを売りに出した理由はそれですか」

「フレディは事業を二つに分割しようと提案したわ。スパとホテルに分けるとかね。でも、そんなのごめんだわ。売却に当たって私が絶対に譲れない条件は一つだけ、分割しないことよ」

「そう聞いて安心しました」

俺という味方が増えても、ナターシャ・リーヴは喜ばなかった。

「残念ながら買い手候補は、あなたと違って感傷に動かされない」

「売却交渉は思うように進んでいないわけですね」

「さっきも言ったように……」また繰り返すのは耐えがたいといった顔だった。

「一ミリずつ前進している。ミスター・コイルとはどのくらい結婚していらしたんですか」

「十年」ナターシャの表情がわずかにこわばった。「なぜ私の結婚にこだわるの？ たまたま結婚を考えていて助言がほしいなら、結婚よりもっと有意義なことに時間を使いなさいとアドバイスするわ」

「事実を確認しているだけです。ミスター・コイルとのあいだにお子さんは」

「フレディが私を捨てて走った子のほかに？」

俺は無言で待った。ナターシャは現実に返ったように言い直した。

「いいえ。子供はいない。フレディが子育てにわずらわされたくないと言ったから。私は一時期、後悔したわ。でも、今回の売却に対する彼の態度を見て、子供がいなくてよかったと思うようになった……」

「それはどういう意味でしょう」

「子供も二つに分割しようと言い出しかねないからよ」言いすぎたと思ったか、ナターシャは立ち止まり、初めて俺の顔をまともに見た。「誤解しないで。過去のいやなでき

ごとはどれも未来を暗示するものだなんて思っていないわ。運命が不利なカードばかり配ってくることもある、それだけのことよ。私の一存で決められるものなら、ホテルを手放したりなんて絶対にしない。ごめんなさい、売却の話題になるとつい熱くなってしまって」また歩き出す。「こんな話が侵入事件とどう関係するの」

「さっきも言いましたが、単なる侵入事件ではすまない事態になっていまして」

「そうね、さっきも聞いたわ」ナターシャは歩き続けた。

「警備員のミスター・ナッサーが何者かに襲われて負傷しました」

「ミズ・カーンから聞きました。命に別状はないんでしょう」

「ええ、そのようです」

「よかった。信頼できる人だから。言うまでもないことだけれど、本人にその気があるならこれまでどおり働いてもらいたいし、体の回復や捜査協力のために勤務時間を短縮するのだってかまわない。ほかに必要なことがあれば、ミズ・カーンに言って手配してもらってください。来週以降はミスター・ブリックが戻ってくるでしょうから、彼に」

「できればミスター・コイルともお話ししたいんですが」

「そうでしょうね」ナターシャはぼそりと言った。

「今日、ご主人と話をされましたか」

身元不明の死体はフレデリック・コイルではないかという飛躍した考えが俺の頭に浮かんでいた。いまの話を聞くかぎり、パレス・ホテルのオーナーが自分一人だけになれば、ナターシャ・リーヴの人生は格段にシンプルになる。

「ミズ・カーンから私とフレディに同じメールが送られてきたわ。ゆうべ何があったか知らせるメール。フレディはあまり興味がないみたいだったけど」

「それでも返信はあったんですね」

「もちろん」

「実は、ミズ・カーンにまだ伝えていないことがあります。昨夜、彼女からの通報を受けて駆けつけたとき、ホテルの四階で夜警のミスター・ナッサーが気を失って倒れているのを発見しました。後頭部を殴られて」俺は思いきってナターシャの顔を横目で確かめたが、そこには何の表情も浮かんでいなかった。「その後の捜索で、五階の客室内で死体が発見されました。不審死として捜査を開始しています」

「そう」ナターシャは目を細めた。「まさかミスター・ナッサーが……」

「いいえ。ミスター・ナッサーは犯行の邪魔をしたようです。午前零時の巡回を始める少し前に、大きな話し声が聞こえたと話していました。二人の人物が口論しているようだったと……」

ナターシャはドアの下の隙間から漏れる光のようにうっすらとした笑みを浮かべた。

「その二人がフレディと私だったのではないかと？」

「ミスター・ナッサーは、様子を確かめにいったところを襲われました」俺は質問をはぐらかして続けた。「ホテルの休業中にほかにも侵入事件があったかどうか教えていただけると捜査の参考になります」

「私の知るかぎりでは一件も」

「不審なできごとは何も？」

　ナターシャはうなずいた。「でも、ミズ・カーンにも訊《き》いてみたほうがいいと思うわ。休業以降、私はあえてホテルに関わらないようにしているの。日常業務についてはミズ・カーンやミスター・ブリックのほうがずっと詳しいわ」

「売却交渉の過程で、不安や疑念を抱くようなことはとくにありませんでしたか」

「買い手が殺到しているような状況だったらあったかもしれないけれど、いまのところ互いの出方をうかがっているだけだから。ところで、今回の事件は売却に影響するかしらね」

「影響する理由を思いつきませんね。数日は警察が死体発見現場を出入りすることになるでしょうが、それ以外にはとくに……」

　ナターシャはうなずいた。安堵《あんど》したのだろう。元配偶者との共同事業が何かと面倒になりがちなわけは理解できる。

「あともう一つだけ」俺は言った。「さきほど、ミスター・ナッサーが聞いた話し声はあなたとご主人のものだったのではないかと俺が考えているのではとおっしゃいましたが、ゆうべどちらにいらしたか、うかがってもかまいませんか」

「もちろんよ」ナターシャは言った。「家にいたわ。一人で」

「マンチェスター市内ですか」

「キング・ストリート沿いの自分のフラット」

俺たちは一区画をぐるりと回ってスタート地点に戻っていた。ナターシャが通りの名前を書いた標識に顎をしゃくった。

「自宅で何をしていましたか」

「読書よ」

「どんな本を?」

「詩集」本といえば詩集しかないだろうとでも言いたげだった。「それだけかしら、刑事さん」

「ご自分のアリバイの有無をあまり気にされていないようですが……」

「私には隠すようなことは何もないし、それにあなたはこれからフレディとも話すんでしょう。パレス・ホテルで口論をしていたのは私たちではないと、あの人なら証明できるはずだもの」

どういう意味かと俺が視線で問いかけると、ナターシャは続けた。

「あの人は、本よりもう少し温かいものを抱いて過ごしたでしょうから」

6

ナターシャと別れ、アニーサにフレデリック・コイルの予定を確かめてもらうと、会えるのは早くて明日になりそうだという返事だった。俺はアリから聞いた話を頭のなかで整理しながらパレス・ホテルに向かった。エントランスに配置された制服警官の敵意に満ちた視線に追跡されつつロビーに入った。天井のガラスドームから降り注ぐ陽光が大理石の壁や床を輝かせ、広大なロビーは前夜の事件のまがまがしい現場から、穏やかで瞑想《めいそう》的な空間に変貌《へんぼう》していた。ロビーを横切ろうとすると、別の制服警官が来て俺の行く手をふさいだ。

「ウェイツ刑事」警官は冷ややかに言った。「どういったご用件で」

「おはよう。言うまでもなく、五階で起きた変死事件の捜査で来た」

「何かお手伝いできることは」

「現場の捜索はもう？」

「サトクリフ警部補は、五一三号室を主要な犯行現場に指定しました。五一三号室の捜索は完了しています」

「ホテル全体は？　ほかの客室も鍵《かぎ》を開けて捜索したのか」

「はい。安全を確認しました」

「捜索だ」俺は繰り返した。「捜索はすんだのか」

「何が見つかると？」

「それは捜索してみなくてはわからないだろう」俺は制服警官の脇《わき》を抜けて階段室に向かった。

「ちょっと」警官が追いかけてくる。「勝手にうろうろされると困ります」

「そうだろうね。だが、今日は互いに警察官のふりをしようじゃないか」

「カレン・ストローマーからはっきり指示されました。許可がないかぎり、あなたを五階に入れないようにと」

「それなら心配いらない。俺たちの行き先は四階だ」

　制服警官も階段の上り口まで来て、俺たちは四階までの長い道のりを上り始めた。警官は俺のペースについてきた。息が切れていることを悟られまいとしていたが、それでも鼻で呼吸をする苦しげな音が聞こえていた。四階に着くころには、いまにも卒倒しそうな形相をしていた。俺は立ち止まらずに最初の廊下を進み、客室の捜索を始めた。昼勤の警備員、マーカス・コリアーについて尋ねたとき、アリはこの階のくず入れを見ろと言った。俺は各部屋のくず入れだけを確かめた。どの客室でも、くず入れはメインの部屋とバスルームの二カ所に備えられていた。最初の何部屋かは空振りだった。

四〇五号室は違っていた。ほかの客室のベッドはマットレスがむきだしだったのに、四〇五号室のそれにはシーツが敷いてあった。メインの部屋のくず入れをのぞいたあと、室内を見て回り、床に手と膝《ひざ》をついて懐中電灯の光をベッドの下に向けた。

何もない。

制服警官は入口から俺のやることを見守っていた。バスルームは空っぽも同然だった。電灯のスイッチに手を触れたくなかったから、懐中電灯の光ですませた。くず入れのペダルを踏むと蓋《ふた》が開いた。何かが光を跳ね返した。縦横三センチほどの銀色の開封済みパッケージ。俺はくず入れの前にしゃがみ、ポケットから透明のポリ袋を出し、それを使ってパッケージをつまみ上げた。表側に明るいピンク色の文字が並んでいた――〝ライフスタイル〟。俺が客室から廊下に出ると、制服警官も追ってきた。

「鑑識を呼んでくれ」俺は言った。「この客室の徹底捜索を頼みたい。とくにベッド周辺を念入りに」

「何を捜すんです？」

堪忍袋《かんにんぶくろ》の緒が切れかけた。「性行為の痕跡《こんせき》だよ。毛髪、皮膚片、ＤＮＡ。何を捜しているかは、見つかってみないとわからない。だが、そもそも捜索しないのはただの手抜き《スロッピー》だ。ああ、そうだ、ぬるぬる《スロッピー》といえば、こいつに毛髪や皮膚片やＤＮＡが付着し

ていないか調べてもらってくれ」

俺がポリ袋を渡すと、制服警官は驚いた顔で中身を二度見した。

「これはコンドームですか」

「パッケージだけだ。変な気を起こすなよ」

俺は奴《やつ》にウィンクをして、階段に向かった。

通りに出る前に、エントランスの制服警官と話をした。死体が発見されたときからずっと見張り番をしている警官だった。その日の朝、マーカス・コリアーが出勤してきたかどうかを尋ねると、ホテルを出入りしたのは俺と鑑識課員だけという答えだった。俺は礼を言ってその場を離れた。制服警官は、俺が帰ってほっとしたような顔をした。

7

夕方、サティと夜勤に就いた。中心街の待ち合わせ場所で待っていると、サティが来て助手席にどさりと沈みこんだ。

「おまえさ、何か俺に隠してることがねえか」

俺の一日のどの部分について腹を立てているのかわからなかったが、俺一人でパレス・ホテルのオーナーの片割れと話をしたことを指しているのだとすると、長い夜になるのは決まったようなものだ。初めから順を追って話すことにした。

「アリから事情を聴いて——」

「警視。パーズ警視と話しただろうが」

「話したくて話したわけじゃありませんよ」俺は一拍おいてようやく答えた。

「あのな、人の目に小便垂らしといて、いまのは雨だとかいってごまかすような真似《まね》するんじゃねえよ。気に入らねえことがあるなら、はっきり言いな」

「あんたとはまるで関係のない話でしたよ、サティ」

「だったらなんでスパイみたいにこそこそ会うんだよ。俺は家でサボってますとでも告げ口したか」

「いいえ」俺は事実を整理した。「パーズが俺を拾ったことを知ってるってことは、運転手から聞いたわけだ……」

「デイヴとは長いつきあいでね」

警察というのはそういうところだ。告げ口をする奴だらけだ。

「知り合いなら、どんな話をしてたかデイヴから教えてもらえばいいじゃないですか」

サティは鼻で笑った。「よく聞こえなかったとさ」

「聞こえなかったなら、デイヴは口を閉じておくべきでしたね。俺だって、今朝まではパーズと話すことになるなんて知らなかったんだ。あんたがアリの病室に張りつけた制服警官の誰かが、俺が病院に現れたって上に報告したんだろうな。パーズからは、カートライトに手を出すなと釘《くぎ》を刺されただけです」

「誰だって？」

「ゆうべ、俺がキーズまで会いにいった男」

「ああ、お得意のねえちゃんの件な……」

「問題はねえちゃんじゃない。カートライトです。何やら大物らしくて」

「へえ？　何者なんだ？」

「ニューメディアの有名人だか何だか。俺たちより価値のある誰かです」

「長くなる一方のリストな」サティは憎々しげに言った。

「要するに、俺はくず入れの連続放火事件だけ捜査していればいいって話でした……」

「そうだろう、そうだろう」サティは言った。「大事件だもんな。秘蔵っ子をあてがわないとな」

サティはしばらく黙って鼻息だけを鳴らし、俺の話を信じていいものかどうか考えていた。

「で？　アリの話はどうだった」

「話し声が聞こえて、それを確かめに上に行ったらいきなり殴られた、と」

「本当だと思うか」

「去年、アレッポから来たばかりの移民です。警察が事情聴取に来たってだけでびびってる。ええ、本当のことを言ってると思いますよ。ところで、昼勤の警備員はどうです、何か連絡は」

「二言だけな。〝連絡が取れない〟」

「そいつとアリは折り合いが悪そうです」

「へえ？」

「マーカスのことを訊いたら、パレス・ホテルの四階客室のくず入れを見てみろと言われました。コンドームのパッケージがありました……」

「マーカスはベッドのスプリングの性能を試したってわけか」

「そうかもしれない。客室は、大急ぎで整えたような状態でした。鑑識に捜索を依頼してあります」

「パッケージそのものはどうだよ。指紋を期待するのは甘いか」

「まだ何とも言えませんね、見つけたばかりだから。それより、俺が犯行現場に立ち入ろうとしたって苦情の電話があんた宛《あて》にそろそろかかってくるころかと……」

「ストローマーか」

「現場に指示を残してたみたいで」

「まあ、気持ちはわかるな。おまえの顔写真つきのポスターを作っとくべきだ。お尋ね者《ウォンテッド》ならぬ〝好ましからざる者《アンウォンテッド》〟。そうだ、邪魔《アンウォンテッド》といえば」サティはドアを開けて車を降りた。「俺は晩飯食ってくる。おまえはそいつを厄介払いしてきな」

そう言って、俺がカートライトのフラットから預かってきて後部シートに置きっぱなしにしていたソフィのジャケットに顎《あご》をしゃくった。

「この車で行け。ただし、一つでも傷を増やしてみろ……」

「もうこんなに傷だらけなのに？」

「おまえの話だよ、このすけこまし」

8

車を駐《と》め、オーウェンズ・パークの敷地を歩き出す。前日に感じたのと同じ、歳月の流れ者になったような感覚にとらわれた。ふっと過去に戻ったかのような。顔の内側に光が灯《とも》って若さが蘇《よみがえ》り、人生をやり直せるのではないかというような。ソフィの部屋のある建物に行ってブザーを鳴らした。パーズから言われたことを思い出す――〝カートライトの件は忘れろ〟。

パーズの指示で、俺はあまりに多くを忘れてきた。

俺がいまどこにいるか知ったら、パーズは爆発するだろう。だが、気になるのはパーズの怒りだけではなかった。それ以外にも何かある。ストローマーから向けられた嫌《けん》悪《お》？　それは想定の範囲内だ。くず入れの連続放火事件？　これは雑音にすぎない。その日の朝のことを思い返した。一本目の電話。数秒の沈黙、伝わってきた息遣い、そして終話信号。固定電話への着信は珍しいし、あの呼吸の音はたまたま聞こえたものではない。あれを俺に聞かせることこそが目的だろう。送話口に向けて息を吹きこむ理由は敵意以外にない。あの電話がかかってくる直前の二十四時間に何があった？　ガイ・ラッセル、オリー・カートライト、笑う男。

新顔の敵たち。

二階の部屋のブザーをもう一度鳴らした。数秒の間があって、オートロックが解除される音が聞こえた。階段を上った。この日遭遇したもののうち俺にとって筋が通っていたのは、アリの病棟にいた錯乱した患者、恐怖と混乱のなか世界に向かってわめいていたあの声だけだった。

二階の廊下を歩き出すと、はつらつとした話し声や音楽、馬鹿《ばか》騒《さわ》ぎに迎えられた。廊下から共用エリアに入った。前の晩、ソフィを待った場所だ。この日も〝勤務中〟のアールがいて、カクテルを四人分いっぺんに作っていた。俺に気づいて手を止めた。その空間の中心人物はアールだったから、彼につられて四人が俺のほうを振り返った。アールは注いでいた酒のボトルを置いた。友人たちから不満の声があがった。

「ちょっと待ってって」アールは友人たちに言ってこちらに来た。目を大きく見開き、手を振り回して俺を廊下へ追い立てる。そのまま俺と一緒に廊下に出てドアを閉めた。

「名前、忘れた。ヘヴィだっけ？」

「ウェイツだ」俺は答えた。「ソフィはいるかな」

「用もないのに入ってくんなよ」

「ソフィに会いたい。いるかな」

「いない」アールは壁にもたれて俺の行く手をふさいだ。

「ソフィの自転車はエントランスにあったが」

「ともかくいないんだよ」

「部屋のドアは開いてるかな」

「いや」

アールが警察に反感を抱いていることは知っている。ごり押ししないほうがいいだろう。

「ジャケットを預かってきた」俺はジャケットを持ち上げた。

「へえ」アールは驚いた顔をした。「僕から渡してもいいけど」

「じゃあ頼む。例の男はもう何も言ってこないはずだ。もし何かあったら、昨日渡した番号に連絡をくれと伝えてもらえないか」

何があってももう何も言ってこないはずなのか、アールが聞きたがっているのがわかったが、俺は黙ってジャケットを手渡し、向きを変えた。

「ありがとう」アールの声が背後で聞こえた。

「きみは頼りになる友達だな、アール。ソフィがトラブルに巻きこまれないよう気をつけてやってくれ」

階段を下り、圧力鍋《あつりょくなべ》のような廊下を歩いた。話し声と笑い声と音楽がかすかに聞こえていた。

「おい、ヘヴィ」アールが階段を下りて追いかけてきた。「これ、落としたぜ……」そう言って折りたたまれた紙片を差し出す。

　俺はその紙片を開いた。

　オリヴァー・カートライト。〝オリー〟。三十代なかば。

　薄くなりかけの赤茶色の髪、ぽっこり気味の腹。インコグニート。午後七時。

　おそらくソフィのジャケットから落ちたのだろう。アールに預けるまで、俺はジャケットを腕にかけて持っていた。

　アールが眉《まゆ》を寄せて紙片を見た。「そいつ、知ってるの」

「カートライト？　いや。きみは？」

「名前だけ。『ロリティクス』ってオルタナ右翼サイトを運営してる奴だろ。事務所の前にみんなで行って、抗議集会を開いたことがあるから」そこでアールの頭に何か閃《ひらめ》いたらしい。「ちょっと待てよ。まさかソフィがトラブってる相手ってそいつ？」

　俺は首を振った。「違うよ、捜査中の別の事件の関係者だ」

「こういう奴はとっ捕まえてトイレに流しちゃってくれよ」アールは言った。「世の中のありとあらゆるものが気に入らないみたいだからさ、連中は」そして向きを変えて階

段を上り、共用エリアに戻っていった。喉《のど》の渇いた友人たちの歓声が聞こえた。俺は建物を出て敷地を横切った。手にはまだ紙片を持っていた。ソフィのものと思《おぼ》しき手書きの文字でカートライトの外見的な特徴が書き留められていた。つまり彼女は、クラブに出かける前からカートライトを知っていた可能性があることになる。それどころか、最初から彼を狙《ねら》って近づいたのだろう。そうだとすれば、知り合った経緯について、そしてその理由について、ソフィは俺に嘘《うそ》をついたことになる。

9

車で中心街に戻り、サティに連絡を取った。サティは市警の機動部隊《ストンパーズ》に合流して、バーで発生した乱闘事件の収拾に当たっていた。ああいう奴だ。喧嘩《けんか》のきっかけを作ったのはサティだと聞かされても俺は驚かない。なじみのない新しいエネルギーが湧《わ》いて、俺はじっとしていられなかった。何カ月も休眠状態にあった脳が再起動したような感覚だった。

パレス・ホテルから少し離れた、グレート・ブリッジウォーター・ストリートがオクスフォード・ストリートにぶつかる交差点に車を駐めたとき、ザ・テンプルの明かりが見えた。そこはかつて公衆便所だった地下空間で、ヴィクトリア朝時代には悪名高きハッテン場でもあったという。この街のゲイ文化はカナル・ストリート周辺のゲイ・ヴィレッジよりはるか昔に遡《さかのぼ》る。その空間は改装され、いまはこぢんまりとしたバーになっていた。経営者は地元出身の有名バンドのフロントマンで、エルボーが最大のヒット曲『グラウンズ・フォー・ディヴォース』の歌詞でザ・テンプルに遠回しに触れている。

懐《なつ》かしい考え、懐かしい感覚に向けて背中を押されているような気がして、それに従うことにした。スピードとコカインとエクスタシーを断つメリットの一つは、酒を飲む

のが健康的な選択に思える点だ。階段を下りてドアを押してみた。鍵がかかっていたが、なかから話し声が聞こえていた。もう午後十一時を回ったのに（訳注／英国のアルコール類販売可能時間は原則二十三時まで）、ジュークボックスはまだ音楽を鳴らしている。ドアをノックすると、人の気配が近づいてきた。俺はドアから少し離れ、なかからこちらの顔が見える位置に立った。

「誰？」聞き覚えのある声だった。

「俺だ」

「ウェイツ？」

錠がはずされ、ドアが開いた。店内の熱気、誰かと一緒に酒を飲む純粋な楽しさがぶつかってきた。女性バーテンダーのシャンが無表情に俺を見つめた。

その無表情さもぶつかってきた。

シャンは黒い髪とそばかすのある青白い肌をしている。黒ずくめの服を着て、黒いセルフレームの眼鏡をかけ、片方の肩から手首にかけて繊細な線で彫られたタトゥーを入れていた。「もうお酒はやめたらしいねって噂《うわさ》してたんだけど……」

「病が再発してね」俺は言った。「会えてうれしいよ」

俺は一歩近づいたが、シャンは動かず、戸口に突っ立って俺を見ていた。初めて会ったのもここ、この戸口だったことを思い出す。あれは崖《がけ》から転落するような経験だった。

「そう？」シャンは言った。

一瞬の間ののちシャンは向きを変え、店の奥に戻っていった。俺はドアに鍵をかけてシャンのあとを追った。店は細長い。奥行きは列車の食堂車二両分くらいか。左右の壁に沿ってそれぞれ四つか五つテーブルがあり、人ひとりがようやく歩ける幅の通路が真ん中を通っている。いくつかのグループが飲んでいたが、人数でいえば合計十人くらいだろう。日曜の夜、閉店後も残っている常連客たち。本当か嘘かわからない話で盛り上がり、あるいは白熱した議論に熱中している。そのときは生死を分かつ重大事と思えても、翌朝にはきっと忘れられている話題。ジュークボックスから、ザ・クラッシュの『ブラン・ニュー・キャデラック』が大音量で流れていた。

「ギネスをもらえるか」俺はカウンター席について言った。

シャンは俺の顔をじっと見た。「空いたグラスがないかも……」

「今夜は湯たんぽで出されても飲めそうな気分だ」

「ほんとに湯たんぽで出すよ」シャンは食洗機の扉を開けた。湯気が広がった。シャンは無言でビールを注ぎ、カウンターの上を俺のほうに滑らせた。グラスは食洗機の熱でまだ温かかった。財布を出そうとすると、シャンが片手を挙げた。「店のおごりだから、エイド」

「ありがとう」俺はシャンを見つめた。首筋の血管が脈打っている。それを見て、シャンも同じものを感じているのだとわかった——何を感じているのか、自分でもよくわか

らないが。

「あれからどうしてた」俺は尋ねた。

「失恋のショックで死んだかどうか知りたい？　何しに来たわけ」

「自分が刑事だってことを忘れに、かな」

「それなら短時間ですみそうでよかった。でも、真面目《まじめ》な話、いまさら顔を出すなんて……」

「街の酒場の大部分から、二度と来てくれるなって要望が届いてる」

シャンはカウンターに肘《ひじ》をついて身を乗り出した。「その手続きって簡単？　申請書類みたいなものがあるなら書くけど」

「今夜はこのすぐ近くまで仕事で来たから」

「いつだって仕事、仕事だものね。わたし以上に働きすぎの人って、あなたくらいだな」シャンは肩をすくめた。「そのわりに元気そうだけど……」

「最近はランニングを日課にしてる」

シャンが眉を吊《つ》り上げた。

「誰しも悪癖の一つくらいは必要だからね……」

「悪癖なら、売るほど持ってたじゃない」

「いまはクリーンなんだ」俺は言った。自分はそれを彼女に伝えたくて来たのだろうか

と思った。

シャンはふっと表情をゆるめ、作りものではない笑みを浮かべた。その本物の笑顔を見て、彼女と最後に会ったころの自分の落ちぶれぶりを思い知らされた気がした。

「安心したよ、エイダン。すごく安心した」シャンは俺の腕をつついた。「スピードの密売人はみんな、明日からどうやって暮らしていこうか頭を抱えてるだろうね」

俺は笑った。「心配ないさ、不景気知らずの商売だから」

「で、同時に女の子とつきあうのもやめることにしたの？　それともわたしだけ？」

「いや……」

「ふつうならさよならくらいは言ってもらえるものだけど」

「また戻るつもりでいたんだ」

「でも、結局戻ってこなかったよね。こうして顔は出しても、本当に戻ってきたわけじゃない。そうでしょ？」

カウンターに男性客が来て、大勢の分の注文を伝えた。シャンはこわばった小さな笑みを見せ、そっけない態度で注文の酒を用意した。男性客はテーブルとのあいだを行ったり来たりしながらグラスを運んだ。ここに来たのは間違いだったと俺は気づいた。それ以上に始末の悪いことに、俺はシャンの人生から黙って消えることによって、またしても自分自身に対してひどい間違いをしたのだと痛感した。店を出るつもりでグラスの

酒を飲み干した。

「また来てもらっても、わたしはもういないかも」シャンが言った。

俺はシャンを見つめた。「どこに行くんだ？」

「わからない。日の当たる場所？　最低でも地上に出たい。いま、つきあってる人がいるの」

「いい奴か」

シャンはうなずいた。「いい人はなかなか見つからないけどね」

別れたのは一年近く前のことだが、そのころ俺たちは、口には出さないまでも、そろそろ一緒に暮らそうかという段階にさしかかっていた。どちらもはっきりとそう言う覚悟はなく、おのおの借りていた部屋を引き払うこともせずにいたものの、それぞれの夜のシフト明けにどちらかの部屋に帰るのが当たり前になっていた。シャンの友人や家族を少しずつ紹介されていたが、俺のほうには紹介する友人も家族もいないという事実は見て見ぬふりをした。しばらくは幸せだった。手抜きの食事を作り、膝に皿を置いて食べた。食事のあいだも話がしたかったからだ。夏には彼女が住む古い建物の非常口を伝って屋上に出た。そこでワインのグラスを手にトム・ウェイツの『ドランク・オン・ザ・ムーン』を歌った。人生の最良の時期だったのに、職場でトラブルを起こした俺は、無責任にそれに終止符を打った。自分の人生を脱線させた。シャンの言うとおりだ。俺

は本当に立ち直ったわけではない。

「悪かった」俺は言った。

そこからまた話をした。いくらかなごんだ雰囲気で、思い出話に花を咲かせた。常連が何人か話に加わり、俺は肩の力を抜いて、この二日間のできごとを考えるともなく考えた。連続放火、リベンジポルノ、そして死体。難易度は異なるが、一筋縄ではいきそうにないという意味では同レベルの三つの捜査。俺は二杯目に取りかかった。オリヴァー・カートライトのことを考えた。俺は奴を夜中にベッドから引きずり出した。夜勤に厄介払いされたのは、まさにそういう態度が原因だった。ここで一つでもしくじれば、次はない。ただ、パーズの大目玉を食らうだけの価値はあった。俺はソフィに好感を抱いた。昔知っていた少女にどことなく似ていた。

とはいえ、俺の思考のあらかたを独占していたのは、笑う男だった。

ドアを荒っぽく叩《たた》く音が聞こえて、シャンがカウンターから出てドアを開けにいった。一曲が終わって次の曲がかかるまでの空白を、しわがれた声、押し殺した低い声が埋めた。入口のほうを振り返ると、男が、黒い影が、入れてくれとシャンにかけ合っていた。音楽が流れ始め、シャンと男のやりとりは聞こえなくなった。短い押し問答の末、戸口をふさいだ影は両手を挙げて後ずさりした。シャンはドアの鍵をかけ、今度こそ本当に店を閉めると宣言した。

俺はグラスの酒を飲み干し、ジュークボックスから流れるトム・ウェイツの『トム・トラバーツ・ブルース』に送られて店を出た。この場面にそれ以上ぴったりな曲はない。シャンがあのころを懐かしんでジュークボックスにセットしたのだろうか。リラックスした、上の空といってもいいような気分で階段を上り、通りに出たときもまだ、トム・ウェイツの曲を鼻で歌っていた。二階建てのバスが、まばゆい光だけが詰まった空っぽの箱といった風情《ふぜい》で轟音《ごうおん》とともに通り過ぎた。中心街に向けて歩き出そうとしたとき、背後で何かが動く気配がした。振り返ると、ザ・テンプルの入口脇に人影が見えた。そいつは影のなかに立っていたが、俺は背中から街の灯りに照らされていた。そいつの視線を感じた。どちらもすぐには動かなかった。まもなく俺は向きを変え、通りを歩き出した。

それもまた、ノックから始まった。

日曜の夜、十時過ぎ。少年はノックする前に少しだけためらった。同じように街から遠く離れていて、同じように外は真っ暗なのに、このときは満天の星が見えなかった。いま来た小道をたどって母親や妹が待つ車に戻ろうかという考えが頭をよぎった。肩をすくめて、留守みたいだったと言えばいい。だが、ベイトマンの視線を感じた。彼は背後のどこかにひそみ、闇《やみ》のなかからふいに現れて割りこんでやろうと身構えているだろう。この家に誰かいることをベイトマンはとっくに知っている。

その誰か以外に誰もいないことも知っている。

だから、ノックするなりドアの奥で人の気配がしたとき、少年は驚かなかった。若い女性の声にも驚かなかった。

「どなた？」その声は言った。聞き覚えがあるように思ったが、断言はできない。「ベイツ、あなたなの？」女性はためらった。「また来るなんて、近所に知れたら……」

少年はもう一度だけ振り向き、影の奥に、きっとそこにいるはずのベイトマンのほうに目を凝らした。それから、迷子らしい声で言った。「道に迷っちゃったの」

ドアの向こう側で鍵が回される音が聞こえた。ドアが開き、心配顔の若い女性がこちらを見つめた。ホリーだった。青空市で会った若い女性。いまはパジャマの上にガウンを羽織っていた。

「こんばんは」ホリーはしゃがんで少年の顔をのぞきこみ、驚いて目を見開いた。「あら、ウォリー？」

　この再会が何を意味するか、一瞬あってホリーが悟り、少年の背後に目をやったときにはすでに遅かった。ホリーは立ち上がってドアを閉めようとしたが、ベイトマンの鋼鉄の補強入りのブーツの爪先《つまさき》がすべりこむほうが早かった。ドアはわずかな隙間《すきま》を残して止まり、ベイトマンが肩でドアを押し開けた。その反動でホリーは床に投げ出された。

「ごめんなさい」ホリーが言った。「本当にごめんなさい」

　自分に言っているのだと少年が気づいたのは、一拍おいてからだった。ベイトマンが脇を抜けて玄関に入っていく。片方の手に釘抜きハンマーを握り、もう一方には大きなダッフルバッグを提げていた。バッグを床に放り出してホリーの髪をつかみ、床を引きずって奥の部屋へ連れていった。

「玄関」ベイトマンが肩越しに言った。少年はかちりと音が聞こえるまで玄関ドアをしっかり閉めた。そこに背中を押し当て、ちゃんと息をしようと自分に言い聞かせ、ドアの表面をすべり落ちるようにして床にうずくまった。奥の部屋から乱れた足音が聞こえ

た。言い争う声。いくつもの家具が倒され、ガラスが割れた。やかましい物音にまぎれて、ごめんなさい許してと繰り返すホリーの弱々しい声が聞こえた。

「バッグだ、ウォリー」ベイトマンが怒鳴った。「もたもたするんじゃねえ。夜が明けちまう」

少年はバッグを拾って奥の部屋に行った。広さと豪華さに目を丸くした。壁際《かべぎわ》に巨大な書棚が並んでいる。どの家具も見るからに高価そうだ。その部屋一つだけで、一家が住むフラットよりも広かった。少年は破壊の跡をたどって奥へ進んだ。ひっくり返ったテーブル、壁にできたへこみ、粉々に砕けたランプ。最後に角を曲がると、そこにホリーがいた。床にうずくまって泣いていた。そのすぐ横にベイトマンが立ち、指を曲げ伸ばしながら、釘抜きハンマーを何度も握り直していた。

「さてと、頼みがある」ベイトマンはホリーに言った。

「何かしら」ホリーは目もとを拭《ぬぐ》い、笑みを浮かべようとした。

「そのバッグに入れ」ベイトマンは少年が引きずってきた大きなダッフルバッグに顎をしゃくった。

「え？」ホリーがつぶやくように言った。

「そのバッグに入れと言った」ベイトマンはホリーを見ずに繰り返した。

「だけど……」ホリーは喉をごくりと鳴らした。「どうしてなのか教えてもらえる？」

「どうしてなのか教えてもらえる？」ベイトマンは口真似をした。「この世の全員がリッチに生まれついたわけじゃないからだよ、ダーリン。世の中にはな、働かなくちゃ食ってけねえ人間も大勢いる。俺は平和と静寂を愛する人間だ。どんな形であれ、な」ベイトマンはその一例を示すかのようにハンマーを振り上げた。ホリーはふいに息が詰まったような顔をした。それからうなずき、立ち上がると、姿がぼやけるほどの速さで部屋から飛び出していった。少年は廊下に出た。ホリーは震える手で玄関の鍵を開けようとしていた。少年の背後にベイトマンが現れて愉快そうに含み笑いをした。玄関から屋外へよろめき出たホリーをまばゆい光が照らした。

ホリーは両手を顔の前にかざして立ち止まった。

「なかに戻りな」少年の母親の声が聞こえた。

ホリーの肩ががくりと落ちた。膝の力が抜けたのか、ドアにもたれた。ベイトマンが近づいてホリーを抱え上げ、奥の部屋に連れ戻した。「言ったろう。俺は平和を好む。どんな形であれ、な」

少年は廊下に立ち尽くし、壁と一体化しようとした。目の前を通り過ぎる母親を見ないようにした。母親はベイトマンを追って奥の部屋に入っていった。少年は目を閉じ、おとなたちが動き回る気配に耳を澄ました。三人とも、重いものを持ち上げているようなうめき声を上げていた。

「お願いよ」ホリーの声が聞こえた。「お願いだからやめて……」

少年はふらふらと部屋の入口に近づいた。ホリーの背中をベイトマンが踏みつけ、体を二つ折りにさせてダッフルバッグに押しこもうとしていた。ホリーは何か言おうとしたが、ベイトマンがジッパーを締め、その声はただのくぐもった音の連なりになった。

床に置かれた黒いダッフルバッグははち切れんばかりの荷物を詰めこまれ、すすり泣くかすかな声に合わせて震えていた。

ホリーの体のどの部分がどうなっているのか見当もつかなかったが、長い髪の先端がジッパーからはみ出しているのが見えた。ベイトマンは南京錠《なんきんじょう》を取り出し、ジッパーのつまみの輪に引っかけ、掌《てのひら》で押して錠を閉じた。

「泣くんじゃねえよ」ベイトマンはブーツでバッグをつついて言った。「おまえよりもっとでかい奴だってそこに入ったんだからな、ダーリン」

母親の冷ややかな視線を感じ、少年は遅まきながら後ずさりして部屋を出た。

「妹の相手でもしてな」母親はそっけなく言った。

バッグからホリーの助けを求める叫び声が聞こえていたが、少年は歩き続けた。耳鳴りがした。口に唾《つば》がたまった。視界に水ぶくれのような白い点がぼんやりと現れた次の瞬間、少年は自分が肉体を抜け出そうとしているのを感じた。玄関まで来たところで、ベイトマンがホリーに怒りを爆発させる声が聞こえた。

「う・る・せ・え、だ・ま・れ」一音ごとに、鋼鉄の補強入りのブーツの爪先が人体にめりこむ音が続いた。

少年が外に出るころにはもう、ホリーの声は聞こえなくなっていた。少年は上昇を続け、宙に浮かんだ。高く高く昇った。初めは歩き、次に走り、最後には空を飛んで、その家から遠ざかった。

Ⅲ
チャイナタウン
China Town

1

「お待たせしてすまない」寝室からふたたび現れたフレディ・コイルは言った。

俺が来たとき、フレディはまだ客を迎えられる状態ではなかった。ドレッシングガウンとパジャマから着替える時間をくれと言われ、俺は中心街に位置する広々としたロフトアパートメントの応接スペースで待った。部屋は散らかり放題に散らかっていたといえば大げさだが、それに近い状態だった。パーティ向けの料理が半分残ったボウルがあちこちに放置され、汚れたグラスはまだアルコールの強烈なにおいを放っていた。それとは別に、フルーツを思わせるにおいがかすかに漂っていて、そのにおいをたどるとソファのクッションの隙間《すきま》に電子たばこがはさまっていた。コイルが身支度をしているあいだ室内をうろうろしながら何気なくカーテンの陰をのぞくと、銀色のカクテルシェーカーがあった。

あわててそこに隠したといった風だった。

寝室のドアを横目で見張りつつ、蓋《ふた》を取ってカクテルのにおいを確かめた。シェーカーは冷たかったが、それでもまだまったく溶けていない氷が入っているのを見てやはり驚いた。

朝の十時だというのに。

指を浸《つ》けて味を見た。ジンとフルーツジュース。パーティはついさっきまで続いていたのか、それとも、俺が来る寸前に再開したところだったのか。

ドアの奥で物音が聞こえて、俺は椅子《いす》に腰を下ろした。

ふたたび現れたコイルは、目の覚めるようなブルーのこざっぱりとしたスーツに着替えていて、待たせたことを謝った。細く整えた口髭《くちひげ》は、真っ白な陶器に入ったひびのようだ。黒々とした髪は後ろになでつけてヘアジェルか何かを使って固めてある。四十代半ばから後半くらいという年齢を考えると、おそらく染めているのだろう。コイルが窓《まど》際《ぎわ》に行くのを見て、カーテンの陰に隠したシェーカーを確かめようとしているのかと思ったが、ブラインドを操作して閉めただけだった。隙間から射《さ》す陽光が室内に縞《しま》模様を描いた。

「朝はまぶしくてね、この部屋は。人にもよるのかもしれないが」コイルは椅子に座り、俺を起動する合図のようにぱんと手を打ち鳴らした。俺が黙っていると、用心深い口調で自分から話し始めた。「パレス・ホテルに侵入者があった件で……?」

「それが、単なる侵入事件ではなさそうでして、ミスター・コイル」

俺と会ったあと、ナターシャ・リーヴがアニーサやコイルに話の内容を伝えているかどうかわからない。そこでコイルに沈黙を埋めさせることにした。

「警備員が襲われたとか。名前は、えっと……」

「アリです」俺は助け舟を出した。

「ああ、そうそう、アリ。気の毒なことだ。だが、賠償の話なら、我々に責任はないよ……」

「俺は保険会社の人間ではありません、ミスター・コイル。さっきも伝えたとおり、刑事です」

「こんな朝早くから人の家に押しかけてくるくらいだ、泥棒を逮捕したのだろうね」

そのとき、寝室から物音が聞こえた。俺もコイルも寝室のほうを見た。コイルが微笑《ほほえ》む。自嘲《じちょう》の笑みのつもりだったろうが、その目論見《もくろみ》は大きくはずれた。

俺は身を乗り出した。「お取り込み中に邪魔したなら謝りますが、今朝、この時間にうかがうことは前もって了解してくださっていたはずです。あなたが所有するホテルで人が死んだわけですし……」

核心に触れないかぎり、話を引き出せそうにない。

「死んだ？　ミズ・カーンからは怪我《けが》をしたと聞いたが……？」

「ミスター・ナッサーについてはそのとおりです。しかし、彼を発見したあとに行われた捜索で、五階の客室から死体が発見されました」

「本当に？」

「我々は殺人事件ではないかと見ています」

コイルはしばし人差し指で口髭をなぞった。「で、死んでいたのは誰なのかな」

「まだ身元は判明していません。参考になりそうなお話を聴かせていただけるとたいへん助かります」

「たとえばどんな」

「遺体の身元に心当たりはありませんか」ストローマーから死体の顔写真が送られてきていた。ナターシャ・リーヴにはメールで送ったが、これといった成果はなかった。フレディ・コイルは一目見て顔をしかめた。

「まったく知らない顔だ」

「パレス・ホテルでふだんと変わったことはありませんでしたか」

「変わったことというと」

「警備員の一人が客室を部外者に貸していた可能性があります」

「部屋を貸してたって？」コイルは訊《き》き返した。「何の目的で」そう言ったあとで答えが閃《ひらめ》いたのだろう。「ああ、世界最古の職業か」

「硬直した考えを持たないよう用心して捜査を進めています」

「よほど頭が柔らかくなくてはやっていけないだろうね、きみの仕事は」

俺はうなずいた。「おそらく世界で二番目か三番目に古い職業です」

「とすると、その男の死は、その、売春に関係してると考えているわけだね、警察は。ブリックはこの件を知ってるのかな」

「本人と話をしたいところですが、海外に旅行中だそうで」

愉快そうな顔がコイルの顔をよぎった。ポケットから携帯電話を取り出す。「そうらしいね……」画面を俺に向ける。上半身裸の肥満体の男の写真が表示されていた。ブランドもののサングラスをかけて若いタイ人女性に囲まれている。「これきり帰ってこなかったとしても意外ではないな」

たしかに、弁護士とは思えないほどゆるみきった表情をしていた。

「パレス・ホテルの話ですが、ミスター・コイル……」

「売春か」

「ええ、その線も調べています。あなたが最後にホテルに行かれたのはいつですか」

コイルは笑った。「もう何年も行ってないよ。本当だ」

嘘《うそ》ではないだろうと俺は思ったが、なぜもっと早くそう言わなかったのか解《げ》せない気がした。

「あなたを個人的に恨んでいる人物に心当たりは？　ホテルの売却を遅らせてやろうと画策するような人物はいませんか」

コイルの笑顔が凍りついた。「売却を遅らせる？　今回の事件で遅れるかもしれない

と？」

「うかがいたいのは、それを狙《ねら》っての工作ということはありえるか否《いな》かという点です」

コイルは長いこと考えこんでいた。俺から目をそらしてはまたこちらを見る。ゆうべの酒の酔いがようやく覚めようとしているのが目に見えるようだった。

やがてコイルは首を振った。「そういうことではないと思うが、用心に越したことはない。他言しないと約束してくれるか」

「何をです……？」

コイルは哀れむように首を振り、俺にも理解できるようゆっくりと言った。「傷害事件だの死体だのといった話が新聞に出たら、売値は一方向にしか動かない」そして親指を下に向けて見せた。

「しかし、興味深い流れではあります。売却交渉に入って休業中のホテルで侵入事件が発生した。盗難被害はなかったが、警備員が襲われ、死体が発見された。オーナーから事情を聴こうと考えるのは当然でしょう……」

「ナターシャとはもう話したのか」

「奥さんですか。ええ、昨日」

「元妻だ」

「離婚はまだ成立していないのでは」

「していないからこそ、その区別が重要になる。実際問題、パレス・ホテルは我々の離婚そのものだ。なんだかんだ抵抗しているのはナターシャ一人だよ」

「今回の事件に奥さんが関わっていると思うわけですか」

「そうは言ってないさ」コイルは俺を見た。「ナターシャが犯人なら、生きた人間を残すはずがないだろうから……」

「しかし、奥さんは売却交渉を妨害していると？」

コイルは質問を無視して言った。「先に私の話を聴きに来てくれればよかったのに」

「できれば二人一緒にと思ったんですが、あなたは予定が合わないということでしたので」

「単なる侵入事件だと思っていたからだ」コイルは言った。「詳細を聞かされていたら、スケジュールを空けたよ」

コイルの視線は室内のたくさんのグラスの上を飛び回った。それが彼の言うスケジュールらしい。

「死体が発見されたことで、事情がそこまで大きく変わる理由は何でしょう」俺は訊いた。

「問題が発生しかねないからだ。ネガティブな評判が広がるのを防ぎたければ、慎重にことを運ばなくてはならない。それはナターシャの得意分野とは言いがたい……」

質問を促すような言い方だった。俺は誘いに乗って尋ねた。「では、ミズ・リーヴの得意分野は？」

「大げさに騒ぐことだよ」コイルは答え、長椅子の背にゆったりともたれた。「私のことはどう言っていた？」

「聞いたのは事実だけです」

コイルは顔を上げ、探るような目を俺に向けた。事実に裏切られた経験があるのだろう。「とすると、きみは彼女の味方ということか」

「俺はつねに死んだ人物の味方です。あなたについて、ミズ・リーヴはほとんど何も話していません」コイルの被害妄想に燃料を供給してやる気はしなかった。「パレス・ホテルの背景についても詳細はほとんど教えてもらえませんでした」

それでコイルは満足したらしい。「まあ、意外ではないな。あのホテルは自分がゼロから築いたものだというような顔をしている」

「そうではないわけですか」

「結婚して手に入れたものだからね」勝ち誇ったような口調だった。「そのあとホテルを自分のイメージに染め上げた。私が一日でも早くあのホテルを処分したくて必死になっている理由は想像がつくだろう」

「経済的に逼迫《ひっぱく》しているということですか、ミスター・コイル」

「いやいや、金にだけは困っていないよ」コイルは手を振って否定した。「いまのは言葉のあやというやつさ。ここまで話がややこしくなった原因は、ナターシャにある。金は出すが口は出さないオーナーという立場に私は満足していた。しかしナターシャから最後通牒《つうちょう》を突きつけられた……」

「それが半年前のことですね」

コイルは答えなかった。

「それをきっかけに別居することに？」

「別れたのはもう何年も前だよ。本当の意味での結婚生活という観点から言うなら」

「もしうかがってもかまわなければ、結婚生活に第三者が関わったことは——？」

「訊くのはかまわないさ」コイルは居住まいを正した。「ただし、答えは控えるよ。それとこれと、どう関係するのかわからないからね」

「いまはどうです？　交際している人はいますか」

「その質問も、どう関係するのかわからない」

「どう関係するかというと、土曜の午後十時半から午前零時にかけて、どこで何をしていらしたのかうかがいたいからです」

「私は人を殺したりなどしていない。お互いわかっているだろう」

「そうだとしても、ほかにあなたが関わっているのかもしれないできごとが起きていま

す」

「というと？」

「ホテルの警備員は、午前零時少し前に、二人の人物が言い争う声を聞いています。それを調べに行ったところで襲撃されました。また、我々は現場から逃走する人影を目撃しました。その直後に死体が発見されています」

コイルはにやりとした。「ナターシャと私が真夜中に会って殴り合いの喧嘩《けんか》をしたと思っているわけだね。そのあと帰る途中で、見も知らぬ人間を殺してストレスを発散したとも疑っているんだろう」

「ホテルで口論はしたが、殺人には無関係ということも充分にありえます。そういうことであれば、いまのうちに打ち明けていただくのが無難でしょうね」

「彼女も道連れにできるなら罪を告白する甲斐《かい》はありそうだが、あいにくナターシャとは何カ月も口をきいていない。私が家を出たときからだ。嫌疑について彼女が何と言っているのか知りたいものだね……」

「嫌疑ではありませんよ、ミスター・コイル。それにナターシャはどこで何をしていたか、あっさり答えてくれました」

「どこで何をしていたって？」俺が答えずにいると、コイルは続けた。「残念ながら、私のアリバイは証明できそうにない。土曜の夜だって？　ここにいたよ。一人で」

「ナターシャも一人きりだったそうです」

「きっと嬉々《きき》としてそう話しただろうな」

コイルはナターシャよりも芝居がかかった陽気な態度で内心を隠そうとしたが、落胆しているのは明らかだった。二人一緒に事情聴取しなくてよかったと思いながら、俺はコイル宅を辞去した。種類こそ違えど、二人とも話をはぐらかすのが巧みなうえに、やたらと理屈っぽい。十年続いたのは、互いを避けてきたおかげなのだろう。その戦略が突然うまくいかなくなったのはなぜなのか。階段の下り口に来たところで、話し声が聞こえたような気がした。少なくとも、コイルが誰かに話している声は聞こえた。まもなく、カクテルシェーカーのなかで氷がぶつかり合う音がそれに続いた。

2

通りに出たところで、携帯電話が振動した。

「例のゴムな」サティが挨拶《あいさつ》抜きにいきなり言った。

「おはようございます、警部補。コンドームのパッケージの話ですか。指紋が付着してたとか？」

「うぐ。一致するデータは登録されてなかったがな。それより、俺が気になったのはブランドだ」

「何てブランドでしたっけ」

「ライフスタイル。出くわしたことはあるか。出くわすってのも妙な言い方だけどな……」

俺はちょっと考えてから答えた。「独特のパッケージでしたが、見覚えはありませんね。実を言えば、見る機会もご無沙汰《ぶさた》だし」

「おまえの愛用ブランドだったら、そのほうが心配ともいえる。ハルム・ストリートのクリニック、知ってるか」

パレス・ホテルからすぐのところに、慈善団体運営の性感染症専門外来クリニックが

ある。サティから聞いたとたん、俺も思い出した。

〝ポジティブ・ライフスタイル・クリニック〟。

「ちょうどいま、五分で行けるところにいます」

「よし、その件はおまえに任した。ああ、そうだ、エイダン……」

「はい？」

「ついでだから、検診もしてもらってきな」

クリニックの前にホームレスのカップルが座り、シェリーかポートワインらしきものを分け合っていた。俺はその脇《わき》を通り抜け、オフホワイトで統一された機能性一点張りの受付エリアに入った。待合室にいる若者は男女半々といったところだった。セックスワーカーらしきグループは、大きな声できわどい会話を続けていた。それ以外は緊張の面持ちで携帯電話や自分の靴を凝視していた。俺は受付に近づき、傷だらけの透明アクリル樹脂プレート越しに受付の女性に声をかけた。

「こんにちは」警察の身分証をさりげなく見せる。「こちらの責任者とお会いしたいのですが」

受付係は動じなかった。「お名前は」

「エイダン・ウェイツ」

「ええ、ちょっとお待ちくださ《ウエイト》い。すぐに責任者が参りますので、ミスター・ウェイ

ツ」

俺は座った。常連客の馬鹿《ばか》げたファンタジーを披露し合っていたエスコート嬢らしき三人組が俺を見た。それから顔を見合わせ、立ち上がると、クリニックから出ていった。俺がいかにもおまわり風なのか、とりわけ強力な菌の保持者に見えたのか。数分待ったころ、白衣の女性が来て受付係に話しかけた。受付係が俺を指さした。

「ミスター・ウェイツ」白衣の女性は営業用の笑顔を見せた。「私のオフィスで話しましょうか」

奥のオフィスに入り、俺はドアを閉めた。「すみません。俺が来たせいで、待合室にいた患者が半分くらい帰ってしまいました」

「ちゃんとまた来るから大丈夫」医師は言った。「あの人たちにとっては体が商売道具ですから。今日はどのような用件で？」

「コンドームについて教えていただきたいことが」

医師が眉《まゆ》を吊《つ》り上げた。

「捜査に関連した質問です。こちらで配布しているものを見せていただけないでしょうか」

医師は俺の顔を一瞬見つめたあと、カウンターから離れて抽斗《ひきだし》を開け、なかから一つ取って俺に差し出した。俺がパレス・ホテルで見つけたものとまったく同じパッケージ

だった。

「このクリニック以外でも配布していますか」

「ライフスタイル・クリニックはほかに二カ所あるけれど――」

「二つともマンチェスター市内ではない？」

「ええ」

「店頭では販売していないんですよね」

医師はうなずいた。

「とすると、この近くでこれを使った人物がいた場合、ここでもらったものという可能性が高いと考えていいでしょうか」

「そうね、そう考えるのが妥当だと思います」

「ダメ元でうかがいますが、何らかの記録――」

医師は俺が言い終える前に首を振った。

「あいにく名簿のようなものはありません。第一に、必要な人には無条件で避妊具を配っています。主に学生やセックスワーカーね。第二に、守秘義務の問題があります。こういったクリニックは信頼の上に成り立っているから。診てもらったことを他人に知られるかもしれないと少しでも不安に思われたら、その時点で戦いに負けたようなもの」

「たしかに」俺は言った。「突然押しかけてきたのに、ありがとうございました。きっ

とお忙しいだろうに」

俺の声には失望が含まれていた。俺も医師もそれを聞き取った。

「そうでもないわ、あなたが待合室を半分空にしてくれたから。これをどこで見つけたとおっしゃった？」

「ホテルです」

「ホテルにコンドーム？」医師は微笑んだ。「藁《わら》の山から針一本探すようなものね」

「休業中のホテルなんですが、土曜の夜、男性が不審な状況で死亡しているのが発見されました。目撃者の手がかりを捜しています」

「休業中……？」医師は眉をひそめた。「それってパレス・ホテルのこと？」

「立場上、肯定も否定もできません」俺は口ではそう答えつつうなずいた。

「目撃者がパレス・ホテルで商売をしていたとしても、それ自体はとがめられずにすむのかしら……」

「それどころか、目撃者はありがたい存在です」

医師はしばし俺を見つめてから言った。「女の子たちから何度かそういう話を聞いたわ。ときどきあそこの部屋を使っているとか」

「休業して以降？」

「空きビルって、驚くようなことに利用されてるのよ。手数料を取って斡旋《あっせん》してる人が

いるの。なかには非道な輩《やから》もいて、これはさすがに通報したほうがいいんじゃないかと思うようなこともある。でもそのホテルの件は女の子たちにとっても悪くない話と聞こえた。比較的安全な環境だし、手数料も低めだったし。それに、必要なものは通りを渡ってすぐ――ここで手に入るでしょう。心配なら検診も受けられるわ」

「彼女たちの名前を教えていただくわけには――？」

「ごめんなさい、これ以上の具体的な話はできない」

俺がコンドームを返そうとすると、医師は微笑んだ。

「ご自由にお持ち帰りください、刑事さん」

俺は首を振った。「ものを無駄にすると罰が当たりますから」

3

制服警官が把握しているという昼勤の警備員マーカス・コリアーの現住所を俺にも知らせてもらえるよう頼んでおいて、書類仕事を片づけにかかった。サティと俺のあいだには、毎回のシフトの半分は単独行動をするという暗黙の了解があって、俺はその時間にサティの報告書のゴーストライターを務める。俺の仕事が増えるわけだし、複数の規則に違反する行為でもあるが、奴《やつ》の堅苦しくてぎこちない文体を真似《まね》るのは奇妙に楽しい作業だった。少なくとも、何時間かサティと離れて過ごせるだけでもありがたい。

数時間たってもまだ制服警官からマーカスの住所の連絡がなく、おそらくこのまま教えてもらえないのだろうとあきらめた。このところ、俺の名前が出た瞬間に閉ざされる扉のいかに多いことか。パーズが俺の仕事ぶりを点検しようという気を起こさないともかぎらないから、一番新しい放火事件が起きたくず入れがある側を撮影したオクスフォード・ロードの街頭監視カメラの映像を送ってもらうことにした。放火事件はこの五日で三件起きていた。犯人はこれまでのところ、故意か偶然か、監視カメラの死角を選んで火をつけている。今回もきっと同じだろうと思った。

ついに待ちくたびれ、アニーサに電話してマーカス・コリアーの住所を尋ねた。アニ

ーサは即座に教えてくれた。シフトの本来の開始時刻までまだ数時間ある。ちょっと行ってみるかと思い立った。空はまだ明るかったが、夕暮れはじりじりと迫っていた。街は俺と同世代の精悍《せいかん》な風貌《ふうぼう》の男であふれていて、みな思わず恋をしてしまいそうに美しい女に腕を回していた。俺は彼らから目をそらし、高層ビルが空に描く輪郭を見上げた。空に向かう再開発の成果がスモッグを貫いてどこまでも伸びていた。

マーカス・コリアーの住所は中心街から少し離れたソルフォードのものだった。郵便番号を見るなり、重犯罪の多発地域とわかって俺は顔をしかめた。市内で発生する発砲事件のざっと四分の一は、マーカスの住んでいる通りを中心とした半径一キロ圏内で起きている。何世代も続く犯罪組織による暴行事件や強盗事件。ときには殺人事件も起きるが、犯人が挙がることはまずなかった。目撃者や近隣の住民が証言を拒んだところで誰も責めない。彼らの命を守るのは沈黙の掟《おきて》だ。そのため一帯で発生する暴力事件の大部分は通報さえされず、銃犯罪の発生件数は現実にはもっと多いと推測されている。俺がこの地域に行くのは、たいがい、命の危険があるとして本人に注意を促す〝オスマン警告〟を届けるためだった。サティと俺はこれまでに数十件の警告を男性、女性、ときには子供にまで伝えてきたが、大半は警察による警護を辞退する。

マーカスが暮らす部屋は、行き止まりになった道の奥に建つおんぼろ下宿屋の一室だった。俺がその道に車を乗り入れると同時に口笛が鳴り渡り、続いて閑静とは種類の違

った静けさが訪れた。口笛は、初期警報システムだ。単なる比喩《ひゆ》ではなく、このときは本当に子供が角に立っていて口笛を鳴らした。その音は子供の雇い主、すなわち近隣の密売人に、一階の窓を閉ざせと警告した。密売人はだいたい一階の窓辺で待機して、常連客が通りかかるとジッパー付きの袋に入れた麻薬を渡す。しかし口笛が響き渡るやすべてが停止し、ストリートで演じられる悲しいメロドラマは数分のあいだ凍りつく。マーカスが住む下宿屋の赤煉瓦《あかれんが》は街を覆《おお》うスモッグの下で黒くすすけ、窓のいくつかは木の板でふさがれていた。入口のドアは、ノックしただけで内側にしなった。錠前は壊されていた。俺はじめじめした不潔な内廊下を歩き出した。プラグを抜かれた洗濯機が行く手をふさいでいた。俺は壁と洗濯機の隙間に体を押しこんで通り抜けた。地域によってはよくあることだ。侵入したジャンキーに家財を持ち去られる被害にうんざりした住人が、夜になると部屋の入口を洗濯機でふさぐのだ。

　俺は階段を上って三号室をノックした。ここがマーカス・コリアーの部屋のはずだ。

　ドアの奥からは何の気配も伝わってこなかった。廊下をはさんだ真向かいの部屋からは、安手のテレビが大音量で鳴らすクイズ番組の音声が聞こえていた。俺はしばらく耳を澄ましてから、そっちのドアをノックした。

　酒のせい、年齢のせい、あるいは両方のせいでしゃがれた女の声がした。「約束より早いじゃないの……」

「マーカスの友人なんですが。彼はどこかご存じありませんか」

「マーカスの友達？」短い間があって、乾いた笑い声がかすかに聞こえた。「そんなものがいるとは驚きだね」

　こちらに近づいてくる気配がして、俺は一歩下がった。少なくともワンサイズ小さすぎるレパード柄のナイトガウン姿の中年女がドアを開けた。息がマリファナ臭かった。

「あーら。いらっしゃい……」女は舐《な》め回すように俺を見た。「話し相手を探してるの、おにいさん」

「いや違います」

「じゃあ、マーカスに金を貸してるとか？」

　俺は身分証を見せた。女は笑った。

「へえ、あの子、そんなお友達がいるんだ……」

「失礼ですが、お名前は」

「ジーニー」女はドア枠にもたれた。「あたしをよろこばせると、あんたの妄想がみんな現実になっちゃうかもよ……」

「マーカスの部屋の鍵《かぎ》を持っていませんか、ジーニー」

　女は口を開いたが、何も言わなかった。

「鍵を借りられたら、あなたが自分の部屋で何を吸ってようと俺は気にしないかもしれ

ない……」

「わかった、わかったよ」

女はいかにもがっかりしたように唇をとがらせ、いったん室内に消えた。それから思い出したように戻ってきて、足でドアを閉めた。俺はそのまま待った。まもなくまたドアが開いて、女が鍵を俺の手に押しつけた。女の汗で濡《ぬ》れた熱い掌《てのひら》が触れた。女が一歩近づく。「ちゃちゃちゃっとすませてもらえるなら、お友達価格にしとくよ……」

「俺は結婚してますから」

女は俺を見つめたあと、体を離した。「それ、嘘だろ。それにいいお客さんはみんな既婚者だよ。鍵は帰るときドアの下に置いてって」

俺は廊下の真向かいのマーカスの部屋に戻り、ドアを開けた。一・五メートル×二・五メートルの箱みたいな部屋だった。湿気がこもっている。床の上にくしゃくしゃの警備員の制服があった。着た状態から一瞬で蒸発したかのようだった。ベッドと椅子と机のほかに家具らしい家具はない。ベッドを調べた。汚れたシーツをあちこちめくって何も隠されていないことを確かめてから、室内のほかの部分も見た。猛暑のなか放置されたテイクアウト料理の空容器は生き物のように変態を始めていて、そこらじゅうに散らかった紙ナプキンや放り捨てられた給与明細書はどれが何やら区別がつかなかった。床の上の制服のポケットを探ってみた。ポケットの一つにインク

漏れを起こしたボールペンと小銭、別のポケットには何かの袋。それを慎重に引き出してみた。

〝ライフスタイル〟のロゴ。

性行為があったと俺が考えているパレス・ホテル四〇五号室と、マーカス・コリアー。その二つがどうやらコンドームを介して結びついた。パレス・ホテルで商売をしているセックスワーカーがいるという話を考え合わせれば、マーカスは起業家精神旺盛《おうせい》というアリによる人物評の意味が鮮明に浮かび上がってくる。

だからといって、マーカスの居どころがわかったわけではない。

四号室のドアの下に鍵を滑りこませながら、俺は大きな声で言った。「自分の部屋にいないとしたら、マーカスはどこに？」返事はない。「おい、答えろって」俺はドアを蹴《け》った。

「インだよ」ジーニーが言った。

「どの飲み屋《イン》？」

「フォーセット・インに決まってるだろ」ジーニーは笑った。「ほかにどこがあるんだよ」

4

陽の光は薄らぎ始めていたが、停滞したままの熱気が足の裏から低いうなりとなって伝わってきた。地面や建物が溜《た》めこんだ熱が動的エネルギーとなって歩道を震わせている。俺はジーニーに教えられた道順に従い、再開発が中断したまま放置された一角や治安のよくない通りをたどった。フードをかぶった子供が俺に向かって何か叫び、道に面した窓から重低音のきいた音楽があふれ出していた。

目的のインを目にした瞬間、かつがれたかと思った。営業しているように見えない。一階の窓は傷だらけの建設用鉄板で覆われ、店の名を綴《つづ》る文字はどれも壁から落ちかけている。薄汚れたオフホワイトの正面壁はところどころ剝《は》がれて、内側の味気ないコンクリートブロックが露《あら》わになっていた。新しい自動車専用道が開通して落ちぶれた旧街道沿いのナイトクラブ、いったん去ったと見せかけて戻ってきた不景気にあえいで餓死したナイトクラブといった趣だった。

ドアはべたついていた。そこで足で押し開けた。酔っ払ったびしょ濡れの犬みたいな臭《にお》いが染《し》みついた店内に、互いに見分けがつかないくらいそっくりな風貌の客が十人くらいいた。白人で年代もほぼ同じ、底光りするスキンヘッドまたはぎりぎりまで短く刈

りこんだ頭。ほぼ全員が奥の壁に掛けられたテレビのワイド画面を注視していた。サッカーのハイライトシーンが映し出されている。画面のコントラストを最大に設定しているらしく、色合いが派手で目が痛かった。客の何人かが俺を一瞥《いちべつ》した。手は小便色のラガービールのグラスを握り締めている。バーカウンターの奥の壁に色褪《いろあ》せたしわくちゃのイングランド旗が斜めに掲げられていた。見ると釘《くぎ》で打ちつけてある。誇りの象徴としてそこにあるらしい。

俺が近づいていくと、バーテンダーがカウンターから体を起こし、笑みのつもりか歯をむき出した。年齢と憎悪《ぞうお》と酒でできているような顔だった。俺が金歯を三本まで数えたところでふたたび口を閉じた。何も言わず、黙ってうなずいただけで待っている。テレビがやかましくて、俺たちの会話はほかの客の耳には届かない。

「やあ」俺は言った。「営業中とは思わなかった」

「俺も店が閉まってるのかと思うときがあるよ。客が来るのはサッカー中継のおかげさ」

「ある人物を捜しに来た」

バーテンダーはうつろな視線をまっすぐ前に向けた。「見つかりたい奴が来る店だと思うか」

「マーカス・コリアー」

「知らねえ名前だな」バーテンダーは俺に背を向けようとした。

「ここの常連《レギュラー》だ」

「そいつの何が平均的《レギュラー》だって？」

「そのジョークは笑えるな」俺は言った。「白人で、頭を剃《そ》り上げていて……」

バーテンダーは笑い、俺の肩越しに背後の客を見た。俺が挙げたとおりの特徴を備えた男がざっと十人そろっている。

「じゃあ、ビールをもらおう。〝ビール〟はさすがに知ってるよな」

奴は急に目が覚めたような顔をしたが、俺は向きを変えてトイレに向かった。今回は客の鋭い視線がいくつか追いかけてきた。トイレには汚れた個室が一つあるだけだった。何度も蹴破られたせいだろう、ドアの上半分と下半分が別々に開閉した。判読しやすいものから落書きをいくつか読み、最近ではトイレに入ったら自動的に調べる五カ所を確かめた。照明器具の裏を探ると、アンフェタミンと思《おぼ》しき白い粉が詰まったポリ袋が出てきた。

「三ポンド」カウンターに戻ると、バーテンダーが言った。俺がカウンターに置いた硬貨を、バーテンダーは人差し指を使って一つずつ引き寄せた。

赤と白と青の紙のコースターは薄汚れていた。

〝ユニオンジャックに黒《ブラック》はない〟と書いてあった。

俺がトイレに行っているあいだに客が一人減っていた。ビールを一口飲んでからバーテンダーのほうを向いた。

「これは好奇心から訊くんだが、土曜の夜はこの店にいたかな」

「誰が？」

「マーカス・コリアー」

「言ったろ、そんな奴は――」

「トイレの壁は奴の名前だらけだった。北部最大のナニの持ち主らしいな」

バーテンダーは黙っていた。

「まあ、どうせどんぐりの背比べだろうが」

「奴に何の用だ」

「それは本人以外には話せない」

「連絡先を置いていけ」

俺はバーテンダーの顔を一瞬見たあと、ポケットからペンを出してコースターに〝999〟（訳注／イギリスの緊急電話番号）と書きつけた。

バーテンダーは笑い、背筋を伸ばした。「あんたがおまわりのわけねえよ……」

「最近は警察もあらゆるタイプを採用するし、スキンヘッドと誰を組み合わせて同房にするか、そのあたりのユーモアのセンスも備えてる」

バーテンダーはまた前歯を見せた。俺はビールを飲み干してグラスをカウンターに置いた。ほかの客の視線が後頭部に突き刺さってきた。俺はぐっしょりとビールを吸った紙のコースターを両手でゆっくりと引き寄せて持ち上げた。

　ユニオンジャックに黒はない

コースターをねじって気の抜けたビールをカウンターに絞り落とし、空のビールグラスに押しこんだ。バーテンダーは黙って見ているだけだった。そこでグラスを横に倒し、バーテンダーのほうに転がした。グラスは奴の腹にぶつかって止まった。バーテンダーはまだ黙っている。俺は店の反対側に移動して奴のほうを向いた。

「情報提供に感謝する」大きな声でそう言った。

ついにバーテンダーが反応した。カウンターの天板を持ち上げて出てきた。背後で天板が閉まって大きな音を立てた。バーテンダーは一方の手にクリケットのバットを持ち、幅の広い側を肩に載せていた。数人の客が立ち上がった。

「何の情報だよ？」サッカー中継は完全に忘れられ、店にいる全員が争いのなりゆきを興味津々《しんしん》の様子でうかがっていた。

「俺は簡単な質問を一つだけした。マーカスは来てるか。あんたは来てないと答えた。そこで俺は便所に行った。そのあいだにあんたは俺とのやりとりを全員に伝えたな。俺が最初に来たときより客が一人減ってる」俺は自分の名刺を取り出して床に放り投げた。

「マーカスに伝えろ」誰も動かなかった。「穏便にすませたいなら、俺に連絡をよこすのが最善だとな」

「マーカスならいねえよ」

「だろうな、よほどの馬鹿じゃないかぎり。しかし俺が捜してる奴は、頭の回転があまりよくなさそうだ。そんな奴が、ここ以外のどこに行く？」バーテンダーが答えようとしたが、俺はさえぎった。「答えなくていい。俺は外で待ってる。もしもマーカスが逃げたりするようなら、あんたとここにいる全員をまとめて公務執行妨害でぶちこむ」

バーテンダーの顔が真っ赤に染まった。聞こえるのは、オウンゴールと叫ぶサッカー中継の実況アナウンサーの声だけだった。客の男たちは一人また一人と椅子《いす》に深々と身を沈めた。立っている奴は、肩を丸めて背を向けた。

「マーカス」長い間があって、バーテンダーが怒鳴った。

「はいよ」階段の吹き抜けから男が現れた。ここにいる連中を署に集めて面通ししたとしたら、俺でもこいつを選び出せたかどうかわからない。明るいブルーのジーンズ、白いポロシャツ、スキンヘッド。

「やあ、マーカス。そこにいるそいつによると、おまえはこの店に一度も来たことがなかったそうだな」

マーカスが肩をすくめた。「だから何」

「俺はおまえを殺人事件の容疑者から除外してやろうとしているんだ。土曜の夜、おまえがどこにいたか、覚えてる奴を別に見つけたほうがいい」

5

俺たちはバーの隅の席に座った。俺はほかの客に背を向けていたが、それでも奴らの憎悪の波を感じた。マーカスと一対一で話そうと決めていた。今日は、そして事件の捜査は、細切れの断片を拾い集める段階から少しも進んでいない。そろそろ断片を組み合わせ、全体像が見えてこないか試してみるべきだ。

マーカスは手づかみでピーナッツを食べ、大口を開けて咀嚼《そしゃく》していた。

奴の息は臭くて目に染みた。

「ずっと連絡を取ろうとしてたんだがな」俺は言った。

「そうなの？」

「そうさ。どうしてホテルに出勤しなかった」

「したよ」

「エントランスで張り番をしてる巡査によれば、おまえは一度も行っていない」

マーカスは顎《あご》を動かしながら考えたあと、肩をすくめた。「おまわりがいるのが見えたんだよ。でも、なんでいるのかわかんなかったから、そのまんま帰った。何かあったらしいけど俺、何にも知らねえし」

「警察官を見て逃げる奴は、たいがい何か隠してるものだ」

マーカスはまたピーナッツをひとつかみ取ると、掌から吸って食べた。

「その法則に従うと、どんな事情を隠してるのかと疑問に思うのは当然だろう」

「実はさ、俺、変わりもんの億万長者なんだよね。正体がばれちまうとほら、慈善活動がやりにくくなるから……」

「土曜日のシフトは午後八時に終わったんだな」

奴はうなずいた。

「そのあとどうした」

「うちに帰ったよ」口のなかのピーナッツとビールのどろどろが見えた。「ここに来た」

「この店の主人はおまえを知らない、おまえは一度も来たことがないと答えたと俺が証言したら、おまえの立場は一気に不利になるな」

マーカスは口のなかのものをのみこんだ。「何の件で？」

「人が死んだ」

「アリ？」

「どうしてそう思う」

マーカスは肩をすくめた。「あそこじゃあいつ以外に会ったことないから……」

「そうでもないんじゃないかと俺は疑ってるんだがな」

マーカスは黙っていた。

「アリのことをどう思う」

「殺されたのかどうかによる」

「殺されていない」

「善人面《づら》したお節介野郎だよ」

「働き者ということか」

「まあね。しかも全世界にそう認めてもらわなくちゃ気がすまないらしいよ。言っとくけど、俺よりあいつのほうが給料高いんだぜ」

「そのようだな。しかし、トイレの水を流して回る程度のことも責任を持ってやれないなら、文句より反省が先だろう」

「あいつさ、頭固すぎてうっとうしいんだよ」

「おまえと同じ意見の奴がいるようだ。土曜の夜、誰かがアリの頭に消火器をぶちかました」

「おいちょっと待てよ、さっきは――」

「アリは負傷して入院中だ。死んではいない。ただ、身元不明の男の死体もホテルで見つかった。おまえ、勤務中に何か不審なものを見たり聞いたりしたことはないか」

「ねえよ」マーカスはそう答えて目をそらした。

「あるってことだな。パレス・ホテルに部外者を入れたことはあるか、マーカス」

「ノーコメント」

「それもあるってことだな。いいか、俺はまだおまえを逮捕していない。もし逮捕してたら、ここまででもう偽証罪に問えるぞ。考えろ」

「あーめんどくせえ、逮捕するならしろよ」マーカスは立ち上がり、店にいる全員に聞こえるように声を張り上げた。「やれよ、逮捕しろって」

俺は奴のピーナツをテーブルから払い落とし、黙って奴を見つめた。まもなくマーカスはまた椅子にへたりこんだ。

「まだ逮捕していないのは、おまえには興味がないからだ。おまえから一つ二つ情報を引き出したら、次に行くつもりでいたからだよ。だが、こうやって何度も答えをはぐらかされてると、俄然《がぜん》おまえに興味が湧《わ》いてくるってものだ」

奴は黙っていた。

俺は自分の携帯電話で通信指令部に連絡して名乗り、パレス・ホテルの事件に関連して手配されているマーカス・コリアーを発見したと伝えた。マーカスが眉をひそめた。俺はインの所在地を伝えて電話を切り、マーカスとの会話を再開した。

「まだ逮捕していないのは、人を殺す度胸も頭脳もおまえにはないと思うからだ。おまえが隠してるのは何か別のことだろう。ふつうなら見て見ぬふりをしても問題ない種類

のことだろうな。おそらくおまえはここまで何かと大目に見てもらってきた。見逃してもらえるのは自分のスキルや人間的魅力のおかげとでも思ってるんだろうが、俺がこうして来たのは、おまえは慢性的にその二つに欠けていると教えてやるためだ」

マーカスは腕組みをし、にやにや笑いを浮かべて鼻をすすった。

「おまえの存在が重要な意味を持ったことなど過去に一度もなかったんじゃないか。ところがどうだ、いまは重大な意味を持っている。だから知ってることを話せ。ここで俺に叱《しか》られる程度ですむにせよ、ストレンジウェイズ刑務所で十年暮らすことになるにせよ、俺はおまえのことなんか二度と思い出さない。だから、パトロールカーが到着するまでの時間をやる。楽な道を選ぶならいまが最後のチャンスだぞ」

奴は無言だったが、にやにや笑いは消えていた。

俺はマーカスの部屋で見つけたコンドームをポケットから出してテーブルに置いた。

「見覚えは」

「ない」

「おまえの部屋で見つけたと言ったら？」

マーカスは眉をひそめた。

「部屋のドアが開いていた」

奴はむっとしたように言った。「買ったんだよ。だから何？」

「これは店頭販売されていない。もう一度よく考えろ」

「知らねえよ。女にもらったんじゃねえかな」

俺は一本指で奴のグラスを自分の側に引き寄せた。

「ちょっとそれ、まだ飲んでる途中なんだけど」マーカスが言った。

俺はなかのビールを床に空けた。「このグラスを押収《おうしゅう》する。おまえの指紋がついたグラスだ。おまえが警備しているはずの休業中のホテルで発見された、使用済みコンドームのパッケージから採取された指紋と照合する」

マーカスが歯を食いしばるのがわかった。

「一致した場合は――」

「ちょっと待てよ、なあ、土曜の夜はここにいたんだって」

「バーテンダーはそうは言ってなかったな」

「それはほら、俺をかばおうとして――」

「なんにせよ、〝ここと思えばまたあちら〟なアリバイだ。しかもカス野郎が証人じゃあな」マーカスが何か言おうとしたが、俺はさえぎった。「所持品から見つかったこのポリ袋入りのコカインも合わせると、誰も知らない男を殺害した犯人としておまえこそ申し分ない人物と思えてくる」

「知らねえよそんなもん、そもそも俺のじゃねえし――」

「俺がおまえのだと言えばそうなんだよ。ムショ暮らしはもう脅しじゃないぞ。確定した未来だ。スキンヘッドがなかでどんな目に遭うか知ってるか？　刑務所用ポケットに使われる」マーカスの顔に疑問符が浮かんだのを見て、俺は続けた。「古株の受刑者が手製のナイフやドラッグ、使い捨て携帯を隠しておく場所さ。おまえのケツの穴のことだよ、マーカス」俺は立ち上がった。「それに備えてそのコンドームは大事に取っておくといい」

「ちょっと待てよ……」

俺はドアを開けた。

「ちょっと待てって！」

俺は振り返った。「時間切れだ。おまえは俺の時間を無駄にするほうを選んだ。今度は俺がおまえの時間を数年分無駄にしてやる番だ。さっき自分で言ってたとおりだな、おまえは何も知っちゃいない」

「ウリ」マーカスが小さな声で言った。いまや店中が耳をそばだてていた。

「何だって？」

マーカスは立ち上がってこちらに一歩踏み出した。「ウリをやってる女。パレス・ホテルの部屋を貸した」

「いつ」

「二、三度かな」奴は床に視線を落として肩をすくめた。「その、何カ月も前から……」

俺は元のテーブルに戻って座り直し、マーカスにも座れと身振りで伝えた。

「何人？」

「わかんねえよ……」

俺は奴を見つめた。

「ほんとだって。何人もいた。いろんな女が来た。巡業みたいなシステムになってんだよ。客が飽きないように、あちこちの街で女を順繰りに回してる。最初は地元の何人かで始まった。橋の下で寝泊まりしてるような女を拾ってきてさ。そのうち噂《うわさ》が広まって……」

「いつ」

「昼間。俺がシフトのとき。小遣い程度の稼ぎになるから……」

「おまえは、なんだ、上前をはねてたわけか」

「まあね。けど、いつも見張りを引き受けてやってた。土曜の夜にホテルに来た奴と俺は関係ねえよ。鍵は誰にも渡してねえんだから」

「何号室を使ってた？」

マーカスは答えなかった。

「パトロールカーはもうすぐそこまで来てるぞ……」

「毎回違う客室だった」マーカスが言った。「四階の」

「どうして四階なんだ」

「エレベーターがいかれてるからだよ」奴は肩をすくめた。「四階にしか停まらねえから」

下らなすぎて脱力するような理由だが、かえって信憑性《しんぴょうせい》があった。

「俺が侵入者を見たのは四階だった」俺が言うと、マーカスは目をつむった。「ちなみに、土曜に女を四階に入れたか」

「女なら俺より先に帰ったよ」

「そうだとすると、商売に好都合だと思って、非常口の扉に何かはさんで閉まらないようにしておいたのかもしれないな。そしておまえが帰ったあとでまた来た。その女の名前は？」

「知らねえよ」

「初めは場所を貸しただけかもしれないが、そのうち商品の味見もするようになったんじゃないのか」

「そんなことしてねえって……」

「だったらどうしてコンドームに指紋がつく」

「俺の指紋って決まったわけじゃねえだろ」

「違うと決まったわけでもない」

マーカスは黙りこんだ。

「その女の外見を教えてくれ」

「その辺にいるような女だよ。いかにも売女《ばいた》って感じのケバい女。髪の毛は赤かったな」

「年齢は」

「わかんねえよ。二十代くらい？」

「どこで知り合った」

「ある日ふらっとホテルに来たんだよ……」

「いいだろう、マーカス。外へ出ろ」

奴は立ち上がり、俺の肩越しに店内のほかの客ににやにや笑いを向けてから出口に向かった。俺も一緒に出て駐車場に行った。パトロールカーがちょうど入ってきた。それに気づくなりマーカスが唐突に立ち止まり、俺はあやうく奴に追突しそうになった。

「なあ」マーカスは振り返って言った。「俺の話を聞いてくれって……」

「さっきからずっと聞いてるぞ」

「チェリー」奴は言った。「女の名前はチェリーだ」

「どこに行けば会える」

マーカスは答えなかった。俺は意味ありげな視線を奴の背後に向けた。

「チャイナタウンのレッグズ。知ってるか」

「ストリップクラブか」

「そう。その隣におんぼろビルがあるだろ。そこの４Ｂに住んでる」

「自分の部屋があるなら、なぜパレス・ホテルの客室を使う」

「部屋って呼べるほど広くないからじゃねえの……」

「そうか。大いに参考になったよ」

マーカスは微笑《ほほえ》んだ。

「マーカス・コリアー。おまえを逮捕する」俺は被疑者の権利を読み聞かせ、奴の肩に手を置いた。

「なんで」俺が奴をパトロールカーのほうに向けると、奴は言った。

「あとはこちらの紳士たちがおまえの面倒を見てくれるからな」

パトロールカーから制服警官が二名降り、後部ドアを開けてマーカスを押しこんだ。

俺は逮捕容疑を伝え、不審死事件の重要証人であることを付け加えた。それから駐車場の反対奥に駐《と》めた自分の車へと歩き出した。

6

車を運転しながらサティに電話した。俺がインにいるあいだに夜の帳《とばり》が降りていた。規則の上では俺たちのシフトはそろそろ始まるところで、サティとチャイナタウンで落ち合うことにした。コリアーの供述が事実なら、笑う男が死体で見つかった日、チェリーはパレス・ホテルにいたことになる。

車を駐めたとき、俺は高揚感に包まれていた。

フォークナー・ストリートからチャイナタウンの入口にそびえる高さ六メートルの門、牌坊《パイファン》をくぐった。想像上の鳥や龍《りゅう》が彫りこまれ、金箔《きんぱく》で飾られていた。通り抜けるなり、現実世界を離れて異次元に足を踏み入れたような気がした。チャイナタウンはちょうど華やかな夜の色をまとおうとしているところだった。食べ放題の料理店、カラオケボックスは営業を終え、代わって主役を譲られたショットバーやストリップクラブ、カジノの妖《あや》しいネオンが道行く人々を誘っている。

チャイナタウンではドラッグが手に入りやすく、ゾンビたちが妄想と現実の境を行ったり来たりしながらうろついている。不景気はドラッグ業界の書き入れ時だ。従来の現実逃避手段が消滅し、人々は新しいものを探し始めるからだ。いまもっとも蔓延《まんえん》してい

るドラッグは〝スパイス〟。十八歳、十九歳、二十歳の若い世代が街角で突然、体を激しく震わせ、妄想や幻覚に取り憑《つ》かれ、心臓発作を起こす。

ドラッグが切れかけると出るそういった症状を、常用者は〝ラトル〟と呼ぶ。

ある男はここチャイナタウンで暴れ回った。車や建物に放火し、最後には自分にも火をつけた。駆けつけた警察に逮捕されると、スパイス依存を断ち切るためにどうしても逮捕されたくてやったと供述した。近ごろは街を歩けば常用者が目にとまる。この暑さのなか体を震わせ、青ざめた顔をして行き来している。ハイな奴もローな奴も、男であれ女であれ、笑っていようと泣いていようと、基本的には無害だ。しかし、二度と元どおりになれないこともある。生ける亡霊たち。彼らに取り憑かれた、侘《わび》しい姿をさらす建物や破れかけのロマンス。まさにお似合いだ。

レッグズというストリップクラブの隣に目的の建物があった。クラブの前に三、四人のダンサーが集まり、おしゃべりと煙草《たばこ》を楽しみながら往来をぼんやり眺めていた。みな美しく、何があろうと傷つかない強さを持ち、愛には不感症になっているといった風に見えた。そうでなくてはやっていけないだろう。俺はおしゃべりに割りこんでフラットのエントランスはどこかと尋ねた。長い指が一本、みすぼらしい戸口を指し示した。彼女たちはそこがどういう建物かよく知っているのだろう、スパイス常用者か女を買いに来た客を見るような目で俺を見送った。俺は戸口に立ち、オートロックの操作盤で4

Bを探した。4Bのボタンはなく、ほかの部屋のボタンを端から押して、応答した住人にロックを解除してもらった。

廊下は薄暗く、空気はよどんでいやなにおいがした。どこかの部屋からフランク・シナトラの『オンリー・ザ・ロンリー』が聞こえていて、俺はそのリズムで階段を上った。チェリーの部屋、4Bのドアは開いていた。錠前が壊され、木《こ》っ端《ぱ》が床に散らかっていた。俺は室内の物音に耳を澄ましたあと、静かにドアを押し開けた。

酸欠になりそうな窮屈な空間だった。部屋とはいえない。商店の倉庫を改装して住めるようにしたというほうが近かった。一つだけある窓のガラスはスモッグですすけ、すぐ前を外付けの非常階段が斜めに横切っているせいで景色はまったく見えない。室内に明かりらしい明かりはなく、俺は懐中電灯の光であちこちを照らした。整理は行き届いていた。せまい空間で小さな人生を営むには必要なことだ。壁にマリリン・モンローの多色刷りのポスター。まったく同じ赤いハイヒールが数足、整然と並んでいた。床にロール式のマットレスが敷いてある。そこで寝ているのだろう。これは人が住むために造られたのではない、そして人が住むには適さない、違法に又貸しされた部屋だ。

マーカスが言っていたとおり、部屋と呼べるほど広くない。

ここに客を連れてくるわけにはいかないだろう。留守なのは仕事で出かけているからであることを祈った。唯一《ゆいいつ》の手がかりだからという以上に、本人のために。しかし懐中

電灯の光を向けた先に、窓の下枠に並べてあったと思しき化粧品類が落ちて散らかっているのが見えた。姿見は横倒しになり、衝撃で鏡が割れていた。

破片に、鮮やかな色をした血がついていた。

「くそ」俺はつぶやいた。

何かの気配を感じて、俺は懐中電灯をそちらに向けた。

「おっと、落ち着けって」サティだった。「ふむ、一歩遅かったらしいな」

答える代わりに、俺は姿見や血のついた破片に光を向けた。

「七年の不運か」サティはつぶやいた（訳注／「鏡を割ると不幸が七年続く」という迷信がある）。

俺は薄暗い部屋のあちこちを照らした。「七年分、いっぺんに食らったみたいですけどね」

床の木っ端を踏まないようにしながらサティと廊下に出た。チェリーの運命を思うと冷たい怒りを感じた。いまも無事でいるだろうか。いったい何を目撃したのだろう。状況から考えて、俺たちはほんの一足違いだったのだろうという気がした。

「で？」サティは壁にもたれて言った。「おまえがホテルで見たのはこの女だと思うんだな」

「それはわかりません。しかし土曜の夜にパレス・ホテルにいたことは確かでしょう。マーカスは四階の客室を娼婦《しょうふ》に貸していて、俺が逃げていく人物を見たのも四階だった

から。マーカスは自分のシフトが終わる前にチェリーを帰らせたと言ってますが、非常口に何か嚙《か》ましておけば簡単に出入りできます」

「何しに戻った？　笑う男はこの女の客だったのか？」

俺は少し考えてから首を振った。「死体が見つかったのは五階です。別の理由があったんじゃないかな。別の件で五階にいた。そこにチェリーという女がたまたま行き合った。どうしてかはわかりませんが。たとえば、アリを殴り倒したのがチェリーだとは思えない」

サティはうなずいた。「警備員の姿に気づいたら、説得するか、一発抜いてやって見逃してもらうかするだろうな」

「恐ろしいのは、この部屋で何があったにせよ、説得もサービスも通用しなかったらしいってことです……」

俺たちは一瞬目を見交わしたあと、二手に分かれて4Bの両隣の部屋をノックした。俺の側の住人は留守だった。サティの側は在宅だったが、何も見ていないし聞いてもいなかった。その住人の英語はあやしく、又貸しの部屋に住んでいる違法性よりもこの国における自分の法的地位に怯《おび》えている様子だった。俺とサティは廊下に面したほかのドアもノックしたが、敵意と言語の障壁と同じ答えにぶち当たっただけだった。

サティは階段に向かい、俺も従った。

一階に下りると、煙草の脂《やに》で茶色く染まった痩《や》せこけた男が自分の部屋の近くで待っていた。酸素マスクを首にぶらりと下げ、酸素ボンベを引きずっていた。

「いいやっかいばら……」男はサティに話しかけようとしたが、サティはおまえが話せと俺に身振りで合図し、男の前を素通りして出口に向かった。男の頭髪は気色の悪い薄い黄色をしていた。「いい厄介払いだ」かすれた声でそう言ったとたん、乾いた咳《せき》の発作に襲われた。咳がうまく出ず、その痛みが胸に響くのだろう、男は苦しげに全身を震わせた。体を二つ折りにして壁にもたれ、酸素マスクを口に当てた。発作が落ち着くのを待って、俺は話しかけた。

「真上の部屋の女性を捜してるんですが」

涙でしょぼついた乳白色の目が大きく見開かれた。「女性？」

「女の子、でもかまいませんが」

男はまたぜいぜいと喉《のど》を鳴らした。また咳の発作かと思ったが、男の歪《ゆが》んだ表情を見て、どうやら笑っているらしいとわかった。男がすがるように俺の腕をつかむ。指は細かった。冷たく固い感触がニンジンに似ていた。

「女の子か」男が声を絞り出し、目に涙が浮かんだ。

「何があったか見ましたか」

「……警察に引きずられていくのを見た……」

俺は部屋に残っていた暴力の形跡を思い浮かべた。壊れたドア、血痕《けっこん》。

「それはいつ」

「……まだ一時間とたってない……」

「どうして警察だとわかったんです？」

男は顔をしかめた。「……そいつが出てく前にそう言った……」

「そいつ。男だったわけですね」

男がうなずく。

「どんな男でしたか」

「……おまえさんと同じ……みんな同じ……」男は空いたほうの手で自分の涙っぽい乳白色の目を差した。「……ぼんやりとしか見えないから……」

俺は男の手を払いのけ、行き交う車のあいだを縫って通りを渡り、サティに合流した。

サティは車のルーフにもたれて俺を見ていた。

「一階の男によると、チェリーを連れ去ったのは警察だとか……」俺は言った。

「あの目の見えねえ男か。手紙を出すときうっかり犬のうんこ入れに投函《とうかん》しちまっても気づかねえだろうな、エイド」サティは悪意に満ちた言葉を吐き出した。「ドアがぶち破られてたし、血痕もあった。警察ってことはねえだろう。おまえの世代にそういう類《たぐい》の元気はない。で、女の人相特徴は」

「マーカスによれば、二十代。赤毛。〝いかにも売女って感じのケバい女〟……」

「ふん」サティはマーカスが供述した特徴に一致する若い女ばかりの通りを見回した。

「それなら五分もありゃしょっ引けそうだな」

俺は車に乗りこみ、現場の番地を無線で本部に伝えて鑑識を要請した。サティは助手席に座るなりグローブボックスを開け、除菌ウェットティッシュを取り出して俺がいま手を触れた無線機を拭《ぬぐ》った。俺の携帯電話が振動した。

アニーサからだった。

ナターシャ・リーヴとフレディ・コイルの代理で連絡してきたのだろうと思った。二人とも奥歯に衣《きぬ》を着せたような返答しかしない。それに富裕層は概して面倒な人間だった。パーズの指示に従い、俺はその二人に事情を聴いたことをサティにはまだ伏せている。我ながら情けないことに、俺は警視にまた気に入られたいと思っていた。だから車を降り、安心できるところまで遠ざかってから電話に出た。

「ウェイツです」早口に言った。

「パレス・ホテルの件、最新の情報をなぜ教えていただけないのかしら」アニーサが言った。「とくに遺体が発見された件。クライアントの二人から電話があったわ。不意打ちのようで不愉快だったと。遺体のことを知らせてもらえていたら、そしてあなたがその件に関して二人に質問する気でいると知っていたら、私も同席させてもらったのに」

「次回は同席できますよ。可能なら、もう一度ナターシャから話を聴きたいと思ってるので」

アニーサは黙っていた。

「もしもし、ミズ・カーン」

ため息が伝わってきた。「いつ」

俺は車のほうを振り返った。サティは車から降りて、俺がついさっき手を触れたドアハンドルをせっせと拭っていた。

「いまお忙しいですか」

7

くず入れの連続放火事件の捜査に進展があって行かなくてはならないとサティに伝え、そこで鑑識を待つのを任せて、俺は一人で徒歩十分ほどのナターシャ・リーヴの住まいに向かった。アニーサが先に来て待っていた。

「急な話なのに、また会ってくださってありがとうございます」俺は言った。

ナターシャはアニーサと俺に向かって一つまばたきをすると、空いたベンチに腰を下ろした。前日、俺とこのブロックを一周したせいで体力を使い果たしたとでもいうようだった。こうしてまたキング・ストリートに来ているのに、やはり俺を自宅に招き入れる気にはなれないらしい。

アニーサはナターシャの隣に腰を下ろした。「お呼び立てしてすみません」

俺はナターシャを真ん中にしてアニーサと反対側に座った。二人が俺を見つめる。

アニーサが続けた。「ウェイツ刑事から追加の質問があるそうです。短時間ですむということなので」

「パレス・ホテルに関していくつか確認したいだけですから」

ナターシャは黙って俺の話を待った。

「昨日お話をうかがったとき、パレス・ホテルはあなたと元ご主人が二人で築き上げたものだとおっしゃった」

「そうよ」

「ところがミスター・コイルは、ホテルはもともと自分の実家の所有だったものを相続したと……」

ナターシャは仇敵《きゅうてき》と遭遇したかのような笑みを浮かべた。「言葉の解釈の問題ね。ホテルの所有者はたしかに彼の家族だったけれど、何年も営業していなかったのよ。それを私たちが相続したの。あれだけの規模と風格を持つ建物を相続できたことは、もちろん大きな強みになった。それは否定しないわ。でも、フレディと私が事業を築いたというのは本当のことよ。もう一つ言うなら、貢献度では彼より私のほうが大きかったわ」

「もどかしい思いだったでしょう」

「彼が惨《みじ》めに失敗するのを端で見ているよりはずっとましよ」

「ビジネス向きの頭ではないわけですか」

「昔、フレディ本人がよくこんなジョークを言っていた。脳味噌《のうみそ》も役に立つけれど、数を勘定するとき頼れるのは指だって」

俺は微笑んだ。

「あいにく、パレス・ホテルを相続したときもまだ指に頼っていた。私は喜んで中心的

な役割を引き受けた」

「家族とのあいだがぎくしゃくしているようなことを言っていました。ビジネスで成功しようという野心に欠けていることに家族が失望したとか？」

「もともと大して期待していなかったと思うわ。彼の両親は折り合いが悪かったの。私たちの結婚式の日、フレディの母親のグロリアは、私を脇《わき》に呼んでこんなアドバイスをくれた。〝夫に何も期待しないこと。そうすればがっかりせずにすむから〟」

「ご両親はいまも健在ですか」

「私たちはお金も不動産も相続したのよ。ということは、わかるでしょう」

「その方面の経験がないものですから」俺は言った。

俺の挑発めいた言葉を無視して、ナターシャは続けた。「私とフレディが結婚してすぐ、相次いで亡《な》くなったの」

「〝お金と不動産〟」俺は言った。「つまり、パレス・ホテルのほかにも相続した財産があったということですね」

「相続直後はあったわ。でもフレディが何度かビジネス上の判断を誤ったの。またもや指を使ったのよ」

「とすると、家族とぎくしゃくしているというのは……」

「いまも過去に生きているのか、口から出任せを言っているのか。彼の家族でいまも生

きているのは私一人よ。それを考えると、私のことを指してそう言ったのかもしれないわね」

「商売の才覚がないうえに、あなたとも別れた。フレディが金に困っているということは？」

「それは絶対にない」

「絶対に？」

「二人とも、信託からかなりの額の配当を受け取っているから……」

「しかし、パレス・ホテルは長期間休業してますよね」

「二人とも自分の主張を譲らないからです」アニーサが話に割りこもうとしたが、ナターシャは手を振ってアニーサの口出しを払いのけた。

「それは事実よ。フレディがホテルに愛情を注いだことはないけれど、私は違う。私に言わせれば、ホテルは私たちの子供よ。でも、私たちの関係が死ぬと同時に、ホテルも死んでしまった。私が従業員を解雇して、自分はホテルの業務に手を出さないことにしたのは、彼に対する挑戦なの。彼にどうにかできる能力があるかどうか見たかったから。多少なりともビジネスを知っていれば、新しい支配人を雇うはずよ。ところが彼はそうしない。だからもう、こう思うことにしたわ。私が彼のためにお金を稼がずにいるのは、私自身に対するちょっとした贈り物だとね」ナターシャは俺に顔を向けた。「だけど、

その気になれば二人とも今日にでも隠居暮らしに入れるのよ、刑事さん。フレディにとってのお金に困っている状態は、一般的な感覚で言えば相当にリッチだと解釈するといいわ」

「信託の仕組みは」

「会社と同じ。パレス・ホテルの利益はまっすぐ一つのお財布に入って、経費もそこから出ていく。たとえば維持費、弁護士費用、給与といったお金ね。ただし、フレディと私は、あらかじめ合意した額以上の金額を引き出すことはできない」

「それは確かですか」

「離婚の準備をするなら、ふつうはそのあたりのことがちゃんとしてるか再確認するんじゃないかしら。不正の入りこむ余地はないわ。だから確かよ。もちろん、信託を解散したあとは、お財布に入っている半額は彼のものになる。月々の配当よりずっと多額のお金よ。でも、どうしてフレディの経済状況ばかり訊《き》くの」

「アリの傷害事件のことを話したら、いや、変死事件のことを話したときもですが、ご主人が最初に心配したのは、誰に責任があるか、売却交渉にどれほどの影響があるかでした。商売のセンスがない人にしては、その側面ばかりずいぶん気にしているようだったので……」

「パレス・ホテルは、私とのあいだに残された最後のつながりよ。早く処分したくてた

まらないんでしょう」

「離婚の具体的な理由を教えていただけませんか」

ナターシャは首を振った。「侵入事件と関係があるとは思えないし」

俺は少し考え、別の戦法を試した。「フレディは以前からよく酒を飲んでいましたか」

「お酒が好きなのは私のほうね。彼はもともとあまりお酒に強くないのよ。ときどきワインを一、二杯飲む程度」

「今日、朝の十時にミスター・コイルと話しましたが、前の晩から飲み続けてそのまま朝になったといった様子でした……」

「結婚生活の終わりにかけてフレディはずいぶん変わったから、いまは別人のようになっているとしても不思議ではないわ」

「どういう変化でしたか、ミズ・リーヴ」

「そうね、何かおかしいと思った時期があるの。彼について。冷淡で他人行儀になった。いま思えば離婚を考え始めていたのね。そのあと別居するまでの数週間で、結婚していた十年間に変わった以上に変わったわ。あれからどのくらい変わったのか、私には見当もつかない」

「パレス・ホテルで起きている事件に関わるほど人が変わってしまった可能性はあると思いますか」

「それは馬鹿《ばか》げた質問じゃない？　フレディのただ一つの生きがいはパレス・ホテルの売却よ。ビジネスのセンスはゼロでも、価値のあるものを放り捨てるような真似《まね》はしないわ」

ナターシャはそこで黙りこんだ。同じロジックがなぜ自分たちの結婚には当てはまらなかったのかと考えていたのだろう。

「半年前に何があったんですか」

「どうしても聞き出さなければ気がすまないのね。それが快感なの？　他人の人生をほじくり返すのが」

「あなたとご主人だけの話であれば詮索《せんさく》しません。しかし、立場の弱い若い女性が事件に巻きこまれたようなんです。何かを目撃したせいで命の危険にさらされているかもしれません。自宅に争った形跡が残されていました。だから、答えていただけるまで何度でも訊きます」

ナターシャはまた顔を背けた。「手紙が届くようになったの」

俺はアニーサの視線をとらえた。彼女の表情は、自分も初耳だと言っていた。

「匿名《とくめい》の手紙よ」

「どんな内容でしたか」

「そういう手紙にありがちな内容だと思うわ。夫は私を捨てようと考えている、浮気を

している、と」

「その手紙、いまもお持ちですか」

「いいえ。それに差出人は直接届けに来たみたい。封筒も消印もなかった」

「警察には届けましたか」

「警察に？　夫の性生活の話よ。警察の管轄《かんかつ》外のことでしょう」

「その手紙を送った人物が悪意を持っていたことは明らかです。脅迫と読み取れる文言は含まれていましたか」

「脅すような言葉は何もなかった。事実だけ。日時。場所」

「フレディには話しましたか」

「初めのうちは読んでも無視していたの。しばらくすると、手紙ではなくて写真が届くようになって、知らん顔できなくなった。最後の手紙には、住所と、未来の日付と曜日が書いてあった。届いた日より数日先の日付。鍵《かぎ》がテープで留めてあった。そのころのフレディは、何を考えているのかまるでわからなくなっていた。ふだんとはまったく違っていたの。本気で心配になったわ。だから行ってみたの」

ナターシャの口調は、人生最大の屈辱を思い出しているようだった。それを掘り起こしたのは俺だ。アニーサが俺を憎らしげににらみつけてから目をそらした。

「サックヴィル・ストリートのロフト風の浮世離れしたフラットだった」番地は、その

日の朝、俺がフレディを訪ねたあのフラットのものだった。「外で誰かが出てくるのを待って、エントランスのドアが開いた隙《すき》に入ったわ。部屋番号を頼りに行ってみたら、なかから言い争う声が聞こえた。だから送られてきた鍵を使ってドアを開けたの……彼は別の男性と一緒だった」

俺は通りを眺めるふりをして、驚愕《きょうがく》を顔に出さないようにした。しばらく三人とも口を開かなかった。

「彼とはそれきり顔を合わせたことさえ一度もない」

「相手はあなたがご存じの人物でしたか」

「その人のことはフレディに訊いて」

「そうします。手紙の送り主に心当たりは」

ナターシャは俺の顔を見つめた。「考えるまでもないわよね。彼の愛人でしょう。いまもまだ夫と一緒にいて、大笑いしてるんじゃないの」

土曜の夜にパレス・ホテルで殺されたのがその愛人だとすれば、話は変わってくる。

「まさかあの二人が関係してるなんて、本気で思ってないわよね」

アニーサと俺は同じ方角に歩き出した。俺はチェリーがどうやら拉致《らち》されたと思《おぼ》しき現場に戻ってサティと合流するために。アニーサはタクシーを拾って自宅に帰るために。

「あれだけたくさんの秘密を抱えているとなると、一考に値します」俺は言った。「ところでさっきの話、初耳だったようですね」

「ええ、初めて聞いたわ。私がどうこう言う筋合いの話でもないけれど」

「ブリックは知っていたんだと思いますか」

「さあ、本人に訊いて」

「そうします。来週には帰ってくるんでしたね」

「そう、来週には」

「なぜ急に自分探しの旅になんか出たんでしょうね」

「長い時間をかけてたまっていく種類のストレスがあったんじゃないかしら。アンソニーは仕事しか頭にない人なの。ほとんど中毒ね。休暇を取るのは十年ぶりくらいよ」

「なぜこのタイミング——」

「やめて」アニーサは言った。「誰彼かまわず疑問を投げつけて反応を見る作戦なんだろうけど。アンソニーが休んでいるのは健康上の理由からなのよ、どうしても知りたいなら言うけど」

　俺は立ち止まってアニーサを見た。

「心臓発作を起こしたの。お医者様の指示で休養してるのよ」

　ブリックの写真が目に浮かんだ。若いタイ人女性に囲まれてにやけている写真。あれ

も医師の助言に含まれていたのだろうか。

「コイルの経済状況については」俺は話題を変えた。

アニーサは小さく笑った。「お札をトイレットペーパー代わりに使ったりしないかぎり、お金がなくなることはないでしょうね」俺が次に何を訊こうとしているか察したのだろう、アニーサは先回りして答えた。「年収？　余裕で六桁《けた》よ。いずれにせよ、あなたも言ってたとおりよ。パレス・ホテルの変死事件は、二人のどちらにとっても経済的な打撃になるわ」

とすると、二人に打撃を与えようとしたのは果たして誰なのか。

8

チャイナタウンに戻ったのは一時間以上過ぎてからだったが、鑑識はまだ到着していなかった。サティと俺は、少しでも風が通るように車のドアを全開にし、物憂《ものう》い気分で待った。

ナターシャ・リーヴとフレディ・コイルがいがみ合って別れたという事実は、断層のように事件を貫いていた。フレディの浮気、そしてそれを密告する匿名の手紙が明るみに出て、一気に複雑怪奇になった。何者かが二人に悪意を抱いている。フレディに同性の愛人がいること自体は他人がどうこう言うことではないにしても、フレディの精神状態には疑問符がつきそうだ。ナターシャによれば、彼女が彼の不貞を知る以前からフレディは人が変わったようになっていたという。いまやフレディはパーティ好きの酒飲みで、同性愛者だ。子供のいない男が、その年齢になるまで同性愛者であることを公言せずに過ごしたあげく、突然、中年の危機を謳歌しはじめる？　ふん、年を取るのが楽しみになる話ではないか。

パーズ警視の考えがどうであろうと、事件のこの側面は、サティから隠して進めるには俺の手に余り始めていた。サティは馬鹿ではない。ここまでの経過を知ったときどう

反応するか、まったく予想がつかなかった。

　俺はサティのほうを向いた。「鑑識、いくらなんでも遅くないですか」

「プッシャーの新しい被害者が出たから、そっちで時間を食ってるんだろ」

「それ、冗談ですよね」

　サティは首を振った。「アルビオン・ストリートの橋を通りかかった市民から、運河に男の死体が浮いてるって通報があった。それを引き揚げてる」

　ついさっき、チャイナタウンのフラットで見た暴力の痕跡が思い浮かんだ。

　行方不明の女。

「男だというのは確かですか」俺は言った。サティが肩をすくめ、俺はサティを見つめた。「もし女なら、チェリーってことも……」

「おおっと、そいつは一大事だ」サティは棒読み口調で言った。「おまえ、ちょっと行って確かめてこいよ」

　俺は車を降り、解雇の口実になりかねないせりふを口にしてしまう前にドアを閉めた。徒歩十分ほどの距離だし、またしばらくサティと離れられるのはありがたかった。〝プッシャー〟というのはただの都市伝説にすぎない。マンチェスターの中心街には送水路や造船所、岸壁、水門が連なっている。過去十年ほどのあいだに百人近い若い男がそこで命を落とした。ほとんどは午前零時から六時のあいだに運河で溺死《できし》した。これに注目

したマスコミが連続殺人者のしわざではないかと書き立て、〝突き落とし魔《プッシャー》〟と命名した。恐怖は真実よりも売上に大きく貢献する。学生人口の多さ、ナイトライフの陶酔、口を開けて待つ水路。それが悲劇的な数字に結びつくのは必然だ。

どのような犯罪の現場もある種の力を持つ。現場が見えるより先に、俺はその力を感じた。そのあとサイレンが聞こえ、回転灯の青い光が見えてきた。蛍光色のジャケットを着た制服警官が橋を通行止めにし、橋にさしかかった車を迂回路《うかいろ》に誘導していた。俺は身分証を提示して規制線の内側に入り、橋の欄干から運河岸を見下ろした。現場は混乱していたが、何らかの物体がすでに引き揚げられていることはわかった。岸沿いの小道に投光器を設置しようとしているところだった。投光器のスイッチが入り、地面に落ちたまぶしい光が黒いビニールシートを照らし出した。

ちょうど人間くらいの大きさだ。

俺は煉瓦《れんが》の欄干を握り締めた。両手が脈を打つのを感じた。鑑識は小道のビデオ撮影を完了していたが、現場はどうしようもなく汚染されている。ここの検証を終えてチェリーのフラットに来るのは相当先になるだろう。とはいえ、あのシートの下に横たわっているのがチェリーなら、フラットの検証がいつになろうと問題ではない。動きが少ないところを見ると、監察医はまだ死体の検分をしていないのだろう。俺はしばらく橋の上から様子を見た。投光器の光を浴びた黒い運河がぬらりと輝いた。

岸に下り、最初に行き合った制服警官に身分証を示した。「あれ、見たか」死体のほうにうなずいて訊いた。

「ええ、最初に現場に到着しましたので」警官は陰気に答えた。「一年で二度目です」

「どんな様子だったか教えてもらえるか」

「比較的新しい死体です。前回引き揚げたやつは、コーンビーフの炒《いた》め物みたいでしたから」そこで警官は俺の背後を見やって一歩後ろに下がった。

「エイダン・ウェイツ」

声のしたほうを振り返ると、カレン・ストローマーが階段を降りてこちらに近づいてこようとしていた。死体の検分に備えて白いビニールのカバーオールを着ている。持っていた用具ケースを下ろして俺を見据えた。

「まさかと思うけど」ストローマーは言った。「また現場に最初に到着したわけ……？」

いま話をしていた制服警官がさっと自分の存在を消して背景の一部になろうとしているのがわかった。

「ついさっき来たばかりです」

「今度もまた死体のポケットを探ろうと思ったの？」

俺は黙っていた。

するとストローマーはすぐそばに来て声をひそめた。「とてもいやな感じがするんだ

けど、ウェイツ巡査。何かなくし物でもしたの？」

「いいえ」

「何か偽装するつもり？　証拠が関わることではあなた、いい評判を聞かないものね……」

「この現場に来たのは、パレス・ホテルで見つかった身元不明の遺体とつながっているかもしれないからです」

「〈スマイリー〉と？　あなたたちはそう呼んでるんでしょ」

俺は何も言わなかった。

「ポケットを裏返して」

「は？」

「簡単なお願いでしょう」ストローマーは言った。「私の犯行現場にとどまりたいなら、ポケットの中身を確かめさせてもらうわ。これは誰に関しても同じ。現場の汚染を防ぎたいから。証拠の偽装もね」

俺はストローマーを見つめた。次にビニールシートに覆《おお》われた死体を見た。ジャケットのポケットに手を入れ、財布と身分証を取り出してストローマーに見せた。

「ほかのポケットも」ストローマーが言った。

俺はパンツのポケットから携帯電話を出し、鍵束もあったなともう一方のポケットに

手を入れた。指先に触れたのは、鍵束だけではなかった。

ストローマーは俺の表情の変化に気づいたに違いない。「まさかよね」

俺はマーカス・コリアーから事情を聴く前にフォーセット・インのトイレで見つけたジッパー付きのポリ袋を引き出した。白い粉が半分くらい入っていた。

俺は目を閉じた。「これは違うんです――」

「出ていって」ストローマーはそう言って俺の横を通り抜けた。「いますぐ」

「カレン」俺は彼女の後ろ姿に向かって言った。何人かが振り向いて俺を見た。最後にストローマーも振り返った。「本当です。ここには捜査で来ました。もしその死体が若い女性だったら、パレス・ホテルの死体と関連している可能性があります」

ストローマーが刺すような視線を俺に向けた。俺はサイコロのひと振りに財産のすべてを賭《か》けたような心地になった。一瞬、すべての音が消えたような気がした――頭上の投光器が立てる低い音と、運河岸を洗う水の音だけを残して。長い時間が過ぎたころ、ストローマーがビニールシートをめくって下をのぞきこんだ。

「成人男性よ」ストローマーはそう言うと、全神経を死体に振り向けて俺を意識の外に締め出した。集まっていた制服警官たちは目を見交わしてにやりと笑ったり、同情から視線をそらしたりした。俺は階段を上って通りに戻った。屈辱感から、顔や首筋が真っ赤に染まっているのがわかる。チェリーのフラットに戻る気にはとてもなれなかった。

サティはおそろしく顔が広い。俺が何をしでかしたか、すぐにでも伝わるだろう。鑑識を待つのはサティに任せればいい。俺にはほかに何ができるか考えた。マーカス・コリアーはパレス・ホテルのすぐ近くの橋が女たちとの待ち合わせ場所だったと話していたが、行ってみると誰もいなかった。

チェリーは煙のように消えてしまった。

ノーザンクォーターに戻った。俺のフラットのすぐ前に車が駐まっていた。ヘッドライトは消えていたが、俺が近づいていくと、ドライバーはライトを点灯してハイビームにした。俺の視界は真っ白に飛んだ。エンジンが轟音《ごうおん》を立てて車が発進し、俺の体をかすめるようにして走り去った。俺はフラットの入口の鍵を開けたところで手を止めた。誰のものかわからないアンフェタミン入りのジッパー付きポリ袋がまだポケットに入っていることを思い出した。すぐそこの排水溝の鉄格子《てつごうし》の隙間からポリ袋を押しこんだ。それから、さっきの車が駐まっていたスペースにしばし立ち尽くした。

煙草の吸い殻の小山があった。
十五本、いや二十本だろうか。フィルターぎりぎりまで吸ったあと、運転席側のウィンドウから投げ捨て、踏み消してある。何者かが長時間、ここで待っていたのだ。俺は通りを見渡した。誰なのか。どんな意味があるのか。

カーブを曲がるたび、車はいまにもばらばらに吹っ飛びそうに震えたが、それでも幹線道路からそれて延びる道を走り続けた。ここまで来るともう街灯はなく、道は正確にたどるのが不可能なくらい複雑に曲がりくねっていた。車には四人しか乗っていなかった。男と女――ベイトマンとエレイン。そして二人の子供――ウォリーとアッシュ。四人とも同じものを感じていた。

ウィンドウをかすめて飛び去る一千万のディテール。それは五感を鈍らせる作用を持っていた。

ウォリーは後部シートに座り、ウィンドウの向こうに広がる無限の闇《やみ》を凝視していた。そうしていると、車の振動や目に見えないカーブが眠気を誘った。車内は凍《い》てつくように冷えきり、隣に座った妹アッシュの歯が鳴る音が聞こえた。ウォリーは妹の手を握った。妹が怯えていると思ったから。少なくとも自分は怖かったから。ホリーの家に押し入った夜から数週間が過ぎたが、あれ以来ずっと車で走り続けているように思える。見も知らぬ他人の家で眠る日もあった。道路沿いの待避所に車を駐《と》めて眠る日もあった。やがてむさ苦しいテラスハウスの一室に落ち着いた。ある夜、おとなの口論の声が聞こ

えていたのに急になったのが気になって、ウォリーは足音を忍ばせて部屋の入口からのぞいた。テレビがついていて、涙に濡《ぬ》れた顔でテーブル越しに手を握り合う男女が映っていた。消音モードになっていたが、男女の背後の壁にホリーが写った大きな写真が飾られていた。翌朝起きると、ベイトマンがいなくなっていた。数日が過ぎ、このまま戻ってきませんようにとウォリーは願った。しかしベイトマンは戻ってきた。そして三人に見せたいものがあると言った。というわけで、兄妹《きょうだい》は後部シートに並んで座り、緩慢なリズムで揺られている。

「くそ、いけねえ」ふいにベイトマンの声が聞こえて、呪縛《じゅばく》が解けた。

誰かが口をきいたのは数時間ぶりだった。ベイトマンの運転らしく車は唐突に停止した。残ったのは、エンジンが回転する音だけ、四人を取り巻く黒い闇だけだった。車は何メートルか荒っぽくバックし、別の方角に走り出した。兄妹の母親エレインは助手席で硬直したように前を見つめていた。どれだけ車が揺れてもその体は微動だにしなかった。

おとなたちは真夜中に兄妹を起こし、二人を抱え上げて一階に降り、穴ぼこだらけの私道に出て、事故車を二台、それぞれ無事な半分を取って一台につなぎ合わせたようなシュコダのおんぼろ車に乗せた。初めて見る車だった。初めて見る色をしていた。緑色と錆色《さびいろ》のあいだの色。子供たちにシートベルトを装着してドアを閉めたあと、おとな二

人は車の後ろに立って口喧嘩《くちげんか》を始めた。ウォリーとアッシュはまっすぐ前を向いたまま、夜中の二時の押し殺した口論に耳を澄ました。ベイトマンの低い説明調の声は、同じことを何度も何度も繰り返していた。母親が口をはさもうとしてもベイトマンはしゃべり続けた。二つのまるきり別々の会話が進行しているようだった。

まもなく、どちらかがもう一方を殴った。

その音に兄妹はそろって飛び上がった——車がスピードバンプを乗り越えたように。

運転席のドアが勢いよく開いて、ベイトマンが乗りこんできた。その顔には何の感情も浮かんでいなかった。年季の入ったポーカーフェースは、内面で起きていることを完璧《かんぺき》に隠していた。握ったり開いたりを繰り返している拳《こぶし》が、代わりにすべてを語っていた。

ベイトマンは煙草《たばこ》を巻き、でたらめなリズムでダッシュボードを叩《たた》いた。私道に倒れこんだ母親が起き上がる気配がした。車に手をついて体を支えたのだろう、車体がかすかに揺れた。母親は無言で助手席に乗りこみ、身を縮めてシートに沈みこんだ。車は自動車専用道を走った。誰も口を開かなかった。車内の空気がぴんと張り詰め、いまにもちぎれそうになったところで車はふいに田舎道にそれ、無限に続くカーブをたどり始めた。まるで何かがほどけていくようだった。それは誰にもついていけない速度でばらけた。やがてベイトマンがエンジンを切り、ヘッドライトが消え、車が惰性で坂を下り始めたところで、助手席のエレインが体の向きをわずかに変えて左右に視線を振った。

「迷ったんだね」

「着いたんだよ」ベイトマンが答えた。

二人とも正しかった。

ベイトマンは車を路肩に寄せ、ハンドブレーキを引いた。そこはどことも知れぬどこかのど真ん中、真夜中だった。しばらく誰も口を開かなかった。ぎらついたウィンドウガラスの向こうに広がる闇、ネオンブラックに輝く闇は、現実離れしていた。ベイトマンは運転席側のウィンドウ越しに一軒の農家を見つめていた。後部シートで手を握り合った兄妹は、彼が自分たちの存在を忘れてくれていますようにと願った。わずか五歳と八歳でも、ベイトマンの視線の意味はすでにいやというほど知っていた。それを向けられたものは生気を失う。何であれ朽ちて腐る。運転席のレザーシートがぎゅうと鳴った。ベイトマンが巨体をねじってウォリーを見た。

「打ち合わせのとおりにやれ」ベイトマンは少年に言った。「あのドアをピッキングして、階段を上がれ」後部シートを手探りし、長さ一メートルほどのアルミのポールを差し出す。「こいつを使え。ほかの部屋には行くな」

少年は母親を、母親の頭の後ろを見る。一つにまとめられた黒い髪を凝視する。沈黙が長く伸びる高音のごとく耳を痛めつけ始めたころ、母親がようやく振り向いた。ベイトマンに殴られた目の周りが黒く変色しかけていた。

「聞こえただろ」母親は言った。

ウォリーは妹の手を放してドアを開けた。

窮屈な後部シートに押しこめられていたウォリーは、世界の広大さにたじろいだ。小道の行き止まりに駐まった車のすぐ先に、大きな農家の前庭が見えた。天に届きそうな巨木の影が背後で揺れている。車のなかにいるときは守られているという安心感、誰からも見られていないという安心感があったが、こうして見ると、自分たちはまったくの無防備だった。頭上に浮かんだスポットライトのような月が、農家や庭から車の細部まで、驚くほど鮮やかに浮かび上がらせていた。

車のウィンドウに自分が映っていることに気づいて少年は後ずさりした。自分の知るすべてから離れた。それから、身を隠すもののない、三百六十度開けた恐怖へと足を踏み出した。

Ⅳ
ヴァニッシング・アクト
Vanishing Act

1

視界の隅にサティが映っていた。サティは顔から首筋や肩にかけての肉の塊をもみほぐし、形を変えて別のものに化けようとしている。猛暑が何週間も続くうち、サティの見た目やにおいは、まったく別の生き物に変態しようとしている幼虫のそれに近づいていた。サティだけでなく、俺も変身しかけているような気がした。

チェリーが暮らしていた4Bの部屋は、やはり違法な転貸物件だった。建物を管理している女性に連絡を取って伝えると、4Bに住人がいたことを初めて知ったらしく衝撃を受けていた。運河で発見された死体がチェリーではなかったことに俺は安堵《あんど》したが、反面、手がかりもそこで途絶えたことになる。チェリーについてわかっているのは、マーカス・コリアーの不確かな供述に基づく人相特徴と通り名だけだった。

サティと俺は、カレン・ストローマーのオフィスで彼女が来るのを待っていた。笑う男の検死結果を聞きにきただけなのに、俺は不安でならなかった。前夜の屈辱をまだ忘れていなかった。

サティは自分をこね回して遊ぶのをやめ、あちこちのポケットをぼんやりと探り始めた。目当てのものが見つからなかったらしく、ため息をついて腰を浮かせ、ストローマ

ーのデスクに身を乗り出した。ボールペンを取り、それを使って耳掃除を始めた。

「また頭のスイッチを探してるの、ピーター？」

サティとそろって振り返ると、ストローマーが入ってきてドアを閉めるところだった。内心では焦《あせ》ったかもしれないが、サティはそれを顔に出さず、元の椅子《いす》にどさりと体重を預け、デスクの角にペンの汚れをなすりつけてから、反対の耳掃除に取りかかった。

ストローマーはデスクの奥に回って椅子に腰を下ろした。俺と目を合わせる気はなさそうだが、かといってサティも正視できず、ストローマーは俺たちのあいだのどこかに視線を落ち着けた。

「改めて言うことでもないだろうけれど、できるだけ手短かにすませたいの」ストローマーは報告書を開いてペンを探した。サティが耳に突っこんでいたペンを差し出したが、ストローマーはそれを無視し、ポケットから別のボールペンを出してメモを取った。

「といっても、話さなくてはならないことが山ほどあるのよ。マル害は――」

「小学生にもわかる言葉で説明を頼むよ、先生。エイダンは愛用の辞書を忘れちまったらしいから」

　ストローマーは一瞬おいて話を再開した。「今回の身元不明の遺体は、最近では珍しいくらい興味深い事案よ」ストローマーは無生物について論じるような、感情のこもらない淡々とした調子で言った。「変則的なことがありすぎて、何から話していいかわか

らないくらい……」

「死因の推測はつくか」サティが言った。

「予備的な血液検査の結果を見るかぎり、多臓器不全の可能性が高そうね」

サティは不満げな声を漏らした。「その死因の原因を知りたいな」

「茶化してるつもりなんでしょうけど、ピーター、いまのはある意味鋭い質問よ。ひとことで答えるなら、わからない。毒物検査の結果を待っている段階だけれど、軟組織から何らかの毒物が検出されると思うわ」

「毒を盛られたと思うわけだな」

「ええ、それはまず間違いない。ただ、来てもらった理由はそれではないのよ」

ストローマーの視線が一瞬だけ俺のほうに動き、俺は一回り身を縮めた。もし死体からドラッグが見つかったら、俺が発見現場に入ろうと試みたことを上に報告せざるをえなくなるだろうとストローマーから警告されていた。前の晩、俺が白い粉を所持していた件や、パーズ警視がふたたび俺に興味を持ち始めていることを考え合わせると、ただですむわけがない。ところがストローマーはまったく別の話を始め、俺は肩の力を抜いた。

「〝身元不明《ミッシング》の行方不明者《ミッシング》〟。聞いたことはある？」

「いや」サティが答えた。「ノーのノーだな」

「どこからも捜索願が出ない行方不明者のことでしょう」俺は言った。「届出がないから、行方不明者のデータベースにも登録されない。誰も捜していないから、死体で発見されたとして、身元を示すものを何も身につけていないと、着衣の特徴や、場合によっては外見的な特徴で呼ばれることになる……」

　ストローマーがようやく俺をまともに見た。俺は実例を挙げようと記憶の底を探った。

「……アフガンコート・レディとか」

「そう、それも未解決の事例の一つね」ストローマーはサティに向き直った。「アフガンコートを着てヒッチハイクをしていた女性が遺体で発見された七〇年代の事件。その日、彼女と話をしたという長距離トラックの運転手の証言によると、外国風の訛《なまり》があって、アンと名乗った。彼女を轢《ひ》いた車両は特定されず、発見もされなかった。それ以上に重大だったのは、被害者の特徴――中性的な魅力のある若い女性――に一致する女性の捜索願がどこからも出ていなかったこと。歯に保険治療を受けた形跡があって、アフガンコートと呼ばれるシープスキンのロングコートを着て、フランスの安売り店で扱われているブランドのジーンズを穿《は》いていた。靴は履いていなかった……」ストローマーはそこで言葉を切った。「なぜかこういう妙に細かいことまで覚えているのよね。似たような事件は毎年数百件も発生して、そのほとんどは解決されないままになるのに」

「ちょい待ち」サティが言った。「話が長くなる前に、床ずれができないように姿勢を

変えとくから」

「今回の事件の詳細を話す前に、ミッシング・ミッシングのあらましを知っておいてもらいたいの」

「知ってるさ」サティが言った。「〝ソニーとシェア〟みたいなやつだろ」

ストローマーがうなずいた。「個人的にはそのニックネームはあまり好きになれないけどね」

　ソニーとシェアは、俺が警察に入った年に発見された身元不明の死者二人の仮名だ。女性の遺体は腐乱がかなり進んだ状態でアーウェル川から引き揚げられた。遺体には無数の刺し傷があり、監察医は百で数えるのをやめた。頭部には黒いごみ袋が巻かれていた痕跡《こんせき》があった。流されるあいだにいくつもの管区を通過していたが、どこの警察も事件を引き受けたがらなかった。最終的には全警察が均等に責任を分配《シェア》するということで落ち着き、それが〝シェア〟という仮名の由来になった。遺体の特徴に一致する女性の捜索願は出ておらず、しかも数週間後に同じアーウェル川で男の子の遺体が発見されて、捜査はますます混迷した。鑑定の結果、二人は親子と判明し、男の子は〝坊や《ソニー》〟というニックネームを与えられた。

　二人が姿を消したことに犯人以外の誰も気づかずにいるなどありえないと思われたが、ＣＧを使った似顔絵を公開し、情報提供を呼びかけ、再現ドラマをテレビ放映しても、

何の反響もなかった。ミッシング・ミッシングは、忽然《こつぜん》と姿を消したのに身内さえ気づかない、あるいは身内さえ気にしない人々、のちに遺体で発見されても身元特定の手がかりは一切なく、初めからこの世に存在しなかったかのような人々だ。

「捜索願が出てないことはもう確認できてる」サティが言った。

「単なる身元不明者というだけではすまなそうよ」ストローマーが言った。

「どういうことだよ？」

「どうやら被害者はたいへんな手間をかけて身元につながる手がかりを消したみたいなの」

ストローマーの言葉の選択にサティが異議を唱える前に、俺は割りこんだ。「身分証の類《たぐい》はいっさい身につけていなかったんですよね」

「衣類のタグまでご丁寧に切り取ってあった。でも、そんなの初歩的なほう。被害者の指紋は外科手術で切除されてるの」

二人ともすぐには言葉が出なかった。

「死後にってことか？」サティが言った。「暗黒街のお作法か」

「瘢痕《はんこん》組織を見るかぎり、切除手術はだいぶ前、ひょっとしたら死ぬ何年も前に行なわれてる。つまり被害者は何らかの犯罪行為に積極的に関わっていたと考えてよさそうだということ。〝暗黒街のお作法〟ではない」

「手術で切除したということは」俺は言った。「病院で手術を受けたってことですよね。どこかに何らかの記録が残っていそうなものですが」

「手術という言葉を使ったのは、ほかの言いかたを思いつかないからというだけ。たとえばギャングが死体の身元を隠そうとするなら、両手を手首から切り落とすでしょ。あとは指先だけペンチで切断するとか。でも今度の遺体にはもっとずっと高度な手段、周到な手段が使われてるの。しかも被害者が死ぬずいぶん前に。おそらく被害者本人の同意の上で」

「同意か……」初めて聞いた言葉を繰り返すようにサティがつぶやいた。「ライターで指先を焼いたっていう非白人には会ったことがあるな。東欧だか中央アジアだか、なんとか〝スタン〟って国で検問を抜けるためって話だった」

「それとはまったく違うわ。素人《しろうと》が指紋を消そうとして火であぶったり刃物で切ったりすると、表皮組織よりも深いところまで損傷が及んで永遠に消えない痕《あと》が残って、それが新しい指紋の一部になる。ところが今回の遺体の場合、組織を完全に切除して、別のもので置き換えてるの」

「置き換えた？」

「皮膚移植よ、ピーター。場合によっては治癒に何年もかかるわ……」

俺は身を乗り出した。「でも、指紋を消す動機は何でしょうね」

「ええ、動機が謎《なぞ》よね。すぐにいくつか思い浮かぶだろうけれど——現場に指紋を残したくない大泥棒とか——よく考えると意味がないわ。指紋の切除なんてめったにない手術だし、まさに世界に二つとない指紋の持ち主になるわけだから。伝統的な意味での指紋とは違うけれど」

「とすると、未来の行為を隠すためというより、以前の身元を隠すためということになるわけですね」俺は頭に浮かんだことをそのまま口に出した。

「それも一つの説ね」

「猫の皮を剝《は》ぐ方法は色々ってことわざがあるな。身元を確認する方法は指紋だけじゃない」サティが言った。

「そう、そういうこと。あなたの言うとおり、一生に一度も指紋を採取されない人が大半よ。指紋から遺体の身元が判明するほうが珍しいわ。歯科治療記録が決め手になることのほうがずっと多いの……」ストローマーは次の質問を誘うような調子で言った。

「とすると、あれか、被害者は最後の検診予約をすっぽかしたきりなのか」

「その正反対。ふつうでは考えられないレベルの治療を受けてる。元々の歯は抜いたか、歯根を残して削ったか。その歯根を土台にして、人工の歯冠《クラウン》をかぶせてある。ハリウッド俳優みたいに白く輝く歯並びよ。見れば誰でもそう言うと思う。そんなわけで、歯科治療記録の線は期待できない。最後にもう一つ、見た目の改善というつながりで、被害

者の目の色に気づいたんじゃないかしら」

「青でした」俺は言った。だが、ただの青じゃない。目が覚めるように鮮やかなコバルトブルーだった。

「正解。だけど、同時に不正解でもある。被害者の本当の目の色はなかなか魅力的な茶だった。青のカラーコンタクトを入れてたの」ストローマーは報告書のページをそろえ、ファイルをデスクの縁と並行に置き直した。俺はもちろん、サティまで驚いて言葉を失っているのを見て満足しているように見えた。「もう一つ。ステージ4だった」俺たちは無言でいた。ストローマーは説明を付け加えた。「癌《がん》よ」

「ステージ4は、病状がかなり進んだ段階でしたっけ」

「ステージ5は存在しない。体の内側は、乾腐病でだめになった作物みたいにぼろぼろになってた。でも、胃の内容物からも血中からも鎮痛剤の成分は検出されていないの。相当な痛みに苦しんでいたはず」

サティがもぞもぞと動いた。「つまり、あれか、被害者をあの世送りにした奴《やつ》は、もうちょっと待ってれば手を汚さずにすんだだろうにって話か」

「余命数週間といったところだったでしょうね。ちなみに、身体能力という意味では絶好調だったようよ。ふくらはぎがあんなにたくましい人は見たことがない。印象だけで言えば、プロ級の長距離ランナーか、トレーニングを欠かさないバレエダンサーかとい

ったところ」

「歯も指紋もない末期癌を抱えたバレエダンサーか」サティがぼそりと言った。「なるほどな」

「どう、立ち直る時間が必要？　それともこのまま話を続けても大丈夫？」

　俺たちは黙って先を待った。

「エイダン、私がこれからどんな話をしようと思っているか、あなたからサトクリフ警部補に説明してもらえない？」ストローマーは、屈託のない表情を俺に向けた。次に口にする内容によって俺の首の皮がつながることになろうと、首が飛ぶことになろうと、どのみちめでたいとでも思っているみたいに。かまわないさと俺は思った。たまには他人に罠《わな》をかけてもらうのも悪くない。

「縫い目があった」俺は言った。「スラックスに何か縫いこまれていた」

　ストローマーは俺の目をのぞきこんだ。「何なのか見当はつく？」

「いいえ」俺は答えた。

「当然よね」ストローマーはファイルからコピーを二枚取り出し、俺とサティに渡した。何だろうと不安だったが、文字をスキャンしたものとわかってほっとした。コピーに目を凝らすと、紙片のギザギザした輪郭がうっすら見えた。もっと大きな紙から破り取られたものだ。並んでいるのは二語。異国の言葉らしい。

TAMAM SHUD

「印刷所で印刷されたもの。上質紙が使われてる」ストローマーが言った。「おそらく書籍から破り取ったもの。ペルシア語で、〝終わった〟とか〝完了した〟といった意味」笑み。「というわけで、この会話もそろそろおしまいにする頃合いのようね」

「ちょい待ち」サティが言った。「スラックスに縫いこんであったって？ 自分で縫ったのか、それともほかの誰かか」

「内側から手縫いされてた。ということは、本人にせよ他人にせよ、スラックスを脱いだ状態で縫ったことになる。それともう一つ」ストローマーは新たなコピーを俺たちに渡した。今度のは、荷物の預かり証らしきものをスキャンしたものだった。番号だ。

〝８３１〟。

「どこの預かり証だろうな」サティが言った。

「まるで見当がつかない」

「そっか。参考になったよ」サティは立ち上がった。「次に先生と会うときは、俺は死んで解剖台に寝ていたいな」

「あなたがどれほど不健康な生活をしてるかなら、おなかを開いてみるまでもなく知っ

てるわ。それより、あと少しだけ話につきあってもらえない？」サティは不満げにうなり、ストローマーは俺に視線を向けて付け加えた。「二人だけで」

俺はもらったコピーを持って出口に向かった。

「とても参考になりましたよ、カレン」

ストローマーは答えなかった。俺はオフィスを出てドアを閉め、廊下の突き当たりまで歩いた。二人が何を話しているのか、気にもとめなかった。どうだっていい。一枚目のコピーを見た。ただのコピーなのに、無意識のうちに装飾的な文字に指をすべらせていた。

TAMAM SHUD——タマム・シュッド

〝終わった〟。

終わった、あるいは完了した。

2

サティは思案顔で車に乗りこんできた。ストローマーからどんな話を聞かされたにせよ、そのせいでサティの俺を見る目が変わったのかもしれないし、俺が自分の抱える不安をサティに投影していただけのことかもしれない。いずれにしても、サティは数分のあいだ無言でいた。俺はエンジンをかけ、街の中心部に向けて車を走らせた。助手席のサティは上の空といった様子で指の関節や首の骨、膝《ひざ》や手首をぽきぽき鳴らしていた。お互い気に入らないことが山ほどあるとはいえ、サティの頭脳の性能のよさは俺もよく知っているし、あちこちの関節を鳴らすのは、頭がフル回転を始めたというシグナルであることも知っていた。サティの頭のなかの歯車が動き出すのは久しぶりのことだった。

「若いねえちゃんのジャケットは返したんだよな」長い沈黙のあと、サティがようやく口を開いた。

「おととい」

「ねえちゃんはきっと脚を広げておまえを歓迎したんだろうよ……」

「本人は留守でした。第一、そういう類の話じゃありません」

「お友達以上、恋人未満ってやつか。ま、欲張らないことだ、エイダン。これはマジな

話だ。おまえがまたその方面に舞い戻ったって知られてみろ、警視はおまえを医学の発展のために寄付するだろう。けど安心しな。俺は評判どおり口の堅い男だから」

俺はしばらく黙って運転を続けてから言った。「その件は解決済みです」

「それなら、これ以上よけいなことはするな。ところで、ストローマーの話をどう思った」

「面食らってるって点では俺たちと一緒でしょうね。あんなものを見たのは初めてといった顔だった」

「チンコやタマのことを言ってるなら、そりゃあ見るのは初めてだろうよ」

「いいかげんにしてくださいよ、サティ」

サティの鋭い視線が飛んできて、いまのは失言だったと俺は悟った。意見、反論、侮辱は不問に付されても、道徳や多様性を指摘することは許されない。俺はサティを調子づかせるという過《あやま》ちを犯した。

「俺はな、同情して言ってるんだよ」サティは両手を挙げた。「性別適合手術済み《トランスセクシャル》のボブ・ディランみたいな見た目の女にとっちゃ、世の中は厳しいだろう」

俺は黙っていた。

「まあいいや、ちゃんとパンツを穿《は》き直せ。先にシーソーで待ってるから」

〝シーソー〟はサティのお気に入りの意見交換法だ。議論というものの主要な特徴をす

べて備えているからだろう。事件についてサティが何らかの仮説を提示し、俺がそれに反論する。そうやって論を戦わせているうち、思いがけない結論が導き出されることがある。つかみ合いの喧嘩《けんか》が始まる寸前まで白熱することもあった。

「仮説」サティが言った。「〈スマイリー〉は、癌でまもなく苦しみながら死ぬ運命にあった。自殺の可能性はないか」

「反論。被害者は毒殺されたと思われる。自殺なら、遺体のそばにその道具が残されているのでは」

サティはしばし考えてから言った。「どこかで毒を食らったあと、パレス・ホテルの現場に来たとか」

俺は首を振った。「現場の不審な状況、意識を失っていた警備員。どちらも自殺じゃないことを示唆《しさ》してる」

「仮説」サティが言った。「そのどっちもマーカスと売女《ばいた》どものせいで、死体とは無関係ってことも考えられる。昼間の警備員はあのホテルを売春宿に使ってたわけだろ……」

「よしてくださいよ。エスコート嬢がアリを殴り倒したなんて、あんただって本気で思ってるわけじゃないでしょう」

「マーカスが現場にいたのかもしれねえだろ。男ならアリを殴り倒すくらい簡単だ。そ

れにマーカスとアリは仲が悪かった。おまえからそう聞いたぞ」

「しかし、俺が刑事だってわかったとたん、バーテンは証言を変えました。マーカスのアリバイを裏づけた。俺はその証言を信じますよ。それに、同じようにアリバイを裏づけられる客がほかに大勢いるとも言ってますからね」

しばらくどちらも口をきかなかった。

「そうはいっても」サティが言った。「職場で女に売春させるなんて、鋼《はがね》の神経の持ち主じゃなきゃできねえよな。そいつからぜひとも話が聴きたい。まあいい。仮説。〈スマイリー〉は他殺だとして、犯人一味は〈スマイリー〉のことをよく知らなかった」

「どうして」

「あと数週間も待てば〈スマイリー〉がウジ虫の餌《えさ》になるって知ってたら、ふつう自然の成り行きに任せるだろう……」

「反論。被害者は鎮痛剤を服用していなかったわけで、そうなるとふだんどおりの生活を続けていた、ひょっとしたら病気を隠していたと考えられる」俺は少し考えてから続けた。「動機が怨恨《えんこん》ならともかく、そうじゃないなら、犯人は自然に任せるわけにはいかなかったはずです」

「なんで」

「動機が怨恨ではなくて、被害者が何かを知っていたからだったとすると、自然に死ぬ

のを悠長に待っていられない。死を目前にした知りすぎた男ほど、何をするかわからない人間はいませんからね」

「仮説」サティが言った。「百歩譲って、いや千歩ぐらい譲って、これは他殺なんだと仮定しよう。それでも謎ってほどのものはない。単に身分証を忘れただけのことかもしれないからな」

「反論。どこからも捜索願が出ていないし、衣類のタグが切り取られてた」

「友達が一人もいなかったのかもしれない。服は慈善団体経営の古着屋で買ったとも考えられる。寄付した奴のイニシャルが入ってたりすると、タグを切ってから店頭に出す」

「どれも新品に見えたし、サイズも合ってました。それにメッセージをスラックスに縫いこんだ理由に説明がつかない」

サティは俺の反論をしばし熟考した。「仮説。〝タマム・シュッド〟とか何とかってのは、〈スマイリー〉の座右の銘だった」

「終わりとか、完了とかって意味ですよ。ずいぶんと縁起の悪い座右の銘だ」

サティは笑った。「しかも現実になっちまったわけだものな。何にせよ、あの紙片は捜査の突破口になるかもしれない」

「どんな風に」

「遺書とか……」

「あれは遺書じゃありませんよ」

「どうして断言できる」

「殺人の被害者は遺書を残さないから」

「よせって」サティが言った。「しつこいぞ。殺人の被害者って呼ぶな」

俺は話題を変えた。「もう一つ、荷物の預かり証みたいなものがありましたよね。そんなものをスラックスの内側に縫いつける理由は、見つかりたくないものがあったからとしか考えられない」

「ふむ……」サティはつぶやいた。「どこの預かり証か、突き止めたほうがいいな。心当たりはないか」

「ありふれた預かり証にしか見えません。どこのも似たようなものだし」

「まあ、そうだな。仮説。歯やコンタクトレンズは、単に見た目をよくするためのものだった」

「反論。それでは指紋の件を説明できない」

「仮説。やっこさんは、政府に自分の考えを読まれてると思いこんだ頭のおかしな男の一人だった……」

「サバイバリスト？」

「そう、ただしかなりの落ちこぼれだがな」

「そうだとしても、休業中のホテルで何をしてたんです？ それに、たった一人の目撃証人が襲われた理由は」

「仮説」サティは鼻から息を吐き出しながら言った。「ミッシング・ミッシングってのはどいつもこいつも、生きているあいだは空気の無駄遣い、死んでからは他人の時間の無駄遣いになるような連中だ」

俺はしばらく黙って車を走らせた。「反論。俺たちにとっては、パレス・ホテルの侵入事件か、くず入れの連続放火事件か、二つに一つです」

これについてはサティも同意見だった。「仮説。ストローマーは病的なレズで、異性愛者の白人の男の絶滅に執念を燃やしてる」

「反論。彼女は知的な女性で、あんたみたいな連中からすでに一生分、クソみたいな言いがかりをつけられている」

「仮説」サティは俺の横顔に視線を据えて言った。「ストローマーは、おまえは薬物依存と精神的な問題を抱えた無能な刑事で、事件の捜査はおまえの手に余ると考えている。さらに、おまえをあらゆる捜査からいますぐ外して、不正行為の嫌疑で調べるべきだと考えている」

俺は車を走らせながら反論をひねり出そうとした。何一つ思い浮かばなかった。

ストローマーの勤務時間に合わせ、俺たちは夜勤の開始時間より前に彼女のオフィスを訪ねていた。まだ夜の早い時間だったが、サティはいったん休憩にすると言った。二時間後に車で拾いにいったら、サティは酒のにおいをぷんぷんさせていることだろうが、批判する資格は俺にない。最新のくず入れ放火事件に関して請求しておいた街頭監視カメラの映像が送られてきていた。俺は署に戻ってそれを見ることにした。

予想どおり、放火犯は今回もカメラの死角を選んでいて、一番近い一基は通りの反対側に設置されていた。火が出た瞬間はわかった。光の具合が変わった瞬間、ちょうど通りかかった自転車のライダーが驚いたようにそちらにさっと顔を向けているからだ。俺はどうにも映像に集中できなかった。いなくなっても誰にも気づかれない人々――アフガンコートの女や母親、その子供、それに、そう、笑う男――に頭を占領されていたからだ。

ミッシング・ミッシング。

街頭監視カメラの録画から手がかりは得られそうになく、携帯電話が振動し始めたときには助かったと思った。画面を確かめると、見たことのない番号が表示されていた。

「ウェイツです」俺は応答ボタンを押して言った。

「これ、警察の人の番号だよね」

「そうだ。もしかしてアールか？」

「ソフィの部屋に名刺があったから……」

「で？」

短い間があって、アールは続けた。「あんたに話しちゃっていいのか、わかんないんだけどさ」

3

アールによると、〝例の奴〟からソフィにまたメッセージが送られてきた。ソフィは男がオリー・カートライトであることをアールにまだ打ち明けていなかった。前に俺がその名前を出したときのアールの反応を思うと、俺から漏らすのもはばかられた。カートライトは、押しかけてきた警察は追い払ったとソフィに伝えたという。その裏づけとしてセックス動画の別の一部を送りつけ、また会いたい、ただし今回は外でと言ってきていた。ソフィはこのことをアールには黙っていたが、アールはソフィが怯《おび》えきった顔で出かけようとするのを見かけたのだという。

「行き先は聞いてるか」

「最初に会った店」アールは答えた。「何ていう店だか俺は知らないけど」

行ってみると、インコグニートは珍しく静かだった。午後八時を回っていたが、バーの基準から言えばまだ宵のうちで、店の前の行列もなく、すんなり入口に行かれた。前回と同じバウンサーがドアの前にいて、俺が来たのに気づくと肩を揺らして笑った。

「言っとくけどな、酒ってのは自分の口に入れるためにあるんだぜ」バウンサーが言った。

「今回は肝に銘じておくよ」

バウンサーがにやりとし、スキンヘッドの表面で血管が脈打った。「〝今回〟なんてものはない」

「入らせてもらうよ」俺はバウンサーの脇《わき》をすり抜けようとした。「明日の朝刊に俺たちの名前が載るかどうかは、あんたの出方しだいだ」

バウンサーは俺を通りに押し戻して両手を挙げた。「あのな、俺だってトラブルはごめんなんだ。しかし、あんたの導火線はどうやら短すぎるから、ここを通すわけにはいかない。あんたは相手かまわず脅しやら酒やらを浴びせて回る。おかげで純粋に夜遊びを楽しみに来た客がびびって逃げちまう。そのとばっちりを食うのは俺なんだよ」

「これが慰めになるかわからないが、おたくのボスに会いにきたわけじゃない」

「どのみち今夜はいないよ。今回は本当だ」

「店は誰が見てる？」

「わたしよ」アリシアが階段を下りてきた。今夜はずいぶんおとなびた服装をしていた。前回のどぎつい蛍光色ではなく、ダークカラーの垢抜《あかぬ》けたスカートとブラウスだ。「ここはいいわ、フィル。わたしに任せて」

バウンサーはうなり声を漏らし、両手をポケットに押しこむと、俺たちの話が聞こえない位置まで下がった。アリシアの落ち着きぶりに俺は感心した。俺に向けられた冷や

やかなまなざしを見て、初めて会った夜、俺は彼女を見誤ったらしいと思った。色つきのコンタクトレンズを入れていないと、彼女の瞳《ひとみ》は否定しがたい知性を放っていた。もしかしたら、コンタクトレンズを使うのはそれを隠すためなのかもしれない。父親とは前回すでに会っている。この店を取り仕切る手腕の持ち主は、この娘のほうか。

「こんばんは、ミス・ラッセル」

「刑事さんのお名前を忘れちゃったわ」

「ウェイツ」

「ああ、そうだった。今夜はどんなご用？」

「まずは一杯もらおうかな」

「非番なの？　勤務時間外にこの店に来るような人に見えないけど」

「どこに行きそうに見える？」

「さあね。場末の店。もっと陰気なところ。一人ぽつんと座って自分を慰めてるイメージ」アリシアはそう言い、性的な含みに口もとをうっすらとゆがめた。「そうやって、かなわなかった夢を何度も思い返す」

「夢を追いかけた結果、いまここにいる」

「そうでしょうね」アリシアは一瞬、俺を見つめた。「それなら、なかに入ったら」俺はアリシアの脇を通って奥へ進んだ。アリシアの声が追いかけてきた。「今夜の用件は

ソフィとオリーには関係ないのよね？」

「誰だって？」俺は振り返った。

このときもアリシアは口もとに笑みを浮かべていた。「今夜は本を投げつける程度にしておいてね、お酒をぶちまけるんじゃなく」（訳注／「本を投げつける〈throw the book〉」には「法に基づいて罰を与える」という意味もある）

床は、そういう素材なのかと訊《き》きたくなるくらいべたついていた。階段では誰ともすれ違わなかった。上階から聞こえてくる音楽の音量は控えめなのによく反響していた。前回来たときに比べて客が少ないのだろう。注目を集めないよう、ゆっくりとフロアに足を踏み出した。客はまばらで、十五人ほどいる大半が奥の壁際《かべぎわ》のブース席に腰を落ち着けていた。バウンサーは嘘《うそ》をついていなかったようだ。ありがたいことに、ガイ・ラッセルの指定席は無人だった。

しかし、オリー・カートライトがいるのは見えた。

黒っぽい色をしたルーズなシルエットのスーツを着て、こちらに背を向けて座っていた。真向かいの席にソフィがいる。俺が取り返したジャケットを着たソフィは、いまにも席を立って店を出ていきそうな様子だった。青ざめた顔をして、カートライトと目を合わせられずにいる。二人とも俺にはまだ気づいていない。俺はビールを注文し、バーカウンターの奥の鏡越しに二人を見守った。カートライトは、準備してきたスピーチを終えたかのように満足げにベンチシートの背にもたれた。あとは手応《てごた》えを待つだけとい

った表情は、権力と金を持った人間のものだった。反応を見るためだけに持たざる者たちを実験台にする連中が浮かべる表情。アリシアが俺を店に通したのだって同じだ。その証拠にアリシアが二階に現れ、フロア全体が見渡せる奥の隅に陣取った。

カートライトは酒のグラスを揺らしながら、ソフィを、獲物の出方をうかがっていた。奴の思考の筋道が目に見えるようだった。ソフィは自分の家に来るかもしれないし、来ないかもしれない。結果はどうあれ、それを踏まえて、自分は次の作戦に磨きをかけるだけだ。世のオリー・カートライトたちには、つねに〝次〟がある。

カートライトから何を言われたにせよ、ソフィは答えなかった。すると、カートライトはテーブルにゆっくりと手を這《は》わせた。でっぷり太ったピンク色のタランチュラがソフィの手にからみつく。ソフィの顔から血の気が失《う》せた。俺はバーカウンターを離れ、フロアを横切ってソフィの隣に座った。ソフィは俺に気づいて手を引っこめ、これは罠だったのかと疑っているような視線をカートライトに向けた。

「ウェイツ刑事」カートライトがにやりと笑って言った。飲みすぎと運動不足がたたって顔が赤かった。頬の毛細血管が拡張してクモの巣状に透けている。

俺は笑みを返した。「俺はいないものと思って話を続けてくれてかまわないよ、オリー」

「いいとも。といっても、なんであんたがいるのか、僕の一部は疑問に感じてるようだ

が……」

「気持ちはわからないでもないが、その一部とやらがどこなのかは聞きたくないな」

カートライトは黙っていた。

「ともかく、相席させてもらうよ。ほかに空いた席がないから」

カートライトはほとんど空っぽの店内に視線を巡らせ、鼻を鳴らしたあと、両腕を大きく広げてベンチシートの背に置いた。「どうぞどうぞ。いまソフィとそろそろ出ようかと話していたところだ」

ソフィは何も言わず、カートライトは続けた。「今日は二度目のデートだ。知り合ったばかりだが、運命の相手だって予感がしてる」

「あたしはデートのつもりで来たんじゃないんだけど」

ソフィが口を開いたのは、俺がテーブルについてから初めてだった。その声に怒りが含まれているのがわかって、俺はうれしくなった。カートライトの笑みが少しだけ力を失い、奴は酒を飲んでそれをごまかした。

「この前みたいなことはもう二度と起きないからねって言いに来たの。あんたが何をしようと、つきあう気なんかないから」

「何をしようとか、い、い、……」

俺は奴を見た。「あんたは何もしない。そうだよな、オリー？」

「なあ、ソフィ」奴は言った。話している相手はソフィだが、目は俺を見ていた。唇は酒で濡《ぬ》れ、目は憎悪《ぞうお》でぎらついていた。「急に勇ましい気分になったんだろうな。わかるよ。しかしきみの友人はパートタイムのヒーローにすぎない。この男について、毛まで縮み上がっちまうような恐ろしい話を聞かせてやろうか」ここでソフィに視線を移した。「まだ縮れていない毛まで縮れるぞ。たとえば――」

「この人のことなんてどうだっていい」ソフィの声が大きくなった。「味方がほしいからって彼を呼んだりしないし。そもそも来てなんて頼んでないの。わかる？　あたしはひとりで来た。あんたの目をまっすぐ見て、あんたはケダモノだって言うために。あんたが何をしようと、また一晩つきあわされるよりそのほうがましだから」

「ケダモノか」カートライトはグラスを揺らしながら言った。顔がますます赤くなっていく。「何の話か見当もつかないね。きみとは気が合いそうだと思っていたのに。女はみんながみんな、きみと同じようなことをするわけじゃないからね……」

「いやらしい奴」ソフィが静かに言った。

「僕の記憶が正しければ、いやらしいのはきみのほうだろう。しかし、運のいいことに、証拠になる動画はないわけだ。そうだろ？」カートライトは酒の残りを飲み干し、ベンチシートの上で尻《しり》を滑らせてブース席から出ようとした。「明日の夜から何日か海外に旅行に出る。行き先はドバイだ。向こうで僕のノートパソコンが盗まれたりしないとい

いがな」俺を見て続けた。「盗まれたあと何か起きたとしても、法的な責任は僕にはない……」

「そのとおりだ」俺は言った。「そのあとあんたの身に何かあったとしても、法で裁くことはできないだろう」

「それは脅しか」

「脅迫はあんたの得意技だろう、オリー。俺じゃなく」

カートライトは小さく会釈《えしやく》をして立ち上がり、フロアを横切って出口に向かった。いまのやりとりをアリシアに見られていたことに気づいて立ち止まり、一人笑った。それから一度もこちらを振り向くことなく階段を下りていった。アリシアは俺に向けて乾杯するように酒のグラスを持ち上げたあと、カートライトのあとを追うように消えた。

ソフィがため息をついてうなだれた。肩が震えていた。

「言ってやったな」

「あいつ、ほんとにやると思う？」小さな声だった。

間違いなくやるだろうと俺は思った。

「まさか」俺は言った。

「どうしてあんな馬鹿《ばか》なことしちゃったんだろ……」

「きみは人を信用したにすぎない。そのあとのことは全部、奴が悪い」

「そのあとのことが明日の夜にはネットに流れちゃうんだね」ソフィは自分の顔をなでた。「同じクラスの男子も見るだろうし、いまから五年くらいたってもまだ、職場の同僚に見つかっちゃったりもするんだろうな……」

「人の記憶に残るのは、きみがあの男に立ち向かったという事実だ」

ソフィは俺の言ったことに考えを巡らせた。それからごくりと喉《のど》を鳴らした。「あいつ、驚いてたね」

「ああ、きみにタマを蹴《け》られたみたいな顔してた。なあソフィ、いまからでも被害届は出せるぞ」

ソフィは首を振った。「だけど来てくれてありがとう。アールが連絡したの？」

もっともらしい嘘をひねり出してアールをかばおうとしたが、一つも浮かばなかった。

「アールを責めないでやってくれ……」

「責めたりしないよ」ソフィは涙を忘れて微笑《ほほえ》んだ。これまで気づかずにいた友人の一面が初めて見えたのだろう。その美しい瞬間を存分に楽しませてやりたくて、俺はいっとき目をそらした。

「さて、行くか」

「うん」ソフィは言った。「行こう」

ソフィが自転車を止めたピカデリー・ガーデンズまで一緒に歩いた。自転車の鍵《かぎ》をは

ずすソフィを見ながら、カートライトに立ち向かった勇気は大したものだと改めて思ったが、このあとのことを考えて心配になった。カートライトのプライドは傷ついている。そこが奴の最大の弱点なのは間違いないだろう。明日から海外旅行に出ることも手伝って、もはや失うものは何もないという気になっているかもしれない。なおも悪いことに、奴がほのめかしたとおり、渡航先でノートパソコンを盗まれたと届け出れば、動画をネットに流したのはカートライトだと証明するのはまず不可能になる。よけいなことをすると自尊心が傷つくだけではすまないと俺が教えてやるべきだろうか。

すぐにその考えを頭から追い払った。

似たような衝動に従ったがために、俺は一生をだいなしにしかけたではないか。人命さえいくつか失われたではないか。

ソフィを見て、一つ考えが浮かんだ。「ちょっと訊いていいかな。そのヘルメット……」

「何？　刑事さんも自転車に乗るの？」

「あいにく、バランス感覚がゼロでね。ヘルメットの前についてるそれは、カメラかな」

「そう、GoPro《ゴープロ》」ソフィが答えた。「これがあるだけで車のドライバーがお行儀よくしてくれるよ。万が一何かあっても証拠が残るしね」

　ペダルを漕《こ》いで去っていくソフィを見送ってから、ソフィのジャケットのポケットから落ちた紙片のことを思い出した。オリヴァー・カートライトの外見の特徴、彼と会う時刻と場所が記された紙片。いまはソフィを問い詰めるタイミングではないが、あの紙片にはどんな意味が隠されているのかと考えを巡らせるうち、また別の考えが浮かんだ。俺がインコグニートに入ろうとしたとき、アリシアはソフィの名を口にした。つまり、彼女のことをとっくに知っていたことになる。

4

署に戻り、街頭監視カメラの映像をもう一度確認した。前回と違い、確認すべきものが明解だった。ソフィのヘルメットを見てそれが閃《ひらめ》いた。一番新しい放火事件の映像のタイムスタンプをクリックして目当ての時刻に合わせる。火の手が上がった正確な時刻は分かっていた。自転車で通りかかった男がくず入れのほうにさっと顔を向け、同時に光の具合が変化するからだ。彼は放火犯の姿を見たに違いない。

たとえちっぽけな放火事件であっても、解決の糸口が見えた瞬間、報われた気がするものだ。

自転車乗りは、ヘルメットにカメラを装着していた。

オクスフォード・ロードをそのまましばらく走っただろうと考え、その通り沿いの監視カメラの映像を送ってもらえるよう依頼した。それで自転車乗りの足取りをたどれるかもしれない。どこかの店に寄って買い物をし、カードで支払いをしてくれていれば、身元が判明する可能性だってある。時刻を確かめ、サティと合流してシフトを再開する前にサンドイッチを買いに出た。オクスフォード・ロードを歩きながらパレス・ホテルの事件のことを考えた。警備員のアリは、二人の人間が言い争う声を聞いたと証言して

いる。俺としてはその二人がナターシャ・リーヴとフレディ・コイルであってくれればいいと思うが、どちらも男の声だったとアリは証言している。とすると、フレディと笑う男だろうか。マーカス・コリアーと笑う男？　パレス・ホテルの前を通りかかり、俺は何気なく建物を見上げた。

　思わず立ち止まった。

　五階の客室の一つに明かりが灯《とも》っていた。死体が発見された五一三号室のようだ。俺は通りを渡ってエントランスを確かめた。鍵がかかっていた。サティの番号を呼び出しながら、角にある小さいほうのエントランスに向かった。こちらも鍵がかかっていた。

「うぐ」サティが電話に出た。

「パレス・ホテルにはまだ制服警官を張りつかせてるんですよね」

「もういないんじゃねえの、鑑識も昨日終わってるからな。なんで」

　俺は通りを渡り直して建物を見上げた。明かりは消えていた。見る角度によっては、最上階の窓ガラスに街灯の光が反射する。さっきの光もそれだったのだろうか。

「いや、気にしないでください」俺は言った。

「またきみか」通りを渡ってきたフレディ・コイルは言った。

　浮気の件についていくつか確かめたいことがあって、俺はコイルが住むサックヴィ

ル・ストリートのフラット前まで来たところだった。コイルはちょうど出かけるところだったらしい。濃いマホガニー色のスーツを着て、急ぎ足で俺とすれ違おうとした。神よりもリッチな香りが漂った。

「パレス・ホテルの死体の件なら、きみの時間が無駄になるだけだ。それに何より、私の時間が無駄になる」

「いまパレス・ホテルに人がいるかどうかご存じですか、ミスター・コイル」

　コイルは立ち止まった。振り返る。「私が知るわけないだろう。ミズ・カーンに訊いてくれ。話がそれだけなら……」

「あいにく、ほかにも確認したいことがあります」

　コイルは両腕を広げた。「どんなことだ？」

「昨日お話をうかがったとき、敵はいますかとお尋ねしました……」

「私は誤解を招くような答えをしたかな、刑事さん」

「あのあと奥さんとまたお話しして、もしかしたらと思いました」

「きみは私の話をきちんと聞いていなかったらしいね」コイルは首を振ってまた歩き出した。

　俺は横に並んで歩きながら言った。「俺は何を聞き逃したんでしょう」

「聞き逃したとしても無理はないのだろう。私は何もかもわかりやすく答えたからね。

むろん私には〝敵〟がいる。彼女と話をしたなら、私にする質問が急に増えるのも不思議はない」

「奥さんとの関係はそれほどこじれているということですか」

「元妻だ」コイルは言った。「こじれていると思っているからこうして来ているんだろうに。離婚や事業の分割で揉《も》めるのはともかく、刑事をけしかけるような真似《まね》をされるとさすがに……」

「パレス・ホテルで起きた事件にミズ・リーヴが関係していると思われますか、ミスター・コイル」

「馬鹿なことを言うなよ。私たちのあいだをピンボールみたいに行ったり来たりして、いいかげんにいやにならないか。水掛け論に振り回されて」

「ええ、正直なところうんざりしています」

「ナターシャは人を鼓舞する人間ではない。創造性や先見性も備えていない。あれは商売人だよ。物事をそつなくこなすことに長《た》けている。哀れな男の死を利用して私に仕返しをしているだけのことだ」

「何に対する仕返しですか」

コイルは急に立ち止まった。俺の顔をじっと見つめ、嘲《あざけ》るように鼻先で笑った。「それが聞きたかったわけか」俺の全身を眺め回したあと、一歩近づいた。「あざとい男だ

な。私が誰とベッドを共にしていようと、他人には関係ない」

コイルはまた歩き出し、俺はあとを追った。

「俺も同意見です。しかし、そのことを奥さんの耳に入れる人物がいたのなら、その人物は敵のように思えます」

コイルはまた立ち止まって俺を見た。眉間《みけん》に皺《しわ》が刻まれた。「妻の耳に入れた？」

「どういうことだと思っていらしたんですか」

「合鍵を作って、私を尾行したのでは……」まるで質問のような調子だった。

「結婚生活が破綻《はたん》する直前の数週間に、ミズ・リーヴ宛《あて》に匿名《とくめい》の手紙が複数届きました」俺は言った。「日付、時刻、場所を書いた手紙です」

コイルはパンチを喰らったような顔をした。

「写真も。ご存じありませんでしたか」

コイルは通りの先を見つめた。消防車と救急車、警察車両が猛スピードで通り過ぎていき、ほんの数秒ながらコイルに考える時間を与えた。まるで最悪の懸念《けねん》が裏づけられて衝撃を受けたかのような表情をしていた。ナターシャが手紙の件を秘密にしていたことに打ちのめされたというわけではないだろう。怒りを感じている顔、裏切りに傷ついたような顔だった。口論をしているカップルを避《よ》けるように、人々が俺たちを迂回《うかい》していく。

「あなたが関係を持っていた男性とは誰のことですか、ミスター・コイル」

ややあって、コイルは俺に向き直った。「きみが知る必要のないことだ」

「お言葉ですが、知っておく必要があります。あなたが所有するホテルで発見された死体の身元を特定するために」

「何が言いたい？　まさか私が元恋人を殺し、自分に疑いが向くように仕組んだとでも？」

「いいえ、そうは言っていません。しかし奥さんは、別居直前の数週間、あなたは何かに気を取られて心ここにあらずといった風だったと言っていました……」

「だからどうだというんだね」

「何かトラブルに巻きこまれているとか？」

コイルは俺を見つめ、低い声で言った。「冷たい人間と思われるだろうが、長年にわたってパートナーを欺《あざむ》き続けるのは楽しいことではない。人生も後半に差しかかるころになって、自分の根源的なことがらに関して新たな事実を知るというのは……」

「手紙を書いたのは果たして誰かという問題もあります」

「わからないのか」コイルは怒りをこめたささやき声で言い、こちらに一歩踏みこんだ。

「同一人物だ。同一人物としか考えられない。これで満足か？」

「どういう意味です？」

「私たちの関係を知っていたのは、私が寝ていた当の人物一人だけだという意味だよ。私は用心していたという意味だ」コイルは荒い息をしていた。「私たちの関係を妻に告げ口した者がいるなら、その男以外には考えられないという意味だよ」そう口に出すと同時にそれが真実だと納得したかのように、コイルはあたりを見回した。この通りを初めて見るような目をしていた。「きみはきっとこういった安っぽい心情の吐露を引き出すのを生き甲斐《がい》にしているのだろうな」長い沈黙があって、コイルは言った。「裏切り者が裏切られる……」

「その男性とはいまも関係を？」

「いや」

「月曜の朝、事情聴取にうかがったとき、フラットにもう一人誰かいたようでした。どなただったのか教えていただけませんか」

「断る」

俺はうなずいた。「わかりました。しかし、ナターシャが見たというあなたの浮気相手の名前を教えていただくまでは帰れません」

「いいだろう」コイルはいま来た道を戻りながら言った。「おかげさまで食欲が失せた」

「要するにおまえは、〝訴えるようなことは何もなかった事件〟みたいな、ありもしな

い先例を探してるってわけだ」

オリヴァー・カートライトがセックス動画をネットに流すのを阻止するためにソフィが取れる法的手段はないかと、俺はサティに相談してみた。するとサティは、状況は絶望的だ、俺がどんな手を打とうと効果はまったく期待できないと、もっともな見解を述べた。

さらに悔しいのは、俺も同意見だということだった。

サティは一番の気に入りの食い物――サブウェイの朝食向けサンドイッチ――を頬張りながら歩いていた。モーニングメニューの販売は午前十一時までと決まっていて、かつサティが午前十一時までに起床することはまずないから、注文のたびに店頭で押し問答になる。サティはそれが楽しみで毎日のようにサブウェイに行くのではないかと俺は疑っていた。

カートライトの件はとりあえずあきらめることにして、それと比べれば単純と思える笑う男の事件に意識のピントを合わせた。フレディ・コイルから元愛人の名前を聞き出したものの、その手がかりを追うのは夜勤明けまでおあずけだった。嘘や裏切りの新たな地平線が目の前に開けたせいで、サティに隠れてその件を追うのはますます困難になり始めている。いっそサティに洗いざらい話してしまおうかとまたもや迷い出したところで、サティの顔から得意げな笑みがすっと消えたのがわかった。視線を追って俺たち

の車を見ると、その理由がわかった。

車に誰か乗っている。

俺たちは一瞬足を止め、顔を見合わせてから、また車に向かって歩を進めた。

「何だよ、くそ」サティが小声で毒づいた。車のドアが開き、助手席のパーズ警視の姿が見えた。片方の足を地面に下ろし、いつもの陰気なサメの笑みを俺たちに向けた。

「名刑事コンビ登場だな」パーズが言った。「悪運に悲運」

「パーズ警視」俺たちの声がそろった。

「やあ、ピーター」パーズはサティに向かって言った。「久しぶりだな。調子はどうだ」

サティは肩をすくめた。「不満ってほどの不満はありませんね……」

「ついこの前、おまえが逮捕した女はそう言ってなかったぞ、ピーター。まあいい。夜も遅い。腹が減っているのではないか。私はそっちのワンダーボーイに話がある。何か食いにいってくるといい」

「ええ、ちょうど餓死しかけてたところです」サティはしかつめらしい顔で俺を見た。サンドイッチを後生大事に持ったまま、早くも後ろ向きに歩き出していた。「楽しい夜を、パーズ警視」

「ああ、楽しい夜を、警部補」

パーズは笑みを顔に張りつけたままサティの後ろ姿を見送った。サティが見えなくな

ってからようやく口を開いたが、やはり俺の顔は見ようとしなかった。

「乗れ」低い声だった。

5

「いまもまだ若いつもりでいるか、エイダン。いや、答えなくていい。若さとは美に似ているな。見る者によって評価が変わる。私はいまのところおまえは若者に分類している。若い女がちらちらおまえを気にしているのを見かけたことが何度かあるよ。おまえには仕事があって、たくましい輪郭をした顎《あご》もある。髪の毛まである。まったく同じ条件の別人なら、輝かしい将来もありそうだとまで言うかもしれない。まあ、それについては保留としておこうか。

今年の一月、街に訪問者があった。観光シーズンではない時期だったから、一部で注目を集めた。注目したのはおまえより歳《とし》を食った者ばかりだったがな。顔を見れば名前を思い出せる記憶力抜群の年寄り連中だ。ブラント・トラウマ・ビリー――〝鈍器のビリー〟と呼ばれていた奴《やつ》だった」パーズは微笑んだ。「最近では耳にする機会が少なくなった名前の一つだ。ドリスやエセルといった名前、特定の時代、特定の層でだけ流行《はや》った名前のようにな。実際、ビリーは六十代後半にさしかかっていた。大多数にとっては隠居する年齢だよ。しかし残念ながらビリーは充実した年金プランのない職業を選択した。年寄り連中はビリーを〝メカニック〟と呼んでいた」

パーズはそこで間をおいて唇の端を持ち上げた。「メカニックといっても、車の整備工ではない。ビリーは、いってみれば自由業者だった。フリーの立場で特殊な業務を請け負っていた。報酬の折り合いがつけば、全国どこへでも出かけた。もともと放浪癖があるくらいでないと、その手の生活は続かない。しがらみのない根無草、失うものが何もない人間。今回の笑う男を連想させるな。おまえにも通じるところがある。さて、ブラント・トラウマ・ビリーの専門が何か、わかるか」

「人間相手のメカニック」俺は推測を口にした。

「そうだ。これまでに数十人を始末してきたが、捕まったのは一度きりだ。そんなわけでこの一月、ちょっとおしゃべりでもしようかとアジトに踏みこむと、奴は口いっぱいに何か頬張っていた。奇妙なことに、紙切れを丸めて口に押しこんでいたのだよ。若い大柄な者が二人、ビリーを両側から押さえつけて、何と言おうか、鼻をつまんで吐き出させた。番地が一つ書いてあるきりだったが、おまえならよく知っているはずの番地だ。そこに住んでいるわけだからな。その下にこう走り書きがあった。〝時間をかけて苦しませろ〟」

パーズは自分の言葉が俺の意識に染《し》みこむのを待った。気づくと俺は自分の息遣いに耳を澄ましていた。

「いまだに大勢から訊かれるよ。あの若い刑事はなぜまだ首になっていないのかとな。

おまえは幸運のマスコットか何かなのか、仕事では何の役にも立っていないのに置いておくのはなぜかと。私はいつもこう答える。誰かがサティの報告書を代筆してやらなくてはならないのだとな。おまえは能力に恵まれた前途有望な若手刑事だと。おまえと私はむろん、そんなものはおとぎ話だと知っている。本当の理由は、堕落した刑事を一人くらい遊ばせておいたほうが便利な場面があるからだ。こちらが握っている弱みを利用して、いつでも特殊な任務を押しつけることができる。言っておくがな、私は信頼などというものを信じない。信じた相手から裏切られるくらいのことは、世の中では日常茶飯だ。しかし、人生を電灯のようにオンオフできるスイッチをこちらが握っていることを承知している相手なら……裏切られる気遣いはない。いいか、エイダン。私の指はそのスイッチをいつでも押せる位置にある」

俺は黙っていた。

「しかし、その相手が殺しのターゲットにされているとなれば、話は変わってくる。それは掟《おきて》破りだ。このゲーム、警察と犯罪者のゲームには、不可侵のルールが一つある。刑事は本来の寿命が来る前には死なない。まあ、精神を病んだ者、ドラッグの常用者はまた別枠だ。連中には慣例など何の意味も持たないからな。いま話題にしているのは組織だ。いわゆる〝ファミリー〟だ。歴史があって、常識をわきまえているはずの連中だ……。

自惚《うぬぼ》れるなよ、私は何度かおまえの不幸を願った。いっそ行方不明にでもなってくれていたら、面倒が省けたのにと思ったこともある。おまえが何週間か無断欠勤したら、そのほうが都合がいいのにと思ったよ。七十六センチのウェストサイズと、肩に入ったくそバカ野郎《TWAT》というタトゥー以外に身元を突き止める手がかりのない、首なし死体になって川から引き揚げられたらどんなに面倒が少なくてすむかと。だが、警官殺しは秩序の崩壊を意味する。それを許すのは、カオスの扉を開けるようなものだ。天からカエルが降り、猫が犬とつがうような混乱が起きる。

むろん、我らがメカニック、ブラント・トラウマ・ビリーは古風なしきたりを守るタイプの人間だ。そこが奴の売りでもある。逮捕されたら容疑を否認し、黙秘を貫いて、刑に服する。今回も黙《だんま》りを貫いた。奴のしたことといえば、悪評を買ったことと、おまえの住所を書いた紙片を持っていたことだけだ。だから私は、この街を出ていけと言い渡して奴を釈放した。私が知るかぎり、奴はあれきり舞い戻ってきていない。奴を釈放したあと、私は続けざまに何人かを脳内逮捕した。ビリーの番号を短縮登録していそうな連中の意見を聞いてみたかったからね。旧ファミリーの残党を頭のなかの一堂に集めた。バーンサイダーズ、フランチャイズ。おまえの旧友ゼイン・カーヴァーもいたよ。そこで私は連中にこのゲームの黄金のルールを説明した――〝刑事は本来の寿命が来るまで死なない〟。このルールを破ると何が起きるかも説明した。おまえはまだ生きて

いるな、エイダン。ということは、私のメッセージは連中にしっかり伝わったということだ。ところがだ、終鈴が鳴る寸前になって、教室の後ろのほうで手が挙がった。先生のお気に入りの生徒、ゼイン・カーヴァーだ。奴は貴重な時間を割いて丁寧な講義をしてくれたことに感謝すると述べ、好奇心から一つ確かめておきたいことがあると言った。元刑事はどうなのか。たとえば警察を解雇された場合も、黄金のルールは適用されるのか。そうだな、と私は答えた。その場合は私自身よりもいくらか重要度の低いカテゴリーに属することになる、つまり、きみと神とのあいだの問題になりそうだと言った。

私と初めて会った時点で、おまえにはもう最後のチャンス一つしか残されていなかった。いまはもうそれさえ残っていない。おまえの命は、文字どおり、この仕事を続けられるかどうかにかかっているわけだよ。そしてこの仕事を続けられるかどうかは、文字どおり、私を満足させておけるかどうかにかかっている。さてと、私は満足しているように見えるか」

返事を期待されているらしいと俺は気づいた。「いいえ、警視」

「その理由はわかるか」

「オリヴァー・カートライトでしょう、警視」

「オリヴァー・カートライト」パーズは繰り返した。「あの男に手を出すなと私は遠回

しにほのめかしたか。〝できればあの男に手を出さないでくれ〟と下手に出たか。そんなことはない。おまえを山頂に連れていき、石板に刻んで授けたはずだ――〝汝《なんじ》、あの男に手を出すな〟」

パーズは丸めた新聞を投げてよこした。

トップ記事は、ある男が警察の拘束下で死亡したことを報じるものだった。内部告発者によれば、機動部隊員が背後から腕を回して首を締め上げるという法で禁じられた方法で拘束した結果だ。深刻な面持ちをしたチェース警視正の写真が掲載されていた。

「驚くなかれ、この件を最初に報じたのはカートライトのウェブサイトだ。カートライトは、我らがマダム、チェース警視正との合意に基づいて何カ月も報道を差し控えていたのに、私の部下から嫌がらせめいた行為を受けたために公表に踏み切った。警視正の私に対する怒りのほどは想像がつくだろう。それを受けて、私がどれほどの怒りをおまえに抱いているかもな。おまえは、この世に自分がまだ存在しているのはスキルや能力のおかげだと思いこんでいる。だが、それは思い違いだ。たまには何か有益なこと、たとえばくず入れの連続放火事件の捜査に集中してみろ。私がもうおまえを信用できないと断じる日が来たら、それはおまえの人生の最後の日でもあるのだからな、エイダン。その日は着実に近づいてきている」

パーズは顔をこちらに向けて俺を見たが、俺はまっすぐ前を見たままでいた。そのま

ま一分ほど過ぎたころ、パーズは車を降り、ドアを叩《たた》きつけるように閉めて、立ち去った。

6

サティと俺は、シフトの残りの時間を耳を聾《ろう》する重たい沈黙に沈んで過ごした。車を運転する俺の横でサティがアルコール除菌ローションを神経質に何度も手に塗りつける、舌打ちのような湿った音だけが聞こえていた。湿気がたまる一方の車内はマリファナの煙が充満したかのようで、この世のすべての光源に尾が生え、あらゆる物体が光のスリップストリームに流されてぼやけた。朝方、ようやくサティの自宅前で車を停めると、サティは降りぎわに振り返って言った。

「何か俺に話したいことがあるんじゃねえのか」

サティは歩く悪夢ではあるが、刑事生命が終わってもおかしくないような数々の災難、やむことのない非難、サティ自身のあたりをはばからないプロ意識の欠如から生き延びてきた人物でもある。いま俺が直面している問題を乗り越えるためのアドバイスを求める相手として、決して悪くはないだろう。

「実はパーズから——」

「なあ」サティは車を降りた。「やっぱ興味ねえや」

サティは伝染病がうつるのを恐れているかのように急ぎ足で建物に入っていった。俺

は車を出し、すぐ先の赤信号で停止した。

殺し屋、か。

エンジンはかけたままだった。信号は何度も青に変わっていたに違いない。午前五時の街で久しぶりに見かけた車が腹立たしげに追い越していったのに気づいて、俺はようやく現実に返った。ウィンドウをすべて開け、サイレンを鳴らして空っぽの街を一時間ほど猛スピードで走り、サティが残していった病院じみたにおいと頭のなかに張ったクモの巣を風に飛ばした。突然訪れた恍惚感《こうこつかん》はドラッグがもたらすハイに似ていて、その甘美さを求めて錠剤を口に放りこんだり手の甲に出した粉を鼻から吸ったりしていたころがたまらなく恋しくなった。

そしてそのころを思い出すたびにアクセルペダルを深く踏みこみ、曲芸じみたハンドルさばきや無理なターンを試みた。目を閉じた状態で建物に向かって疾走し、衝突寸前でブレーキをかけた。やっとノーザンクォーター地区に帰ったときには全身が震えていて、腕や脚の感覚はほとんどなくなっていた。

夜は終わり、朝の通勤ラッシュが始まっていた。

車を駐《と》めて降り、路上に突っ立って朝日を浴びた。温《ぬく》もりが骨まで染み渡った。

俺のフラットの前の歩道の端に煙草《たばこ》の吸い殻の山ができていた。どれもフィルターぎりぎりまで吸ってある。似たような山を前回目にしたときとは違う意味があるように思

えた。健康への害を警告するもの。俺はそれを残した人物を探して通りを見回したあと、吸い殻を車道に蹴り出した。パーズの話が事実なら、俺は監視されているとしてもおかしくない。それどころか、監視されていると思っておくべきだろう。俺が作った敵は豊富な資金を持っている。俺が次に過《あやま》ちを犯すのを気長に待つ余裕があるはずだ。数日前、ザ・テンプルを出たとき誰かの視線を感じたことを思い出した。

フラットに上がり、一杯やることにした。大事にちびちび飲んでいたボトルは空だったが、最後の一杯を注いだ記憶はなかった。俺はそのボトルをつかのま見つめたあと、新しいボトルの封を切ってグラスになみなみと注いだ。強烈な酒なのに、喉をするりと落ちていった。部屋のなかを歩き回った。パーズのメッセージは明解だった。次の間違いは、最後の間違いになる。出口のない状況なのに、なぜか解放感に包まれていた。パーズは今後の展開を、避けて通れそうにないできごとを一つずつ、順に語って聞かせた——俺が信頼に値しなくなり、俺は解雇され、そして無防備になる。

一つずつスポットライトを当てるように。

心身の動きを止め、事実が朝日のように骨まで染み渡るにまかせると、いま置かれた状況が一気に明瞭《めいりょう》になった。俺は何者か。次に何をすべきか。オリヴァー・カートライトの自信過剰な態度を思い浮かべた。奴とソフィのあいだで起きたことを一から十まで知っているわけではないが、それでも奴がソフィの肉体を、若さを、セックスを利用し

て追い詰めようとしていることは疑いようがなかった。俺の過去、俺の仕事を利用して、俺を追い詰めている。俺たちその他大勢は原因と結果にからめ捕られて身動きができないのに、奴はそれに縛られることなく、俺とは対極の順風満帆な人生を余裕綽々《しゃくしゃく》で歩んでいる。

俺はキーを手に取り、ふたたび車で出かけた。

7

もっと若かったころ、常習的にスピードを吸引していた。死にたくてそうしていたのかと考えてみても始まらない。鼻血が出るまでやったこともある。自分の名前さえ思い出せなくなるまでやったこともある。その結果、現実にはありえないと自分でもわかるものを見たり聞いたりもしたし、もう死んでいると俺も知っている人物と会話に花を咲かせたこともある。ドラッグを断ったあとも、ときおり、そういった認知の変容が染み出してきて、物事や人が本来よりもグロテスクに歪《ゆが》んだり、美しく見えたりする。ときおり、俺のまわりの世界が理解を超えてひずみ、生きた幽霊や妖怪《ようかい》、架空の生物《セイレーン》だらけになったりもする。

ドラッグをどうにか断てているのは、この禁欲生活はおそらく永遠には続かないだろうと内心ひそかにあきらめているからだ。ただ、再発したとしても、これまでとは違うと自分に言い聞かせてはいる。常識的な範囲でしかやらない。そのための休暇を取り、部屋中のブラインドを下ろして、そのときだけ耽溺《たんでき》する。決めた期間が過ぎたらまた完全に断ち、それから半年のあいだは断つ。ドラッグのない日々を支えているこの幻想を、俺は大切に育てていた。

この一年ほど、不規則な間隔を置いて少額ずつ現金を引き出していた。いまや手もとにかなりの額が貯《た》まっている。万が一、金の流れを詳細に調査されることがあっても、俺がどうやってドラッグの代金を支払ったか、裏を取るのは不可能なはずだ。部屋を出る前にバスルームに行き、しばらく鏡を見つめた。鏡を壁に留めているネジをゆるめる短いあいだにも、そこに映った俺の顔は歪み、別物に変わっていった。平らにして鏡の裏に隠しておいた黒いビニール袋を取って車に戻った。袋には貯めておいた現金と、簡単なピッキング道具が入っていた。麻薬、住居侵入、そして嘘《うそ》。俺が受け継いだ唯一《ゆいいつ》の遺産。部屋を出て一時間と少しが経過して、ビニール袋はいま、ポケットのなかでうっとうしいほど存在を主張していた。

まだ朝は早いが、街は活気にあふれ、すさまじい熱気が満ちていた。半分は暑さ、半分は敵意だ。俺はチョールトン・ストリート・バスターミナルをめぐる噂《うわさ》の真偽を確かめるつもりでいた。バスターミナルは混んでいた。なかに入ったとたん、過去はどこまでもついて回るのだ、歴史は繰り返すと改めて実感した。

昔から、俺の逃げる先は決まってここだった。

貯めた金、あるいは盗んだ金をポケットに詰めてここに来たものだが、額が足りたためしはなかった。子供のころ、施設を抜け出してはまっすぐここに来た。俺の頭のなかで唯一揺らがない考えがそれだった。隣の街まで行くこともあれば、いなくなったこと

に気づかれないうちに施設に戻ることもあった。忘却の夜をいまも覚えている。路上で眠り、扉が開くのを待った夜。初めてのキスの記憶も蘇《よみがえ》った。女の子と、酒と、ドラッグとの、ファーストキス。十代のころ、初恋の相手とここに逃げてきた記憶も。翌朝、路上で目が覚めると、彼女も金も消えていて、俺の左手に彼女からの別れの手紙が赤いボールペンで綴《つづ》られていた。

　昔から変わらない顔ぶれが集まったターミナルを歩き出す。これから旅行に出発する団体の楽しげな顔。転勤を命じられて、あるいは家庭の事情で、しぶしぶ新しいどこかへ向かう人々の不満げで疲れきった顔。体の節々をこわばらせた路上生活者は、公衆便所を使っても叱《しか》られない程度に身なりを整え、ターミナルから追い立てられる前にできるかぎり顔や手足をきれいに洗っておこうとしている。絶え間なく寄せては返す、大都会の人の波。その群衆のなかに、駆け落ちカップルと一目瞭然の男女が多数まぎれている。

　俺はいまどき珍しくなった公衆電話の列が見えるベンチに腰を下ろし、男が一人、電話を一台一台確かめて回る様子を眺めた。ぼろきれみたいな服を着て赤い顔をした貧困者で、片側に松葉杖《まつばづえ》をついて不器用に歩いていた。半身が不自由なのか、体を回転させながら振り子のように足を踏み出す。首はタトゥーで埋め尽くされて、襟の詰まった服を着ているように見えた。電話の前に来るたびに硬貨の返却口を探り、また隣の電話に

進む。全部の電話を確かめ終わるとターミナルを出ていったん姿を消すが、しばらくすると最初に現れたドアからまた入ってくる。男が痙攣《けいれん》を装《よそお》って背後をさりげなくうかがいながらその手順を繰り返すのを数度眺めたあと、俺は立ち上がって一番手前の公衆電話に近づき、何枚か重ねて丸めた紙幣を返却口に押しこんだ。

　またベンチに戻って待つ。

　三十秒後、男が足を引きずってターミナルに姿を現した。一歩ごとに顔を歪めている。返却口に指を突っこんだ男の表情はまったく変化しなかった。それから驚くべき素早さで紙幣を掌《てのひら》に隠した。それまでどおりほかの電話も確かめ、また一分ほどどこかへ消えた。次にまたターミナルに現れたとき、男の見た目はとくに変わっていなかった。のろのろと公衆電話の列に近づき、返却口をひととおりチェックし、松葉杖をこつこつ鳴らしながら建物を出ていった。俺は手前の公衆電話の前に立ち、受話器を持ち上げ、硬貨を挿入した。自分の電話番号をダイヤルした。当然、誰も出ず、呼び出し音が鳴り続けた。受話器を置くと、硬貨が返却口に落ちたが、誰もが想像するようなからんという音ではなく、何か柔らかい物体の上に落ちるくぐもった音がした。俺は返却口に手を入れ、男がそこに置いた袋を取ってバスターミナルを出た。

　個人的に、あるいは仕事の関係で知っている売人は何人かいるが、今回は使えない。最大の理由は、スピードより強い薬物でなくてはならないことだ。第二に、絶対に身元

を知られてはならない。今回の場合、約束や口の堅さだけでは足りなかった。ポケットに入れた粉の重みを意識しながら運転席に座った。昔からいつも思っていた。俺には——俺の人格には、他人の目には見えない一面が隠れている。いつの日か、思いがけず親切な行為をして、よい意味で期待を裏切ることがあるかもしれない。そのとき世のストローマーたちは、俺という人間についての評価を改めるだろう。世のパーズやサティたちは、俺を信頼できる人物、頼れる人物と見なすだろう。もしかしたら、昇進に値するとさえ考えるかもしれない。俺はバックミラーの向きを変え、自分が映らないようにしてから車を出した。人は期待を踏みつけにすることもあれば、周囲の期待に合わせて成長することもある。

8

そのままキーズに行き、オリヴァー・カートライトが住むインペリアル・ポイントの前に車を駐めた。ここまで来たらあとはやるしかないという気持ちでエンジンを切った。遠い目的地に長い時間をかけてようやくたどりついたような気分だった。車外は物音一つせず、何一つ動かず、何もかもが光を浴びていたが、車内には俺が高層マンションを見上げながらダッシュボードをせわしなく叩く音だけが響いていた。

脳味噌《のうみそ》が沸騰《ふっとう》しかけていた。

ポケットのなかのコカインを試したわけでもないのに、左のポケットにそれがあると知っているだけで、左脚がぶうんと低くうなっているように思えた。右のポケットを探り、ピッキング道具の輪郭を確かめた。一つ大きく息を吸いこみ、車を降りてエントランスに向かった。一〇〇三号室のチャイムを鳴らして待つ。

応答はなかった。

数分後、若い女性がロビーを横切ってくるのが見えた。その女性がドアを開けるのに合わせて微笑《ほほえ》み、脇《わき》によけて、出かけていく女性を先に通した。それからロビーに入り、フロントで熟睡中の管理人の前を通り過ぎ、そのままエレベーターに乗った。十階のボ

タンを押し、前回と同じ空調の効いた廊下を歩いて、迷わず一〇〇三号室に向かった。カートライトの部屋。ノックし、チャイムを押して待つ。

応答なし。

人差し指を錠前に当てて軽く圧力をかけた。ピンやタンブラーが揺れ動く音は、音楽のように俺の耳を愛撫《あいぶ》した。ポケットから工具のケースを取り出してジッパーを開けた。小型の解錠キットが現れた。まだ子供だったころは、その辺で拾った針金があれば錠前を開けられた。建物の屋根によじ登って防犯上の弱点を探したり、細く開いた窓の隙間《すきま》に根気よく体を押しこんで侵入したりもした。しかしいまは工具が必要だ。

小さなテンションレンチとレールピックを選んで仕事にかかった。

ピンタンブラー錠の構造は単純だ。錠前のタンブラー内に真鍮《しんちゅう》のピンが並び、それがタンブラーの動きを制限している。正しい鍵《かぎ》が差しこまれると、このピンが持ち上がり、シリンダーが横に回転して錠前が開く。ピッキングは、この動きを再現する。作業は一分少々で完了した。

室内から物音はいっさい聞こえてこない。

なかに入り、足音を忍ばせて各部屋を確かめて回った。誰もいなかった。前回来たときリビングルームで見たハードタイプのスーツケースに近づいた。持ち上げて重量を見た。

荷造りはすみ、あとは出発するだけだ。

スーツケースを横に倒し、蓋《ふた》を開けた。カートライトは今夜ドバイに発《た》つ予定だ。着替え、イニシャル刺繍《ししゅう》入りのドレッシングガウン、ゴムサンダルがストラップで固定されていた。俺はストラップの留め具を慎重に外した。衣類を脇によけると、味つきコンドームと潤滑剤が出てきた。用意のいいことだ。

衣類をスーツケースから出し、内張りを指で探った。生地の切れ目を見つけ、ポケットからコカイン入りの小袋を出して、万が一カートライトが荷物をいったん取り出して詰め直したとしても目につきにくい位置の隙間に小袋をそっと押しこんだ。次に着替えを元のとおりに詰め直し、ストラップを留めて蓋を閉め、スーツケースを立てて元どおりに置いた。カートライトの部屋を出て玄関を閉め、エレベーターに向かった。

視界に映るすべてが真っ赤に染まっていた。二度とこんな真似はするまいとそのたびに誓うのに、気づくと俺はやはり視界が真っ赤に染まるようなことをしでかしている。一階に下りていくエレベーターのなか、何カ月もずっとなすすべもなく息を詰めて過ごしてきた俺は、自分の体重がなくなったように感じた。

外に出ると、千度くらいありそうな夏の熱気が待ち構えていた。真正面から太陽が照りつけていた。これまで重ねてきた行為、自分でも正しいと思えない無数の行為を思い返す。だが、今回は違う。これは後悔しないだろう。通りを渡ろうとしたところで、俺

の車のすぐ後ろに別の車が駐まっていることに気づいた。近づいていくと、その車のエンジンがかかり、合図もなしにバックして強引にUターンをしたあと、角を曲がって走り去った。俺は通りの真ん中に立ち、肩で息をしながらその車を見送った。数日前の夜、俺のフラットのすぐ前で見かけたのと同じ車だ。それは何を意味するのかと考え始めたところで携帯電話が振動した。俺は画面を確かめた。知らない番号が表示されていた。

応答ボタンを押すと、誰かの息づかいだけが聞こえた。

少年はウィンドウに映った自分の姿から後ずさり、車をぐるりと回って農家の方角に歩き出した。屋内に明かりはない。聞こえるのは木々の枝を渡って吹いてくる風の音だけだった。肺を出入りする冷たい空気は鎮静剤のごとく働き、月の光に背中を押されているような気がした。一歩進むごとに恐怖心は薄れ、自分自身から遊離していくように感じた。

足を速めた。それを確かに感じ始めていた。少年が〝上昇〟と呼んでいる現象。幼い子供から何か目に見えないものへの変身、自衛のための体外離脱。まずは一つのものに意識の焦点を合わせた。たとえば農家の玄関ドアに。次にベイトマンのことを考えた。口のなかに唾《つば》がたまった。視界にぼやけた白い点が浮かぶ。恐怖を地上に置き去りにしてゆっくりと上昇を始め、やがて自分の姿を見下ろせるまで遠ざかる。母親からベルトで折檻《せっかん》されるとき、いつもそうやって宙に浮かび上がった。母親から沸騰した湯を両手にかけられるとき、そうやって天井の真ん中を漂った。ベイトマンが煙草の火を妹の体に押しつけて消すとき、妹の顔を見ずにすむよう、高く高く昇って成層圏へと逃れた。

このときも、少年は上昇を始めた。

自分の肩にちょこんと止まっているかのようだった。そこからだと、農家がより鮮明に見えた。灰色の煉瓦《れんが》の建物。老いとは無縁で、まるで地中から這《は》い出た植物のように身をくねらせている。玄関の前に立ち、少年は首を伸ばして周囲を確かめた。後ろのポケットから取り出したワイヤ二本を使って錠前をピッキングした。とくに意識しなくても自然と指が動いた。ほかのときと何も変わらない。午前三時に高窓からデパートに押し入ったことがある。薬局に侵入し、ありったけの処方薬を袋に詰めこんでベイトマンに渡したこともある。年寄りの家の床を這い回り、ちょっとした貴重品や現金を失敬したこともある。

しかし、この日はほかのときと同じではなかった。この日を境にすべてが変わった。この日、少年はそれまでに経験したことのない奇妙な感覚にとらわれた。並行する人生で起きていることを眺めているような感覚、まだ起きていないできごとを思い返しているような感覚。肉体を離れて高く昇りすぎたという恐怖に胸ぐらをつかまれた。昇りすぎて、未来まで見えてしまっているのではないか。なぜか、家のなかのどこかに座っている女性の姿が視界に閃《ひらめ》いた。喉《のど》が切り裂かれていた。背の高い痩《や》せた男も見えた。口から血を流している。あとで少年を追って家の外に出てくる男だ。そしてどこか別の場所、もっと先の未来にいる誰かの姿も見えた。その誰かは椅子《いす》に座って窓の向こうに笑顔を向

けていた。

それを見て、少年は恐怖を感じた。それを越えてさらに高くに行くのは無理そうなほどの大きな恐怖。少年は落ちた。地面に叩きつけられた。自分の肉体に元どおり叩きこまれた。〝上昇〟といつも裏表の関係にある、パニックで乱れた自分の息遣いが聞こえた。少年は農家のドアにもたれ、自分の愚かさを笑った。まだ起きていないできごとなのだから。そう、どれもまだ起きていないできごとなのだ。

現実にはまだ起きていない。

玄関に入ると、暗闇《くらやみ》が生き物のように迫ってきて少年をのみこみ、少年と暗闇の境線は不確かになった。音を立てないよう口で呼吸をしながら、目が慣れるのを待った。自分は本当に生きているのかと疑問に思うのはいつもこんな瞬間だった。祈っているところを母親に見つかった夜のことをふと思い出した。

「時間の無駄だよ」目が合うなり、母親はそう言った。「天国だの神様だのなんて存在しないんだから。死んだら光がみんな消えて、二度と灯《とも》らない。あんたの祈りなんか、誰も聞いてやしないんだよ」母親は向きを変えて出ていこうとしたが、少年は出口まで追いかけていって食い下がった――いま母親が言った光のことを尋ねた。「あんた、自分が生まれる前のことなんか覚えてる？」母親はうんざりしたように言った。少年は動かなかった。「死ぬときも同じだよ。たったいままで自分がいたのに、次の瞬間、いな

くなる。世界は真っ黒になる」

　その家の暗闇に取り囲まれた瞬間、少年はいなくなった。闇が肺を出入りし、五感が働きを止めた。階段の輪郭が見えた。三歩進むと上り口に来た。最初の段に足を置こうとしたとき、誰かの息が吹きかかるのを感じるように、何かを感じた。廊下の奥からひんやりとした風が吹きつけてくる。足を床に下ろし、手すりの向こう側に回って、隙間風の来るほうへと歩いた。カーペットは分厚く、足音は響かない。それでも自然に爪先《つまさき》立《だ》ちになった。ベイトマンからそう教えられているからだ。廊下の突き当たりの部屋の前に来た。ドアは途中まで閉まっていた。何らかの力に手を持ち上げられたかのように、そしてベイトマンの命令に逆らう自分の行動に愕然《がくぜん》としながら、ゆっくりとドアを開けた。風に頬をなでられた瞬間、ふいに恐ろしくなった。

　ドアの奥は広々としたキッチンだった。窓は外の野原に面していた。そうわかったのは、外から淡い光が射《さ》しこんで、周囲のすべてをなおも黒々と見せていたからだ。骨の髄まで影に染まっていた少年は、その淡い光に抗《あらが》いようもなく惹《ひ》きつけられて、一歩足を踏み出した。靴の下でガラスの破片が崩れる感触があった。五感が息を吹き返し、よく知っているにおい、金属の味がするにおいを嗅覚《きゅうかく》がとらえた。脳はそれを恐怖そのものと解釈した。

　部屋の真ん中に、外から射す光が作った影が——ありえないものが座っていた。喉を

切り裂かれてぴくりとも動かない人影。後ろ向きに部屋を出ようとして壁にぶつかった。頭の後ろ側に何か硬いものが押しつけられた。電灯のスイッチ。震える手を後頭部に持ち上げ、ぬるついた指を二本、スイッチに当てた。

一瞬だけ。自分にそう言い聞かせた。オン・オフ、それだけ。

その一瞬が、少年の一生を永久に変えた。

光が満ち、すべてが悪夢のごとく過剰なまでに詳細に照らし出された。キッチンの窓は外から破られていた。カウンター、テーブル、床の上で、ガラス片がきらめいていた。まぶしいほど赤い色をした乾きかけの液体が、ガラスの上に、壁に、天井に、奇怪な模様を描いていた。少年の目は、テーブルに置かれた銃の上を通り過ぎた。床に袋のような大きな物体が二つ転がっていた。一歩近づいて見ると、男二人の死体だった。

少年の心臓は、胸を突き破らんばかりの勢いで打った。

においがのしかかってきた。部屋の真ん中に、ありえない人間が座っている。若い黒人の女性。黒い肌がなぜか青ざめて見えた。椅子に縛りつけられ、首は皮一枚でかろうじてつながっている。傷口から噴き出した血が、女性の命が、部屋中に飛び散っていた。少年は即座に悟った。死んだあとのことについて母親が言っていたことは正しい。天国だの神様だの、そんなものは存在しないのだ。金属の味のするにおいは、母親の口臭と同じだった。霧のように噴き出した血は、歯の詰め物がだめになったままの母親の口と

同じにおいをさせていた。母親に丸呑《まるの》みされたかのようで、少年は急いで電灯のスイッチを切った。

世界は真っ黒になった。

V
ケイム・バック・ホーンテッド
Came Back Haunted

1

「おまえはパンクしたタイヤなんだよ、マーカス」サティはそれまでの勢いを引っこめて言った。「いきなり空気が戻って路上に復帰なんて奇跡はないと思いな。それにしてもコンドームのパッケージが発見されててよかったよ。別の誰かをしょっ引かなくちゃなんなくて、いまおまえがしてるみたいな面《つら》をまた拝まされるなんて、たまんねえからな」

俺たちは署の地下に並ぶ取調室の一つでマーカス・コリアーを締め上げていた。サティはやっと一息つこうとしているが、ここまでの十五分、一瞬たりとも休むことなく、そして口をはさむ隙《すき》を与えることなくしゃべり、わめき、室内を歩き回った。

その十五分間は、小動物が罠《わな》に足を踏み入れるのを観察するような時間だった。

「気がすんだ？」コリアーはテーブルを凝視したまま言った。

「まだだ」サティが答えた。「初めて聞いてみると、おまえ、声も気に食わねえな」

「……俺さ、何もしてねえんだよ、エッチしただけなんだよ」

「これからの五年間、おまえがするのはエッチくらいのもんだしな」サティはコリアーの肩をぴしゃりと叩《たた》いた。「ストレンジウェイズ刑務所って名前の由来を知ってるか。

おまえのバージンを毎晩思いがけないやりかた《ストレンジウェイズ》で奪う野郎がぞろぞろ住んでるからだよ。連中はおまえを卑猥《ひわい》な目で眺め回すだけじゃないぞ。本当に裸にひんむく」

コリアーはサティを無視しようとした。「ねえ、これって必要なの？」すがるような視線を俺に向けた。「俺、知ってることは全部もう話したのに」

サティはテーブルの上に身を乗り出し、コリアーの鼻先に顔を突きつけた。「この取調室じゃな、エイダンはおまえの想像のなかにしか存在しないダチなんだよ。今度また俺を無視してみろ、その顔に思いきりハイファイブしてやる」

厳密にいえばここまでやる必要はないが、同じように厳密にいうなら、これまでのところコリアーは捜査にまるで協力していない。俺たちは身元不明の被害者の推定死亡時刻前後にパレス・ホテルに居合わせたと思われる娼婦《しょうふ》、チェリーについて、知っていることを話せと迫るところから無難に取り調べを始めた。しかしコリアーは黙ってテーブルを見つめて腕を組んだ。

そしてサティは爆発した。

サティにとってこれはコリアーの取り調べというより一種のセラピーに近い。頭上に嵐雲《らんうん》が垂れこめると、サティは取調室のどれかに突っこんでいって、豪雨を誰か別の人間の頭上に降らす。たとえコリアーが申し分なく協力的な態度を示していたとしても、結果は同じだっただろう。

自分自身を実によく理解しているなと、サティには感心するばかりだ。

その日サティが最初に話しかけた相手はかならず怒りの集中砲火を食らうことになる。

サティもそのことを知っていて、しかも俺に毒を浴びせることに早々に飽きていた。シフト前に車で迎えにいってもどちらも一言も口をきかないことが増えた。それでも、毒の浴びせ甲斐《がい》のある相手に遭遇するまでサティがじっと怒りをためているのがわかるから、俺は石のように黙り通し、サティの注意が俺以外の誰かに向いた瞬間、ひそかに胸をなで下ろす。その誰かはコーヒーショップの若い女性店員のこともあれば、勧誘電話をかけてきたセールスパーソンや強盗犯のこともある。サティがどやしつけている相手の犯した罪が何であれ、それがサティの爆発の引金になるわけではない。スピード違反を犯したドライバーを泣く寸前まで追い詰めて怒りを発散した直後、妻を暴行して逮捕された男に対して、百点満点の礼儀正しい態度で接しているのだって見たことがある。止まった時計と同じで、ピーター・サトクリフ警部補にもたまに正しいことをする時があり、そうされて当然の相手をサティが怒鳴りつけているのを見ると胸がすっとするのも確かだ。勤務先で売春を斡旋《あっせん》するとは、マーカス・コリアーの神経は相当に図太い。それに何より、笑う男が五一三号室に入るのに使ったカードキーは、コリアーのものだった。

「訴えてやる」コリアーはサティの視線を受け止めて言った。「これって嫌がらせだろ」

被疑者がついにそう言い出すことはたまにあった。侮辱的な言動が新しい段階に達す

ると、人はなぜか勇敢になって立ち向かう。しかしそれはサティの怒りに燃料を注ぎ、それまで以上に無慈悲にさせるだけのことだ。

サティはまたテーブルに身を乗り出し、低い声で言った。「おまえにヘイトの手紙と訴状の区別がつかない理由を俺から説明してやろうか」

そのとき俺の携帯電話が振動した。見覚えのない番号が表示されていた。「ちょっと失礼」俺はそう断り、あいかわらずコリアーに向かってわめき散らしているサティを取調室に残して廊下に出た。ドアを閉め、廊下を少し先まで歩いてから応答した。

「ウェイツです」

「エイダン」

「シャン？」

「驚いてるってことは……」シャンは笑った。「わたしの番号、さては消したな」

「前に使っていた携帯電話をなくしたんだ」俺は一瞬口ごもってから言った。「どうした？」

「話しておきたいことがあるんだけど」

俺は廊下の先を見つめた。「悪い。いまはちょっとまずい」

「だろうね」

「仕事中だから」

「その反対だ。面倒くさい事件の担当になってね。ちょうど取り調べ中なんだ。ほら」

俺は電話を耳から離して取調室のほうに向けた。コリアーの死がいかに近いかを品位に欠けた言葉で説明するサティの声が聞こえていた。

「サティも変わらないね」シャンが言った。

「変わらないどころか、悪化してる気がするよ」俺は少しためらってから言った。「今日の夜なら時間を作れるが……」

「今夜は仕事だから」

「それなら店に寄るよ」

短い沈黙があった。電話が切れたかと思ったが、息を吐く気配が伝わってきて、いまの俺の発言は不適切だったらしいとわかった。

「いいよ」シャンが言った。「リッキーもいるかもしれないけど。友達も」

「リッキー？　新しい男か」

「ボーイフレンドだって、エイダン……」

「かまわない」いまさら引き下がれない気がした。「会ってみたいし」

「本気？」シャンはまた笑った。「わかった。じゃあ今夜また。なくした携帯電話が見つかるといいね」

俺がさよならを言う前に電話は切れた。俺は目をこすった。シャンの電話番号を消したのは、深夜の一時や二時や三時にかけてしまわないようにだ。俺が人生を立て直すまで、俺のために時間を使わせてしまわないように。それだけで充分に苦しかった。なのに新しいボーイフレンドに会おうと自分から言い出すとは、俺はどこまで自分を痛めつければ気がすむのか。

携帯電話がまた震えてメールの着信を告げた。邪魔が入ってありがたいくらいだった。午前中いっぱいかけて、くず入れ放火犯を目撃した可能性のある自転車乗りを特定しようと試みた。しかし残念ながら、手がかりになりそうな特徴を一つも示さないまま、自転車はオクスフォード・ロードをそれてしまった。そこで最後の望みをかけて、放火事件の現場より手前に設置されている街頭監視カメラの映像を請求した。自転車が出発した地点を突き止められるかもしれない。その映像が届いていた。

ふと顔を上げると、制服警官が二人、廊下の先で立ち止まり、取調室から聞こえているサティの怒鳴り声を聞きながら笑っていた。

「どこかよそでやれ」俺は言った。

二人は表情をこわばらせ、廊下を歩いて消えた。俺は一分ほど耳を澄まし、罵《ば》倒《とう》攻撃がピークを越えたころあいを見計らってドアを開け、取調室に戻った。

「同じことばかり何度も言うなよ」コリアーがうめいた。

サティが鼻の穴を広げた。「片手で願いごとをして、もう片手にくそをするのはおまえの勝手だがな、どっちが先にあふれるか、俺が教えてやってもいいぞ」直後に訪れた静寂のなか、四方の壁がびりびり震えているように思えた。「よし、取り調べはここまでだ」サティは言い、テープを取り出して新しいものを入れた。俺の勘違いでなければ、サティは取り調べの録音をコレクションし、芸に磨きをかけようとする一人漫才芸人のように繰り返し聞いている。サティが立ち上がって伸びをした。服の生地が裂ける音が聞こえた。サティはうなり声を漏らして出口に向かった。

「ちょっと待てって」コリアーが言った。「俺の話を聞かなくていいのかよ」

サティは困ったような顔でコリアーを見た。「とくに聞きたくはねえな。エイダン、行くぞ」そう言って取調室を出ていき、俺はそのあとを追ってまた廊下に出た。

「一時間くらい考える時間をやりますか」俺は言った。

「おまえには他人にやるような時間はねえぞ、相棒。今朝、パーズから電話があった……」

車で迎えにいったあともいつもどおり二人とも沈黙を通していたから、その日、サティと口をきくのはそれが初めてだった。俺に殺し屋が差し向けられたとパーズに聞かされて以来、初めてだ。一瞬、オリヴァー・カートライトの件をサティに知られたのだと思った。あいつのスーツケースにドラッグを隠したことを知られたのだと。だが、それ

はありえない。

知られたなら、いまごろはコリアーではなく俺が取り調べを受けているはずだ。

「そうなんですか」俺は言った。

「そうさ。警視どのは、笑う死体事件におまえはもったいないとお考えだ。せっかくの才能がもっと活《い》きる事件に集中してもらいたいとな」

俺たちは立ち止まった。

「くず入れの連続放火事件とか」俺は平坦《へいたん》な調子で言った。

サティは指の関節を鳴らしてまた歩き出した。「名推理だ。おまえ、刑事になれよ」

「しかし、殺人事件を放っておくわけには――」

サティは首を振った。「いつまでも言ってんなよ。俺は変死事件の捜査をする。おまえの名前は嫌われ者リストに載ってるんだ。削除してもらえるかどうかはおまえの働きにかかってる。今朝、俺に何を話そうとしたのか知らんが――忘れるなよ、俺のお悩み相談窓口はいつも閉まってる――それに加えて、ストローマーが警視に告げ口した。運河で死体が上がったとき、現場で何かやらかしたんだろ。その件だ」

俺たちはほかの人々に道を譲った。サティが声を落として続けた。

「機内モードにでもなってるのか、エイダン？　メッセージを受信しろよ。奴《やつ》らはおまえが辞表を出すのを待ってるってことだよ。俺のアドバイスがほしいか？　〝辞めたほ

うがいい〟だ。この仕事はおまえ向きじゃない」

サティは歩き出し、俺はその後ろ姿を見送った。パーズが俺の辞職をほのめかしたのだろうか。前日、パーズ自身が話したとおりの理由で俺は警察を辞められないとわかっているのに？　パーズからはしじゅう古傷をつつかれている。おかげで、たとえ顔が見えなかろうと、つついているのはパーズだとわかる。

サティは身分証を掲げて出入口を通った。あとから来る人間のためにドアを押さえることまでした。さんざんわめき散らしてさしあたり満足し、柄にもなく理性的に振る舞っている。あと数時間はあの状態が続くだろう。だが、勤務時間の後半に向かうにつれて狭量《きょうりょう》になり、切開したできものにまた膿《うみ》が溜《た》まるように怒りが再充塡《さいじゅうてん》されて朝を迎える。

俺はトイレに入って個室のドアを閉めた。ちょうど目の高さにマーカーペンで描かれたサティと俺の滑稽《こっけい》な落書きがあった。俺は瘦《や》せてむっつり顔をし、怒りに身を震わせている。それでも、その隣に描かれたサティに比べれば、ずいぶんと好意的だ。サティは球根みたいにでっぷりと太り、だらだらと汗をかき、汗の粒を撒《ま》き散らしていた。落書きの俺たちは拡大鏡を片手に互いのちっぽけなペニスを観察している。そのすぐ下にこう書かれていた。

憎まれサティと猛毒ウェイツ、仲よく証拠調べ中……

2

ジェフ・ショートは、ラストネームが規定する高さ制限を大幅に超過していた。長身で痩せ型、足取りははずむように軽やかで、色艶《いろつや》のよい肌をしている。

「時間を割いてくださってありがとうございます、ミスター・ショート」

「お役に立てるといいんですが」ショートは用心深い調子で応じた。

フレディ・コイルから聞いたところでは、元愛人のショートには妻子がいる。そこでショートの自宅から近いホエイリー・レンジのカフェに来てもらっていた。

「すでに充分ご協力いただいたともいえます……」俺はパレス・ホテルの事件の概要を説明し、二つの疑問についてショートを捜査対象から除外するために面会を求めたのだと話した。第一に、発見された身元不明の死体がショートでないことはもう明白だ。そしてもう一つ、土曜の夜のショートのアリバイも鉄壁だった。夫人が産気づき、事件発生時刻ごろ夫妻は手を握り合って深呼吸を繰り返していた。

いずれの疑いもすでに晴れていることに安堵《あんど》した表情でショートは言った。「こうして生きているというだけで捜査の役に立ったならうれしいですよ。しかし……」探るような目で俺の顔を見つめた。「ミスター・ブリックのところで仕事をしていたのはもう

一年以上も前だということはご存じですよね」

「いや、仕事上のつきあいがあったことも知りませんでした。とすると、あなたも弁護士なんですね」

ショートはうなずいた。「一流の事務所でしたが、あそこでは出世できそうにないとわかって別の事務所に移ったんです。あれ、ちょっと待ってくださいよ。パレス・ホテルの交渉に関わっていたことをご存じなかったなら、いったいどうして……」質問を最後まで言い終える前に、答えが閃《ひらめ》いたらしい。「ああ、そうか」

「捜査の過程で、フレデリック・コイルとの情事が明るみに出まして……」

ショートは顔を覆《おお》った。「情事か。弱ったな……」

俺は黙って待った。ショートはまた俺の顔をじっと見つめた。

「わかりました」ショートは言った。

「きっかけを教えていただけますか」

ショートは肩をすくめたが、この事件に関してここまでに会った誰よりも裏表のなさそうな態度だった。

「きっかけはみんな似たようなものだと思いますけどね。仕事上のつきあいで始まって、次に少し砕けた間柄になり、思わせぶりな態度で始まったものが酒の勢いで次の段階に進んだ。最終的には、いうまでもなく、涙で終わった」

9月のトピックス

2020 SEP.

新潮文庫

ホームページ
https://www.shinchosha.co.jp/bunko/
くわしい新刊情報や立ち読みコーナー、著者からのメッセージなど役立つ最新情報が満載です。

キャラクター×文学×物語 新潮文庫nex刊行6周年!

nexフェア

累計140万部突破の医療ミステリ!

知念実希人
『神話の密室 天久鷹央の事件カルテ』

勝利の瞬間、リング上で死んだチャンピオン。酒のない病室でアルコール中毒を起こす小説家。まるで神の御業のような「密室」事件の真相とは!? 本屋大賞ノミネート作家が描く本格医療ミステリ!

ついにインターハイ決勝。優勝は誰の手に!?

武田綾乃
『君と漕ぐ3 ながとろ高校カヌー部と孤高の女王』

うちとペアを組んで、オリンピック目指さへん? 突如ながとろ高校にやってきた、孤高の女王こと蘭子の誘いに戸惑う恵梨香だが――。いよいよインターハイ。カヌー部女子は全国優勝を勝ち取れるか!?

今月のイチオシ

不器用な女の子たちの成長に励まされる青春連作短編集。

加納朋子『カーテンコール!』

閉校する私立女子大で、単位不足の学生たちを卒業させるべく、半年間の特別補講合宿が始まった。集まったのは、コミュ障、寝坊魔、腐女子、食いしん坊……と個性豊かな〝落ちこぼれ〟たち。頑張る人にエールを送る応援本。

注目の新刊

小林を射竦《いすく》めた「巨《おお》きな眼」とは何だったのか。ゴッホの魂の至純に迫る記念碑的名著。

小林秀雄『ゴッホの手紙』

昭和22年、小林秀雄は上野の名画展でとあるゴッホの複製画に衝撃を受け、動けなくなったという。絵画作品と弟テオとの手紙からその生涯をたどり、ゴッホの精神の至純に迫る、読売文学賞受賞の名著。カラー図版27点収録。

表示の価格は今後変更の場合もあります。予めご了承ください。

新潮文庫＊今月の新刊

＊累計140万部突破！

神話の密室
―天久鷹央の事件カルテ―

知念実希人

まるで神様が魔法を使ったかのような奇妙な「密室」事件。その陰に隠れた予想外の「病」とは？ 現役医師による本格医療ミステリ！

新潮文庫 nex

590円 180197-1

樽とタタン

小学校帰りに通った喫茶店。わたしはコーヒー豆の樽に座り、クセ者揃いの常連客から人生を学んだ。温かな驚きが包む喫茶店物語。

＊『小さいおうち』『長いお別れ』の著者の文庫最新刊！

中島京子

550円 102231-4

カーテンコール！

閉校する私立女子大で、落ちこぼれたちを救済する特別合宿が始まった！ 不器用な女の子たちの成長に励まされる青春連作短編集。

＊待望の文庫化

加納朋子

630円 102251-2

わかって下さい

人生の秋、忘れたはずの恋に再び火が灯る。名手が描く恋愛小説、全六編。

藤田宜永

590円 119724-1

信長を生んだ男

兄信長を「非情」の男にしたのは、弟信行だった！ 涙禁じ得ぬ宿命劇がここに。

霧島兵庫

750円 101672-6

毒母ですが、なにか

娘は私の作品なの――。怖い、でも読む手が止まらない圧巻の長編！

山口恵以子

670円 102271-0

祇園白川 小堀商店 いのちのレシピ

とびきりの料理と人情、京の四季。グルメ小説の最高峰！

小山薫堂さん推薦！

柏井壽

750円 121642-3

変見自在 トランプ、ウソつかない

米国人は白を黒と言うのに躊躇いがない。「白い中国人」と言ってもいい。

髙山正之

550円 134612-0

ゴッホの手紙

読売文学賞受賞

三ヶ月連続刊行全3冊！

小林を射竦めた「巨きな眼」とは。ゴッホの魂の至純に迫る記念碑的名著。

小林秀雄

＊ゴッホ論集成

850円 100713-7

累計★500万部突破

待望の文字拡大

増補新版！

深夜特急

沢木耕太郎

5 トルコ・ギリシャ・地中海

6 南ヨーロッパ・ロンドン

三ヶ月連続刊行全6冊！

＊「あの旅をめぐるエッセイ」を新収録！

見よ！ あれがヨーロッパの灯だ！ 万感胸に迫る圧巻の完結篇！

各590円 123532-5/33-2

#私の深夜特急キャンペーン実施中！ 詳しくは帯またはHPで

「誰の涙で終わったんでしょう」

「もちろんフレディですよ。彼にはナターシャ以外に誰もいないわけですから……」

「いまではそのナターシャさえ失った」

「あのころにはもうほとんど引きこもり状態でしたからね。私はその共犯でした。ええ、それは認めます」ショートは声を潜めた。「でも、彼は自分が同性愛者だと気づいたばかりでした。それで私との関係を求めた。初めての経験で、刺激的だった。いろんな意味で」

「終わったのはなぜか、うかがえますか」ナターシャと顔を合わせた経緯を聞き出そうとしての質問だったが、ショートからはさらに踏みこんだ答えが返ってきた。

「自然消滅を狙《ねら》って、こちらから少しずつ距離を置いていきました。実を言えば、始まった当初からです。新しい事務所に転職が決まって、潮時だと思いました。それなりに楽しかったし、誰も傷つかずにすみそうだなと思っていました」

「あなたはそういうつもりだった……」

「ええ、私はそういうつもりでした。なのに、あんなことが起きるとは。その日はフレディの部屋で会いました。これきりにしたい、家族のところに帰りたいと伝えました。フレディは衝撃を受けていました。私にキスをして、あともう一度だけ午後を一緒に過ごせたら、あきらめもつくだろうと言いました。そのとき、ドアが開いて……」

「ナターシャ・リーヴが？」

「ええ、怒り狂ってました——当然のことですが」

「何か言っていましたか」

「それが、なんだか妙だったんです。入ってきて、私たちをじっと見て、私たちが座っているソファのまわりを一周したあと出ていきました。冷たい怒りとでもいうのかな。知っていて来たというような……」

「どうやら知っていたようです」

ショートは目を閉じた。

「あなたとフレディの関係について、ミズ・リーヴに匿名《とくめい》の手紙が届いていたそうです」

「そのことはご存じありませんでしたか」

ショートの顔がふいに青ざめた。「手紙……？」

「ええ、初耳です……」

「ナターシャもフレディ・コイルも、送り主はあなただと考えています」

「え？」ショートは言葉を失った。

俺は椅子《いす》の背にもたれた。「あなたではないんですね」

「もちろん違います。まるで知らなかったくらいですから……第一、私はそんなことを

する人間じゃありません。それに、私の人生、家庭生活がだいなしになりかねない。そんなことをする理由がありませんよ」つい声が大きくなったことに気づき、コーヒーショップに客はほとんどいないのに、声を低くして言った。「それに、終わらせたのは私のほうです」

「あなたとの関係は誰にも話していないとフレディは言っています。本当だと思いますか」

ショートは肩を落とした。「本当だと思います。さっきも言ったことですけど。フレディは社交ぎらいでしたから……」

「とすると、あなたの側から漏れたということに……」

「いや、それはありえません」

「あなたも誰にも話していないんですね？」

「自分の子供たちを産んでくれた女性を裏切って、男と浮気したと？　まさか」

「誰かにほのめかしたのに、ご自分では気づいていないということかもしれない。たとえば奥さんはどうです？」

「妻が何をしたっていうんです？」ショートの血相が変わった。自分が疑いの目で見られても我慢できるが、妻が疑われるのは許せないのだろう。俺は彼の言い分を信じたくなった。

「あなたとフレディ・コイルのあいだに何かあるらしいと察していた可能性はありませんか。それを邪魔する手段として、ナターシャ・リーヴに手紙を送ったのかもしれない」

「ありえませんね」ショートは俺の表情を見て答えた。「実を言うと、そんなことになったきっかけはそれなんです。妻は仕事で海外に行って留守でした。アメリカの学校で教えていたので」

俺は頭のなかを整理してから言った。「ナターシャ・リーヴは、別居の数週間前からフレディ・コイルに変化があったと言っていました。よそよそしくなったと……」

「ナターシャに対して？　それはそうでしょうね」

「あなたに対してはそういうことはありませんでしたか」

ショートは首を振った。

「フレディはそのころから酒好きでしたか」

ショートは動きを止めて考えを巡らせた。「いや、それも初耳だな……」

月曜の朝はどこで何をしていたかと尋ねた。俺がフレディ・コイルの自宅を訪ねて事情聴取をした朝のことだ。あのとき、隣の部屋から人の気配がしていた。ショートは仕事中だったと答えた。事務所の同僚に確かめてもらえばわかると言いたげだった。

俺はショートに別れを告げ、隣の部屋にいたのは誰だったのかと考えた。

アニーサだろうかとも思ったが、あれ以降、フレディ・コイルに関して判明した事実はすべて、コイルが女性との交際を永久にやめたことをほのめかしている。これからどちらに進んだものか途方に暮れて、俺はふと思った。この糸を意地でもたぐろうとしているのは、自分に恋人がいないせいだろうか。

3

　夕方になり、ようやく暑さがやわらぎ始めた。俺はザ・テンプルに向かった。いまもシャンを友人だと思っている。だからその日、シャンとの電話のやりとりを悔やんでいた。いまから挽回《ばんかい》できるだろうか。虫のいいことに、シャンのいまのボーイフレンドのリッキーより先に店に行けば彼女と話がしやすくなるのではないかという期待を抱いていた。ぜひリッキーに会ってみたいと俺が言ったとき、シャンは驚いたようだった。俺に話したいことというのは何だろう。俺たちのこと、俺たちの関係についてだろうとは思わないようにした。そうはいっても、いまさらほかにどんな話があるというのか。

　半同棲《はんどうせい》生活の最後の数週間、俺はドラッグをやめる努力をした。アッパー系からダウナー系まで何でもござれだったドラッグと決別しようとした。神経がずたずたになるような禁断症状を経て、数日後には心身ともにだいぶ楽になった。俺を笑わせてくれる美しく若い女が目の前にいるのを見て、彼女さえいればほかに何もいらないと実感した。意識の曇りが晴れて、シャンの本当の姿が像を結んだ。問題は、俺自身の姿まで鮮明になったことだった。それまでは前世の名残のよう、別人のもののようだった記憶が一つ、また一つと蘇《よみがえ》ってきた。妹の断片的な記憶が閃くことがそれまでなかったわけではない

が、脳裏に映し出されるのはいつも妹一人だったのに、子供だった俺たちの周囲のおとなたちも見えるようになった。夢も見ずに眠り続けているような薬物漬けの歳月は去り、真に迫った生々しい夢を見た。夢は重苦しさと忌《い》まわしさを増していき、ある日、目が覚めると、シャンがベッドの反対側から怯《おび》えた顔で俺を見つめていた。

ザ・テンプルは俺のひいきの店の一つだ。たとえシャンのとびきり人なつこい笑顔がバーカウンターの奥になかったとしても、それは変わらない。街の犯罪組織や麻薬密売組織といっさいつながりがなく、せまくて暗いおかげでパーティ好きがクラブの代わりに集まることもない。センスのいい曲だけを集めたジュークボックスもある。しかしなんといっても最大の魅力は、サティが出禁を言い渡されていること、たとえば不愉快な会話を交わしたばかりのこの日のように、サティにどうにも我慢がならなくなったときのシェルターとして使えることだった。

階段を下りて店に入ると、客はまばらだった。シャンは客のカップルと楽しげに話していた。俺はシャンの手が空くのを待った。

「あら意外」シャンは驚き半分、うれしさ半分といった口調で言った。「ほんとに来ると思わなかった」いつものように黒ずくめの服を着て鮮やかな赤の口紅をつけていた。フレームの太い眼鏡を鼻先にちょこんと載せている。

たまらなくチャーミングだった。

「話があるっていうから」

「そうだよね、わたしが馬鹿《ばか》だった。話があるから来てってエイダン・ウェイツに頼むなんて。電話を切ったあと、わたしの番号を消すくらいじゃ足りなくて、着信拒否もされるだろうと思ったよ」

俺が黙っていると、シャンはそのくらいで勘弁してやろうと思ったらしい。

「早かったね」

「俺にとっては〝遅い〟かな。まだ寝てないんだよ」嘘《うそ》ではなかった。サティとの夜勤、バスターミナルでの張り込み、カートライトのフラットへの不法侵入。長い一日を作るレシピだ。

「昔の悪い癖《トリック》が復活したりしてないだろうね」

前夜のことを考えた。出国審査やドバイ行きの便の搭乗前に逮捕されたのでないかぎり、カートライトはいまごろ機上の人だろう。「新手の小細工《トリック》なら身につけたよ」俺は答えた。

シャンは微笑《ほほえ》んだが、これから何を話すか思い出したのだろう、その笑みは一瞬で消えた。

俺はカウンター席についた。「で、話って？」

シャンはグラスを用意してビールを注いだ。「話すかどうか迷ったんだけど……」

俺はシャンの目の奥をのぞきこんだ。シャンは意を決したように言った。

「ゆうべね、男の人があなたを探しにきた」

俺は驚いた。「俺を探しに？」

シャンは俺の表情を探るように見た。どういうことか、心当たりがあるはずだろうというように。「探しにきたっていうか、もしかしたら、あなたのことを調べにきたのかもしれない……」そう言って、ビールのグラスをカウンターの上にすべらせてよこした。

「俺のことって、たとえば？」

「この店によく来るのか、わたしと親しいのか。あれこれ遠回しに訊《き》いてきて、なんというか……」シャンはぴったりの表現を探しているような表情をした。「探りを入れてきた」

「そいつの名前はわかる？」

「言わなかった。エイダンの友達なんですかって訊いたら、エイダンはたぶん自分のことを忘れてるだろうけど、何日か前にこの店で似た人を見かけたんだって言ってた。もしかしたらあのエイダン・ウェイツかなと思ったって……」

俺はビールを飲み、考えを巡らせた。「そいつの話が事実だとしたら？　俺にも昔は友達がいたのかもしれない」

「いまでも友達はいるでしょ」シャンはむっとした顔で言った。「何にせよ、あの人の

ことはさすがに覚えてると思うな……」

俺は話の先を待った。

「……あんな風にこれ見よがしにしなければ、気の毒に思ってたかもしれない。顔がふつうじゃなくて」シャンは言った。「顔の右側。こう、傷とかかさぶたとかがいくつも重なって盛り上がってるの。唇はかさかさでひび割れて、目は……ただの空洞だった」

何と言っていいのかわからなかった。

「外見がどうあれ」シャンは続けた。「本人にはどうしようもないよね。だけど、わざと他人に不快な思いをさせることはないじゃない？　見てるうちに、あの顔を勲章みたいに思ってるんじゃないかって気がしたよ。それか、周囲にどんな影響を及ぼすかよくわかってるっていうのか。話してるあいだずっと、カウンターに乗り出して、顔の右側をわたしに突きつけるようにしてた。くっつきそうになるくらいまで」

「年代は？」

「わたしたちより上。五十代くらいかな。その筋の人じゃないかと思う」

「犯罪者ってことか」

シャンはうなずいた。

「だとすると、知り合いは無限にいるな」

「それに、筋肉の塊みたいな体格だった。ボディビルダーみたい。あなたより頭一つ分

くらい背が高かった。カウンターに腕を置いてもたれたとき、くすんだ色の下手くそな入れ墨が見えた。刑務所で熱くしたボールペンを使って入れるみたいなやつ。わたしが見てるのに気づいて、わたしのタトゥーのことを訊いてきた。体のどこまで入ってるのか、卑猥なタトゥーはあるのか……」

「最低だな。代わりに謝るよ」

「仕返しはした。そいつのギネスビールを流しに捨ててやったよ。どのみち、あなたが謝ることじゃないし」シャンは言った。「でしょ？」

「どうかな」俺は率直に答えた。「俺が刑務所行きにした連中の一人じゃなさそうだ。昔の友人のなかにもそれらしい奴はいない」

「店に来たのは二度目なの。最初は日曜の夜。ほら、閉店後にあなたが来た日。強引に入ろうとしたけど、常連じゃなかったから、今日は貸切パーティですって言って帰ってもらった」

俺は日曜の夜、このバーを出たときのことを思い出した。誰かが影の奥からこちらを見ていた。

「昨日また来て、あのテーブルでビールを八杯飲んだ。そのあいだずっと、あの死んだ目でわたしを見てた。しばらくしてカウンターに来て、あなたのことをあれこれ訊いた」

「支払いはカードで？」

「現金……」

「きみは何を話した？」

「あなたを知ってるのかどうか疑いたくなるようなことをあれこれ言われて、タトゥーのことを詮索《せんさく》されたところで、こう言った。〝悪いけどわたし、エイダンのことはよく知らないの〟」

「ありがとう」

「そう言ってから、実はあながち嘘じゃなさそうだって思ったけどね。そいつに訊かれたの、あなたの妹は元気でいるかって……」

　俺はカウンターに目を落としたが、俺が口を引き結んだことに気づいたのだろう、シャンは続けた。

「そうそう、わたしもまったく同じ顔をしたよ。だって、天涯孤独の身だって聞いてたから。施設で育ったって」短い間があった。「そんな嘘、ふつうはつかないよね」

　顔を上げてまたシャンと目を合わせると、そこには傷ついたような、真実を探そうとしているような表情があった。つきあっていたころもよくそんな目をしていたことをふと思い出した。

「施設で育ったのは本当だ」俺は静かに言った。「それは嘘じゃない。ただ、血のつな

がった妹がいた。子供のころ引き離された」

「どうして話してくれなかったの」

「話さなかったのとは違うよね、エイダン。嘘をついた。嘘はつかないでもらいたかった」

俺は口を開きかけたが、その前にシャンが続けた。

「こんなにうまく嘘をつき通さないでほしかったよ。まったく疑問に思わなかった。何歳のときの話？」

「何歳かな。八歳？　九歳？」

「とすると、これまでの人生のざっと三分の一は妹といたのに、妹のことは忘れちゃったわけ？」

「忘れたわけじゃ――」

「妹さんはどうなったの。いまどこにいるの」

「知らない」俺は空から落ちて地面に叩きつけられたような気分で言った。「調べたことがない」

シャンが眉《まゆ》をひそめ、俺は何もせずにいた言い訳をした。

「妹は裕福な家庭に引き取られた。俺と妹はまったく別の人生を歩んでいる」

そう思えば、苦しい時期を乗り切れた。施設暮らしで最悪な思いをするたび——隠れ人格障害のルームメート、理由もなく暴力を振るい残酷な言動をする年長の少年たち——空想のなかの妹にそれとは反対の経験をさせた。愛情深い母親、あるいは妹思いの姉。いま妹を探し出し、妹の人生にも欠けたところがあること、妹は妹なりに苦労したことを知ってしまえば、最高のものを与えて育てた空想の妹を俺は失うことになる。

「いまはもう他人なんだよ」俺は言った。

「妹さんを恨んでる？　一人だけ裕福な家庭に引き取られたわけでしょ」

「いや」俺は少し考えてから言った。「恨んでなんかいないさ。ただ、妹には妹の人生を歩ませてやりたいんだ」喉《のど》もとにこみ上げた感情をのみ下す。「俺たちは恵まれない環境で育った。あのままいけば、妹はその環境から逃れられなかっただろう。あのころの俺の唯一《ゆいいつ》の願いは、妹がちゃんとした家族に引き取られることだった。だからそれが現実になったとき、奇跡だと思ったよ。うれしかった。嘘じゃない」

シャンは手を伸ばして俺の手をそっと握った。だが、シャンの顔を見てわかった。それは思いやりからのものではなく、強調のためのしぐさだった。「妹さんはあなたの家族よ、エイダン。あなただって妹さんにとっては家族だよ……」

俺は首を振った。「妹には家族がいる。それに俺はもう過去を忘れた。妹も同じだと思う」

俺たちはしばらくそのままの姿勢でいた。そこに誰かがバーカウンターに近づいてくる気配がした。

「やあ、やあ、やあ……」

顔を上げると、しゃれた格子《こうし》柄《がら》のスーツを着た男が俺たちをまじまじと観察していた。贅肉《ぜいにく》のない引き締まった体つきをして、一見、色艶がいいが、見ているうちにだんだん作り物めいて思えてくるような肌をしていた。

「リッキー」シャンはいまさらながら俺の手を放した。

「まずいところに来ちまったかな」リッキーはにやりとした。

「よしてよ」シャンはカウンターの奥から出てきてリッキーを抱き締めた。「エイダンはそろそろ帰るって」

「初めまして」俺はかろうじてそう挨拶《あいさつ》し、目をそらさずに手を差し出した。俺たちは握手を交わした。リッキーの手はひんやりして柔らかかった。俺の掌《てのひら》はじっとりと湿っていた。

「エイダン・ウェイツ。噂《うわさ》はかねがね」リッキーは言った。「刑事さんに会うのは初めてだ。俺の靴についた汚れを見て職業を当てられたりする?」

「刑事といってもふつうの人間だから」俺はシャンに視線を移した。「いや、ふつう以下かな……」

「で、彼女の誘惑に負けた？」リッキーは自分の恋人のシャンに顎《あご》をしゃくった。その声には挑むような響きがあって、俺はシャンを見た。どう答えていいのかわからない。

「エイダンは来られないって」シャンが言った。

「冷たいこと言わないで来てくれよ、エイダン。婚約なんて一生に一度のことなんだから」

俺たちのどちらも反応せず、それを見てリッキーも状況を察したに違いないが、それでも先を続けた。

「まあ、俺の場合は二度目だが、シャンが初めてなのは確かだ」

「考えておくよ」俺は微笑んだ。「それより、おめでとう。きみは幸せ者だ。さて、俺はこれで失礼する」俺は挨拶代わりにシャンの肩に手を置き、階段を上って店を出ると、猛暑の街を急ぎ足で歩き出した。背中を汗の粒がいくつも伝い落ちた。

犯罪者の気分だった。

シャンがリッキーともめたりせずにすむことを願った。リッキーに関係を疑われても言い訳できないような瞬間を目撃された。リッキーが出てくるのを待って弁解したほうがいいだろうかとも思った。不当な扱いを受けたと怒る資格は俺にはない。祝意のほかに何を感じる資格もないのだ。だとしたら、それ以上の何かを求めてのこのこ出ていく必要がどこにある？

それに、妹に関して、シャンは間違っていた。

俺は妹に日に数度は会っている。オクスフォード・ロードには若い女性がひしめいている。妹と同じ巻き毛と真剣な表情をした娘《こ》もいる。二十年以上前、妹のアニーが浮かべていたのと同じ真剣そのものの顔。あのなかの一人が妹だったとしてもおかしくない。だから俺は、彼女たち一人ひとりを愛《いと》おしく思う。おしゃれに装《よそお》っていれば、俺も背筋が伸びる。大事な仕事に向かうところなら、誇らしくなる。幸せそうな様子をしていれば、恋人と並んで街を歩いていれば、うれしくなる。人と違っていても、そう、たくさんのボディピアスやタトゥーがあろうと、髪をブルーに染めていようと、やはり愛おしい。反極右デモの参加者のなかに妹を見た。ニュース番組で専門家の立場からコメントしているのも見た。これまで生きてくるあいだに俺は少なからぬものを失ったが、妹と離れればなれで生きてきたがために、それだけのものを手に入れた。行きずりの人を見て一日に二十回も笑みを浮かべる人生。兄貴の俺はどのみちろくな人間じゃない。堕落した刑事、犯罪者だ。女を利用し、ドラッグを使う。

振動を感じて、ポケットから携帯電話を取り出した。非通知の番号だった。

「ウェイツです」俺は電話に出た。「もしもし」

返事はなかった。

耳を澄ますと、送話口に息が吹きかかる気配が聞こえたような気がしたが、電波の状

態が悪いのか、雑音に埋もれていた。まもなく電話は切れた。俺は歩く速度をゆるめた。俺のことを聞き回っているという男がいる。パーズ警視が言っていた殺し屋もいる。自宅の固定電話にかかってきた無言電話のことも思い出した。そのあと、携帯電話にも無言電話があった。フラットの前で見た吸い殻の山も脳裏をよぎった。

次の瞬間、俺は通りの真ん中で立ち止まった。

俺を探していたという男は、俺の名前を知っていた。自宅の電話番号と携帯電話番号、住所も知っていた。行きつけのバーも、元ガールフレンドも知っていた。つまり、俺の情報をさりげなく引き出そうとしたわけじゃない。何かを俺に伝えようとしているのだ。そいつは、俺に妹がいることを知っている。

4

街頭監視カメラの映像の確認に戻ったが、集中できなかった。ここ数日、動画ばかり見続けて、目の周りに皺《しわ》が増えていくのが感じられるような気がした。たとえ自転車乗りを見つけられたとしても、そして自転車乗りが放火犯の顔を目撃し、ビデオカメラにその顔がとらえられていたとしても、おおかたフードをかぶった若造のぼやけた映像が手に入るだけのこと、映像コレクションが一つ増えるだけのことだろう。それにこの捜査の目的は結果を出すことではない。俺にバカ帽子をかぶせ、隅っこで反省させておくためのものだ。俺は退屈しきっていた。

こんな人生、こっちから見切りをつけてやれという考えがふと浮かんだ。サティのデスクに辞表代わりの糞《くそ》でも置いて、積み重なった過《あやま》ちの結果を受け入れるべきだ。シャンに話したことは本当だった。顔に傷のある男の正体には見当がつかない。過去の知り合い、俺が刑務所に送りこんだ犯罪者のなかに、それらしい人物はいなかった。そのことが気になって、どうにも落ち着かない気分だった。パーズは俺の殺害計画の存在をつかんだが、何カ月も前にそれを握りつぶしている。いまごろになって新たな〝メカニック〟が現れるとも考えにくい。事態を未知の領域へと一気に押しやったのは、その男が

俺の妹の存在に触れたという事実だ。

家族に対する脅迫は、どう考えてもありえない。

やたらに対象を広げると全員が不幸になる。だから、犯罪者コミュニティ内でも家族は禁じ手とされている。ドラッグの売人であろうと、一日の終わりにはやはり家族のもとに帰って子供を寝かしつけたいのだ。つまりプロの殺し屋なら、俺に妹がいることを知らないはずだ。たまたま知っていても、妹に手を出してはならないと考えるのがふつうだ。とすると、俺はいったい誰の恨みを買ったのだろう。狙われる理由は俺の過去でも仕事でもなく、また嗅《か》ぎ回っているのがプロの殺し屋ではないとしたら、いったい何が起きている？ パーズ警視との間柄は過去最低レベルまで冷えきっているが、この件を報告しないわけにはいかないだろう。

そんなことをぐるぐる考えながら映像を眺めるうち、ほとんど偶然に自転車乗りの出発点を見つけた。新しく届いた映像に、自転車にまたがって走り出す瞬間がとらえられていた。出発点はパレス・ホテルから数十メートルほど行った劇場の真向かいにある花屋だ。

くず入れの放火事件の手がかりを追跡するのは、手がかりを何一つ見つけられないよりもみじめに思えた。情けない気持ちをのみこんで受話器を持ち上げた。次にパーズの車に乗せられたとき、謝ることが一つ減るだろうというのがせめてもの心の支えだ。花

屋の番号をダイヤルして名乗った。電話に出た男の対応は初めそっけなかったが、こちらが警察官とわかると態度が一変した。俺は映像で見た自転車乗りの特徴を伝え、従業員に似た人物がいないかと尋ねた。

「えーと、はい、います」男性は言った。「僕のことだと思います……」

「いまからそちらにうかがっても?」

「どうぞ……よほど大規模なイベント用ですか」

たかだか世紀の大事件さ——俺は声に出さずに答えた。

花屋に行くと、目当ての男は客の相手をしていた。カメラ映像の自転車乗りに間違いない。俺は花の香りを楽しみながら客がいなくなるのを待って、あなたはオクスフォード・ロードで発生した犯罪の目撃者かもしれない、自転車用のヘルメットに小型のビデオカメラがついていることに気づいたのだと説明した。すると男は待ってましたとばかり、カメラでとらえた他人の危険行為や違反行為をすらすらと挙げた。

「いや、うかがいたいのは特定の事件のことで」俺は言った。「日付と時刻がわかれば録画を探せますか」

日時を聞いただけで、放火事件を思い出したらしい。その日は遅くまで残って帳簿をつけていたからよく覚えているのだという。さっそくGoProカメラを店のパソコンに

接続し、早送りして該当日時の映像を探した。火の手が上がった瞬間、自転車乗りは横を向き、当然のことながらカメラも同じ方角を向いてくず入れの周辺を映した。

「なんか怪しい奴がいるなと思ったんですけどね」店員は言った。

俺は信じがたい思いで映像に見入っていた。

「次の瞬間、急に明るくなったんです」店員が続ける。「だけど、すみません、顔はよく見えませんでした。この映像、犯人逮捕の役に立ちそうですか。どうです、刑事さん？」

「もう一度再生してもらえますか」俺は言った。

映像を巻き戻して、俺たちはふたたび画面を凝視した。

くず入れの前に立った男は、ビニール袋を提げていた。通行人に顔を見られまいとしてのことだろう、ずっと下を向いたままだった。ビニール袋から大きな物体を引き出した。濡《ぬ》れた布で何かをくるんであるように見えた。その物体をくず入れにそっと落とし、マッチをすって、その場を離れた。その寸前、ほんの一瞬だけ自転車乗りのほうに顔を向けた。

この顔なら知っている。

「メールアドレスを教えたら、この動画ファイルを送ってもらえます？」

「もちろんいいですよ」男は微笑んだ。「あの、大丈夫ですか、幽霊でも見たみたいな

顔してますけど……」

俺はカウンターに名刺を置いて店を出ると、オクスフォード・ロードを左に歩き出した。焼け焦《こ》げたくず入れがある方角だ。花屋からほんの五十メートルほどしか離れておらず、ぜひとも自分の目で確かめておきたかったが、いまもあるのかどうか少し不安だった。最初の二つの放火事件で焼けたくず入れはすでに撤去されていて、今度のものもうないかもしれない。俺の前を行く連中がのろくていらいらした。暑くて誰もがだるそうにしている。俺は我慢しきれなくなって追い越し、小走りになって、しまいには走り出した。走りながら、頭のなかで発生時刻をおさらいした。今回の放火事件が発生したのは午後十一時過ぎ。前の二件はもう少し遅く、午前零時前後だった。行ってみると、くず入れは破壊も撤去もされておらず、事件発生時と寸分違《たが》わぬ場所に残っていた。円筒形のプラスチックは熱で溶け、内側にひしゃげていた。

鑑識に電話をかけ、課長に代わってもらった。

「はい」仕事を三つくらい同時にこなそうとしているような調子だった。

「オクスフォード・ロードで発生したくず入れの連続放火事件で……」

「私が予想しているとおりの質問をしようとしているなら、答えは〝いいえ〟よ。あなたもサトクリフ警部補も現場を保存しなかったし、うちが調べるほどの事件とも思えなかったから」

「いや、それはいいんです」俺は言った。「撤去されたくず入れ二個がどうなったか知りたいのと、三番目の事件の現場に鑑識班を派遣してもらいたくて」

「事件が起きたのはもう何日も前でしょう。いまさら何が見つかると?」

「調べてみるまでわかりません」俺は言って電話を切った。次に震える指でサティの番号を押した。三度目でやっとサティが出た。

「うぐ」

「くず入れの放火犯がわかりました」

「そりゃすげえな」サティは間延びした声で言った。「俺ら、首相官邸に招かれたりして」

「火をつけたのは笑う男です」

サティの目が覚めたのが伝わってきた。

5

待たされているあいだに、四日前の夜番だった消防隊長に連絡を取った。三件目の火災はかなり短時間で鎮火している。発生直後に通報があったおかげだ。笑う男が自分で通報したのではという考えがふと閃いた。電話番号が記録に残っているのではないか。もしかしたら声の録音があるかもしれない。しかし消防隊長の返答はそれを否定した。

「通報したのは学生だ。現場の近くでバスに轢《ひ》かれて死んだ仲間の追悼集会を開いていた学生だよ」

「そうでしたか……」

「犯人をとっつかまえて半殺しの目に遭わせてやってくれよ。その夜、街の反対側の住宅でも火災があったんだが、人員を二つに分けるしかなかった」

サティがのしのしとやってくるのが見えた。

「ご心配なく。犯人はそれなりの罰をすでに受けていますから」俺は電話を切った。

「これだな」サティはくず入れをしげしげと眺め、こじ開けようとした。

「そろそろ鑑識が来ます」

「やけに手回しがいいな」サティはくず入れに見切りをつけ、疑わしげな目で俺をなめ

るように見た。「なんで奴《やつ》だってわかった？」

「カメラの録画に映ってました」

「俺が見た監視カメラの映像には映ってなかったぞ……」

「ちょうど通りかかった自転車乗りを探し出しました。ヘルメットにカメラをつけてたんです」

「自転車乗りが役に立ったって？　まったく妙ちきりんな事件になってきたな」サティは俺をじっと見た。「何が入ってると思う」

「布みたいなもの。何かを布でくるんだものに見えました」

「とすると、ほかの二件も十中八九、奴のしわざってことか……」

「鑑識に頼んで、くず入れの中身がその後どうなったか調べてもらってます。たぶんもうどこかのごみ処理場に行ってるだろうけど、まだ鑑識のバンの荷台にあるかもしれない。ただ、この最後の一つより長く燃えましたからね」

「ふむ」サティがつぶやいたきり、気まずい沈黙が続いた。まもなく鑑識班が到着した。死体が揚がった運河の現場の検証はまだ完了していない。二人は公共物破壊ごときのために殺人事件の検証を中断させられたことに不満げだったが、サティのひとにらみが効いたか、黙って仕事にかかった。くず入れのひしゃげたプラスチックの外装を切り開き、内側の金属メッシュの容器を取り出した。灰の苦いにおいがした。

「うわあ、見てこれ」鑑識係の一人が驚いた声で言った。サティと俺は近づいて容器をのぞいた。焦げてしなびたびしょ濡れのごみが詰まっていた。

「くそ、だまされた」サティが言った。

「アルビオン・ストリートの現場から引っ張り出した理由はこれ？」

「あんたの美声を聞くためじゃないのは確かだな、ダーリン。袋に入れて持って帰ってくれ」

　鑑識班の二人はサティをにらんだが、真剣に相手にするまでもないと思ったのだろう、肩をすくめ、くず入れの中身を選り分けて証拠品袋に詰めた。黒焦げの缶、ポテトチップスの気泡だらけになった袋、熱で縮んだファストフードの包み紙。

　サティと俺は少し離れたところに移動した。

「奴です」俺は言うと、サティは俺をじっと見た。「間違いないですよ」

「けど、妙だろ……」

「何が」

「パーズがおまえを笑う男の捜査からはずして放火事件に専念させた。それから数時間のうちに、おまえは二つを結びつけた」

「この件は何日も前から追ってました。それに、二つが関連してるなら、関連してるんですよ。そうとしか言いようがない」

「それを証明する録画がちゃんと存在するといいなと思っただけだ。ストローマーは鑑識と昵懇《じっこん》だからな。おまえが鑑識にごみをあさらせたって話がストローマーの耳に入ってみ、次の瞬間にはパーズの耳にも入るぞ。レズの指より早くな」

俺たちの話は鑑識の二人には聞こえない。それに俺は長い一日を過ごしていた。事件の担当を外され、辞職を勧告され、何者かが俺に殺し屋を差し向けている。失うものは何もないという気がした。

俺は声を低くし、サティの目をまともに見た。「一つ言っていいか、ピーター」

サティは威嚇《いかく》するように背筋を伸ばした。「何だ」

「あんたが塗りたくってる除菌ローションな。皮膚にしか効かなくて残念だよ。次はひと瓶飲んだらどうだ。そのほうが世の中のためになる」

歩き出そうとしたが、サティに腕をつかまれた。奴の指が骨まで食いこんだ。サティの顔を見ると、目をきらめかせて笑っていた。俺は奴の望んでいたとおりのことを言ったのだとわかった。

「言ったな」サティは言った。「タマ袋がこの先もずっとちゃんと股《また》にくっついてるものと信じてろよ、色男。俺たちがまだ首になってねえ理由がわかるか。いつか責任をなすりつける小物が必要になったときのためさ。さて、そのときがきたら俺たちのどっちが選ばれると思う」サティは声を上げて笑った。「ストローマーがどっちを選ぶか、考

えてみな」

「ストローマーにどう思われていようと、俺の知ったことじゃない。その薄汚い手をどけてくれ」

サティは俺の腕を放さなかった。

「市民の前で殴り合いの喧嘩《けんか》になったらと想像してみるといい。俺のほうが失うものは少ないんだぜ、サティ」本気で言っていると伝わったのだろう、サティはもう一度にやりと笑い、俺の腕を放して後ずさった。

「そこの刑事さんたち」鑑識班が声をかけてきた。俺たちは同時に振り返った。鑑識係は証拠品袋を持ち上げて見せた。焼け焦げた分厚い札束が二つ入っていた。俺とサティは目を見交わし、くず入れのほうに戻った。邪魔なごみが取り除かれ、犯人がくず入れに放りこんだ布でくるまれた物体がよく見えるようになっていた。もうほとんど焼けてなくなっているが、どこにでもありそうな布切れだ。そのなかに多額の現金があった。

「誰かのごみは」サティがつぶやいた。

誰も笑わなかった（訳注／「誰かのごみは、ほかの人の宝」〈価値観は人それぞれ〉ということわざがある）。

6

鑑識班がくず入れから札束を次々と回収した。汚損の状態はさまざまだった。見る影もないもの、俺の財布に入っている現金よりよほど新しく見えるもの。炎のダメージをまったく受けていない紙幣もきっと埋もれているだろう。いま見えている紙幣はすべて二十ポンド札だった。合計で数千から数万ポンドありそうだ。

俺はサティを見た。「これでもまだ俺が小細工したと思います？」

サティが凶悪な視線を俺に向けたところで俺の携帯電話が振動し、俺はこれ幸いと少し離れたところに移動した。鑑識課長からで、俺の問い合わせに対する返答だった。

俺が期待していた知らせではなかった。

「ほかの二件のくず入れはもうごみ処理場に運ばれたそうです」俺はサティのところに戻って報告した。「処理場にも問い合わせてくれたそうですが、もともと灰しか発見されていないわけで、探し出すのは不可能だろうと言ってました」

「俺のバンの荷台で数千ポンド分の札束が見つかったら、俺も同じことを言うわ」

さすがのサティもがっかりした様子だった。笑う男に関する手がかりが一つ見つかるたび、あと少しで答えに手が届きそうなのに、結局は逃げられてしまうのがもどかしか

った。たとえ灰しか残っていないとしても、くず入れの中身を分析できていれば、被害者について何か一つくらいはわかったかもしれない。

「あとどのくらいかかる?」サティが鑑識班に吠《ほ》えた。

「しばらくかかりそうです」一人が答えた。「今日のうちに紙幣の番号を照会するのは無理ですよ。訊きたいのがそのことなら」

サティはありえないくらい長い時間、鼻の穴から息を吐き出したが、次に口を開いたとき、思いのほか穏やかな声で話した。理性的といってもいい。その声を聞いて、もしかしたらサティは怯えているのかもしれないと俺は思った。

「うちもおたくも決定的な証拠をつかみそこねたわけだ。とすると、次に期待するのが一番か」

「まったく賛成ですね。私はやるべきことをやってます。警部補がそうやって隣に張りついてくれたからといって、仕事が早く進むってものじゃありません」

意外にも、サティは唇を引き結んで罵詈《ばり》雑言《ぞうごん》をのみこみ、うなずいた。

「コリアー」サティはそうつぶやくと車のほうに向きを変え、黒い雲のように動き出した。

俺は少し距離を置いてそれに従った。

7

「進展があった」サティは取調室のドアを叩《たた》きつけるように閉め、そこにもたれかかった。俺はコリアーと向かい合ってテーブルについた。

コリアーがにやついた。「俺、帰れるってこと？」

「どうどう、俺のわななく拳《こぶし》よ」サティが言った。「捜査に新しい展開があったんだよ。医学が進歩したわけじゃねえさ。おまえが歩く悪臭呼気だってことには変わりがない」

「あくしゅーこきって？」

「おまえが息をするだけで、そこのドアものけぞるって意味だよ。ここを出たけりゃ一番の早道かもな」

コリアーはテーブルに目を落とした。

「ふん、意気地なしめ。パレス・ホテルの変死事件で進展があった。簡単にいえば、金がからんでる。となると、いくつか懸《け》念《ねん》が浮かぶわけだ。たとえば組織がらみの犯罪が疑われる。そうなると、考えてた以上の重大事件ってことになって、おまえは肥だめのさらに深いところに沈む。自分は関係ねえっていうなら、まずはおまえのカードキーがなんで五一三号室の死体の足もとに落ちてたのか言ってみな」

「ちょっと待ってよ」コリアーは俺たちの顔を見比べるようにした。「カードキーならいつものとこに置いて帰ったよ。フロントに」

サティはコリアーの表情をまじまじと見た。「商売女のことは話す気になったか。チェリーのことだ……」

「本名は知らない」コリアーが言った。「ほんとだって」

「どこで知り合った」

「パレス・ホテルの向かいのバー。仕事帰りに寄った。ロック・クラブだよ」

「グランド・セントラルか」俺は言った。

「そう」

サティはドアから体を起こした。「チェリーはハードロック好きなのか、マーカス」

「いや、それよりオルタナ系？　ゴス系かな。何でもいいけど、声をかけてきたのは向こうだ。客を探してるってわかったから、いいこと教えてやろうかって言った。誰もいないホテルで働いてるから、そこの客室に入れてやってもいいぜって」

「そこで商売をさせて」俺は言った。「おまえは上前をはねるわけだ」

コリアーは答えなかった。

「なるほど、そういうことか」サティが喉の奥で笑った。「金じゃないんだな。無料サービスだ。四〇五号室の鑑識で興味深い結果が出てるぞ。チェリーに貸してた部屋はそ

こだよな、マーカス。四〇五号室のベッドから十七種類のDNAが検出されたが、その一つがおまえのと一致した」

「だから何だよ。きれいな女だ」コリアーは言った。「ぴちぴちしてて……」

「残念ながら、何者かがそのぴちぴち度合いをぐんと下げたようだな」

　コリアーが顔を上げた。

「その女が非常口に何か噛《か》ましておいたんじゃないかって考えて捜査してるんだよ。おまえは女が帰ったつもりでいたかもしれないが、おまえのシフトが終わったあと、パレス・ホテルにまた潜りこんだって筋書きだな。同じ日の夜、何者かが遅番の警備員の脳天をぶち割り、最上階で死体が見つかった。女は誰かを目撃したのか、誰かが女に気づいたか。その両方ってこともありえる。俺たちは女の住所に行ってみたが、女は消えてた。近所の男によると、警察に引きずり出されていったって話だが、驚くなよ、警察はしょっぴいていない」

　コリアーの額に汗が浮いていた。

　俺は身を乗り出した。「おまえにもまだ役に立つチャンスがある。俺たちはチェリーを挙げようとしてるわけじゃない。頼みごとをしたいだけだ。おまえがそれに協力しない理由はないだろう」俺はサティを見やった。サティがうなずく。「おまえの利益にもなるぞ。おまえが女とやろうと犯罪のうちに入らないが、パレス・ホテルの変死体は世

紀の大事件かもしれない。協力すれば、処分が軽くなるよう意見書を書いてやる」

コリアーは俺を見た。「あんたになら話してもいい。けど、そいつがいるあいだはいやだ」

サティは肩をすくめ、ドアを開けて廊下に出た。ドアがまた閉まると、コリアーは息を吐き出した。

いまにも泣き出しそうな顔だった。

「ほんとだって、チェリーの本名は知らないんだよ……」

「何か一つくらいは知ってるだろう。常連の客とか。彼女のヒモの名前が出たことはないのか……？」

コリアーは俺の顔をまっすぐに見た。「奴の本名は知らない」

「奴？」俺は言った。「待て——チェリーは女装した男ってことか？」

コリアーはテーブルに目を落としてうなずいた。俺は席を蹴《け》って取調室から飛び出した。

8

サティは電話を切り、両手の除菌にかかった。「運河で揚がった死体な」俺のほうを見て言う。「ストローマーに訊いたら、性転換手術や何かの痕跡《こんせき》はなかったが、ずいぶんと厚化粧だったらしい。まあ、おまえの年代じゃ化粧くらい誰でもするのかもしれないけどな。で、股の付け根んとこにタトゥーがあったそうだ……」

「どんな？」

「スロットマシンの絵柄が三つそろった図。チェリーだな。というわけで、女王《クイーン》は死んだと考えて間違いなさそうだ」

「死因は」

「喉がつぶされてた。じきにストローマーから報告書が届く」

俺はデスクを殴りつけた。「連れ去られた直後に行ったのに」

「だな」サティは言った。

「チェリーはパレス・ホテルで何か目撃したんだ。これではっきりした」

「だな。誰かさんのほうもチェリーを見たわけだよ。時系列を整理してみるか……」

「笑う男は、数日前からオクスフォード・ロード沿いをうろうろして、札束をくず入れ

に放りこんでは火をつけてた……」

「ほかの二件も金だと決まったわけじゃない」サティが言った。

「そうか、そうでした。何かを、私物を燃やして処分してた。そのあと、何らかの理由でパレス・ホテルに侵入して、最上階に向かった」

「そのとき、〈スマイリー〉か別の誰かが、遅番の警備員の脳天をかち割った」

「何が起きたにせよ、チェリーはそれを目撃し、〈スマイリー〉は死体になって発見された」

「で、何者かが女を、いや男か？　まあいいや、ともかく目撃者を尾行し、喉をぶっつぶして運河に投げこんだ」サティは俺を見た。「俺たちは鼻の差で逃げられた」

「パレス・ホテルで商売をしてたなら、しかもそのとき一緒にいたのがマーカスじゃないなら、別の客がいたことになる。その客なら、何があったか知ってるかもしれない」

俺たちの視線が一瞬ぶつかった。俺は立ち上がり、廊下に出て制服警官を探しにいった。最適な人員はすぐには見つからなかった。まず、若い女性でなくてはならない。街の売春婦が警戒を解いて話をしそうな女性、業界に通じていて、無用のトラブルに巻きこまれたりしそうにない女性警官だ。

多くがナオミ・ブラック巡査の名を挙げた。

ブラック巡査は食堂にいた。一人きりでいた。ポイントが高い。本を読んでいたのも

気に入った。さらに、弁当持参派らしいから、余命にも数年加算できそうだ。

ここ数カ月、あちこちの現場の背景にいるのを見かけた記憶はぼんやりあるが、言葉を交わしたことはたしか一度もなかったはずだ。配属されてまもない新人とはいえ、几《き》帳面《ちょうめん》な仕事ぶりや簡潔な報告書は早くも評判になっていて、公私のけじめを完璧《かんぺき》につけていることでも知られていた。三年後には俺の上司になっているだろう。

「ブラック巡査」俺は真正面の席に腰を下ろした。「臨時の任務を頼めるかな」

ナオミは怪訝《けげん》そうに俺を見たあと、微笑《ほほえ》んだ。「内容によります」

状況を説明して非公式な捜査会議を終えたとき、俺の気分はいくらか軽くなっていた。俺たちは捜査のとっかかりを手に入れた。ナオミ・ブラックはそれを追うのにうってつけの人員だ。夜の女たちの聞き込みを引き受けてくれたら俺が一杯おごるよと言うと、ナオミは控えめに微笑んだ。

「お酒だけいただくことはできますか。それとも、どうしてもあなたがついてきちゃうのかしら、ウェイツ巡査」

俺は微笑んだ。人を見る目があるらしい。

オフィスに戻ると、サティは出かけようとしていた。

「何かあったんですか」俺は訊《き》いた。

「鑑識から電話がな……」

「札束の出どころがわかったとか」

「いや、札束をくるんでた布のほうだ」

俺は先を待った。

「タオルだった」サティは言った。

「なるほど、筋が通るな。タオルに酒でも染《し》ませておけば、くず入れで火をつけやすい……」

「おかげでこっちは救われた。表面に染みた酒が盛大に燃え上がってくれたおかげで、即座に消防隊に通報が行ったわけだからな。それでタオルの一部が焼け残った……」

「どういうことです？　タオルに何か手がかりでも」

「一語だけな。刺繍《ししゅう》だ。だいたい無傷で残ってた」サティは言った。「〝ミッドランド〟」

「ミッドランド・ホテルかな。そこに宿泊してたとか」

「知るか」サティは車のキーを取った。「俺だって五秒前に知ったばかりなんだから」

俺たちは出口に向かった。

「よくわかんねえのは、すぐ近所のホテルに泊まってたのに、〈スマイリー〉はなんでわざわざパレス・ホテルに侵入したかってことだよ」

俺は廊下を歩きながら考えた。「パレス・ホテルに何らかのつながりがあったとしか思えないな。俺たちが見逃してるだけで」

「何にせよ、ミッドランドに記録が残ってるかもしれない。名前、クレジットカード番号」

「ふむ」サティはドアを押し開けた。

「忘れずに訊いてくるよ」

俺は足を止めた。

「警視からはっきり言われたんじゃねえのか、エイダン。おまえは笑う男の捜査からははずされたんだよ」サティはそう言って歩き続けた。

「そのタオルをくず入れで見つけたのは俺たちだ」俺はサティの背中に向かって怒鳴った。「俺の事件でもある」我ながら説得力に欠けていた。サティもそのまま俺を置いていこうとしていた。「荷物の預かり証は?」俺は言った。サティが急ブレーキをかけて止まった。「ミッドランド・ホテルのクロークの預かり証かもしれない。奴の荷物がまだそこにあるかもしれない……」

サティは振り返り、口を引き結んだ。「何番だった?」

「ホテルに着いてから教えますよ」

サティは小さく肩をすくめた。「好きにしな」

9

ミッドランド・ホテルは、パレス・ホテルに負けない老舗《しにせ》で、豪華さでは上をいき、いまも活況を呈していた。一九〇〇年代初頭の築だという、テラコッタや磨き抜かれた御影石《みかげいし》の贅沢な装飾が施された赤煉瓦《あかれんが》の巨大なこの建物も、やはり文化財に指定されている。エントランスの上にホテルの名前が金箔《きんぱく》で掲げられ、その偉容はピーター・ストリートの主《あるじ》といった風情《ふぜい》で中央図書館とその前の広場を見下ろしていた。ヒトラーがナチ党のイギリス本部にとこの建物に目をつけていたという話も伝わっている。

俺たちはわざとゆっくりとフロントデスクに近づいた。この捜査の最初の起爆剤になりそうな予感はしていたが、この手がかりは偶然に降ってきたものだ。しかも俺たちは決定的なヒントかもしれないものを見逃していたわけで、二人ともそのことを痛烈に感じていた。宵の口とあって、盛装したカップルが部屋を、酒を、スパでのリラックスタイムを、夕食を求めて次々とロビーに入ってきた。サティと俺は場違いもいいところで、フロント係は俺たちを見るなり完璧なプログラムにバグを発見したような顔をした。

「いらっしゃいませ、ミッドランド・ホテルへようこそ。どういったご用件でしょうか」

「部屋を取りたいわけじゃない」サティが言った。「俺はサトクリフ警部補、こっちは同僚のウェイツ巡査。四日前にパレス・ホテルで発生した変死事件に関連して確認したいことがある」

フロント係はほんのわずかに表情をゆがめた。「こんばんは、刑事さん。ぜひお役に立ちたいと存じますが、私の知るかぎりでは、ミッドランドとパレスは提携関係にありません」

「それは知ってるよ」サティが言った。「死体で発見される直前の数日、被害者がおたくに泊まってたと考える理由があってね。三つ、調べたいことがある。一つ、被害者が滞在していた客室を見せてもらいたい。二つ、被害者の荷物がここに預けたままになってる可能性がある。その件でコンシェルジュと話がしたい。遺留品のなかに荷物の預かり証があって、おたくのものじゃないかと期待してるんだよ。最後にもう一つ、被害者が滞在してた期間の監視カメラの録画を見せてもらいたい。ああ、そうだ、被害者と接触した従業員や宿泊客がいれば、話が聴きたいな」

「かしこまりました」フロント係は俺たちを交互に見ながら言った。「そのお客様のお名前をうかがえますか」

「実はそこが最大の問題でな」サティが言った。「名前がわからない」

若いフロント係は支配人を呼んだ。やってきた支配人はサティと俺を見るなり、部下

と同じようにかすかに表情をゆがめた。サティが訪問の理由を説明し直すと、支配人の顔から血の気が引いた。

「私のオフィスでうかがいましょう。そのほうが落ち着いてお話しできます」

「今週、チェックアウトしたのは何人くらいかな」サティは支配人を無視して言った。

「名前がわからないことには、お答えのしようがありません。当ホテルには三百を超える客室がございまして、毎日五百人を超えるお客様がチェックイン、チェックアウトなさいます。その男性が亡《な》くなったとのこと、たいへんお気の毒に存じますが、その場合、チェックアウトされないままになっていることも考えられます。手続きをなさったとすれば、お部屋はすでに徹底的に清掃され、次の予約をお受けして、いまはもうまったく別のお客様が宿泊中ではないかと」

「さっそくリストの作成にかかってくれ」サティは言った。そこに、呼び出しに応じたコンシェルジュがフロントにやってきた。「リストを待つあいだ、俺たちは荷物を確認してるからさ。先週の時点で被害者が市内にいたことは間違いない。参考までに、連れはいなかった。あとであんたのオフィスに寄るよ」

「かしこまりました……」支配人は言った。「ローリー、悪いがこちらのお二人のお手伝いをしてさしあげてくれ。数日前にうちでお預かりしたかもしれない荷物をお探しだ」

俺たちはフロント奥の小部屋に案内された。

「預かり証はお持ちですか」コンシェルジュが訊く。

「番号はわかります」俺は答えた。「８３１。荷物を触る前に、すみませんがこれを」

ラテックスの手袋を渡した。

コンシェルジュはうなずいて保管室に消えた。

サティは自分も手袋を着けながら俺を見て言った。「現金が詰まったスーツケースだったら山分けだ。六対四な」

「いいですよ。でも、きっと違います」

「なんで断言できる？」

「現金を燃やしたのは一番最後だった。つまり、笑う男にとって大して意味のない品物だったということです。どんな人生を歩んできたにせよ、自分の人生を葬《ほうむ》ろうとしてたんじゃないかな。もっと重要な持ち物から処分したはずです」

「たとえば……？」

「マンチェスターには何か目的があって来た。末期癌《がん》だったことを考えると、よほど差し迫った理由だったんでしょう。ここで死ぬ覚悟で来たはずです。そうだとすると、最初と次の放火で書類や個人的な品物を燃やしたんじゃないかと。必要になることはもうなさそうだとわかっているもの、しかも自分の身元に結びつく可能性がわずかでもある

ものを真っ先に処分するはずですから」

「とすると、自殺だと思うわけだな……」

俺は首を振った。「その前に誰かに殺されたんですよ。だって自殺だったなら、死体は発見されていないはずです。末期癌、放火、身元の隠蔽《いんぺい》。持ち物を処分したのは、完全に追い詰められたからでは」

「ま、おまえにはその気持ちが痛いほどわかるんだろうよ」

俺はうなずいた。「だから、この捜査には俺が必要です。たとえパスポートがポケットから出てきたとしたって、被害者の身元はあんたには突き止められませんよ、サティ」

「ずいぶんとでかい口を叩くじゃねえか」

「あんたの脅しは自分で思ってるほど効いてないからじゃないですかね」

「しかし、なんでまた急に？　おまえの首を狙《ねら》ってる奴がいるからか」

俺はサティを見つめた。「パーズから聞いたんですね」

「いや、ストリートから聞いたんだよ。この一月にブラント・トラウマ・ビリーが舞い戻ってるのをめざとく見つけたのは誰だと思う。ドアを蹴破って、あいつの喉《のど》からおまえの住所を引っ張り出したのは誰だと思う」サティは鼻息を荒くした。「自分がなんで俺と組まされてるかわかるか、エイダン。なんで最底辺に追いやられてると思う。当て

ずっぽうでいいから言ってみな」

答えはわかりきっていた。

「俺と組む気があるのはあんた一人だから」俺は言った。

「証拠から論理的な結論を導き出したな。おまえも少しは成長したってことか」

コンシェルジュがクロークルームから出てきた。茶色の革のスーツケースを提げていた。

「こちらがお探しのお荷物でしょうか」

サティはスーツケースを受け取った。「同じ番号で預かってたのはこれ一つか」

「はい、ほかのお荷物はほかの番号でお預かりしています。勝手ながら、831の前後の番号の預かり証を確認しましたが、どちらもお引き渡し済みでした」

「軽いな」サティはスーツケースを持ち上げた。軽く揺らすと、なかで固い物体が動く音がした。「よし、支配人の話を聴きにいくか」

10

「リストはできたかな」サティは支配人のオフィスに入るなり言った。

「申し訳ありませんが、しばらく時間がかかりそう――」

「じゃ、外に出てくれ」

支配人はサティを二度見したが、サティは凶悪な顔を支配人に向けた。

「すぐに終わります」俺は言った。「被害者の所持品を確認したいだけです。ただ、何が出てくるか予想がつかない。扱いに慎重を要するものがあるかもしれないし、もしかしたら不快なものや危険物が入っているかもしれない」

「そういうことでしたら」支配人は立ち上がった。「どうぞどうぞ、不快なものや危険物を確認するのにぜひ私のオフィスをお使いください」皮肉めいた口調でそう言い置き、足早に出ていったが、ドアは音を立てずにそっと閉めた。さすが接客のプロだ。

サティはデスクにスーツケースを置いた。

茶色い革のスーツケースは頑丈な作りで、ブランド名はなかった。質店やリサイクルショップで見かけるような、使いこまれた年代物薄型トランクだ。濃い色をした革巻きの取っ手がついていて、全体に補強のための固い枠がついている。留め金は二つあり、

それぞれすぐ横にボタンと鍵穴《かぎあな》がついていた。世界中を旅してきたと見えて数十年分の傷がついていた。その間に何度か持ち主が変わったことは間違いないだろう。

「大金持ちになる心の準備はできてるか」サティは留め具をはずしながら言った。「鍵がかかってねえな。世界を股にかける謎《なぞ》の男っていうおまえの推理ははずれたか……」

「鍵がかかっていたら、被害者は鍵を持ってることになる。これだけの古いスーツケースですよ。鍵を持ってるのは初代の持ち主だけでしょう」

「つまり何だ？」

「鍵はかかっていなくて、笑う男は鍵を身につけていなかった。つまり、中古で買ったってことです」俺は傷やへこみだらけのスーツケースを観察した。何年も酷使されて、下側の角はつるつるになっていた。「持ち主としては三代目か四代目、下手をしたら五代目だったかもしれない。出どころを突き止めるのは不可能だろうな。どこかでたまたま見かけて現金で買って、荷物を詰めたということだと思います」

「ふん、さすが頭脳派の刑事は違うね」サティが言った。

スーツケースはため息のような音とともに開いた。俺たちは一瞬動きを止めてそれを吸いこんだ。進退窮まった孤独な人生の、小さな空間に閉じこめられていた饐《す》えたにおい。薄い紙の内張りは染みだらけで、何年も取り替えていないようだ。品物は数えるほどしかない。一番上に、台紙に巻かれたオレンジ色の糸。破り取られた紙片と荷物の預

かり証を被害者のスラックスの内側に縫いつけてあったのと同じ色の糸だった。

「謎は一つ解けたな」サティはそう言って糸をそっと脇《わき》に取りのけた。「自分で縫ったんだ」

糸の下には質素な衣類が何点かあった。特徴のないくたびれた下着、しわだらけのTシャツ。サティはできるだけ手を触れないようにしながらタグの有無だけを確かめた。

予想どおり、タグは縫い目をほどいてはずされていた。

「タグを取るのも自分でやったらしいな」サティが衣類を脇によけると、あまり見たことのないはさみが現れた。刃の部分が開かないよう、とがった先端を残してスコッチテープで閉じてある。その隣に、ごくふつうのバターナイフのようなものがあった。スコッチテープを巻いて作った鞘《さや》に収められていた。サティは人差し指と親指でつまんでバターナイフを間に合わせの鞘から引き抜いた。刃は半分に切断され、驚くほど薄く鋭く研いであった。

俺たちは目を見交わした。

ナイフとはさみはどちらも手近なものを利用して作られた切れ味のよい武器と見えた。

スーツケースにはもう一つ品物が入っていた。古いハードカバー本だった。

オマル・ハイヤーム著『ルバイヤート』。

サティは背の部分をつまんで持ち上げ、さかさまにした。何も落ちなかった。つまら

なそうな目でページをぱらぱらめくり、眉《まゆ》をひそめた。

「詩集だよ」うめくように言う。

「最後を見てください。最後のページ」

サティが確かめた。最終ページの一部が破り取られていた。

「ポケットの紙片はそれだ。〝終わった〟または〝完了した〟。本のおしまいって意味なんですよ」

「はん」サティは本を後ろから、今度は少しゆっくりとめくっていった。頭に戻ったところで手を止め、タイトルのページを俺のほうに向けた。几帳面で読みやすい手書きの文字で記された献辞があった。

　＊げにもげに、いくたびか「悔」を誓ひぬ、――
　されど我が誓ふ時醒《さ》めてありしや。
　さてさらに、さてさらに、春は来て、また、
　手に薔薇《ばら》、すり切れし「悔」はちぎれぬ。
　愛をこめて
　A　×《キス》

俺たちは顔を見合わせた。

献辞の下に電話番号が一つ、透けるほど薄い鉛筆の字で記されていた。

「市外局番は０１６１」サティが目をこらした。「マンチェスター市内の番号だ……」

俺はポケットから携帯電話を取り出しかけたが、サティは首を振った。

「どこの誰が出るかわからん。番地を調べて直接行ったほうがいい。親切に警報を発してやることはないさ。ここまでタッチの差で逃げられてばかりだからな」

「誰の番号だと思います?」

「行ったら、次は笑う女が待ってるのかもな」

＊出典『ルバイヤート～中世ペルシアで生まれた四行詩集』オマル・ハイヤーム著、エドワード・フィッツジェラルド英訳、竹友藻風邦訳（マール社）

少年はキッチンの入口に、死の部屋の入口に立ちすくんだ。一瞬だけつけた明かり、スイッチをオンオフする何分の一秒かだけ閃《ひらめ》いた光に目がくらんで、暗闇《くらやみ》ではもはや何も見えなかった。カメラのフラッシュを浴びた直後の数秒間のように、喉を切り裂かれた女性のネオンのように輝くイメージが網膜に焼きついていた。

ようやく息ができるようになると、喉の奥に張りついた血の金属的なにおいにむせ、吐きそうになった。音を立てずに動き回ろうという考えは霧散した。後ろによろめき、這《は》い、あえぎ、キッチンから少しでも遠ざかろうとして、閉まったままの玄関ドアに背中からぶつかった。どうにか立ち上がろうとした。喉が詰まり、恐怖にとらわれた。掌《てのひら》に汗がにじんでぬらつき、ドアの上をまたずり落ちそうになった。胸が苦しい。まぶたをきつく閉じ、息をしろと自分に言い聞かせた。このときもまた〝上昇〟しようとした。体からするりと抜け出して、自分ではない別の誰かに起きていることのように傍観したかったが、浮かび上がる感覚はいっこうに訪れなかった。その刹那《せつな》、自分の人生はこうやって終わるのだと思った。暗闇に沈み、胸がつぶれて死ぬのだと思った。それは母親が予言した黒さにそっくりだった。

首を振って耐え、苦痛の谷底から這い上がった。呼吸が自然なリズムを取り戻し始めた。耳の奥の血管が脈打つ音はやかましかったが、おかげで自分は生きている、まだこの世界にとどまっていると確認できた。

それから、じわじわと、いやいやながら、リズムのずれを意識した。胸に感じる呼吸のリズム、自分の肺に空気が出入りするリズムのほかに、誰か他人の肺に空気が出入りするかすれた苦しげなリズムを耳がとらえていた。それはキッチンから、死の部屋から聞こえているのではない。もっとずっと近い場所から聞こえていた。それは何かに、ドアに、壁にさえぎられてくぐもっていた。

この家のどこかに誰かが囚《とら》われ、泣いている。

少年は妹を連想した。妹の姿が思い浮かんだ。部屋の隅にうずくまり、痣《あざ》だらけの腕を胸に抱き、ベイトマンの注意を引かないようにしながら、涙に濡《ぬ》れた目を大きく開いてこちらを見つめ、兄一人だけに何かを伝えようとしている、無力で打ちひしがれた妹。外の車で待っている妹の姿が思い浮かんだ。恐怖に震えながら兄の戻りを待っている妹。

音を頼りに探すと、階段を下りきったところの閉ざされたドアに行き着いた。ノブに手をかけようとしたとき、すすり泣く声がやんだ。少年はドアに耳を押し当てた。

「トレイシーか？」—ためらいがちな声が聞こえた。

それはおとなの男の声だったが、口のなかに苦痛を詰めこまれた人物の声だった。オ

ーク材のドアから手を放した拍子に、鍵穴から突き出ている頑丈そうな鉄の鍵が指先をかすめた。その瞬間、なかにいる誰かと正面から見つめ合っているような錯覚にとらわれた。奥にいる誰かにドアを透かして凝視されているような。少年もまた囚われの身であることを見通されているような。少年は爪先立《つまさきだ》ちで静かに一歩ドアから離れた。アルミのポールを落としていたことに気づき、床から拾い上げた。それから階段の上り口に、仕事に戻った。

「トレイシー……」同じ声がもう一度呼んだ。

少年は両手で耳をふさぎ、踊り場まで階段を上った。明かりをつけるのは怖かった。そこですぐそばのドアをそろそろと開けた。青白い月の光が踊り場を満たす。横倒しになっていた椅子《いす》を起こし、踊り場の真ん中に置いて、そこに立った。アルミのポールを持ち上げ、プラスチックの先端を天井の落とし戸の金具に差しこんで回した。ポールを引くと落とし戸が開き、屋根裏部屋から折りたたみ式のはしごが滑り下りてきた。

真上に、四角く切り取られた完璧な闇が口を開けた。

ポールを床に放り出し、はしごを上って闇に滑りこんだ。

屋根裏部屋には小さな丸窓が一つあった。その向こうに見える月が唯一《ゆいいつ》の光源だ。床板はろくに敷かれていない。蜘蛛《くも》の巣や埃《ほこり》のかびたにおいを吸いこまないよう口で息を

しながら、梁《はり》をたどって慎重に歩いた。ベイトマンの指示に従い、月と反対の方角に進み、奥の壁を目指した。床から天井まで細い長方形が伸びていた。幅はサッカーボールほどしかなかった。そのせまい隙間《すきま》に手を入れ、腕の届くかぎり奥まで探った。指先は空をかくばかりだった。少年は一つ呼吸をすると、強引に上半身を押しこんだ。

布の感触を指先で見つけた。

体を平たくし、息を止め、隙間のさらに奥まで体を押しこみ、物体の表面をむしるようにしながら少しずつ引き寄せた。ようやく手でつかめるようになったものは、キャンバス地の鞄《かばん》の取っ手らしかった。力を振り絞って一気に引き寄せた。鞄は重かったが、持ち上げられないほどではなかった。

つかの間の高揚感を味わったあと、隙間から体を引き抜こうとしたが、びくともしなかった。もう一度強く引いたが、やはり体は抜けず、パニックを起こしかけた。ベイトマンや母親と一緒に車で待っている妹のことを思った。地下に囚われて泣いている男のことを思った。湧《わ》き上がった怒りにまかせ、わめき声を上げて隙間から体を引き抜いた。その勢いでバランスを崩し、床板のあいだのわずかな空間に後ろざまに倒れた。少年の体重に耐えかねた石膏《せっこう》ボードにひびが入った。とっさに逃れようとしたもののすでに遅く、床板が割れて、少年は階段の踊り場に落ち、鞄もろとも床に激しく叩きつけられた。息をしようとしたところで、木っ端《こっぱ》や石膏ボードのかけらが降ってきた。

横向きに転がり、木のくずを口から吐き出して立ち上がった。鞄を胸に抱いて転がるように階段を駆け下りた。キッチンに、三つの死体に背中を向け続けた。玄関の掛けがねをはずしてドアを開けようとしたとき、階段の下からまたあの声が聞こえた。

「トレイシー？」

泣き声だった。少年の脳裏にまたも妹の顔が浮かんだ。自分がこの家を出たらすぐ、四人でここを離れることになるだろう。ベイトマンはエンジンを始動し、車は正確にたどるのが不可能なくらい曲がりくねった田舎道を延々と走るだろう。ここにはもう二度と戻らないだろう。掛けがねに置いたままの指先がちりちりと電気を帯びた。耳の奥で血管が脈を打っていた。

これが運命の分かれ道だ。

少年は心を決めると、覚悟が揺らぐ前に行動した。階段を下りきった先のドアの前に戻り、鍵を手探りして回した。それ以上回らないところまで、錠が開いたことを確かに知らせるかちりという音が聞こえるまで、完全に。それから玄関に駆け戻り、ドアを開けて、走った。

Ⅵ
ウルフ・ライク・ミー
Wolf Like Me

1

朝の五時、俺たちは中心街から少し離れたラスホルムの閑静な住宅街に車を駐《と》め、建ち並ぶテラスハウスのなかの一軒を見張っていた。笑う男の所持品から見つかった電話番号はこの住所で登録されていた。玄関をノックしても応答がなく、誰が住んでいるのかもわからない以上、ひたすら待つしかない。短時間ずつ交代で仮眠を取ったが、その間にあいにく二人とも目を覚ましている時間帯があって、雑談をした。世界の終わりが近づいているというご高説をまたも聞かされた。この猛暑はその前兆だとサティは言う。排水溝の鉄格子《てつごうし》から立ち上る蒸気は、街が人知れずショートしかけている証《あかし》か。窮屈な車のなか、俺はサティの朝の儀式を眺めた。アルコールにやられて赤くひび割れた肌にまた除菌ローションを塗りたくり、人差し指の先端にローションを取って歯茎にもこすりつけた。

俺がウィンドウを下ろしたところでサティの携帯電話が鳴った。

「うぐ」サティは応答し、一分ほど相手の声にじっと耳を傾けていた。「そっか」最後に俺たちの現在地を相手に伝えて電話を切った。

「何か？」

「パトロールの連中がな、ストローマーが撮った笑う男の写真をミッドランドの従業員に見せて回ってたんだよ。これまでは見覚えがある奴《やつ》はいなかったが、今朝出勤してきた客室係のおばちゃんたちに見せて……」

「見せて――？」

「一人が覚えてた。金曜の夜、掃除に入ろうとしたら、〈スマイリー〉がいて、ものすごい剣幕で追い出されたそうだ。金曜日の夜って断定できんのは、そのあと〈スマイリー〉がフロントに苦情の電話を入れたからだと。〝入室ご遠慮ください〟の札をかけてるのに、いきなり入ってくるのはどういう料簡《りようけん》かって苦情だった……」

「タオルに灯油でも染《し》みこませてる最中だったのかな」俺は言った。「電話を受けたフロント係は判明してるんですか」

「いま調べてる。俺たちはツイてるぜ、〈スマイリー〉はチェックアウトの手続きをしてないらしいから。あと二泊、予約が入ったまんまだそうだ……」

「〝入室ご遠慮ください〟の札はいまも？」

「ああ、ドアにかかったままだ」サティは俺のほうを向いた。「五一三号室だとさ」

笑う男の死体が見つかったパレス・ホテルの客室と同じ番号だ。

「名前は」俺は沸き立ってくる興奮を押さえつけたが、早く知りたくてたまらなかった。

「予約の名義はロバート・ソール」サティが言った。

俺は少し考えた。「R・ソールか。シャレがきいてますね（訳注／arse hole〈ケツの穴〉と聞こえる）」

話しているあいだにパトロールカーが到着し、サティは車を降りようと向きを変えた。

「笑えるな。俺は客室を開けるのに立ち会う。そこの家に誰か帰ってきたら、おまえが話を聴け。何がどうなってんのか、しっかり聞き出せよ」サティが降りて、ドアが荒っぽく閉まった。

ミッドランド・ホテルの客室から何が見つかるだろう。部屋番号に何の意味があるのか。そう考えずにいられなかった。

通りに目を凝らして、さらに一時間がのろのろと過ぎた。

夜のあいだにいくらか下がっていた湿度がまた戻り始めていた。ドアを開け、片足を外に出して座っていると、子供の声が聞こえた。バックミラーをのぞく。幼い男の子が一人、母親らしき女性と一緒に歩道をやってくる。手をつなぎ、小さな声で話していた二人が問題の家の前で立ち止まるのを見た瞬間、安堵《あんど》に押し流されて、俺はとっさに反応一つできなかった。

女性は俺より少し年上と見え、日焼けした肌と明るい茶に近い金髪をしていた。どことなくヒッピーっぽい雰囲気があった。女性の身動きに合わせてからんと金属的な音が響くことに気づいてよく見ると、カラフルな太いブレスレットを何本も重ねづけしていた。もう吸えないだろうというくらい短くなった煙草《たばこ》をまだ吸っていて、それがボヘミ

アン風のイメージをいくぶん裏切っていた。女性が目を閉じ、煙草の先端が赤く輝いた。くわえていた煙草を下ろし、ゆっくりと煙を吐き出してから、女性は傍らの男の子を見下ろして疲れた笑みを浮かべた。

「ちょっといいですか」俺はできるかぎり静かに声をかけた。

女性が一歩後ろに下がった。こちらがうろたえるくらい険しい表情をしていた。裸でいるところに俺が唐突に現れたとでもいうようだった。男の子は女性の後ろに隠れた。ふだんからそう教えられているのかもしれない。

俺は掌《てのひら》を前に向けて両手を持ち上げた。

いかにも車で一夜を明かした不審者と見えないよう心がけた。

「驚かせてしまってすみません。市警のエイダン・ウェイツ巡査です」俺は身分証を見せた。

男の子がそれを見ようとこちらに乗り出した。年齢に似合わない真っ黒なくまが目の下にできていた。女性は俺の視線に気づいたのだろう、煙草を地面に捨てて息子を背後に押しやった。

「この家にお住まいの方ですね」

女性は眉《まゆ》をひそめ、うなずいた。見覚えがあるような気がしたが、どこで会ったか思い出せなかった。

「いくつか質問に答えていただけないでしょうか……」

「お役に立てないと思いますけど」女性は早口に言った。「ゆうべからずっと留守にしてましたし……」

女性の声はどことなく奇妙だった。自分の声に慣れていないという風だ。英語は母語ではないのかもしれない。

「この場所とは関係のない質問です、ミズ……」

「ミセス」女性が訂正した。「エイミー・バローズです」

エイミー――Ａｍｙ。

笑う男のスーツケースにあった本に記されていたイニシャルと一致する。

俺は表情を変えないようにした。この親子からぜひとも話を聴かなくてはならない。

「お話があります、ミセス・バローズ。いくぶんややこしい話で」俺は母親の背後からまた顔をのぞかせた少年に微笑《ほほえ》みかけた。「立ち話もなんですので、なかに入れていただけないでしょうか」

女性の案内で玄関に入り、色の洪水のような廊下を奥へ進んだ。左右に本棚が並んでいるせいでせまい。内装は統一感に欠けていて、家財はどれも通りに放置されているのを見かけるようなものばかりだ。棚の色は一つひとつ違っていた。天井は空色で、見えているわずかな面積から察するに、壁は鮮やかな黄色に塗ってあるようだ。壁は、見事

なまでにばらばらな高さに掛けられた額入りの写真や絵で埋め尽くされていた。どの写真も写っているのは男の子で、絵は、男の子が描いたのだろう、漫画のような子供らしいものだった。

二人だけの宇宙に踏みこんだ侵入者の気分になった。

キッチン兼リビングルームに入ると、お香のにおいがかすかに漂っていた。飾りつけは玄関の延長だったが、壁に並んだ写真は玄関のものより大きい。やはり男の子が写ったものばかりだった。まるで息子を祀《まつ》った神殿のようだ。子を亡《な》くした人の家を連想して、少し居心地が悪くなった。部屋の中央にある暖炉の上に、エイミー・バローズと男の子、そしてその二人がやけに小さく見えるくらい大柄な男性が写った大判の写真が飾られていた。二人は輝くような笑みを向けているのに、男性だけはカメラをにらみつけるようにしていた。

女性と男の子はソファに並んで座り、俺は対面の椅子《いす》に腰を下ろした。男の子はまん丸な目をして俺を見つめていた。俺は身分証を記章つきのケースごと男の子に差し出した。男の子は見せてもらってもいいかと確かめるように母親を見上げ、母親がうなずくと、目を見開いて受け取った。

「改めて。エイダン・ウェイツです」

「エイミーです」言い捨てるような調子だった。

「朝早くからすみません、エイミー。お仕事は何を」

エイミーは眉間《みけん》に皺《しわ》を寄せた。「仕事のことでいらしたのでは……？」俺の顔に浮かんだ疑問符を見て、エイミーは続けた。「看護師です。何日か前にお会いしたと思いますけど……」

そうか、入院中のアリを訪ねたときすれ違って、俺が医者と勘違いしたあの女性か。男性看護師の一人が患者を怒鳴りつけているのに気づいて注意しにいった人だ。

私服だと、まるきり別人のようだった。

「ああ、聖マリア病院の」俺はいまさらながら言った。「すみません。今週はいろいろあって」

「コーヒーか何かいかがですか」

俺は首を振った。目は冴《さ》えている。

「土曜の夜もお仕事でしたか」

「土曜日……」エイミーは男の子の髪をぼんやりいじりながら言った。「たしか遅番だったはず……」バッグから手帳を取り出し、該当するページを開いて俺に差し出した。

「そうです、遅番でした」

「遅番は何時から何時まで？」俺は手帳を一瞥《いちべつ》してエイミーに返した。

エイミーは皮肉めいた笑みを作った。「人間が耐えられる限界いっぱいの時間です。

たしか午後八時にシフトに入って、家に帰ったのは今日とだいたい同じでした。この子を迎えにいって、六時ごろ帰ってきました」そう言ってまた男の子の頭をなでた。男の子は俺の身分証の記章を指でなぞっていた。

「それを証言してくれる人はいますか」

「患者さん、同僚の看護師、先生方」エイミーは肩をすくめた。「訊《き》かれればみんな証言してくれると思います。なんだか何かの犯人扱いされてるみたい……」

「すみません」俺は謝った。「職業病で」神経が高ぶっていた。じっとしていられない。「何かの容疑がかかっているとか、そういうことではありません。いくつか事実を確認したいだけです。パレス・ホテルに行かれたことはありますか」

「パレス……？」

「オクスフォード・ロードの」

「古い時計塔があるホテル？」俺がうなずくと、エイミーは記憶をたどるような顔をした。「たぶん。でも、もう何年も前です。バーがありますよね……」

「ありました。ホテルはいま休業中なんですが、土曜の深夜零時ごろ死体が発見されました」

「どういうこと？　わたしの知ってる人だったとか？」

「身元の確認に手こずっていまして」俺は事実を認めた。「遺体は身分証を所持してい

なかったんですが、スーツケースは発見しました。それに入っていた本について、あなたが何かご存じなのではないかと」

「本?」

「献辞の筆跡が、あなたのものとそっくりに思えます」俺はついさっき見せてもらった手帳のほうにうなずいた。「本はオマル・ハイヤームの『ルバイヤート』」

エイミーの顔から血の気が引くのがわかった。男の子の手から身分証を取って俺に返す。帰ってくれと言われるかと思ったが、エイミーはすぐに衝撃から立ち直った様子で言った。「で?」

「その本を男性に贈ったことがあるということですね」

エイミーは壁に飾られた家族写真に視線を漂わせた。それから目を閉じてうなずいた。

「その男性の名前を教えていただけませんか、エイミー」

エイミーは男の子をちらりと見た。「この話はあまりしたくありません」

「それはなぜでしょうか」

エイミーの顔を影がよぎった。腕時計を確かめたが、それはほんの数秒の時間稼ぎのため、俺や男の子、壁の写真の男性を見ないようにするためと見えた。「マークがそろそろ帰ってきます」

「ご主人ですね」

　エイミーがうなずいた。

「ミセス・バローズ、後ろめたいことがないのなら、ここだけのお話ということにもできます。しかし、とても重要なことなんです。人がひとり死んでいます」

「ロス」エイミーは言った。「ロス・ブラウンです」

　名前。笑う男に名前がついた。ロバート・ソールよりずっと現実的なものと思えた。

「ミスター・ブラウンとはどのようなご関係だったか教えていただけますか」俺ははやる気持ちを声に出さないようにしながら尋ねた。

「どのようなと言われても」エイミーは手をもみしだきながら言った。「何度かデートしたことがあるだけです」俺の表情に気づいたのだろう、顔をしかめた。「夫と知り合う前の話です。もう何年も一度も会っていません。すぐに終わってしまいましたけど、とてもいい人でした」過去形の語尾に心が揺さぶられたのか、目が潤《うる》んだ。「亡くなったなんて、とても残念です」

「知り合ったきっかけは」

　エイミーは一瞬、俺の顔を見つめた。それから男の子の手を取り、部屋の隅のおもちゃ箱のところに連れていった。箱をひっくり返しておもちゃを床に広げると、おとなたちの会話に飽きていた男の子はさっそく遊び始めた。エイミーはソファに戻ってきて声をひそめた。

彼女の英語に感じる癖がどの地域のものか、俺にはやはり聞き分けられなかった。

「『イングリッシュ・ペイシェント』そのままです。ロスは陸軍の国王師団に所属する軍人で、心的外傷後ストレス障害《PTSD》の治療で入院していました」エイミーはまた小さく肩をすくめた。「何度かデートしました」

「それはマンチェスターでの話ですか」俺は訊いた。エイミーがうなずく。「ミスター・ブラウンがその後もマンチェスター周辺にとどまっていたかどうか、ご存じですか」

「ここはにぎやかすぎて暮らしにくいと言っていました。それで南部の海の近くに移りました。体のためにそのほうがいいだろうと」エイミーの口調には何らかの感情がこもっているように聞こえた。自分のためにはよくなかったとでもいうように。「海は飽きないからって話していました。見るたびに表情が違うからと……」

「最後に連絡を取ったのはいつでしょう」

「もう何年も前です。最後に会ったのは、マンチェスターで一緒にお酒を飲んだときだと思います。別れを切り出されたのはそのときです。遠距離恋愛を続けても、わたしの時間が無駄になるだけだろうって」エイミーは話しながら両手をぐっと握り締めた。太く大きなヒッピー風ブレスレットとの対比で、その手はひどく小さく見えた。「あれからもう五年はたっているはずです。あの子が生まれる前のことですから」そう言って男

の子のほうにうなずく。「でも、父親はロスじゃありません」さりげなくそう付け加え、俺はそれを信じた。エイミーはそのまましばらく黙りこんだ。かつての恋人のことを思い返していたのだろう。やがて疑問が浮かんできたのか、ふたたび口を開いた。「で……ロスはパレス・ホテルで何をしていたのかしら。だって、休業中なんですよね。死んだのはなぜ」

「警察では他殺を疑っています」俺はここで間を置き、その意味がエイミーの意識に染み透るのを待った。「決して気持ちのよい質問ではないと思いますが――あなたが知っていた当時、ミスター・ブラウンは何らかの違法行為に関与していましたか」

「いいえ。戦争で心に傷を負った青年でした。彼は……」エイミーは適切な表現を探した。「立ち直れずにいました。情緒が不安定になっていて」

「正式な事情聴取のほかに、遺体の確認もお願いすることになるかもしれません」捜査を進めたい気持ちが先走って、ついたたみかけるような調子になった。エイミーは戸惑ったようだった。何か言いかけたものの口を閉じ、炉棚に並んだ写真を見、男の子を見た。まるで写真も男の子も預からせてもらいますと俺に宣言されたかのように。

「このあと子供を学校に送っていかなくちゃいけないし、それに……」

「いえ、どんなに早くても明日になると思いますから」

エイミーは視線をさまよわせた。それから意を決したように言った。「わかりました。

明日なら仕事も休みだし。すみませんけど、夫もわたしたちのあとからすぐ帰ると言っていたので……」

「ご主人は聖マリア病院の同僚ですか」

エイミーはうなずき、立ち上がって窓から外を確かめた。

「ではこれで」俺も立ち上がった。連絡先を交換し、俺は玄関に向かった。「そうだ、あと一つだけ」戸口で振り返った。「あの本を選んだ理由を教えていただけますか」

エイミーはふいに疲れを感じたかのように目をこすり、鮮やかな黄色の壁にもたれた。

「あれを初めて読んだのは、わたしにとって特別な時期でした。逃避について書かれた詩集です。人生賛歌でもありますね。ロスが経験したことを思うと、あのなかの詩に救われることもあるかもしれないと思いました」

俺はうなずいて辞去した。通りを渡って車に向かおうとしたところで、サティが戻ってきて助手席に座っているのが見えた。俺は疲れきっていたものの、新たな情報を手に入れて気分が浮き立っていた。エイミー・バローズをあれほど動揺させることにはなったが、身元不明だった男についに名前が、過去が与えられたのだ。

2

車でミッドランド・ホテルに向かうあいだに、俺はエイミー・バローズから聴いた話をサティに伝えた。サティは話に合わせてうなずいてはいたが、上の空でいるのは明らかだった。ホテルに着くまでずっと関節をぽきぽき鳴らしながら何か別のことを考えていた。笑う男のフルネームが二の次になるとは、ミッドランド・ホテルでどんな重大な手がかりが見つかったのだろう。

俺たちがロビーに入っていくなり、支配人が飛んできた。

「刑事さん、ちょっとよろしいですか」

「何があった？」サティが言った。

「とにかくこちらへ」

支配人は俺たちを目立たない部屋に案内してドアを閉めた。警備室らしく、デスクの前に制服姿の警備員と中年の小柄な女性が座っていた。女性はおそらく、笑う男の部屋に入って苦情の原因を作った客室係だろう。

「各フロアに監視カメラはないって話だったよな……」サティがモニターを見て言った。

「はい、さようでございます。しかし、一階にはカメラを二台設置しておりまして、一

台はフロントの頭上にございます。客室係のミセス・ノワクが写真の男性を覚えておりましたので、問題のお客様がチェックインした際の録画を彼女に見てもらうべきかと思いまして……」

　警備員が機械を操作して録画を再生した。

　不思議な感覚だった。笑う男、ロス・ブラウンが生きて動いている。

　一方の脚を引きずるような不格好な歩き方だった。そのせいでかなり背が低く見えた。終始うつむいてカメラに顔が映らないようにしている。カメラがあることを知っているかのようだ。発見時と同じこざっぱりした茶色のスーツを着て、クロークルームで見つかったスーツケースを提げていた。持ち方を見るに、前日にサティと俺がなかを検《あらた》めたときよりずっと重量がありそうだった。若い女性のフロント係と短いやりとりをかわしてチェックインの手続きをし、署名したあと、カメラの画角から消えた。

「なるほど、ありがたい」サティは何か考えを巡らせているような顔で言った。「コピーをもらえると――」

「見ていただきたいのはいまの分ではございませんで」支配人が言った。「サウル、頼む……」

　警備員がまた別の動画ファイルを再生した。

「もう一台のカメラは、一階のほかのエリアを撮影しています。エレベーターに向かう

お客様の後ろ姿しか映りませんので、確認するほどのことはないかと思いましたが、問題のお客様がいらした時刻がはっきりしたおかげで、この映像を見つけました」

笑う男、ロス・ブラウンは、同じ不器用な足の運びで壁際《かべぎわ》を歩いてエレベーターホールに向かった。すぐ目の前の一基の扉が開きかけた瞬間、身のこなしが一変した。すっと後ろに下がり、すべるような動きで壁のくぼんだところに入って見えなくなった。左手に握った物体の先端だけがのぞいた。

スーツケースに入っていた、バターナイフを研いだナイフだった。

それまでずっと掌に隠していたのだ。エレベーターから降りてきた人々がブラウンの前を次々と通り過ぎた。ブラウンはナイフを元どおり掌に隠し、また足を引きずってエレベーターへと進んだ。サティと俺は顔を見合わせた。まったく別の人物が二人、一つの肉体に同居しているかのようだった。

五一三号室に行くと、検証がすでに行われていた。ドアの前に制服警官が配置されており、サティと俺はそこでビニールの汚染防止カバーオールを着てから客室に入った。

俺に見せたいものがあるという。

何を見ることになるのかまるでわからなかったが、それにしても客室の変哲のなさを意外に思った。整理《せいり》整頓《せいとん》が行き届いて誰にも使われていないように見え、ベッドはきち

んと整えられていた。鑑識係が二人いて、俺たちに気づいて小さく会釈《えしゃく》した。その二人とサティは、首を伸ばして室内に視線を巡らせている俺をじっと見守っていた。俺は入口に立って室内に入る許可を待っていたが、室内に異様なところや場違いなものがないことはそこから見てもわかった。

「この部屋だというのは間違いないんですね」俺は言った。

「ああ、間違いない」サティが言った。「フロントでクレジットカードまで出してたからな」

チェックイン時の様子を撮影した映像を見たとき、俺は笑う男の動きに気を取られていて、そこまで見ていなかった。驚きだった。クレジットカードは使用履歴から容易に追跡可能だから、何やかやと口実をつけて現金で支払いをしたに違いないと思っていた。これで元恋人、監視カメラ映像、銀行口座がそろったことになる。笑う男もごくふつうの人間だったということなのだろう。サティは俺のがっかりした表情に気づいたらしい。

「見せてやれ」サティが言った。

鑑識係の二人がベッドの足の側に並んで立ち、ベッドを持ち上げた。真下の床に巨大な血の染みがあり、カーペットをぐっしょりと濡《ぬ》らしていた。

「死体はどこにもない」サティが言った。「半端《はんぱ》ねえ量の血だけが残ってんだよ……」

俺は一歩近づいた。「人間の血液かな」

「もうじき検査結果が出るが、動物を生《い》け贄《にえ》にする儀式にご執心だったってんでもないかぎり、誰かがこの部屋で非業《ひごう》の死を遂げたのは間違いないだろうな」

「でも、誰が⁉」俺は独り言のようにつぶやいた。「それに、死体をどうやって運び出したのか」

「最初の質問には答えられねえが、とりあえずバスルームに来てみな……」

一見したところ、バスルームも一度も使われていないかのようだったが、バスタブから灯油やガソリンを思わせる刺激臭が漂っていた。くず入れの放火事件を思えば、これは想定内といえるだろう。だが、バスタブの内側は別の物語を語っていた。サティは俺の反応をじっと観察していた。バスタブは汚れ一つなく磨かれていたが、底は傷だらけだった。直線状の深い傷が何本も走った上に小さなへこみやひっかき傷が重なって、複雑な凸凹《でこぼこ》を作っている。

きわめて鋭い道具を使って何か大きな物体を切断した痕跡《こんせき》。

サティが便器に近づいて蓋《ふた》を持ち上げた。俺は隣に立ってなかをのぞいた。たまった水は真っ赤だった。

3

俺たちは署に戻って報告書を作成し、ミッドランド・ホテルの客室の件で監察医と連絡を取って、死体の身元確認を翌日に設定してもらった。そして何より、生前のロス・ブラウンを捜す作業を始めた。どこの誰だったのか、どんな人生を送った人物なのか。ブライトン在住のロス・ブラウンという男性の記録が見つかった。ブライトンに転入した時期、ブライトンが南西部の海岸に面した街であることなど、エイミー・バローズの証言と一致していた。

ブライトン市警がブラウンの自宅フラットのチャイムを鳴らしたが応答はなかった。ブラウンの軍人であったという事実が事件に関して興味深い可能性を浮かび上がらせたものの、捜査手続きは複雑になった。軍歴の開示を国防省に請求したはいいが、層をなす官僚主義に阻《はば》まれていっこうに届く気配がない。茶色の紙ばさみがデスクからデスクへ延々と渡されていく様が頭に思い浮かんだ。

街の立ちんぼやセックスワーカー、ポン引きに聞き込み中のブラック巡査に連絡を取った。チェリーがパレス・ホテルに居合わせたとすれば、客が一緒だったはずだ。ブラック巡査は殺人事件の情報を求めて広範囲に聞き込みを続けていたが、これまでのとこ

ろ、被害者を知っていると申し出てくる人間さえ一人もいなかった。

電話の向こうからブラック巡査が手帳をめくる音が聞こえた。「ここまでで一番有力な情報は、チェリーが提供していたサービスを頻繁に利用していた人物のニックネームです」

「そのあだ名を教えてもらえないかな。俺に心当たりがあるかもしれない」

「ミスター・ハンズ」

俺は記憶をたどった。今回の事件の関係者のなかに、そのニックネームが当てはまる人物はいるだろうか。「誰も思い浮かばないな」俺は言った。「だが、とっかかりにはなる。聞き込みを続けてくれ」

数分後、携帯電話が鳴った。ブラック巡査だろうか、何か進展があったかもしれないと期待しながら応答した。

「ウェイツです」電話がつながっている気配は伝わってきたが、相手は無言だった。俺は数秒待ってから噛《か》みつくような調子で言った。「いいかげんにしてくれないか——」

「エイダン。俺だ。リッキーだ。この前、ザ・テンプルで会った。取りこみ中だったなら申し訳ない……」

「リッキー」シャンのボーイフレンドだ。いや、婚約者か。俺は目を閉じた。「悪い、別の奴と勘違いした」

「いいんだ。この番号はシャンの電話を見て知った……」

「俺に電話するってこと、シャンは知ってるのか」

「いや。内緒にしてもらえるとありがたい。実は話がある」

「今日はちょっと忙しい」

「大事な話なんだ。ものすごく重要な話だ」

「わかった」俺は答えた。いくらか面食らっていた。「俺も話がしたいと思ってたんだ。ただ、いますぐというわけにはいかない」

「俺もいますぐは無理だ。夜はどうかな、一杯やろう」挑戦状を叩《たた》きつけるというより、互いの誤解を解きたいといった風に聞こえた。それにしても、パートナーの携帯電話を盗み見て元交際相手の番号を調べるとは、ふつうでは考えられない行動だ。シャンはそれだけ大切な存在ということなのだろうし、正直なところ、リッキーが店に現れたときの状況を釈明しておきたい気持ちが俺にもないわけではなかった。そこでその夜、シャンがザ・テンプルで勤務している時間帯に、ライジング・サンで落ち合うことにした。

「じゃ、またあとで」

「了解」

俺は電話を切り、サティを見た。

「で、エイミー・バローズな」サティが言った。「おまえはどう思った」

「最初に声をかけた瞬間からびくついてました。夫がもう帰ってくるからとやたらに気にしたり、ロス・ブラウンは息子の父親じゃないとわざわざ言ったり。でもまあ、朝の六時に道ばたで刑事に呼び止められたら、誰だって挙動不審にもなります……」

「ふむ」サティは言った。「旦那《だんな》についてはほかに何か言ってたか」

「やはり聖マリア病院で働いてること、もういつ帰ってきてもおかしくないってことくらいです」俺は肩をすくめた。「過去の異性関係をパートナーに吹聴《ふいちょう》したい人はいませんよ」

「さすがその方面の権威だな」サティの声にはかすかな悪意が含まれていたが、それはいつものことで、とくに意味はない。二人とも疲れきっていた。窮屈な車に押しこめられて一夜過ごしたせいで。チェリー、そしてホテルの部屋の血の染みの主と、一日に一人のペースで増える死者たちのせいで。チェリーの部屋のぶち破られたドアが幾度となく脳裏に蘇《よみがえ》ってくる。俺たちはチェリーを殺した奴をほんの一歩の差で取り逃がしたのだと考えずにいられなかった。チェリーはいったい何を目撃したせいで殺されたのか。

ミッドランド・ホテルに残されていた血液は、ジグソーパズルでいえばほかのどれともうまく組み合わさらないピースだ。ヒトの血液であるという結果がすでに届いており、鑑識の見積もりによれば、カーペットに染みこんでいた量は二から三リットルという。人ひとりが死んだと考えるに充分な量だ。死体はばらばらにされ、排水口に流されたと

思われる。といっても、すべてがその方法で処分されたとは考えにくく、最初の二つの放火事件について納得のゆく捜査ができないという忸怩《じくじ》たる思いにもう一つ歯がゆさが付け加えられることになった。

あの客室で死んだのは果たして誰なのか、ぜひとも突き止めなくてはならない。

とはいえ、俺たちはよろめきながらも答えの一つにどうにかたどりついた。笑う男は、ロス・ブラウンだ。エイミー・バローズと別れたあと、何がきっかけで世間との接触を断ち、身元を隠すことになったのだろう。いまになって殺されるに至った理由はいったい何だったのか。

ドアをノックする音がして、俺は立ち上がった。来たのは若い制服警官だった。首筋にニキビが花を咲かせており、シャツには大きなコーヒーの染みがあった。

「ウェイツ巡査？」

「そうだ」

「すぐ最上階に来てください。パーズ警視がお呼びです……」

サティがうめき声を漏らして立ち上がった。「はいよ、行くよ」

「いえ」制服警官は真面目《まじめ》くさった視線を俺に戻して言った。「ウェイツ巡査だけです」

俺は自分に負けず劣らずくたびれたジャケットを羽織り、また何か脅しめいたことを言われるのだろうかと考えてうんざりした。それなら殺しの脅迫のほうがまだましだと

いう気がした。

　しかし、どのみちパーズと話をしなくてはならない。

　捜査だけでも手一杯だというのに、見知らぬ男が俺の身辺を嗅《か》ぎ回り、自宅を監視し、無言電話をかけてきている。だが、俺の頭のなかの警報を鳴らしたのは、男がシャンに言ったことだった。妹について遠回しに脅迫されたとあっては、もはや無視できない。

制服警官は一言も口をきかないまま警視のオフィスのドアをノックし、俺をなかに案内した。

「ウェイツ巡査です、警視」制服警官は俺とパーズのどちらも見ないまま言った。

　声が震えていた。

「ご苦労」パーズが言った。制服警官はオフィスを出てドアを閉めた。パーズのオフィスは珍しく散らかっていた。デスクに積まれていた書類は床に払い落とされ、いつもは警視と向かい合う位置に並んでいる椅子二脚は、壁に投げつけられでもしたかのように横倒しに転がっている。パーズはデスクの向こうに硬直した姿勢で座っていた。灰色のスーツ、灰色の髪、灰色の顔。ネクタイは曲がり、縁の赤い目はこの惨状を見よと俺を誘うかのように室内を飛び回ってから、最後に俺の目を見つめた。「座れ」そう言っていつものサメの笑みを作った。スコットランド訛《なまり》のある声は低くうなるようだった。俺は椅子の一方を引き起こして座った。

「グリニッジ標準時の今朝六時ごろ、アラブ首長国連邦に向かっていたマンチェスター―ドバイ直行便がドバイ国際空港に着陸した。本来は七時間かかるところ、追い風のため予定より早めに到着した。ドバイに行ったことはあるか、エイダン」

「いいえ」

「禁酒国だ」パーズは言った。「おまえ向きではないな、え？　滑走路は二本しかないが、世界でもっとも発着陸数の多い空港だそうだよ。言うまでもないことだろうが、そのような窮屈な空港では予定より早い到着は頭痛の種になりかねない。さて、地上の職員が荷物の検査を開始した」パーズはまた笑みを浮かべた。「それも頭痛の種になりかねないものの一つだな。ドバイ国際空港には、世界一の精度を誇るといわれる麻薬探知システムが導入されている。それに比べたらヒースロー空港など野菜の無人販売所レベルだ。旅行者は手荷物検査場でケツの穴まで徹底的に調べられるが、真の魔法は舞台裏で起きている。飛行機から下ろされた荷物はスキャンされ、再スキャンされ、麻薬探知犬に嗅がれる。去年、若い女がわずか〇・五グラムのケタミンを持ちこもうとして見つかった。最終的には上訴で減刑されたものの、銃殺隊の前に引き出される寸前までいった。麻薬の密輸は命がけだ。だから今朝、英国大使館から電話がかかってきたときは驚いたよ。観光目的でドバイに到着したマンチェスター在住の三十六歳男性が、能天気なことに、麻薬を一袋持ちこもうとしたというではないか。まあ、その三十六歳男性の氏

名を聞いたあとでは、驚きも薄れたがね。氏名は……」パーズはメモ書きを確かめるような芝居をした。「……オリヴァー・カートライト。名前を耳にした瞬間、ははあそういうことかと合点がいった。みごとだとさえ思ったよ」

うかつなことに、カートライトを陥《おとしい》れる俺のシナリオにパーズとの対決の場面は含まれていなかった。パーズは顎《あご》を引いて俺を見据えた。

「おまえには合点がいくか、エイダン。みごとだと思うか」

「いいえ」

「〝いいえ〟か」パーズは笑った。パーズが声を立てて笑うのを見たのはこれが初めてかもしれない。「〝いいえ、警視。カートライトに近づいたら殺すぞと警視がおっしゃったので、俺はもちろんその命令に従いました。俺はエイダン・ウェイツ、命令には絶対に背かない男ですから。個人的な恨みを国際的な事件に発展させるようなことを、俺がするわけがありません〟」パーズは言葉を切り、しばらく鼻の穴で呼吸を繰り返した。

「おまえはさぞかし喜ぶのであろうな。ミスター・オリヴァー・カートライトはこれからの数年、法的手続きの沼にはまったまま出てこられないだろうと聞けば。しかもその沼は母語ではない言語でできていて、カートライトはおそらく死ぬまで異国の監獄に閉じこめられることになる。今後あの男が製作するセックス動画は、過去の作品とはまるで趣の異なるものになるだろう。どうだ、罪にふさわしい罰だと思うか、ウェイツ巡

査」

　俺は黙っていた。

「おまえは冷酷な男だ。これまで誰かにそう言われたことはないか。ちょうどいまごろ、ラテックスの手袋をはめたアラブ人がオリヴァー・カートライトを腕時計のようにはめているだろう。それについて、何か言いたいことはあるか」

「いい気味です」俺は答えた。

　パーズは俺を見据えた。「おまえが私の役に立ってくれるのではと期待した時期があった。罰せられて当然の者たちに、おまえのその冷血さの矛先を向けてやろうとな。前回の災難のあと、しばらく目立たないようおとなしくしてもらう必要はあったが、サトクリフ警部補と組んでいれば解決するはずだった。何をしてはいけないか、それを学ぶ機会にもなるはずだった。だが、私の見込み違いだったようだな。おまえには欠けているものが多すぎる」パーズは俺が理解するのを待つように間を置いた。「カートライトはおしまいだ。放っておけばいい。しかし、おまえと私のあいだにはかつて信頼が存在していたのではなかったか。何が起きたのか説明してもらいたいね。納得できるような説明を頼む。完璧《かんぺき》な説明をな」

「俺は何も知りません、警視」

「しらばっくれるつもりか。まあ、世間では、いくらかの真実が含まれた嘘《うそ》ほど説得力

のある嘘はないというからな。だってそうだろう、市警一道徳心に欠けた男が、テレビで見たことのある有名人だからといって簡単に股《また》を開くような十代の娘の涙を見てふいに良心に目覚めたなど、いったい誰が信じる？」パーズの充血した目が俺の目をまっすぐに見た。「だが、ここに一人、信じそうな人間がいるな、エイダン。その方面がおまえの弱点だと、この私なら信じる。おまえなら、何カ月ものあいだ周囲を欺《あざむ》き続けたあげくにその全員を裏切るくらいのことはやりかねないと、私なら考える。私ならどんなことだって信じるだろう。兵器級の純度のコカインが一袋、カートライトのスーツケースから出てきた理由にまるで心当たりがないなどと面と向かって大嘘をついているということ以外、どんなことだって」

「ご自分でおっしゃったじゃないですか、警視。カートライトはテレビに出ている有名人です。法律や規則に違反しても自分なら許されるつもりでいたんでしょう。どのみちいつかスキャンダルを起こしてつぶれていた人間ですよ」

パーズは意地の悪い笑みを浮かべた。「おまえがどう思っているか知らないが、私にはオリヴァー・カートライトなどにかまっている時間はない。あの男は、社会のクズどもの代弁者、社会のクズどもの扇動者だ。そんな奴を厄介払いできてせいせいしている。奴が素っ裸で房に入れられているといいな。持っているなかで一番頑丈な革ベルト一本だけを持たされて。だが、奴がどこのどんな人間にコネを持っているかはおまえも知っ

ているだろう。オルタナ右翼の白騎士などともてはやされている輩《やから》だ。おまえのためを思うと、奴が私と同様の結論に達しないことを祈るのみだな。もし同じ結論を出したとしたら、首に引っかけようとしていた頑丈な革ベルトをそれとは別の用途に使おうと考えるかもしれない。自分のケツの利用権と抱き合わせで別の終身刑の服役囚に売って携帯電話を手に入れ、鼻をつまんで声を変えてどこかへ電話をかけるかもしれない。いや、私はこの件について見て見ぬふりをするつもりだ。あとは子供同士でよく話し合ってくれたまえ。さて、今日ここへ呼んだのは、おまえが徹底的かつ広汎《こうはん》に行っているオクスフォード・ロードのくず入れ連続放火事件の捜査に、国防省を巻きこむ理由はいったい何かと訊くためだった」

「パレス・ホテルで身元不明の死体が発見された件と関連しているからです、警視」

「〈スマイリー〉とくず入れの放火にいったいどんな関係がある？」

「ついさっき提出した報告書にすべて書いてあります。放火犯は〈スマイリー〉と思われます」

パーズは黙っていた。俺は続けた。

「証拠映像も入手しています、警視」

パーズは唇を引き結んだ。「だろうな」

「放火犯は私物をくず入れに捨てて火をつけました。少なくとも一件では、多額の現金

を燃やしています。ほかに発見された証拠品からミッドランド・ホテルが浮かび、そこで放火犯の所持品を発見しました。そこからサトクリフ警部補と俺は、ロス・ブラウンという名の男性と過去に交際していた女性を特定しました。パレス・ホテルの死体は、このブラウンという人物だろうと思われます。ブラウンには軍歴があって、ＰＴＳＤを発症して軍務を免除されています」

　パーズは椅子の背にもたれた。「よくやった」パーズは言った。「これは皮肉ではないぞ。よくやった。しかも、喜べ、ついさっきストローマーと電話で話した。おまえの人間性について述べた意見のうち、もっとも辛辣《しんらつ》ないくつかを撤回すると言っていた。運河に遺棄されていた死体がパレス・ホテルの笑う男と関連しているという推測についても、おまえは正しかったな。この捜査に関して、おまえには第六感のようなものが備わっているらしい……」

　パーズの赤い目が俺の目の奥をのぞきこむ。

「……勘違いするな、ストローマーはいまもおまえを歩く自動車事故だと思っている。ただし、今回の捜査に限れば、おまえは横転した自動車を起こしてまた走り出した。オリヴァー・カートライトはその車輪に巻きこまれたにすぎないのかもしれない。というわけで、目下おまえは三戦三勝中だ。おまえの時間を私のためになど使わせてはいけないのだろう。いっそのこと、すっぱりと縁を切るとするか」

「警視、パレス・ホテルのオーナーとの事情聴取にサトクリフ警部補も同席してもらう必要があります。捜査が予想外の展開に——」

「それには同意しかねるね、巡査。二名の人員を割いている余裕はない。サティの才能は別の方面に生かすほうがいい……」俺の顔をよぎった表情に気づいたのだろう、パーズは続けた。「何か意見があるのか、巡査」

「いいえ、警視」

「現役の刑事に関して懸念《けねん》があるなら、表明するチャンスだぞ」

「俺は自分のしゃべる声に惚《ほ》れぼれするたちではありませんので」

「ふん、嘘をつくな」

「オーナー二人の相手は俺の手に余ります、警視」

「そうだとしても、おまえにやれることをやるまでだ。死ぬ気で食らいつけ。そうだな、一つ取引を提案するとしよう。これ以上サティにつきあわされるのはごめんだというなら、刑事らしい手腕を見せてくれ。笑う男の身元を探り出せ。氏名を突き止めたら、サティには新しいパートナーをあてがうことにしよう……」

パーズはいつだってこういう〝二倍かゼロか〟の取引を持ちかける。

「……おまえのその首に懸かった賞金に関するメッセージが悪党どもに本当には伝わっていない場合、そしておまえがカートライトのスーツケースに違法薬物を忍ばせた件に

ついてカートライトの友人たちにメッセージが伝わった場合、さらにこの笑う男の捜査が予想外の解決を見た場合……」パーズは意地の悪い笑みを浮かべた。「そのときは、自分の身を自分一人で守るしかなくなるぞ。だが、考えてみればおまえはもともと一匹狼《おおかみ》だ。一人のほうが気楽だろう、え？」

4

パーズのオフィスを出たあと、パレス・ホテルの捜査に新しい切り口はないものかと考えた。いま答えの出ていない疑問は主に、ナターシャ・リーヴとフレディ・コイルに関するものだった。ナターシャは、フレディとジェフ・ショートの不倫を密告する手紙を受け取っていた。フレディとジェフを傷つける意思を持った人物がいたわけだ。俺の知るかぎり、フレディとジェフに共通する知人は二人いる。

アニーサ・カーンとアンソニー・ブリック。

俺はアニーサに電話した。

「まあ、ウェイツ巡査。電話をいただけるなんて、天にも昇る気持ちよ」

「あなたのクライアントが初めから正直に話してくれていたら、二人を揺さぶって吐き出させる必要はなかったんですよ」

「でも、結局は同じ疑問に戻るでしょう。不倫とパレス・ホテルの死体がどう関係するのか。それに関してその後進展はあったのかしら」

「事実を一つひとつ別個に検討したところでわかることはなにもありません。だからすべての事実を知る必要があるんです。そういえば、あなたの上司から話をうかがいたい

ことにいまも変わりはないんですが」

「来週にはタイから帰国――」

「それでは遅すぎます。日ごとに事情が変わって、いまや大勢の命が危険にさらされています」

「わかりました」一瞬の沈黙のあと、アニーサは言った。「でも、タイはいま真夜中だし、私も事情聴取に立ち会いたいの」

翌日、俺が法律事務所に行き、そこでブリックとビデオ通話することになった。不倫についてアニーサは知らずにいたというが、その件に関しても彼女にいくつか訊きたいことがあった。その日の朝、ミッドランド・ホテルに血痕を残したのはもしやと思い、ブリックのフェイスブックのページを探した。まだタイ旅行を満喫中だとわかっていくぶんがっかりした。ブリックは上半身裸で、前に見たときとは違う顔ぶれのタイ人女性に囲まれていた。

5

オマル・ハイヤームの『ルバイヤート』を手に入れようと、ディーンズゲートのウォーターストーンズ書店に出かけた。案内された詩集の棚には『ルバイヤート』の異なった版がいくつか並んでいた。それぞれ出版社や翻訳者が違っている。なかには英語以外の言語に翻訳されたものもあった。一番読みやすそうなものを選んで買い、書店を出るころには、シャンの婚約者のリッキーと約束した時刻を回っていた。ライジング・サンに行ってみると、リッキーは入口に面した小さなテーブル席でビールのグラスを抱えていた。

グラスは半分空になっていた。

「遅くなってすまない」俺はテーブルに近づいた。

「いいんだ。同じものを頼めるか」

「わかった」俺は酒を注文しにいき、カウンターの前からリッキーのほうを振り返った。リッキーは俺の視線を避けた。酔っているようだった。俺は相手からどう見えているだろう。無精髭《ぶしょうひげ》を生やした顔にいつも険悪な表情を貼《は》りつけ、自分が愛する女性に急にまつわりつくようになった、芳《かんば》しくない過去を持つ刑事。弱い者を痛めつける卑怯者《ひきょうもの》と思

われているかもしれない。その俺に電話をかけ、こうしてここで会うのは勇気のいることだったろう。そうせざるをえない原因を作った自分が少し恥ずかしくなった。俺は支払いをすませ、二人分の酒をテーブルに置き、リッキーと向かい合う椅子《いす》に座った。リッキーは半分残っていたビールを飲み干してから、新しいグラスを引き寄せた。

「なあ、リッキー。電話をもらってありがたかったよ」

「そうか？」

「ああ。この前、きみが店に来たとき、シャンが俺の手を握ってたよな。あれをきみがどう解釈してるにせよ、ロマンチックな場面でも何でもなかったんだ」

リッキーが初めて俺と目を合わせた。

「あの日、店に来て俺のことを詮索《せんさく》した男がいたらしくて、そいつはシャンが俺から聞いてたのと違う話をシャンに聞かせた」

リッキーは眉《まゆ》を寄せた。「話が見えないな……」

俺は洗いざらい話した。「つきあってたころ、俺はシャンに嘘をついた。そのへんのことはシャンに訊いてもらってかまわない。きみが俺のことをどこまで知ってるかわからないが……」

リッキーがまた目を上げて俺を見た。グーグルで俺の名前を検索したのなら、俺の停職に関する記事がいくらでも出てきたはずだ。麻薬関連の汚職疑惑を暴《あば》く記事の数々。

その後、俺の容疑は魔法のように消え失《う》せた。

「ともかく、シャンは俺に腹を立ててた。言いたいことを強調するのに俺の手を乱暴につかんだとき、ちょうどきみが来た。それだけのことだ」

リッキーはまだ何も言わずにいた。俺は反射的に沈黙を埋めた。「シャンには一年も会っていなかったし、開口一番、交際している相手がいると言われた。幸せだと。その幸せを少しでも邪魔してしまったとは思いたくない」

リッキーはうなずいていたが、あいかわらず俺と目を合わせようとしなかった。「そっか」リッキーは言った。「わかった。ありがとう」

「話したいことはそれじゃなかったみたいな顔だな」

「いや、ありがたいと思ってる。あんたを信じるよ。そんな義理はないのに話してくれたわけだし」リッキーは肩をすくめた。「どのみちシャンからも聞いてた。きょうだいはいないって言ってたのに、実は妹だか誰だかがいたって。よくわからないけどさ」リッキーはビールをまた一口大きくあおってから、ポケットに手を入れ、封筒を取り出してテーブルに置いた。「俺が話したかったのはこの件なんだ」

封筒の表面に俺の名前が走り書きされていた。

「これは――？」俺は言った。

「妹がいるいないって話、な。嘘ついてたからって俺はどうとも思わないし、シャンを

信用してる。シャンの言い分を信じたよ。でもそれとこれとは無関係だ」

俺は封筒を開けてなかをのぞいた。

写真だ。

中身をテーブルに空けた。被写体はどれも俺だった。俺が立ち寄った先々で、さまざまな距離から撮影されている。まるでスパイが撮った監視写真のようだった。とっさに、得体の知れない匿名《とくめい》の脅迫だと――どうやら数カ月前から俺に黒雲のごとくつきまとっていたらしい殺しの脅迫に関連したものだと思った。

だがよく見ると、写真はまるで別の物語を伝えていた。

一枚目には、黒いビニール袋を小脇《こわき》に抱えてフラットを出る俺が写っている。次の数枚では、車を運転してチョールトン・ストリート・バスターミナルに向かっている。次に公衆電話の返却口に取り忘れの硬貨がないか探っている脚の不自由な男と、その男を目で追う俺を写した写真が何枚か。続いて、公衆電話の一台に現金を置く俺、そして同じ返却口から何かを回収する俺をとらえた写真。残りの何枚かに何が写っているのかは見るまでもなく見当がついたが、それでもおそるおそる全部を確かめた。

解釈を誤りようがない一連のできごと。

車でキーズに行く。カートライトの自宅がある建物の前で様子をうかがう。袋を持って建物に入り、持たずに出てくる。最後の一枚の俺は、カメラのレンズを、俺が外に出

ると同時に発進した車を、まっすぐに見つめていた。どういうわけか、顔が真正面から写っているこの一枚は、ほかのどの写真より俺の有罪を決定的にしているように思えた。まるで罪を自白しているような一枚だった。どの写真にも隅に撮影日時が印字されていた。

俺はリッキーを見た。「どういうことだ？」

「こっちが訊《き》きたいよ」

俺は答えを待った。リッキーが続けた。

「今日、ザ・テンプルに行ったんだよ。シャンに会いに。そうしたらテーブルにその封筒が置きっぱなしになってた。店に預ける前になかをのぞいてみた。見つけたのが俺でよかったと思えよ……」

リッキーの話は嘘ではないだろうと俺は思った。

「それはいつの話だ」

「今日。あんたに電話したとき」

「封筒を置いたのは誰だ」

「知らないよ」

「それらしい人物を見なかったか。挙動不審な奴《やつ》とか」

リッキーは首を振った。「あんた、ドラッグを買ったってことだろ」

返す言葉が浮かばず、その質問を無視することにした。写真をそろえて封筒に戻す。

「誰かに見せたか」

「いや」

「シャンには」

リッキーは首を振り、俺は封筒のなかをもう一度のぞいた。

「ほかに何か入ってたか」

「ネガがあった」リッキーは目をそらした。

「渡してくれ」俺は言い、封筒をジャケットのポケットに入れた。

「持ってきてない。なあ……」テーブルを凝視していたリッキーは、一瞬だけ目を上げた。「シャンには見せてない。このまま見せずにすませたいが……」

俺は冷静さを失うまいとした。「この件でよけいなことはしないほうがいいぞ。この写真を置いていったのは危険な人間かもしれない」

「危険？　誰にとって？　俺に危険があるとは思えない」

俺はリッキーを見つめたが、リッキーの目はテーブルから動かなかった。「何が望みだ、リッキー」

「何も。誤解しないでくれよ」

俺は視線をそらさずに待った。

「いかにもやばそうなブツだ。そんな写真を撮った奴、店に置いていった奴が、あんたを恨んでないわけがない。あんたの命を狙《ねら》ってるに決まってる。俺はシャンを愛してる。かけがえのない関係なんだよ」

話の核心に近づいているのがわかった。俺を呼び出した理由を明かそうとしている。

「よくないものを遠ざけておいてやりたいんだ……」

「なるほど」俺は言った。「きみが本人に代わって友達を選別してやろうってわけか」

「その写真を見せてシャンの意見を聞いたっていいんだぜ」

俺は手つかずの自分のグラスに視線を移した。「ネガを渡せ。何度も言わせるな」

「いやだと言ったら？」リッキーが言った。「俺のことも殴るのか」

音が聞こえた。耳の奥で何かがぷつりとはじけるような音。「いま、何て言った？」

「言ったろ、シャンから全部聞いてるんだよ」

俺は言葉を失った。首を振り、立ち上がって店を出た。リッキーの頭を壁に叩きつけずにすませるために。リッキーが言ったとおりのことをせずにすませるために。歩きながら何度も背後を確かめた。少しでも急な動きがあれば振り返った。頭上の太陽は我関せずといった風に照りつけ、俺の背後に流れていくあらゆる物体がその光を反射した。カメラに、フラッシュに包囲されている気分だった。

6

長い一日がまた一つ終わり、フラットに帰った。熱く、上の空で、体はこわばっていた。リッキーとのやりとりは心に不安を残し、ポケットには写真の詰まった封筒があって、存在を声高に主張していた。俺を刑務所に送りこむ力を持った写真。いや、行き先が刑務所ならまだいいのかもしれない。写真を置いていったのは誰なのか。考えるのは気が重かった。

候補者のリストはどこまでも伸びていく。

リストの上位には、いまとなっては俺の人生の背景に埋もれている連中が並んでいた。犯罪者。過去に怒らせた知り合い。俺の首に賞金をかけている奴ら。その下に、最近になって俺の人生に加わった相手が連なっている。オリヴァー・カートライト、またはオルタナ右翼の仲間たちは最有力だという気がしていたが、じっくり検討するうちに考えが変わった。俺がカートライトをはめたことを連中がすでに知っていて、しかもその証拠を握っているのなら、いまごろはもうその情報を使って訴訟を起こしているだろう。カートライトの釈放を求めているはずだ。ほかには、笑う男の事件の関係者も候補だった。あの事件は恐怖やとらえどころのない不安をオーラのようにまとっている。被害者

の氏名や滞在先が判明し、客室の血痕が発見されたことで、そのオーラはいっそう粘度を増した。パーズは何と言ったか。捜査が予想外の場所にたどりついたら、そこから先、俺は誰の助けも借りずに進むしかない。もしかしたらパーズは、そうなることをすでに知っているのかもしれない。そして、もちろん、リッキーもいる。決して好きになれそうにない男ではあるが、言っていることに嘘はなさそうだった。ただ、俺をシャンの人生から何が何でも排除しようとしていることは明白で、俺は信用してはならない相手を信用する過《あやま》ちを何度も犯している。鍵《かぎ》をエントランスの鍵穴に差しこもうとしたとき、引きずるような足音が背後で聞こえた。

すぐそこの角に、こちらをうかがっている人影があった。

二日前にザ・テンプルに行き、俺が一杯やりにくる頻度や俺の友人関係について訊いたという男と同一人物なのは間違いない。体格はがっしりしていて、筋肉は見栄《みえ》のためでなく必要があって鍛えたものだった。シャンが言っていたとおり、刑務所で入れたとおぼしき単純な絵柄のタトゥーがある。ブルージーンズに合わせた黒いTシャツの胸を、鍛え抜いた筋肉が下から盛り上げていた。腕の下側に汗の半月が並び、首の左右も汗で光っていた。頭の片側の髪はきれいに刈りこまれている。もう半分は頭皮が焼けただれているように見えた。そこから伸びっぱなしの髪が何房か、好き勝手な方角に突き出している。顔のそちら側の皮膚は明暗さまざまな紫色をしていたが、死んだ目の周囲だけ

は様子が違っていた。皮膚がクレーターのように陥没し、どす黒いケロイドがかさぶたのように覆《おお》っていた。シャンのときと同じように、男は顔のそちら側を俺に向けていた。その威力を知ったうえで見せつけているようだった。男の頭がわずかに動き、左の目、いいほうの目が俺の顔を確かめるように眺め回した。

その瞬間、男の正体がわかった。

男は煙草《たばこ》を歩道に吐き捨ててブーツで踏み消し、こちらに向かって悠然と歩き出した。俺は鍵を穴に差しこもうとしたが、手が汗で濡れ、指が言うことを聞かなかった。男は一メートルほど離れたところで立ち止まった。服に染《し》みついた煙草のにおいがした。あれから二十年以上がたつのに、俺はそのにおいを忘れていなかった。あのころはなかった新しいにおいもした。小便だ。それに汗。

「何かご用ですか」

俺の声は震えていた。男もそれを聞き取ったのだろう、にやりとした。

男の口は、顔を引き裂いてできた傷口のようだった。

「エイダン・ウェイツ」男は言った。皮膚が引き攣《つ》れているせいで発音は不明瞭《ふめいりょう》で、舌打ちに似た湿った音がまぎれこんでいた。「ここに住んでいる……」

俺は男を見た。

皮膚が発散する熱を感じた。

「そんな住人は知らない」俺は言った。

死んだほうの目で通りを確かめようとするかのように、男は顔の向きを変えた。俺からは焼けただれていない側が、俺がいつも避けようとしていた無事なほうの目がよく見えた。俺はフラットの入口に向き直り、なかに入ってドアを勢いよく閉めた。吐き気がした。階段を上った。白い点が雨のように視界に降り注ぎ、血液が猛烈な勢いで全身を巡っていた。部屋に入って酒を注ごうとした。ついこのあいだ封を切ったばかりのボトル、たった一杯飲んだだけのボトルが空になっていた。窓越しに外を確かめた。男は消えていた。

少年は走った。小道をたどって家から遠ざかった。もはや体から抜け出して上昇するまでもなかった。肩にかけた鞄《かばん》の重心は背中を跳ね回っていたが、自分が空気よりも軽くなったように感じた。五感が生き返り、情報を血液に載せて脳に一気に送りこんできた。夜、月、星空。氷のような空気、それが肺を出入りする鋭い痛み。

車のボンネットに座った人影が見えて、少年は立ち止まった。人影は煙草を投げ捨て、闇《やみ》から分離して立ち上がり、こちらに動いて、車と家の中間地点で少年と向かい合った。

「それか」ベイトマンが月光の輪のなかに歩み出て言った。無精髭がバーナーの炎のように青く輝く。少年はうなずいた。ベイトマンはふっと息を吐き、少年の耳の後ろに手をやった。そこからコインを取り出して少年に差し出す。「さすが金の生《な》る木だ」そうつぶやいて鞄に手を伸ばした。が、そこで凍りついたように動きを止め、少年の背後の家を凝視した。笑顔が歪《ゆが》んでしかめ面《つら》に変わった。

家の戸口に骸骨《がいこつ》が立っていた。異様なほど背が高く、まるで竹馬に乗っているかのようだった。ナナフシのそれのように細い両脚は、その上に載った貧弱な胴体の重みさえ支えきれないのではと思えた。異形の生き物は首をすくめて戸口をくぐり、痛ましいほ

ど痩《や》せ衰えた人間に姿を変えた。男はこちらに近づいてきた。節足動物を思わせる、ぎくしゃくとした不気味な動きだった。男が片方の腕を持ち上げた。鋼鉄が月光を跳ね返し、ふいに銃の形が露《あら》わになった。ベイトマンは少年の肩に手を置いて力をこめた。男が最後にもう一歩進んで月明かりの下に出た。

裸足《はだし》だった。体に巻きついたぼろ布のようなものは、もとはスーツだったらしい。シャツは着ておらず、ぼろぼろのジャケットがすり切れたところから、堅い二重結びが連なったような灰色の胴体がのぞいていた。

両手の様子は、どこか奇妙だった。

黒っぽい色のマニキュアをいい加減に爪《つめ》に塗りつけたように見えた。血だった。全部の指の爪が剝《は》ぎ取られていた。顔の皮膚は骨に張りつき、目はひどく落ちくぼみ、黒い穴が二つ並んでいるようにしか見えない。

「バー……」男は言った。

少年が鍵を開けたドアの奥から聞こえたあの声だった。見ると、男の唇はだらりとして、力なく内側にへこんでいた。無精髭だと思ったものは、あごひげの形に干からびた血だった。誰かが男の歯を残らず抜いたのだ。ベイトマンと少年が答えずにいると、男は首をのけぞらせてわめいた。

「バー!」

「わかったよ」ベイトマンは少年を引き寄せた。「俺たちはこれで帰《バック》るから……」

「バー！」痩せ衰えた男は叫んだ。口から赤いしぶきが飛んだ。「バー！　バー！　バー！」

ベイトマンと少年は動きを止めた。左右に揺れ動く銃口を魅入られたように見つめた。男は眉根を寄せて力を振り絞り、空いたほうの手を持ち上げて、銃を両手で握り直した。深く息を吸って意識を集中し、銃口を下に向けて少年に狙いを定めた。

「鞄《バッグ》」絞り出すような声だった。

少年は反射的に鞄を肩から下ろそうとしたが、その前にベイトマンの手がストラップを押さえ、ストラップが少年の肩に食いこんだ。一刻《いっとき》、三人はにらみ合った。そこに、誰もが存在を忘れていた車から、うんざりしたような、だが勝ち誇ったような女の声が飛んできた。

「鞄を渡してやりなよ、ベイツ」少年の母親が言った。「それしかないでしょ」

少年の肩に置かれたベイトマンの手に力がこもった。

「誰が渡すか」ベイトマンがささやいた。

少年の母親が大きな声で繰り返した。「渡してやりなよ――」

「誰が渡すか」ベイトマンがわめいた。少年を前に押しやり、痩せた男に向けて挑むように言った。「ガキを殺《や》れるのか、え？」

少年は銃口から目をそらせなかった。足もとの地面が沈んでいくようだった。永遠とも思える時間が過ぎたころ、銃口が震え、ベイトマンの問いに答えるかのように銃口が力なく下を向いた。

「ふん、やっぱりな」ベイトマンが少年の肩に触れた。

ちょうどそのとき、新たな光が現れた。脈動する青い光の波が木立を洗う。サイレンの音も聞こえた。

痩せた男は音の方角に顔を向けた。体が小刻みに震え始めた。「ハー」男は言った。「ハーハーハー」男は黒ずんだ血まみれの歯茎をむき出して笑った。ベイトマンはあんぐりと口を開け、近づいてくる光を目で追った。背後で機械が咆哮《ほうこう》し、ベイトマンがぎくりとして振り返った。シュコダ車が始動して、ヘッドライトが一瞬だけ閃《ひらめ》いた。少年の母親は切り返しながら車の向きを変えると、サイレンと反対の方角に走り去った。遠ざかるリアウィンドウに押しつけられた妹の顔が見えた。目を大きく見開いていた。一瞬の沈黙があって、ベイトマンはその場にしゃがみこんで笑い出した。痩せた男も、銃も、警察も、何もかも忘れたかのようだった。

「おい、ウォリー」ベイトマンは少年に言った。「あそこの森、見えるな。できるだけ遠くまで走れ。鞄を隠して、その場所を覚えて、目印を残しておけ。誰にも話すんじゃないぞ。あとで回収に来るからな」

ベイトマンは立ち上がって痩せた男を見た。少年は立ちすくんだ。

「行け」ベイトマンは少年を見ずに言った。

それでもまだ少年が動かずにいると、ベイトマンは少年と銃のあいだにすっと体を入れた。

「走れ、エイダン。ぐずぐずするな！」

本当の名前を呼ばれた瞬間、少年は道を渡り、少し前まで車が駐《と》まっていた背後の森を目指して走り出した。銃口の憎しみに満ちた視線が後頭部をちりちりと焦《こ》がした。濡《ぬ》れた地面を蹴《け》って、鬱蒼《うつそう》とした木々のなかに飛びこんだ。

サイレンの音はすぐそこまで迫り、ますますやかましく聞こえていた。

皮膚を引き裂こうとする棘《とげ》を払い、低木の茂みをかき分け、木の幹のあいだをすり抜けた。路上で回転する青い光が少年の行く手を照らした。片手で草や枝を押しのけ、もう一方の手で鞄をしっかりと抱えて、斜面を駆け下りた。

サイレンはいま、少年の頭のなかで鳴っていた。

泥じみた小川に放りこまれた。冷たい水に腰まで浸《つ》かった。口のなかに血と土の味が広がった。息を切らし、鞄を頭上に持ち上げ、泥水から逃れようと、後ろ向きに這《は》った。サイレンが耳を痛めつけた。

そのとき銃声が響いた。聞き間違いようのない音が森に轟《とどろ》いて、すべてが静止した。

だが、少年だけは止まらなかった。乾いた地面に這い上がると、よろめきながら森のさらに奥深くへと分け入った。あの家から、痩せた男から、銃から離れて、もっと遠くへ。ベイトマンから逃れられるなら、行き先はどこだってかまわなかった。頭のなかで、壊れたレコードのように、ベイトマンの声が繰り返し聞こえた。

「走れ、エイダン」

Ⅶ

ウルトラバイオレンス

Ultraviolence

1

歳月とともに人の記憶は薄れていく。あの夜に起きたことについての俺の理解は、主に三つの情報源から寄せ集めたもので、そのいずれも完全には信用できない。一つは俺自身の記憶だが、時を経て少しずつ変化してきた。あの当時の俺が知っていた人々にまつわる事実の連なりからスタートしたそれは、その後、架空の人物が多数追加され、俺の想像が色濃く反映された物語に変貌《へんぼう》した。あのできごとに関する俺の記憶は、長年にわたる薬物と酒に侵されてもはや信頼に足りない。直線状に並ぶ事実の連続にすぎなかったものは、俺が見る悪夢から暴力や悪意を長い時間をかけて吸収し、俺の成長とともに膨れ上がって、夢のなかのできごとのように脈絡を失った。鏡に映った俺の顔のように歪《ゆが》み、別物になった。とはいえ、歳月を経ても変わらず消えもしなかったもの――あの感覚――を理解するうえで欠かせない情報ではある。

三百六十度、見渡すかぎりの恐怖。

第二の情報源は、警察や社会福祉事務所で受けた事情聴取についての俺なりの解釈だ。子供に理解できる内容ではなかったが、そのときされた質問を一つずつ積み上げれば、一応の筋が通った物語ができあがる。何度も同じ質問に答えたおかげで、たしかな事実

だと確信を持っていえることがいくつかある。妹と俺は真夜中に起こされた。母親と、母親がベッドをともにしている男に、それまで見たことのない車に乗せられた。車は長時間走り続け、灰色の煉瓦《れんが》造りの農家に行った。俺たちがベイトマンと呼んでいた男に屋根裏から鞄《かばん》を盗み出してこいと命じられて、俺はその農家に忍びこんだ。ほかの部屋には入るなと言い含められていたが、キッチンからかすかな風が吹いていることに気づいて、俺はその指示を破った。窓はどれも銃で吹き飛ばされ、部屋中に激しい暴力の痕《こん》跡《せき》があった。拷問《ごうもん》を受けたとおぼしき女性が一人いた。喉《のど》が切り裂かれ、そこから噴き出した血が壁を濡《ぬ》らしていた。キッチンを出たところで、鍵《かぎ》のかかったドアの奥から誰かの泣き声が聞こえた。鞄を盗み出したそのあとふたたび同じ声を聞き、俺はその場に凍りついた。単に人間らしい同情に動かされてのことか、あるいはベイトマンへの反抗心から出た意図的な行為だったのか、俺はドアに差さったままだった鍵を回しておいてその家を出た。

もう一つ、あの夜の謎《なぞ》を解くのに何より役に立ったのは、十代になってから探して読んだ新聞記事だった。それまで何年ものあいだ、恐怖と俺なりの理解にもとづく事実はいくつも手もとにあったのに、それらを結びつける文脈は欠けていた。九〇年代の終わりごろ、ニコラス・フィスクは北部の裏社会を牛耳る大ボスで、麻薬取引はビジネスと割り切って成功した先駆者の一人だった。暴力にはできるだけ頼らず、交渉と取引を通

じて築いた信頼関係を大切にした。そして、噂《うわさ》によれば、多額の資産を築いた。ある日、学校に行っていたフィスクの息子二人を誰も迎えにこなかった。フィスクと妻は三人の男に拉致《らち》され、人里離れた土地にある荒廃した農家に監禁された。のちに、その農家の所有者はフィスク自身であることが判明した。いざというときの避難先にと考えて購入し、妻以外の誰にもこの農家の存在を話していなかった。夫妻を拉致した三人組は、フィスクが違法な取引で得た巨万の富の一部をその農家に隠していると信じ、数週間にわたって二人をそこに監禁した。そして夫妻を拷問して金のありかを吐かせようとした。

俺はあの瞬間をいまも覚えている。

十五歳だったか、十六歳だったか。近所の図書館の閲覧室で、背を丸めて新聞のマイクロフィルムの上にかがみこむ俺。ある日の朝刊の一面からこちらを見つめるベイトマンのモノクロ写真と目が合った瞬間、世界が止まった気がした。

ベイトマンは、三人組の拉致犯の一人だった。

憶測記事によれば、ベイトマンはフィスクの金のありかを突き止め、ほかの二人を裏切った。名を伏せてフィスクの組織に密告し、組織の者たちが農家を襲撃するぎりぎりになってから仲間二人にようやく警告した。自分は安全な距離を保ち、ほかの連中が互いを殺し合うのを遠くから眺めていた。これはあくまでも憶測で、誰かの証言があるわ

けではない。法廷でも刑務所でも、ベイトマンは一言たりともしゃべらなかったからだ。

奴《やつ》にとってしゃべるのは、実に骨の折れることだった。

どの記事も結論は同じだった。ベイトマンが金を取りに農家に舞い戻ったとき、フィスクは監禁されていた部屋から脱出し、農家のどこかにあった銃を持ち出してきてベイトマンの頭を撃った。その場に子供が居合わせた。名前、性別、年齢などの情報は法で保護されているが、その子は八歳の少年だった。森に逃げこんでいたところを翌日になって保護された。屋根裏にもぐりこませるのにその子が必要だった。屋根裏はせまく、痩《や》せたニコラス・フィスクか幼い子供くらいしか入れなかったからだ。ベイトマンはその子の母親と同棲《どうせい》を始めて以来ずっと悪事にその子を利用していた。体の小ささ、子供に悪意はないという世間の思い込みに目をつけた自分は業界に革新をもたらしたと鼻高々だった。自分の支配下にある子供二人を未開発の金鉱と見なし、少年には財布《ウォレット》を縮めた〝ウォリー〟とニックネームをつけて呼んでいた。

ほかの人々は、誰もがその子をエイダンと呼んでいた。

2

笑う男、ロス・ブラウンの正式な身元確認に備え、俺たちは病院の待合室で待機していた。顔ぶれは、サティ、俺、そしてブラウンがマンチェスターから転居するまで交際していた看護師のエイミー・バローズだ。

エイミーは、これまでのところ俺たちが見つけられた、ブラウンの身元を確認できる唯一《ゆいいつ》の人物だった。

監察医事務所の職員が確認の手順をエイミーに説明している。俺はろくに聞いていなかった。前夜はほとんど眠れず、朝はまた早くから無言電話で起こされた。窓から外を確かめたが、下の通りには人っ子一人いなかった。だが、電話をかけてきたのはベイトマンに決まっている。

奴はなぜいままた現れたのだろう。

何が目的なのか、なぜ俺なのか。金が目当てなら、警察官の給与を知ってがっかりするだけのことだろう。報復か？　開けるなと言われていたドアを開けた八歳の子供に？　これもありそうにない話だ。それでも奴は俺を見張っている。待っている。ベイトマンの出現、盗撮された写真。その二つがほぼ同時に発覚したことで、俺の体内にある警報

装置が次々と作動した。どの警報も同じことを延々と繰り返している――〝もうおしまいだ〟。

「ようエイダン」サティが俺の鼻先で指をぱちぱち鳴らした。顔を上げると、監察医事務所の職員が俺に何か話しかけていた。

「ミセス・バローズは、あなたにも同席してもらいたいそうです」

「もちろん」俺はエイミーに視線を移した。「もちろん同席します」

職員がエイミーに向き直った。「何かいまのうちに訊《き》いておきたいことはありますか」

「いいえ」エイミーが言った。

「わかりました。どうでしょう、始めても大丈夫そうですか」

エイミーの顔色が急に青ざめたように見えた。

職員は微笑《ほほえ》んだ。「もう少し待ちましょうか。どのみちまだ約束の時間には早いですし」

それぞれ椅子《いす》に腰を下ろし、心の準備を整えた。死体の身元確認の何より奇妙なことは、日常の延長に思えてしまうところだ。どんな目的にも使えそうな平凡な待合室、ドアの奥で待っているよいニュース、あるいは悪いニュース。それを仕事にしている人がいて、同じことが毎日繰り返されている。今回はたまたま自分の番だが、明日はまた別の誰かの番が来る。

「もう大丈夫そうです」エイミーが静かに言った。

職員はまた微笑み、俺たち二人を奥のドアに案内した。ドアを開けた俺をまず出迎えたのは、いつもどおり、ホルマリンの強烈な味とにおいだった。その次にカレン・ストローマーに目が行った。部屋の隅から樋嘴《ガーゴイル》のように俺たちを凝視していた。俺を見る目には敵意も嫌悪《けんお》も感じられなかった。そこに浮かんでいるのは落胆と見えた。職員の案内で、キャスターのついたステンレスのテーブルに近づいた。そこに横たわった死体はくすんだ緑色の薄布で覆《おお》われ、傍らに年齢不詳の青白い顔をした助手が立っていた。職員が振り返ったところで、俺はエイミーが入口で立ち止まったままついてきていないことに気がついた。

「エイミー？」職員が呼びかけた。

「彼じゃない……」

それは拒絶と聞こえた。ストローマーの助手はまだ布を持ち上げてさえいない。

「エイミー」職員は言った。「お気持ちはわかります。でも――」

しかしエイミーは小さな笑みを浮かべて首を振っていた。「彼じゃありません」エイミーは俺を見て、次にテーブルの上の死体を見た。「だって、足」

笑う男の足だけが布からはみ出して見えていた。

「ロスはイラクで右脚を失いました。それで知り合ったんです。ＰＴＳＤの治療で入院

していたから」

職員と俺は顔を見合わせた。職員はすぐに立ち直った。「そうですか、えー、それは幸いです。念のため、正式な手順に則《のっと》って確認していただけますか」一瞬どこかに飛んでいた俺の思考は、ようやく目の前の現実を認めようとした。死体はロス・ブラウンではない。笑う男の身元確認は失敗に終わった。

「わかりました」エイミーはそう答えて進み出た。声は震えていたが、同時に解放感や安堵《あんど》も聞き取れた。

エイミーが俺と並んで立つのを待って、死体の頭部を覆っていた布を助手が持ち上げた。

むろん、俺には見覚えのある顔だった。

パレス・ホテルの死体。

あの部屋で、万華鏡《まんげきょう》のような街の光彩と一体化していた男。その体は、何かおぞましいものの中心であるかのように、得体の知れないエネルギーを発散していた。しかし、いま金属の板に裸で横たわっている同じ体は、そういった特別さを失っていた。これといった個性はなく、蒼白《そうはく》で無力に見えた。俺は横目でエイミーをうかがった。驚愕《きょうがく》の表情で口を大きく開けていた。やはりブラウンだったのかと俺はとっさに思った。

「この男性はロス・ブラウンでしょうか」監察医事務所の職員が定型の質問をした。

エイミー・バローズは答えなかった。腹部を殴られたかのように、ゆっくりと体を二つに折った。テーブルにつかまって体を支えようとしたが、間に合わなかった。そのまま失神し、俺は彼女が床に倒れるぎりぎりのところでその体を抱きとめた。

俺たちは待合室に戻った。エイミーは職員に付き添われて水を飲んでいた。サティと俺は部屋の隅からその様子を見守った。

「当たりってことだな」サティが低い声で言った。

俺は首を振り、小さな声で言った。「エイミーは違うと」

「何だって？　知らない男の死体を見て、看護師が気絶？　ありえねえだろ」

俺は向きを変えた。「あの死体がロス・ブラウンのはずはないと証言しました。ロス・ブラウンはイラクで片脚を失ってるそうです」

サティは目を閉じた。

「ええ、言いたいことはわかりますよ。ところが、布を持ち上げて死体を見た瞬間、強烈な反応を示しました。死体が誰なのか知りませんけどね」

「ふん」サティが言った。「ブラウンの軍歴を全部引っ張り出すのは無理だとしても、帰国したとき手足が何本あったかくらいは確認できるだろう。あの女は本当のことを言ってるのか」

「俺はそう思いましたが……」

「が、何だよ」

「エイミーの反応を見ると、違うとしか思えない。反応が過剰です。何か見たんですよ」

「何を見たのか突き止めろ」

俺はサティのほうを向いたが、サティの目はエイミーから動かなかった。それからサティは小声で言った。「たとえばほら、おまえのその胸で泣かしてやるとかさ。ただし、訊くべきことは訊く胸だ。家に送ってやって、しゃべらせろ」

3

ロス・ブラウンと思われた死体の身元確認が不首尾に終わったあと、俺はエイミー・バローズを車で送っていった。サティはブラウンの軍時代の記録を追っている。軍歴すべてはさすがに無理でも、ブラウンが国外の戦場で片方の脚を失ったことだけは確認しないわけにいかない。俺は混乱していた。死体を見た瞬間のエイミーの反応そのものにも動揺していたが、ほかにも据わりの悪い疑問ばかりが浮かんできた。死体の身元についてエイミーは嘘《うそ》をついているのか。それとも、もっと悪いことに、死んだ男の周辺にいま以上にややこしい事情があるということか。

「何があったのか話してもらえませんか」

「何もなかったわ」少しあって、エイミーはそう答えた。

「何もなかったわりにはずいぶん大げさな反応だ」

「あれは彼じゃない」エイミーは断言した。

俺の忍耐は底をついた。「あなたは何か隠している。何を見たんです？」この件を夫に知られたくないと彼女が言っていたことを思い出して、エイミーの家がある通りの一つ手前で路肩に車を寄せた。エンジンを切ってエイミーに向き直ると、エイミーは目の

端で俺をうかがっていた。やがて俺のほうを向いた。

「思い過ごしじゃないかしら、刑事さん」

「あなたを抱きとめたのはたしかな事実だ」

「じゃあ、あなたは恩人ってことね、感謝しなくちゃ」エイミーは目をそらした。

「少なくともこの質問には答えてくれ。大丈夫なのか」

「大丈夫よ。仕事が忙しいだけ。疲れてるの」

「元気かどうかを訊いてるんじゃない。危険はないのかと訊いているんだ。坊やは安全なのかどうか」

「どんな危険があるの？」エイミーは手首に何本も連なった太いプラスチックのブレスレットをもてあそんだ。

「たとえば、気を失うほどあなたを怯《おび》えさせた何か」

エイミーは歯を食いしばり、苦々しげな笑みを作った。「ああ、そういうこと。わたしが目当てなのね……」

「いや――」

「夫が留守だから、うちに入りこもうって魂胆でしょ。手慣れてるのね……」

「え？」

「自分ではそう思ってないかもしれないけど、見え見えなのよ」エイミーは言った。俺

ではない別の誰かに話しているように聞こえたが、それでもこたえた。「降ろして。帰りたいわ」

エンジンをかけ直してエイミーの家のある通りに曲がった。家の前で車が停まるなりエイミーは無言のまま降りていった。俺の顔を見もしなかったが、玄関を開けて一歩入ったところでこちらを振り返った。そうやって玄関に一人ぽつんと立っている彼女は、何か秘密を抱えているように見えた。玄関を入ってすぐのところで立ち止まり、こちらを振り返り、俺に何か言い忘れたことがあるかのように一歩踏み出した。しかしまた前を向いて家に入った。玄関のドアは開けっぱなしだった。

後を追って家に入り、話の続きを聞こうかと迷っていると、ウィンドウをこつこつと叩《たた》く音がした。ドレッシングガウン姿の年配の女性が立っていた。近所の住人だ。俺はボタンを押してウィンドウを下ろした。

「何かご用ですか」つい無愛想な声が出た。疲れていたし、クエスチョンマークに群がられているような気分だった。野次馬の相手をする気分ではない。

「あら、お邪魔しちゃってごめんなさい」老婦人は唇を引き結んだ。「おにいさん、警察の人よね」

「あっと、すみません」俺は心から謝った。「ええ、警察の者ですが」

「やっぱり」老婦人は俺の礼儀正しい答えを聞いて気を取り直したように言った。「昨

日の朝方だったかしらね、あなたともう一人、ここでぼんやり座ってたでしょ……」

「どうして警察の人間だとわかったんですか」

「ぎらついた目をしてるから」老婦人は言った。「そうね、言い方を変えるわ。セールスマンみたいにがつがつした感じだから。あたしの話は聴かなくていいの？」

「何の件で？」

「不審な男の件よ」

俺は車を降り、老婦人に付き添って自宅の玄関まで歩いた。「不審な男というと」

「彼女には話したのよ」老婦人はエイミーの家の方角にうなずいた。「その男はね、盛りのついた犬みたいにその辺を嗅《か》ぎ回ってた。不自由な脚でこの通りを行ったり来たりしながら、あの家をじろじろ見てたのよ。ただ、誰も見てないと思うと、急にふつうに歩き出すの。窓や郵便受けからあの家のなかをのぞいたりしてたかと思うと、誰か来るのが見えたとたん、また足を引きずるわけ」

「男を見たのはいつですか」

「先週の金曜日」

笑う男が死ぬ前日。

「どんな男でしたか」

「どんなって言われてもねえ……」老婦人は劇的な効果を狙《ねら》って間を置いた。俺はキレ

るなキレるなと自分に言い聞かせた。「おにいさんよりだいぶ年上だったわね。茶色のスーツを着て、難民みたいに日に焼けてた。ただ、目がね、こう、独特で……」記憶をたどるように眉根《まゆね》を寄せた。「青かった。青すぎるくらい青いのよ。髪や肌の色と釣り合わない青。道の反対側から見ても浮いてたわ」

俺は努めて冷静な声で尋ねた。「その男はミセス・バローズに話しかけるとか、何らかの接触を図りましたか」

「いいえ、あたしが見たかぎりでは。でも、彼女には言ったのよ、警察に相談しなさいよって。だって最近は……」

「お話、とても参考になりました」俺は言い、通りを渡ってエイミーの家に向かった。玄関のドアは開いたままだった。

笑う男はこの家に来たのだ。それも死ぬ前日に。

その時点ですでに笑う男はエイミー・バローズと間接的に結びついていた。笑う男の所持品のなかにあったエイミーの電話番号。エイミーが別の人物に贈ったと証言している詩集。それについてはいくらでも説明は可能だ。窃盗。ストーキング。だが、死んだ男がこの家に来たという事実はどうしたって無視できない。なんといっても、不審な男が家をのぞいていたことを近くの住人がエイミーに伝えていたのだから。しかもエイミーはそのことを俺に隠した。俺はドアを押し開けて玄関ホールに入った。

靴の下でガラスが砕けた。

壁に並んだ写真の額が残らず割られていた。

「エイミー」俺は奥に向かって呼びかけた。

返事はなかった。

エイミーが精神的に追い詰められてやったことなのか。それとも侵入者のしわざか。応援を要請しようとしたところで、叩き壊されているのはどれもエイミーの息子の写真が入った額だということに気づいた。とすると、エイミーがやったとは考えられない。

さらに一歩踏み出したとき、家の奥からかすかな泣き声が聞こえた。廊下の突き当たりまで行ったところでエイミーが見えた。真っ青な顔に汗が噴き出し、頬を涙の粒が転がり落ちていた。片方の手が、文字どおり壁に釘《くぎ》づけにされていた。角を曲がると、黒い目出し帽をかぶった男が目に入った。釘打ち機《ネイルガン》をエイミーのこめかみに押し当てている。男が振り向き、俺は一歩下がった。エイミーの耳もとで何ごとかささやいたあと、男はキッチンを通り抜けて逃げた。

「動かないで」俺はエイミーに近づいた。エイミーは苦痛をこらえてうなずいた。俺は男を追ってキッチンを通り抜け、勝手口から飛び出した。裏の塀を跳び越える男の後ろ姿がちらりと見えた。俺も塀に飛びついたが、男はすでに消えていた。家に取って返し、通信指令部に連絡して応援と救急車を要請した。俺はエイミーに話しかけたが、エイミ

ーは怯えた目で俺の背後のどこかを見つめていた。その視線をたどると、暖炉の上に並んだエイミーの息子の写真に一枚残らず釘が打ちこまれていた。どれも目を貫通していた。

4

エイミーは病院に運ばれ、幼い息子の安全を確かめるべく制服警官が急ぎ派遣された。男の子は無事だった。エイミーと夫が病院で勤務しているあいだ預けているというベビーシッターのところにいた。誰に狙われているにせよ、危険が去るまでエイミーと夫には警護がつくことになるだろう。ネイルガンを持った男は逃走した。エイミーの精神的なショックは大きく、事情聴取に応じられそうになかった。あの男から耳もとで何を言われたのかと尋ねると、エイミーは何か答えかけてすぐに口をつぐんだ。目は息子の写真を見つめたまま動かなかった。

息子の目から突き出した釘を、凝視していた。

「何も言われていません」エイミーは言った。

報告のために署に戻ると、サティは電話中だった。「ふむ。ふむ。あっと、ちょっと別の奴に替わりますから話してみてもらえませんかね。ご協力感謝します」サティは俺に受話器を放ってよこしてから、爆雷みたいに椅子にどかんと着地して俺の様子を眺めた。

「もしもし」俺は言った。「すみません、どなたでしょう?」

「ロス・ブラウンです」

俺は顔を掌《てのひら》でなでてサティを見た。サティは笑みを浮かべていた。ブラウンの話はエイミー・バローズの証言と一致していた。五年前、ブラウンが負傷して戦場から帰還した直後に短期間だけ交際していた。不眠の都会にいるうちに自分の不眠症まで悪化し、沿岸地方に移住して二人の関係は終わった。それ以来マンチェスターには来ていないといい、土曜の夜の事件やそれ以降のできごとについて鉄壁のアリバイを持っていた。

まいったな、と俺は思った。

エイミーに子供がいることさえブラウンは知らず、あなたが父親かと訊くのははばかられた。

サティが手を振って俺の注意を引いた。「本の件を訊け……」

俺は本のことを尋ねた。なくしたとか盗まれたといった答えが返ってくるだろうと思った。少なくとも、笑う男があの詩集を手にした経緯が推測できるような答えを期待した。ところが驚いたことにブラウンは、その本ならいま目の前にあると言った。

「オマル・ハイヤームの『ルバイヤート』のことですが。エイミー・バローズがあなたに贈ったという」

「ええ、私が持っているのは彼女にもらったものですよ」

「別の本と入れ替わったりはしていませんか」

「ええ」

「最後のページを見ていただけますか、ミスター・ブラウン。最後の一行を読み上げてください」

　ページをめくる音が聞こえた。「〝タマム・シュッド〟」

　俺はサティを見た。唇をとがらせ、頬をふくらませていた。

「破り取られた跡、修復した跡はないわけですね」

「こいつは確かにエイミーからもらった本ですよ。最初のページにエイミーの書き込みがありますから。エイミーに何かあったんですか」

「彼女は無事です。献辞を読み上げていただけませんか」

　ブラウンはつっかえつっかえ読み上げた。身元不明の男が所持していた本にあったのと一言一句変わらなかった。ブラウンの声を聞きながら、俺は椅子に座って頭を抱えた。偽物《にせもの》なのか。エイミーは二冊に献辞を書いたのか。地元警察がすでにブラウンの事情聴取をすませ、証言の裏づけも取れていた。ブラウンはこの数年、一度もマンチェスター周辺に来ていない。俺は協力に礼を言って電話を切った。

　無表情にサティを見つめた。

　サティも無表情に俺を見つめ返した。

罵《ののし》り言葉の最初の一つを口にする暇もなく、電話がまた鳴り出した。

アニーサ・カーンからだった。

「おはようございます《グッド・モーニング》」俺は電話に出た。よい朝《グッド・モーニング》とはまるきり思えなかったが。「あとで事務所にうかがう件ですか」

「ええ、そのことで。あいにくですけど、アンソニーとのビデオ通話は無理かもしれません」

「なぜですか」

朝からずっとアンソニー・ブリックと連絡が取れずにいるという。最後に電話が通じたのは一週間以上前で、そのときは短いやりとりをしたが、その日の朝は呼び出し中のまま誰も電話に出ない。少なくとも初めの何度かはそうだった。

いまは呼び出し中にさえならない。

サティがいぶかしげな視線をこちらに向けていた。俺はサティに黙って進めている副次的な捜査に直接触れないよう言葉を選んだ。

「まだしばらく事務所にいらっしゃいますか」俺はアニーサに確認した。

5

ブリックの事務所は、街の一等地にあると聞いて誰もが思い浮かべるような立派なものだった。明るく広々とした受付エリアには生体認証方式のセキュリティシステムが完備され、エルゴノミクスに基づいた座り心地抜群の椅子が並んでいた。受付の若い女性はアニーサのオフィスに俺を案内し、お飲み物はいかがですかと尋ね、俺が遠慮すると、ドアを閉めて立ち去った。アニーサもいかにも睡眠不足という顔をしていたが、それでも俺に疲れた笑みを向けた。俺は椅子に腰を下ろした。

「最後にミスター・ブリックと連絡がついたのは一週間以上前ということでしたね。そのときはどんな話を？」

「特別なことは何も。前にも話したとおり、旅行の目的は仕事を離れてゆっくりすることだから。月に一度、電話で状況を報告しています。長期の依頼の進捗《しんちょく》、事務所の人事や人間関係……」

「そのときは元気な様子でしたか」

「楽しくてしかたがないといった風でした」

「奇妙に思ったこととか、ふだんと違う言動がありませんでしたか」

「いいえ、とくに……」

「ミスター・ブリックの不在中は、あなたが事務所を取り仕切っているわけですね」

アニーサはうなずいた。「もともと一心同体で仕事をしてたから」俺は表情を変えなかったが、アニーサは俺の視線をとらえて付け加えた。「一心同体といっても、あくまでも上司と部下の関係よ」

「ミスター・ブリックにパートナーはいますか」アニーサが首を振った。「親しい友人や家族は」

「仕事人間の極みなの……」

「いなくなったことに気づくような親しい人は誰もいないということですか」

「アンソニーはこの事務所のために生きているようなものだから。今回の旅行の目的もそのあたりにあるんです。去年、体調を崩したの。年を取って腰が重くなる前に少しでも世界を見ておこうと思い立って……」アニーサは自分に言い聞かせるような調子で話した。片手は袖《そで》のほつれかけた糸をいじっていた。

「自宅の住所をご存じですか」

「え、どうして」アニーサは俺の顔に視線を戻した。

「きっと携帯電話の電池が切れただけのことでしょうが、念のため確認できることはしたほうがよさそうです」

カーウッドにあるアンソニー・ブリックの自宅に車で向かうあいだ、アニーサはその家のことを詳細に説明して褒めちぎった。毎年、そこでクリスマスパーティが開かれ、ブリックはホスト役としておいしいワインと食事で事務所のスタッフをもてなす。去年のパーティはとりわけ盛大で、高級ワイン数本と八皿のコース料理がふるまわれた。

「パレス・ホテルの事件についてはどんな反応を？」俺は尋ねた。アニーサはすぐには答えなかった。「事件のことは伝えたんですよね」

アニーサはまっすぐ前を見たまま答えた。「侵入者があったことはメールで報告したけど……」

「死体が発見されたことは伝えていない？」

「返事がないの」アニーサはささやくような声で答えた。

俺たちはそれぞれ無言で考えうるシナリオに考えを巡らせた。

「もう一つうかがいたいことがありました」俺は言った。「ジェフ・ショートは覚えていますか。去年までブリックの事務所で働いていた人物ですが」

「ジェフね。もちろん覚えてる」

「彼のことはどの程度ご存じですか」

「どういうこと？　だって、同僚だったのよ。友人でもある」

「とすると、事務所のクライアントと不倫関係にあったことはご存じないわけですね」

俺はアニーサの表情を横目でうかがった。

「え？　それは知らなかった……」俺のその発言と、先日ナターシャが話していたフレディの浮気の件が結びついたのだろう、アニーサは言った。「まさか。だって、ジェフは結婚してるのよ……」

「奥さんはそのことを知りません。事件に重大な関係があると判明しないかぎり、話す必要もないとジェフには言ってあります。奥さんとは知り合いですか」

「パーティや何かで会ったことがあるだけ。それにずいぶん長いこと会ってないわ。去年はほとんどずっとアメリカで教える仕事をしてたはず」

「そうらしいですね」

「……ナターシャに匿名《とくめい》の手紙を送ったのは奥さんだと思うの？」

俺は首を振った。「そのあたりの確認はしました。当時は間違いなく仕事でワシントンに滞在していました。しかも手紙は郵便ではなく直接届いています。もちろん、誰かに頼んだのかもしれない。でも、そこまでいくと少し非現実的な気がします」また横目で助手席をうかがうと、アニーサは眉間《みけん》に皺《しわ》を寄せていた。手紙を送るとしたらほかに誰がいるかと考えているのだろう。

フレディ・コイルとジェフ・ショートの両方とつながりのある人物のリストは、さほど長いものではない。アニーサの名前もそこに載っている。フレディ・コイルは同性を

好むとはいえ、アニーサがそれ以前にジェフ・ショートと不倫関係にあったということも考えられないことではない。アニーサがナターシャに味方して手紙を送った可能性だって否定できないが、それは飛躍のしすぎだろう。俺の印象では、ナターシャ・リーヴのアニーサに対する態度は、俺に対するそれと変わらず冷ややかだった。

「かまわない？」アニーサの声が思考に割りこんできた。

アニーサは煙草《たばこ》を持ち上げた。

「どうぞ。電子たばこは合わなかったんですか」

「どこかに忘れてきてしまったみたい――このところ上の空になりがちで」

アニーサは煙草に火をつけて一服した。会ったときから気が張っている様子だったが、初めてリラックスした表情になった。

ブリックの自宅は大きな一軒家だった。出窓が並び、玄関は木のヘリンボーン扉だ。前庭は日光を浴びて緑色に輝き、そこに長い通路が曲がりくねりながら延びている。所有者が海外旅行で長期間留守にしているのに、庭の手入れは行き届いていた。家の前にクリーム色のレクサスがあり、その横に工務店のものらしき汚れたバンが駐《と》まっていた。

「あのレクサスはアンソニーの車ですか」

アニーサが眉を寄せた。「違うと思うけど」

玄関のなかから話し声と小型ラジオの音声が聞こえていた。塗料のにおいもする。俺

は扉を軽くノックしてから押し開けた。塗料ローラーを片手に玄関に膝《ひざ》をついて作業をしていた男性が、いぶかしげにこちらを見た。

「すみません、この家の持ち主を捜しているんですが……」

「ミセス・ハーディ」男性は家の奥に向かって呼びかけた。

廊下の先から女性が顔を出し、俺たちに気づいて玄関に出てきた。

「何かご用かしら」くつろいだ様子で玄関の枠にもたれて訊く。

「市警のエイダン・ウェイツ巡査です。アンソニー・ブリックを捜しているんですが……」

「アンソニー・ブリック？」

「この家の所有者は彼のはずです……」

俺が言い終える前から女性は首を振った。

「でも」アニーサが信じられないといった面持ちで言った。「彼が開いたクリスマスパーティに来たことがあるんですけど……」

女性は笑みを浮かべ、俺たちの顔を交互に見た。「そのあと、この家を私に売却したのよ。今年の一月に」

6

事務所のスタッフによれば、一週間以上前にアニーサが電話で話したのを最後に誰もブリックと連絡を取っておらず、半年前に旅行に出発して以来、誰もブリックと会っていない。その時期と、ナターシャとフレディが別居した時期、悪意のある匿名の手紙が届いた時期とが一致していることを俺はあえて指摘しなかったが、心の隅には留めておいた。

ブリックの自宅から事務所に戻ったのは金曜日のちょうど終業時刻ごろで、スタッフの何人かは週末の休み前に一杯やろうと俺たちと入れ違いに帰っていった。俺とアニーサはブリックのオフィスに向かった。ブリックには半分血のつながった弟がいたように思うとアニーサが言い、二人でブリックの住所録に目を凝らした。その弟とようやく連絡が取れたが、ブリックとは何年も前から音信不通になっているという。そこでアニーサがふいにデスクから立ち上がり、自分のオフィスに向かった。

「フェイスブック」アニーサは言った。「このところアンソニーはフェイスブックに夢中なの」自分のパソコンにログインし、メッセージを何通か立て続けに送信したが、一通も既読にならず、返信もなかった。二人とも途方に暮れて画面を見つめていると、ペ

ージが更新された。

ブリックのページに新しい写真が投稿された。

初めて事情聴取したときフレディ・コイルに見せられたもの、前の日に俺が何気なくブリックのページを探したとき見たものと代わり映えしない写真だった。赤い顔をした大柄なアンソニー・ブリックが、シャツの前をはだけ、若いタイ人女性に腕を回している。アニーサと俺は困惑顔を見合わせた。俺は時刻を確かめた。

午後六時ちょうどだった。

「下にスクロールして」俺は言った。「ほかの写真が投稿された時刻を見たい」

ブリックが露天商人と写った一つ前の写真は、前日の午後六時に投稿されていた。その前の写真、水辺に立つブリックを撮影したものは、前々日の午後六時。レストランにいるブリックの写真——午後六時。ホテルのロビー——午後六時。ルーフテラス——午後六時。

「どうしよう」アニーサがつぶやいた。「写真は自動で投稿されてるんだわ」

アニーサはアンソニー・ブリックの捜索願を届け出た。俺はナターシャ・リーヴとフレディ・コイルに連絡してブリックの失踪《しっそう》を伝えた。その際、ブリックと最後に話したのがいつだったか確認した。前年、体調を崩したブリックが長い休暇を取ると決めたとき二人とも賛成し、それ以来、メールのやりとりしかしていないとのことだった。

俺は次にブリックの行動の追跡に取りかかった。電話や銀行の履歴、飛行機の搭乗記録。携帯電話の使用記録は難なく手に入ったが、ほかは少し時間がかかりそうだった。念のため、アニーサの同意のもと、鑑識にブリックのオフィスからDNAを採取してもらった。ブリックは前もってある程度まで計画したうえで行方をくらましている。となると、笑う男の殺害にも関与しているのだろうか。携帯電話の使用記録が手もとに届くなり核心的な事実が発覚した。

アンソニー・ブリックの携帯電話は、マンチェスターから一歩も出ていなかった。

アンソニー・ブリックの携帯電話は、持ち主がタイに出発した日に電源を切られたきりだった。

それが意味することを考えあぐねていると、俺の携帯電話が振動した。

シャンからだった。

長い一日だった。最後に話したとき、シャンは俺に腹を立てていた。だが、電話に出るのをためらった本当の理由はそのどちらでもなかった。夜勤が明けても、リッキーが見つけた写真のことを考えて何時間も眠れなかった。ついに朝日が昇り、カーテンを閉め、やっと目を閉じたところで、無言電話があり、そしてフラットのブザーが鳴った。足音を忍ばせて階段を下り、エントランスを確かめたが、誰もいなかった。しかしその後も不規則な間隔を置いてブザーは鳴り続け、俺はついに眠るのをあきらめてシャワー

を浴び、家を出た。俺につきまとっているのはベイトマンだとわかって、事態はさらに悪化していた。あいつはまたザ・テンプルに行ったのかもしれない。シャンにあの写真を見せたかもしれない。そしてシャンは、リッキーと同じ結論に達したのかもしれない。俺がまたドラッグをやっていると考えているのかもしれない。

〝俺のことも殴るのか〟とリッキーは言った。〝言ったろ、シャンから全部聞いてるんだよ〟

シャンと過ごした最後の夜を思い返す。そのころ始まった俺の不眠が話題に出ることはなかった。俺は夜ごと悪夢を見ては疲れきって朝を迎え、シャンは怯えて俺におそるおそる接していたと思う。シャンと離れて過ごす時間、家に帰らずに終わる夜が増え、見え透いた口実を並べては夜勤明けや休日にシャンと会うのを避けた。そんなことが何週間か続いたある晩、シャンは買い物の袋を提げ、顔に笑みを浮かべて俺の部屋にやってきた。俺の頰にキスをし、俺とのあいだにぎくしゃくしたものなど一つもないかのように部屋に入ってきた。シャンにとって自分がどんな存在なのか、俺はおぼろげながら理解できた気がした。そして部屋に入っていくシャンを戸口に立って見守り、シャンが自分にとってどんな存在なのか、それもおぼろげながら理解した。その夜、俺たちは以前の日常を取り戻し、シャンの店の常連の話をして笑い、俺の客のことを心配したり考えたりした。酒を一瓶空けて、眠りについた。

その夜、俺は人里離れたどこかにある一軒家に車で向かう四人家族の夢を見た。恐ろしげな痩軀《そうく》の男と喉《のど》を切り裂かれた女の夢を見た。

銃声を聞いて、目が覚めた。

そのとき、俺はベッドの足の側にいた。シャンは俺の頭を膝に載せ、〝大丈夫だから〟と低い声で繰り返していた。部屋はめちゃくちゃで、とっさに地震で建物が壊れたのだと思った。だがすぐに自分の傷だらけの手が目に入った。爪《つめ》は割れ、切り傷や痣《あざ》ができていた。俺はふらふらと起き上がり、室内を見回した。カーテンは壁からむしり取られ、ランプシェードは粉々に砕けていた。窓ガラスにはひびが入っていた。

俺はバスルームに行った。

鏡のなかで歪《ゆが》み、輪郭を変えていく自分の顔を見つめた。吐き気を催した。便器の蓋《ふた》を上げると、血を吸ったティッシュが捨ててあった。不思議に思った。寝室に戻ると、シャンが身支度を調えていた。俺に気づいて微笑んだ。髪を下ろしていた。

シャンが髪を結わずに外に出たことはそれまで一度もなかった。

この段になってようやく刑事らしい推理が働いた。なぜ髪を下ろしているのかと俺は尋ねた。シャンは俺を避《よ》けて玄関に向かおうとした。俺が一歩近づくと、シャンは一歩下がった。俺は抵抗するシャンを壁に押しつけ、髪を後ろに払った。顔の横に大きな絆《ばん》創膏《そうこう》が貼《は》ってあって、切り傷か痣かを隠していた。

俺は後ずさりした。耳鳴りがした。「俺か？」

「これくらい平気だから……」

だが、俺は胸が悪くなった。そこにいられなかった。服を着て、玄関に向かった。

「エイド」シャンが言った。「エイダン――」

「俺が帰ってくるまでに出ていってくれ」

彼女に背を向けたままそう言った。

俺はそろそろと現実に返った。振動しながら移動してテーブルのへりから落ちかけていた電話を取った。

「エイド」シャンが言った。「エイダン……」

「シャン」

「あいつがまた来てるの。あなたのことを嗅ぎ回っていった奴《やつ》」

7

ふっくら丸い頰と、切ないほど青い知的な瞳《ひとみ》。妹はその顔に、何か真剣に考えているような思い詰めた表情をいつも浮かべていた。俺の最も古い記憶の一つは、妹の額に手を当てて温めたことだ。たくさんの思考や感情がひしめく妹の頭はいつも熱を持っていた。五歳の子供にしては思考や感情を抱えすぎていたが、妹はつねに何かを思い悩んでいる病弱な子供だと俺が理解したのはだいぶあとになってからだ。栄養が不足しているせい、母親に怯えているせいで、本当に病気になることも少なくなかった。俺はそういう妹しか知らなかったし、そういう日常しか知らなかった。

俺は周囲の人間の反応を通して妹のことを知った。新しい学校の生徒は兄貴のお下がりを着ている妹を笑った。心あるおとなはかがんで妹の顔をのぞきこみ、この子はちゃんと眠れているのかと小声で俺に尋ねた。妹の目の下にできたくまは青あざにも見えた。質問がいつまでもやまないと、俺たちは学校に行くのをやめた。ごみ袋に持ち物を詰めて、真夜中に引っ越した。友達の家、友達の友達の家で寝泊まりさせてもらうこともあった。見知らぬ新しい男と暮らすこともあった。

俺は母親似だった。心のなかに自分の隠れ場所を持ち、生まれついての嘘つきで、人

見知りせず、置かれた環境に対して鈍感だった。しかしアニーは人間だった。自分の頭で考え、心で感じることのできる音楽性豊かな子供だった。俺たちはいろんなフラットや宿泊施設で暮らしたが、家にいるとき、アニーはいつもハミングしたり指でリズムを取ったりして不安をまぎらわせ、哀愁を帯びた自作の歌をかわいらしい声で歌っていた。いまの俺にはわかる。それは環境に順応するための妹なりのやり方だった。そしていま思えば、因果関係はわかりきっている。それが母親の怒りをあおっていたのだ。長子の俺との生活のほうが当然長かったから、母親も俺に、俺の無感覚状態に慣れていた。置かれた空間や状況にいつのまにか同化できる俺に慣れきっていた。

しかしアニーはといえば、考えていること、感じていることを隠せないたちだった。それを燃やして熱に変えた。夜のあいだ頭を悩ませ続け、朝にはそれが思い詰めた表情や目の下のくまとなって表れた。アニーが細い声でひとり歌を歌い始めると、母親は部屋から出ていくようになった。家を出てどこかに行くようになった。俺たちを家に残し、玄関に鍵《かぎ》をかけて。一時間で帰ることもあれば、翌日、前の日と同じ外出着のまま、とろんとした目とおぼつかない足取りで帰ってくることもあった。やがてそれが日常になり、不在の時間はしだいに延びて、ついに帰らなくなった。俺たちは外に出ることもできず、二日目には食べるものが底をついた。三日目、アニーが疲れきり、歌ったり指でリズムを取ったりする体力さえなくなると、そうすれば事態はなおも悪くなるとわかっ

ていても、俺は空腹で力の入らない指でダイヤルを回して九九九に緊急通報した。俺たちを保護しにきたのが誰だったのか、どうやって室内に入ったのか、俺は覚えていない。修復不能なダメージを心に負った子供を収容する施設に保護されたことは覚えている。一週間後、俺たちは母親のもとに返された。

母親は無言で俺たちを引き取り、それきりその話はしなかった。

家に帰ると、玄関ドアは俺たちを助け出すために蹴《け》り壊されたまま放置されていた。娘の絶望が外に表れ始めたときの対処法を奪われた母親は、あっさり次の手段を見つけた。これ以降、妹は事故に遭いやすくなった。初めはちょっとした事故だった。転んで痣や切り傷、すり傷ができる程度のことだ。まもなく大きな怪我《けが》をするようになった。手や足の指の骨を折った。母親が原因であることに、俺はしばらく気づかずにいた。しかし気づいてからは妹のそばを片時も離れないように気をつけた。それで問題は一時的に解決したが、そうとは知らずにもっと深刻な問題の種を蒔《ま》くことにもなった。ある日、妹と一緒に学校から帰ると、煙草のにおいがしていた。

ある日、ベイトマンが現れた。

俺たちは奴をその名前でしか知らなかった。子供嫌いのベイトマンがいるおかげで、俺たちの日常はそれまでよりも逆に安定した。子供が家にいるのを奴が嫌ったせいで、俺たちはちゃんと学校に行けるようになったからだ。週末、ベイトマンが家にいれば、

俺たちは外で遊んでこいと日暮れまで追い出された。とはいえ、ずっと奴を避けているのはさすがに不可能だった。ベイトマンは巨漢で、いやらしい目で人を遠慮なく見つめ、相手が何か人に知られたくないことを考えていればかならずそれを見抜いた。自分の怒りをたまたま目の前にあったものにぶつけた。それは母親のこともあれば、俺のこともあった。妹に手を出したのはさすがに最後だった。

ベイトマンの言葉の暴力はやがて身体的な暴力に切り替わり、俺もそれに合わせて現実から〝上昇〟に切り替えるようになった。まず視界にぼやけた白点が無数に浮かぶ。口に唾液《だえき》がたまり、俺は肉体を抜け出して昇り始める。天井まで昇って、身長百八十五センチの男が八歳の少年を平手で叩き、押さえつけ、拳《こぶし》で殴っていることに気づかないふりをする。代わりに妹を、壁のほうを向いてうずくまり、両手を握り締めて耳をふさいでいる妹を見た。文句一つ言わない人間パンチバッグは、ベイトマンにも好都合だった。しかし、俺の他人事《ひとごと》のような態度は母親にとっても好都合であったわけで、その点がベイトマンにはおもしろくなかっただろう。

ベイトマンは人間らしい感情を持ち合わせていなかった。残忍さを発揮できなければ、ベイトマンは自らの存在意義を失う。痛めつけても相手は何とも思っていないとわかると、そのことがベイトマンをいきり立たせた。上昇と無抵抗は、俺のベイトマンに対する唯一《ゆいいつ》の防御だった。だから、奴が母親に卑猥《ひわい》な言葉を

吐きかければ、俺はその場からいなくなった。奴の言葉の暴力が俺に向かえば、俺はその場から消えた。身体的な暴力を振るわれれば、やはり消えた。

　ところがある日、自分が妹のほうに一歩踏み出したとたんに俺がさっと振り向いたことに気づいて、ベイトマンは俺に反応させる実験を始めた。妹は俺よりずっと小柄だった。年齢のわりに体が小さかった。ベイトマンが妹を殴るところ、性的虐待《ぎゃくたい》を加えるところは俺も一度も見ていない。ベイトマンはそれよりも恐怖に魅了された。アニーを怯えさせれば、まさに一石二鳥だった。俺がふいに示すようになった哀願にも似た報われない怒り、そして目を大きく見開いた妹の用心深く内側に向けられた恐怖。その両方が手に入った。ベイトマンは、おまえはバカだ、おまえは醜いと妹に言うこともあれば、妹の腕に煙草の火を押しつけながら汚い言葉で罵ることもあった。ベイトマンにはつねに煙草のにおいがまとわりついていて、あれは奴の内側で黒煙を上げているもののにおいなのだろうという勘違いを周囲に抱かせた。悪意が熾《おこ》した焚《た》き火。片時も離さない煙草がそれを燃やし続け、ときおり奴の目を透かして炎の舌が閃《ひらめ》く。

　俺たちの恐怖を土台として、ベイトマンが頂点に君臨する機能不全家庭ができあがった。ベイトマンが俺の母親と別れずにいたのは、俺たちがケチな犯罪に新しい可能性を開いたからだ。ベイトマンは、俺に哀れな身の上を語らせ、片田舎の家にもぐりこませた。道に迷ったと言えと命じ、家のなかで見つけた金目のものを端から盗む練習を強い

た。真夜中に民家に侵入させた。初めはやれるかどうか試すことだけが目的だったが、まもなく目当ては空き巣に変わり、ついには押し込み強盗にまで発展した。俺はなかから玄関の鍵を開けてベイトマンを招き入れ、ベイトマンに痛めつけられた老人が、妻や夫をかばって懇願する声に耳を澄ました。薬局や百貨店の前で待ち、午前三時になるとベイトマンが俺の体を窓や天窓からなかに押しこんだ。俺にピッキングができればさらに便利だとなると、俺にやり方を教えた。

ベイトマンと母親に真夜中に起こされ、階段を下りて、それまで見たことがなかった車に乗せられ、どことも知れぬどこかに連れていかれたあの日が、俺がベイトマンに会った最後になった。アニーと俺は施設に保護され、それからまもなく離ればなれになった。妹はめでたく新しい家族に引き取られた。それきり俺は妹にも一度も会っていない。

ベイトマンが俺の人生にふたたび侵入してきたことが一度もなかったわけではない。しかしこれまでは、俺を一生続く不眠症にした悪夢、鮮明な悪夢に現れただけだった。ベイトマンは、俺がこれまで出会ってきたあらゆるいじめっ子や虐待者の原型であり、正統な発展型だ。いま奴のことを考えると、冷たい無限の憎悪《ぞうお》が胸に広がる。ベイトマンは銃で撃たれて一生癒《い》えない傷を負い、終身刑を言い渡された。子供だった俺が願ったとおりになっていれば、あいつは冷えきった玉袋みたいに刑務所で縮こまって死んだ

はずだ。サティがよく言うように、片手で願いごとをしながらもう片方にくそをするのは勝手だ。しかし、いっぱいになるのはどちらか片方と決まっている。

8

「トイレにいる」シャンはそう言って店の奥にうなずいた。

「きみは大丈夫か」俺は上の空で言った。そう確かめるのが当然だと思っただけのことだ。

神経がざわついていた。何度も背後を確かめた。

「平気」シャンは答えた。「ジャック・ダニエルをショットグラスに注げっていわれた。お札をカウンターに置いて、どんどん注げ、グラスを並べろって言うの。わたしが注ぐ姿が見たいからとかって。面倒になったから、お金を取って、棚からボトルを下ろして目の前に置いてやった」

「そのほうがましだな」

「そうとも言いきれないけどね……」シャンはカウンターの上のボトルにうなずいた。半分空になっていた。「ねえ、あいつ誰なの？　あなたに何か恨みでもあるわけ？」

それに答えようとしたとき、シャンの目がすっと動いて俺の背後を見た。かすかに目を見開く。気圧の変化で、ベイトマンが現れたとわかった。聞こえるはずのない息の音が聞こえた気がした。振り返ると、ベイトマンは煙草を壁でもみ消し、吸い殻を床に放

り、テーブルのあいだを縫ってこちらに歩き出したところだった。

通り道の左右にいる客が何気なく顔を上げ、ベイトマンの虚《うつ》ろな眼窩《がんか》やそれを取り囲むクレーターのような黒い瘢痕《はんこん》組織に気づいてあわてて目をそらした。ベイトマンは誰か何か言ってみろよと挑むように顎《あご》を上げていた。カウンターまで来ると、わざと俺に肩をぶつけた。ベイトマンの肉体に閉じこめられた力が伝わってきた。そこからあふれ出る熱も。憎しみも。

「ジム・ビームをくれ」舌を鳴らすような湿った音が乗った不明瞭《ふめいりょう》な発音だった。こうして近くで見ると、正視するのがはばかられるくらい痛々しい。顔を撃たれるとこうなるという見本だ。シャンが一瞬だけ俺に視線を向けたが、俺は反応しなかった。

「ジャック・ダニエルがまだ半分残ってるけど」シャンは言った。

「気分が変わった……」

ベイトマンの話し方は耳の聞こえない人のそれに似ていたが、どこまでが本物で、どこからは芝居なのか判然としない。他人を狼狽《ろうばい》させて面白がっているのではないかと俺は思った。シャンはこわばった表情でカウンターから一歩後ろに下がり、グラスを計量器《オプティック》に押しつけてワンショット分注いだ。ベイトマンはこれ見よがしにシャンの動きを目で追った。シャンが自分を見るのを待ってうなずき、ダブルにしろと暗黙に伝えた。

「もっとゆっくり頼む」ベイトマンは言った。シャンが振り向いてグラスを置こうとし

た。「いや、トリプルにしてくれ……」

「断る。ダブルまでだよ」シャンはカウンターの上にグラスをすべらせた。間違ってもベイトマンと手が触れたりしないようにだろう。シャンの首筋の血管が脈打っているのが見えた。ベイトマンは肉の引き攣《つ》れた痛々しい顔をゆがめて笑みを作り、また紙幣を何枚か置くと、カウンターを左右の掌で何度もなでた。

「一日中でも見ていられそうだ」ベイトマンの指は、カウンターの表面にナメクジが這《は》ったような跡を残した。グラスを取って酒を一息にあおり、叩《たた》きつけるように音を立てて置いた。「グラスをあと二つ。あんたとお友達もボトルを空けるのを手伝いな」そう言いながら俺のほうに顎をしゃくったが、まだ一度も俺をまっすぐには見ていなかった。

シャンは一瞬ためらったあと、グラスをもう二つカウンターに並べた。ベイトマンが酒を気前よく注いだ。「乾杯」そう言ってシャンに向けて乾杯のしぐさをした。

「乾杯」シャンは自分のグラスを取ると、中身をシンクに空けた。

ベイトマンが険悪な顔をした。「あんたに敬意を払ってのことなのに……」

「お金だけ払ってくれれば充分だから」シャンは言った。

ベイトマンは顔をゆがめた。比喩《ひゆ》ではなく、目鼻の配置が崩壊したように見えた。隣り合って立っているだけで肌がむずがゆくなった。シャンの目に俺たちはどう映っているだろう。

切っても切れない間柄か。互いに原因と結果のようなもの。

ベイトマンはふいにシャンの目から視線をそらした。「だが、こいつならきっと飲む」奴は見上げるばかりの高みから俺を見下ろした。いびつな唇から唾液の泡がこぼれていた。音を立ててそれを吸いこむ。「たしか前にもどこかで会ったな……？」

「こっちで話そう」俺は自分のグラスを取って空いたテーブル席に移動した。壁に背中を向けて座る。ベイトマンも来て、向かい合わせの椅子《いす》に腰を下ろした。

俺はテーブルに身を乗り出した。「ここでいったい何してる？」

「あの女バーテンダーが気に入ってる……」

「せいぜい味わって飲めよ。あんたが飲む最後の酒になるんだからな」

「何だと？」

俺は奴をまっすぐに見た。待った。

「言ったろ、ウォリー」向こうも背を丸めてテーブルに身を乗り出した。

「エイダンだ」俺は言った。

「あの鞄《かばん》を隠せと言った。隠し場所は絶対に誰にもしゃべるなと言った。俺たちで取りに戻ると言った」

「まさか、冗談だろ……」

「俺は言ったよな――」

「もう二十年も前の話だ」

「へえ？」よだれが垂れるような締まりのない発音だった。「もうそんなになるか……」

特定の音を明瞭に発音できない、あるいはそうするのを避けているのを見て、つい同情したくなった。だが、生き残ったほうの目を見るたびに、こいつの人間性はまったく変わっていないのだとわかる。

「〝五十歳の顔にはその人の価値がにじみ出る〟っていうよな。あんた、いくつになった」

「これはな」ベイトマンは死んだ目を指さして吐き捨てた。「おまえのせいだ。俺は盾になっておまえを銃から守った」

「嘘《うそ》つけ。あんたが守ったのは金だろう」

それが真実なのは火を見るより明らかで、さすがのベイトマンも黙りこみ、酒を一口あおって次の戦術を組み立てた。バーボンのしずくが口の端から滴《したた》った。「妹は元気か」発音しにくい音の連なりだったらしく、まるで言葉をもぐもぐと噛《か》んでいるような口の動きだった。

「俺に妹はいない」俺は言った。

「おもしろい冗談だな――」

「いいか、ベイトマン」俺は声をひそめた。「いまから言うことをそのカボチャ頭によ

く叩きこめ。俺に妹はいない。あれ以来、妹にだって会っていないんだ。妹には興味がないし、向こうも俺に興味はない」

ベイトマンは笑顔に似せた表情を作った。「訪ねていってみるかな。あのあと、おまえたちは一緒に暮らしていた」そう言って俺の視線をとらえ、にやりとしてから続けた。「おまえは俺のその後を追っていなかったんだろう……だが、俺はおまえの行方を追っていた……ひょっとしたら、おまえはあの鞄のありかを妹に話したかもしれない。オークスで」

オークスというのは俺たちが送られた施設の名だ。本来ならベイトマンが知っているはずのない情報だった。俺は表情を変えないようにした。

「ちなみに、おまえの母さんから聞いたんだ」ベイトマンはそう言ってまたにやりとした。「おまえによろしくと言っていた」

それが本当かどうか、わからない。

そもそも母親が生きているかどうかさえ俺は知らなかったが、腹の底から広がった嫌悪はあまりに強烈で、他人の目にも見えるのではないかと不安になった。視界にもやのような白点が漂い始め、俺はテーブルに手をついてバランスを保った。ベイトマンはまだしゃべり続けていたが、その声はもう聞こえなかった。周囲に視線を巡らせた。店全体が波打っていた。シャンは別の客の相手をしていたが、意識はこちらに向いていて、

視界の隅で俺たちの様子をうかがっていた。

ふいに我に返り、俺はベイトマンを見た。

「あのころ何と呼んでたか覚えてるか」

「おまえの母さんのことか？　それはいろいろ……」

「妹だ」俺は言った。声がかすれた。「覚えてるか？　妹を何と呼んでたか」

ベイトマンは目をそらした。肩をすくめた。

「ニックネームがあっただろう」俺は言った。「あんたは妹にニックネームをつけた」

ベイトマンの顔からにやついた表情が消え、疲労困憊《こんぱい》したような表情に変わった。

「二十年も前の話だ」ベイトマンは言った。「覚えているわけがないだろう」

「俺は忘れていない」

「興味のない妹のことをか」唇の端でよだれが泡立った。「俺が当てにしているのはその頼もしい記憶力だよ。あの日、鞄をどこに……」

「当てにできるのは現実だけだ。あんたが塀のなかにいるあいだに二十年が過ぎた。鞄はもうないさ。あの森ごとなくなっていたっておかしくない」

「まだあった」ベイトマンはうなずいた。「行ってみた。軽く見て回った」また笑みを作る。よだれがテーブルに滴った。「新聞に鞄の話は出ていなかった。一度も出ていない……」

「川に投げこんだ」

ベイトマンは首を振った。「嘘だ」

「どうして」俺は言った。「どうして嘘だと思う」

「あれほど俺を怖がっていたのに、川に捨てるはずがない。いまだって怖がっている」

「誰だってあんたを怖がるだろうよ。刑務所に鏡は一つもなかったのか」

「塀のなかじゃちょっとした英雄だったよ」ベイトマンは胸を張った。「銃弾を食って生き長らえる奴はそういない」

「銃弾のおかわりがほしくなったら……」俺はふいに自己嫌悪にとらわれた。ここに座ってこのやりとりをしている自分が信じられなかった。

相手の次元に降りて話をしている自分が。

「まあいい」俺は立ち上がった。「二十年後にまた会おう」

カウンターに戻り、両手を置いてもたれた。ベイトマンとまた会うくらいなら、自分でパーズに写真を渡すほうがましだ。手を動かすと、汗で描かれたきれいな掌紋がカウンターの表面に残った。シャンが俺の腕に触れ、俺は顔を上げた。

「大丈夫？」

俺はうなずいた。

「落ち着くまでここにいて」シャンが微笑《ほほえ》んだ。

俺はまたうなずいた。涙があふれかけた。

シャンが俺の背後を見て眉《まゆ》をひそめた。

「エイダン、手間を省いてくれよ」ベイトマンが俺の背中に向かって言った。故意にたどたどしいしゃべり方をしているのがわかる。学習障害者の話し方の下手な物真似《ものまね》のようだった。「妹はどこだ？」

俺は振り向いた。ベイトマンはすぐ後ろに立って俺を見下ろしていた。筋肉が盛り上がった首、胸、腕。近くのテーブルの客の視線が集まり始めていた。

「妹なら話をしてくれるだろう……」

「俺とあんたには共通の話題なんか一つもない」俺はきっぱりと言った。「妹とあんたじゃ、なおさらだ」

「そんなことはない」ベイトマンは俺の額によだれまみれのキスをした。「ない。ない。ない」

それ以上近づかれないよう、俺は手を伸ばした。ベイトマンの胸は岩のように固かった。一瞬、俺を見たあと、また一歩近づいた。俺の腕などないみたいだった。俺の後頭部をがっちりとつかんでから、髪をむしり取るようにその手を乱暴に放した。

汗にまみれたコインを俺の手に押しつけた。

それから俺の背後に手を伸ばし、ジャック・ダニエルの最後の一杯を注いで飲み干し

た。

「行かなきゃならないところがある……」ベイトマンはいいほうの目で俺にウィンクをした。「会わなくちゃならない人がいる。アニーは俺の娘だ。共通の話題くらい何かあるはずだ……」

煙草をくわえて出口に向かった。

「ベイトマン」俺は言った。奴が半分振り向いた。「妹に近づいてみろ、あんたの視力は大幅に低下するだろう」

奴は俺をじっと見た。

「命を賭《か》けてもいい。一生悔やむことになるぞ」

ベイトマンは笑い、手に持った煙草を見た。「妹のニックネームを思い出したぞ」その口調を聞いて、さっき覚えていないと言ったのは嘘ではなかったのだとわかった。あんなことを忘れられるような人間なのだ。ベイトマンはふたたび煙草に目をやってから、見ていられないほど白々しい笑顔をまた作った。「アッシュだ。灰皿《アッシュトレー》の略」ベイトマンは、一語一語をはっきり発音しようとことさらゆっくり話した。「あの細い腕。あれほどよく煙が出るものもほかにないな」

ベイトマンは向きを変えて出ていこうとした。

俺はシャンを見た。へたりこまないように、カウンターにもたれた。

シャンが俺に話しかけていた。「落ち着いて」声が震えていた。「……大丈夫だから落ち着いて」

しかし俺の耳の奥で何かがはじける音がした。そこからは耳鳴りしか聞こえなくなった。唾液がたまり、まぶしいほど白く輝く点が一気に視界を埋めた。シャンが手を伸ばして俺の手に重ねたが、俺はすでに肉体を抜け出して上昇を始めていた。

ジャック・ダニエルのボトルの首をつかみ、ベイトマンのあとを追い、斧《おの》を振るう要領でボトルを高々と振りかぶった。こぼれたウィスキーが手首を濡《ぬ》らした。次の瞬間、全身の力を振り絞ってベイトマンの後頭部にボトルを振り下ろした。ボトルが破裂し、血とガラスの破片が混じった赤い霧が広がった。すさまじい衝撃が両腕を駆け上がってきた。ベイトマンは倒れなかった。両手を壁について体を支え、振り向き、後頭部を手で確かめ、真っ赤な傷口のようなあの笑みを俺に向けた。

俺は割れたボトルの首をまだ握り締めたままだった。

ベイトマンの腕がピストンのように突き出された。それほど威力のあるパンチを食らったのは初めてだった。俺は後ろに吹っ飛び、そこに座っていたカップルをテーブルごとなぎ倒した。ベイトマンが飛びかかってきた。俺は横向きに転がってよけた。ベイトマンはたったいま俺がぶつかって押し倒した男性客の上に着地した。俺がようやく膝立ちになろうとしたところでベイトマンがこちらに向き直った。俺は奴の股間《こかん》を狙《ねら》ってア

ッパーカットを繰り出した。ベイトマンはぎりぎりのタイミングでかわしたが、俺の拳は太ももに当たった。ベイトマンはバランスを崩したものの、倒れはしなかった。ひっくり返ったテーブルに体重を預けて俺の頭を蹴った。俺の体はまたしても跳ね上がり、きれいな弧を描いて床に落ちた。すぐにベイトマンの全体重がのしかかってきた。顎をつかまれ、後頭部を何度もコンクリートの床にたたきつけられた。俺は奴の後頭部を二発殴りつけたが、奴はそれに気づいてすらいない様子だった。俺の顎をつかんだ手にいっそう力がこもった。奴の体全体が鍛え抜かれた巨大な筋肉のようで、俺を押しつぶして息の根を止めようとしていた。俺は両腕を限界まで伸ばし、つかまれるところ、横に転がる手がかりになりそうなものを探した。

武器に使えるものでもいい。

俺の右手がガラスの破片を探り当てた。倒れてめちゃくちゃになったテーブルにあったものらしい。頭を床に打ちつけられながら、その破片を握った。たちまち血があふれ出した。ベイトマンの顔の無事な側にその破片を押し当てた。力いっぱいめりこませた。奴の顔に。俺の掌《てのひら》に。ベイトマンは獣の咆吼《ほうこう》とともに首をのけぞらせ、俺から手を放し、俺の上から床に下りてうずくまった。俺は股間を狙って足を蹴り出した。今度は的をはずさなかった。痛みが奴の体を駆け上がっていくのが目に見えるようだった。俺は倒れた別のテーブルにすがって起き上がった。

ベイトマンの生き残ったほうの目から血があふれていた。顔は薄汚い緑色に変わっていた。

腹に拳を叩きつけると、ベイトマンは体を二つに折り、俺の肩にもたれて咳《せ》きこんだ。俺は両手で奴の頭をつかみ、膝でその顔を思いきり蹴り上げた。衝撃で脚がじんと痺《しび》れた。俺は自分の頭を抱え、一歩下がった。ベイトマンはよろめいた。口から血がほとばしって床にこぼれた。ベイトマンはそこに顔から倒れこんだ。俺もその上に体を投げ出した。涙で視界がにじんでいた。奴を殴る。何度も殴った。顔、首、胸。息が上がるまで。

肩に置かれた誰かの手を払いのけた。手の数は増えていって、俺はもう腕を動かせなくなった。床から持ち上げられるのがわかった。言葉にならないことを大声でわめきながら奴の口に両手を突っこんで引き裂こうとしたところで、ついにベイトマンから引き剝《は》がされた。たくさんの手に抱え起こされ、後ろ向きに引きずられた。店がめちゃくちゃになっているのが少しずつ見えてきた。男も女も怯《おび》えきった顔で壁に張りつき、口を覆《おお》っていた。なぐさめ合っている者もいた。床に座りこんで怪我をしたところを手で押さえている者もいた。そして一番奥に、俺の友人、シャンがいた。引きずられるにつれて、その姿はどんどん小さくなっていった。シャンは両手で口もとを覆っていた。泣いていた。

9

ブタ箱に放りこまれたとき、はずれた顎は力技で戻されていたが、内勤の巡査部長と話をするには時刻が遅すぎ、同じ理由で電話をかけることも許されなかった。かけられたところで、身元を引き受けてくれそうな相手の心当たりはなかったが。

第一、いたとしても、何をどう説明していいかわからない。

俺は機動部隊の四人がかりで護送車の後部に放りこまれた。タイヤが路面の凹凸を拾うたび、空気ドリルでこめかみに穴を開けられているような痛みが炸裂《さくれつ》した。それは知覚の限界を超えるような異次元の痛みだった。行き先に着いたらこの悪夢から覚めるのではと一瞬思ってみたりもしたが、実際には逮捕されて留置場にぶちこまれた。

地獄の陳列棚の新着商品。

機動隊員は一日二十四時間待機している血の巡りのよくない連中だ。ＩＱ、ＥＱ、直観を計測するテストで目を疑う低得点を記録している。したがって、当然のことながら、現代の警察組織での立場は安泰だ。プロテインシェイクをがぶ飲みし、ウェイトを上げ下げし、暇つぶしの雑談をしていれば勤務時間は過ぎる。いざ出動命令が下ると、進行中の暴力沙汰《ざた》の現場に乗りこんでいき、またたく間に場を納める。

そしてたいがいちょっとばかりやりすぎる。

俺はたぶん、生きているだけ幸運なのだろうが、それも考え方による。血と汗とバーボンのにおいが一緒くたになって吐き気がした。ベイトマンの顔を膝蹴《ひざげ》りしたほうの脚を引きずっていたし、頭はいったんぶち割れたあと、暗闇《くらやみ》のなかで適当に貼り直されたみたいだった。以前はなかった尾根や谷や丘ができていて、自分の頭とは思えない。脳《のう》震盪《しんとう》の霧が地平線まで視界を埋め尽くし、深い切り傷やすり傷だらけの手も自分のものとは思えず、サイコパスのそれ、錯乱した男のそれを連想させた。ベイトマンの顔にめりこませたガラスの破片が右の掌に刺さったままきらきら光を放っていた。一つずつほじくり出していると、掛け金がはずれる音がした。

「ドアから離れた位置に立て」巡査部長が言った。顎の引っこんだつるりとした顔をしていた。これまで会ったなかで群を抜いて杓子定規《しゃくしじょうぎ》な人物で、名前は何度聞いても覚えられない。人類がたどってきた進化の過程の一段階に取り残されたような男だった。

「ちょっと待ってくれ」俺はかろうじて言った。誰が来ているのか、できれば知りたくないと思った。パーズ警視なら、俺を雑居房に送りこんだだろう。背中に〝警察官〟という張り紙をして。

「ドアから離れた位置に立って」巡査部長が繰り返す。

「だからちょっと待ってくれって」

口に脱脂綿を詰めこまれているみたいな声だった。

俺が寝台から立ち上がるのを待たずに扉が開き、サティが入ってきた。俺と並ぶとサティが男前に見えた。このときばかりは会えてうれしかった。

「俺が来たからって立ち上がって迎えなくていいぞ」サティは続けて廊下に向かって言った。「おい、ちょっと二人だけで話していいか」

扉が閉まり、俺は寝台に力なく座り直した。

「頼むよサティ、ここから出してくれ……」

「そいつは無理ってもんだ、相棒よ」サティは除菌ローションを両手にすりこみながら言った。

「まだ電話もかけさせてもらってない」

「ま、全能の神の直通番号を短縮ダイヤルに登録してるってんでもなきゃ、誰に電話したって無意味だろうな。けど、ベルトと靴紐《くつひも》は没収されてないんだろ。なんでかわかるか」

「すぐ出られるからだ」

「まあ、そうとも言うな……」

俺はサティを見つめた。「冗談だろう。パブで喧嘩《けんか》した程度のことで俺が首を吊《つ》ると思うのか」

「単なるパブの喧嘩ですむような騒ぎじゃねえだろうが。何があった、エイド？ 殺し屋がまた差し向けられてきたか」

俺は黙っていた。

「それとも、またクスリか。おまえのこととなると、いつだって複数の選択肢がある……」

「どっちでもない」

「連中はおまえが首をくくると思ってるかどうかっていうと、ま、そう期待してるだろうな、相棒よ」サティは笑った。「これは冗談じゃないぞ。さっそく受付で賭けをやってた。朝まで持ちこたえられるかどうか」

俺は黙っていた。

「俺は憤慨したね。おまえら、俺の相棒をおもちゃにして盛り上がってんじゃねえよと怒鳴りつけてやったさ。おまえが朝日を拝めるほうに千ポンド賭けてきた」サティはにやりとした。「首を吊る？ おまえらしくない。少しもおまえらしくないよな。首を吊るってのは、脚をばたばたさせて踏み台を蹴倒すわ、クソを漏らすわ、そういうみっともねえ姿で自己アピールするってことだ。〝どうだ、俺を見ろ〟ってな」サティは首を振った。「エイダン・ウェイツにはまるで似合わねえよな。だが、おまえにもっと派手な小道具、たとえばチェーンソーとかショットガンなんかを持たせて独房に放りこんだ

ら、それはまあ話も変わってくるだろう……」サティは俺の表情を見て、冗談を少しもおもしろがっていないと察し、話題を変えた。「いいニュースと悪いニュース、どっちが聞きたい」

「どっちがどっちだか、区別がつかなそうな予感がする……」

「悪いほうのニュースは、おまえが要請したミスター・アンソニー・ブリックのデータのことだ。おまえがオフィスを出たあとにデスクに届き始めた。おまえがパブにいるころ、幸運にも俺がいたおかげで受け取れたよ。データをふまえてアニーサ・カーンに連絡してみたら、大いに参考になる話が聞けた。どうやらおまえは俺に黙って別の線でも捜査を進めてたようだな。ホテルの所有者に事情聴取してた。二人をわざと対立させて、情報を引き出そうって魂胆だったらしいじゃねえか。もう一人の不利になることを聞かせたりまでして。俺はもう全部知ってるぞ。さて、ここまでが悪いニュースだ」

俺は黙っていた。

「いいほうのニュースは、俺の根気強い捜査が実を結んで、笑う死体事件はどうやら解決を見たってことだ」

俺は顔を上げた。「解決？」

「そうさ。わかりきった事件だろ。死んだ男とブリックって野郎は、闇の商売に手を出してた。まあ、間違いなくクスリだろうな。だが、おまえが捜査しそこねた連続放火事

件で〈スマイリー〉が証拠を燃やしてくれたもんだから、真相は闇のなかだ。ただ、ブリックの収支記録を見ると、借金で首が回らなくなってたらしいな――弟と疎遠《そえん》になった理由はそれらしい。ブリックがダークサイドに落ちたのもうなずける。ブリックは〈スマイリー〉に毒を盛った。〈スマイリー〉は風呂《ふろ》でブリックをばらばらにした。そのあとになって、自分は毒を盛られたらしいと気づいた。力を振り絞ってパレス・ホテルに行った。それで警察の目がブリックに向くだろうと期待して、な」

「まるで筋が通らない」俺は言った。

「じゃあ、これでどうだ。くず入れから見つかった現金は、偽造紙幣だった」

「偽造？」

「よくできた偽造だが、偽物《にせもの》には変わりない。それから〈スマイリー〉がミッドランド・ホテルで使ったクレジットカード。あれも偽造だ。例のR・ソールって名義になってた。大した詐欺師《さぎし》だったってことだよ、エイド」

俺はサティが言い終わらないうちから首を振った。痛かった。「つまり、パレス・ホテルで死んだのは、たったいま自分がばらばらにしてトイレに流した人物は犯罪者だと告発するためだったと？」

「人間ってのはな、昔からろくでもない生き物なんだよ」

「俺たちが捜査を開始するより前に互いに殺し合ったんなら、チェリーを殺したのは誰

なんだ？」

「セックスがらみでたまたま殺されたってだけだろ。誰だろうと知ったこっちゃねえ。そいつのおかげでチンポつきの女が一人減ったんだ、感謝の宴を開いてやりたいくらいだ」

「じゃあ、エイミー・バローズの頭にネイルガンを突きつけたのは？」

サティはちっちっと舌打ちをした。「一つ現実を知る《チェック》たびに現金化できればいいのにな、エイド。そしたらおまえはいまごろ大金持ちだ（訳注／名詞のcheckは「小切手」の意）。エイミー・バローズは捜査の打ち切りを望んでる」

「え？」

「警護も何も必要ねえってよ。今回のことは忘れて前に進みたいんだろう。パーズも舌を巻いてたな。俺が事件を解決したもんだと思って。まあ、犯人を捕まえたようなもんだからな」

「まさかパーズに……？」

「状況を考えると、話すしかないと思ったんだよ。おまえの今夜の寝場所がどこになりそうか報告したとき、うっかり口がすべったというか、な。ところで、鑑識から報告があった。アンソニー・ブリックのオフィスで採取したDNAと、ミッドランド・ホテルの血痕のDNAが一致した。つまり、あの部屋で死んだのは間違いなくブリックだって

ことだ。なかなかいい着眼点だったな、エイド。おまえが検査結果を受け取れなかったのは残念だが」

サティは扉を平手で叩き、掛け金がふたたびはずされた。サティは廊下に出て俺のほうを振り返った。

「おまえがぼこぼこにした奴《やつ》、な。立ち上がってどこかへ消えたそうだよ。おまえの住所が知られてないといいけどな。それまで生きていられたら、おまえは朝一番に釈放だが、パブから訴えられるのは覚悟しとけ」そう言ってまた愉快そうな笑みを浮かべた。

「家に帰ったあと、臆病者《おくびょうもの》の逃げ道を選ぶ気になったら、せめて医学に貢献しな。ナイフで心臓を刺せ。頭は無傷で残せよ。その脳味噌《のうみそ》を研究できるようにな。じゃ、おやすみ」

ゴングのような音を立てて扉が閉まった。

10

おそらく脳震盪が原因の眠気と一晩中闘い続けた。どのくらい時間が過ぎたのかさっぱりわからなかったが、薄汚れた窓の向こうに空を切り裂く大鎌《おおがま》を思わせる月が浮かんでいるのが見えた。壁越しに聞こえてくる話し声や叫び声や残響に耳を澄まし、それを発した生き物の姿を想像した。立場を交換できるものなら、そのうちの誰とでもそうしたかった。俺は途中で眠りこんだらしい。顔の上に置いていた腕をどけてみると、窓から見える空は、俺がいる独房の古びてくすんだ色を映して古い写真のように白茶けていた。

朝。

どこもかしこも痛かった。

一時間ほどしたころ、扉をがんがん叩く音がした。俺はタクシーを呼んだ。割り増し料金を払ってゆっくり走ってもらった。這うようにして降り、歩き出そうとしたところで立ち止まった。フラットの入口でシャンが待っていた。青ざめて疲れた顔をしていた。片方の手をおずおずと開いて小さく振った。俺が近づくと手を伸ばしてそっと顔に触れた。一つずつ確かめるような目をしていた。それから俺をまっすぐ見つめると、爪先立《つまさきだ》

ちになって優しく抱擁した。

俺たちはベッドに横たわり、まどろみながら音楽を聴いていた。少し前、シャンは何も言わずにレコードプレーヤーのところに行き、セットされていたトワイライト・シンガーズの『ブラックベリー・ベル』からマックス・リヒターの『ブルー・ノートブック』に替えた。少しためらってから俺の隣に横になり、静かに体を寄せた。俺の髪に指をくぐらせ、できたばかりのこぶや傷を探った。俺は用心しながら彼女の肩に腕を回し、首筋の血管が脈打つのを見つめ、輝くように白い肌に散ったそばかすの配置を記憶に刻みつけた。

何かが終わろうとしているのを感じた。

「あのころ見てた夢はあれだったんだね」シャンが言った。

「あいつは昔からああだった」俺は言った。「顔は違うが、それ以外は同じだ。何も変わってない」

シャンは少し考えてから言った。「あの人もこの熱波の一部みたいに思える」

「妹さんはどんな子だった?」

「いつも何か考えてたな」俺は言った。「頑固で、本当にかわいかった」

「リッキーから写真の話を聞いて、すぐに家を出たの」

「あいつはきみを守ろうとしてるんだよ」

シャンの手が俺の髪をぐっとつかんだ。


「よく寝言を言ってたよな」俺は言った。

「あなたほどじゃないと思うけど……」

「俺はどんなことを言ってた?」

シャンは笑った。「話せばきりがないくらいいろんなこと」


「あの写真、ドラッグを買ってるところでしょ」

俺はすぐには答えなかった。「そうだ」長い沈黙のあと、そう言った。

「何についてうたった詩?」シャンはベッドのそばに置いてあったオマル・ハイヤームの『ルバイヤート』をめくっていた。

「どう生きるか、らしいな」

シャンは詩集を置き、俺に寄りかかった。「そのガイドブックが要るのはあなたくらいだろうね」

「わたしに嘘をついたこと、ほかにもあるの？」

「わからない」俺は言った。「覚えてない」

シャンはしばし考えこんだ。「あなたって人がときどきわからなくなるよ……」

俺は傷だらけの自分の手を見て、目を閉じた。

「わたしたち、これから疎遠になっていくんだろうね」シャンは言った。

「そうだな」

「また遠い人になるんだね」

「そうだな」

シャンは俺に背を向けてベッドの端に座っていた。

わずかに俺のほうに顔を向けた。「これからどうするつもり？」

VIII

ア・ペア・オブ・ブラウン・アイズ

A Pair of Brown Eyes

1

シャンとリッキーの婚約披露パーティは、リッキーの実家で開かれた。裏庭に大勢の招待客が詰めかけ、ランタンや垂れ布、色とりどりのブーケで華やかに飾りつけられていた。芝生の真ん中に張られた大きなテントでバンドが『ブラウン・アイド・ガール』を演奏し、幼い子供たちがその周囲ではしゃぎ回り、日曜の晴れ着を緑色の染《し》みだらけにしている。招待客はそれぞれピムズやプロセッコの汗をかいたグラスやバーベキュー料理が盛られた紙皿を手にしていた。どちらを向いても笑い声と素肌、陽光にあふれていた。

シャンはちらちらと光を放つ銀色のドレスをまとっていた。髪をアップに結い、陶器のように美しい肩を露《あら》わにしている。軽く日に焼けて、頬にそばかすの淡い星座が描き出されていた。旧《ふる》い友人と挨拶《あいさつ》を交わし、写真撮影に応じ、大勢に囲まれて歓談しているシャンを目で追わずにはいられなかった。愛さずにはいられない。シャンはまるでそよ風のように人のあいだを渡って歩き、シャンが通り過ぎたあとにはほのかなきらめきが残された。会場のあちらとこちらでときおり目が合い、俺はうなずき、あるいは微笑《ほほえ》んだ。あれほど幸せそうなシャンは見たことがない。俺が到着したとき、大勢が振り向

いて俺を見た。俺はシャンの女友達とおしゃべりをし、顔の痣《あざ》、手の傷は轢《ひ》き逃げ事故に遭ったせいだと言い訳していた。

彼女は気遣わしげに俺の腕に手を置いた。「お気の毒に。怒りのやり場がないでしょう……」

「どうかな。もっと若かったころ、しっぺ返しを食らって当然だろうってことばかりしていた時期があったのに、とくに何も起きなかった。それを考えたら怒る資格はなさそうだ」そう返すと、彼女は笑った。「これでもまだチャラになってない気がするし」

「因果応報ってこと？」

「猛暑のせいだろうね。悪業は四十度で罰に変わる」

「ちょっと失礼」リッキーが割りこんできた。「頼みがある。ビールの樽《たる》を運ぶのに、手を借りたい……」そう言って、俺が返事をする前に家の方に歩き出した。

「あいつ、きみに話しかけたのかな、それとも俺だと思う？」俺はシャンの女友達に言った。彼女は微笑み、俺はリッキーのあとを追った。俺たちはポーチの陰になった一角に行き、ケーキや酒のボトルやセルフサービスの料理に囲まれて立った。振り返ったリッキーの顔は糊《のり》をきかせたシャツのようにこわばっていた。

「何があった？」

「昔からの友人とちょっと……」俺は言った。

「ごまかすな。シャンから聞いた。ザ・テンプルで喧嘩《けんか》したらしいじゃないか。店をめちゃくちゃにしたんだろう」

俺はうなずいた。

「シャンがオーナーに泣きついたんだぞ。あんたを訴えないでやってくれって」

俺は黙っていた。

「シャンが巻きこまれて怪我《けが》をしてたかもしれないんだ」

「そうだな」

「頭がおかしくなったかと思ったと言ってた」

俺はためらった。「そうだな」

「あんたとは合意ができたものと思ってたよ」

その口調は、いつもビジネスクラスで旅行する社会的に成功した両親の口真似《くちまね》をしている子供のようで、俺はリッキーが哀れになった。

「シャンから聞いたが、そっちも合意に反してあの写真を見せたそうじゃないか」俺は言った。

リッキーの顔が赤くなった。

「いいことだ。結婚生活を嘘《うそ》で始める道を選ばなかったってことだから。今日、俺が来たのは、シャンにぜひと頼まれたから、頼みに応じるくらいの義理はあるからだ。だが、

きみの言うとおりだと思う。あのとき、シャンまで巻きこまれていてもおかしくなかった。だから、今後、俺の消息が途絶えたとしたら、俺がそう望んだからだと思ってくれ。十年後にきみたちがまだ夫婦でいたとして、妻の元カレを脅迫したおかげだろうかなんて思わなくていい。ともかくシャンを守ってやってくれよ」俺は後ずさって出口に向かった。「もう会うこともないだろうが……」

「ちょっと待て、一杯くらいつきあえよ」リッキーはアイスペールからまだ封を切っていないシャンパンのボトルを持ち上げた。

俺は首を振って歩き出した。

「金曜の夜、シャンはあんたと一緒だったのか」

俺は足を止めた。「金曜の夜、俺はブタ箱にいた」

「だったら、土曜の昼間だ。言いたいことはわかるだろ」

俺は振り返った。「わかるさ、きみが言いたいことはいつも同じだから。シャンは何と言ってた？」

「あんたが無事でいるか確かめたかったと……」

「だったら、それを信じればいいだろう。疑うような理由がこれまでにあったのか？」

リッキーは何も言わなかった。

「悪いが、もう行くよ」俺は言い、水を滴《したた》らせているボトルをリッキーの手から取った。

「きっとこいつが必要になるな」

俺は炎天下に戻り、緑色に輝く芝生を横切って私道に出た。半分ほど歩いたところで栓を抜き、シャンパンを一口飲んだ。

「もう帰るの？」

振り向くと、さっき話をしたシャンの女友達だった。

「仕事があってね」俺はボトルを隠そうとしたが、隠しきれなかった。観念して振り返った。「戻って一緒に飲もうか」

彼女は笑みを浮かべ、俺に向かって首を振った。「懲《こ》りない人ね、エイダン・ウェイツ」

Ⅸ
ターン・オン・ザ・ライト
Turn on the Light

1

二階の部屋のブザーを鳴らして待った。そろそろ昼飯時だが、オーウェンズ・パークは閑散としていた。ほとんどの学生はまだベッドのなかで日曜の夜の疲れを癒《い》やしているか、週の最初の講義に出席しているかのどちらかだろう。毛布を広げてピクニックをしているグループも一つ二つ見かけた。黄金色の肌を日焼け止めクリームでてらつかせた女子学生たち、我慢比べのように肌を赤くした男子学生たち。

ロックが解除される音が聞こえ、俺はドアを押し開けた。

階段のてっぺんに女子学生が立っていた。前回来たときも見かけた子で、そのときはカクテルができあがるのを待っている学生たちのなかにいた。朝のランニングからちょうど帰ったところらしい。汗をかき、肩で息をしていた。

「たしかアールのお友達の人？」

「アールはいるかな」

「たぶんアルバイト」

「ならいいんだ。ソフィと話せればそれで」

「どこの誰って言ってたっけ」

「ウェイツ巡査が来てると言ってもらえれば、用件はわかると思う」

「警察の人……」女子学生は廊下に引っこみ、俺は階段を上った。てっぺんまで行くと、ソフィの部屋から低い話し声が聞こえた。少しだけドアを開けて室内に向かって声をかけた。

「おはよう。ちょっといいかな」

友人の女子学生は俺のそばをすり抜けて出ていき、ソフィが入口まで来た。追い詰められたような顔をしていた。

「いいけど」そう言って部屋のなかに戻っていく。俺も追ってなかに入った。ソフィはベッドに膝《ひざ》を折って座り、組んだ手をももの上に置いた。俺はとうてい似合わないピンク色のデスク椅子《いす》に座った。ソフィは俺の顔を初めてまともに見るなり不安げな顔で座り直した。「その顔……」

「ドアに突っこんだ」

「回転ドアだったかな。オリー・カートライトの件で来た」

「話すことなんてもう何もないよね」

「あいつは国外に出たらセックス動画を流すと言っていたろう。しかし、その心配はおそらくなくなった」

「ほんと？　どうして」

「ミスター・カートライトは、ドバイに入国すると同時に逮捕された」

「え、だけどあたし言ったよね、告訴とかそういうのはしたくないって……」

「逮捕容疑はまったく別の件だ。カートライトの所持品から多量のコカインが発見されたんだよ。ドバイの法律では重罪だからね、カートライトは当面帰ってこられない。最低でも数年はカートライトの問題を心配しなくてすむ」

ソフィの表情ががらりと変わり、心の底から安堵《あんど》したらしいのを見て、俺は初めて気がついた。俺が入ってきた瞬間から、彼女はずっと俺を警戒していたのだ。もしかしたら、初めて会ったときからずっとそうだったのかもしれない。ソフィと会うのは今日が最後になるだろう。そして会うには何か口実が必要だった。

「ありがとうございました」ソフィが言った。

「俺は何もしてない。礼なら奴《やつ》に売った密売人に言ってくれ」

「できるものならそうしたいくらい」ソフィは微笑《ほほえ》んだ。「でも、反応に困っちゃう。人の不幸を喜ぶみたいで……」

「喜べばいいさ。悪い奴がふさわしい場所に転落しただけのことなんだから。ところで、今日はもう一つ別の話があって来たんだ」

「別の話？」ソフィはまた手を組んだ。

「先々週、きみと初めて話をしたあと、ミスター・カートライトのフラットに行ったら、きみのジャケットがあった……」

「うん、忘れてきちゃったの。その話はしたよね。ポケットに学生証が入ったままだったから、それで連絡先を知られた」台詞《せりふ》の練習をしている演劇部の学生のようだった。

「返しにきたとき、ポケットからこのメモが落ちた……」

　俺は紙片を広げてソフィに渡した。

　オリヴァー・カートライト。〝オリー〟。三十代なかば。

　薄くなりかけの赤茶色の髪、ぽっこり気味の腹。インコグニート。午後七時。

　ソフィの息づかいが速くなった。「これ、どこで？」意外なことに、心の底から怒り、困惑した顔をしていた。

「いま言ったろう――」

「これは……その……」感情をのみこむように喉《のど》がごくりと鳴った。どうにかして取り繕おうとしている。「だって、ジャケットのポケットに入ってたなんて、おかしいと思って……」

　俺に嘘《うそ》をついてもらいたくない。そこで真実にさりげなく誘導した。「きみが書いたんだろう？」

　ソフィはためらった。「そっか、思い出した。変な話なの。インコグニートで話して

たら、あの人、ペンと紙を出してね。これを書くように言われたんだ……」

「自分の名前、ニックネーム、人から言われたくないような特徴と、何時にどこで会ったか書けと言われたのかい」

ソフィの瞳孔《どうこう》が収縮した。何も言わない。

「なあ、ソフィ、仮にだ、オリー・カートライトとあらかじめ会う約束をしてたんだとしても、そう、たとえばデートか何かのつもりだったとしても、動画の件に関してきみに落ち度はまったくない」

「約束なんかしてない」ソフィは嘘をつき通すことにしたらしい。瞳孔はピンの先ほどに縮まっていた。「いま言ったよね、テーブルで話をしたとき、それを書いてくれって言われたの。向こうは記念に取っておこうとか思ってたのかもしれないけど、うっかりあたしのジャケットのポケットに入ったままになってたんじゃないかな」こんなものには何の意味もないと示すつもりか、ソフィは紙片を俺に差し出した。親指の爪《つめ》が白くなるほど強く握っていた。

「きみが持っておくといい」俺は何でもないことだというように言った。「もうあいつにつきまとわれることはないはずだが、万が一何かあったときはいつでも連絡してくれ」

ソフィは無言でメモを握り締めた。

「連絡してくれるね、ソフィ」

ソフィは観念したようにうなずいた。俺は小さく微笑んでから出口に向かった。

「ありがとうございました」ソフィが言った。「何から何まで」

それは本心と聞こえたが、俺に怯《おび》えているような顔をしていた。俺は階段を下りた。来たときよりもかえって疑問の数が増えていた。しかたがない、カクテルでもやりにいくか。

2

月曜の昼飯時の酒場だというのに、アルケミストはにぎわっていた。太陽が容赦なく照りつける屋外のテラス席は、流木の皿で供されるグルメバーガーを食べ、アイスペールで冷やしたコロナビールや手のこんだ二日酔い解消カクテルを楽しむグループ客で満員だった。店内は一転して暗くひんやりとしていた。天井から長いケーブルで吊《つ》られた電球の柔らかな光が一種の錬金術師《アルケミスト》の役割を果たし、カウンターの天板に張られた打ち出し細工の銅板に黄金色の輝きを与えていた。

バーテンダーは、ドライアイスを使った大がかりなカクテルを仕上げようとしており、ビーカーに似た形のグラスから煙のような白い気体があふれ出していた。まるで理科の実験だ。メニューはヴィクトリア朝時代の元素周期表といった凝ったデザインのもので、さまざまな図形や化石、伝説の海獣クラーケンの触手の精緻《せいち》なイラストを背景に、カクテル名の頭文字と短い説明が入った白い四角が並んでいる。俺が解読を試みていると、バーテンダーが俺の前に来た。

「どうも」抑揚のない冷めた調子だった。

「やあ、アール」

アールは一歩下がった。「どうしたの、その顔」

「まあ、一杯やれば治ると思うよ。おすすめはどれ？」

「ふだんなら強いやつを勧めるところだけど、その顔を見るかぎり、強い奴はもう充分だよね……」

俺は何も言わなかった。

「ずいぶん深刻そうな顔だけど」

「笑うと痛いんだよ」

アールは肩をすくめた。「どういうのが好み？」

「カクテルなら、静電気みたいな味がするやつが好きかな。ホワイトノイズみたいな。脳細胞が死んでいく感覚を味わいたい」

「了解」

アールは少し考えたあと、向きを変えて仕事にかかった。周囲の棚から何種類かボトルを選び出す。まもなくできあがったカクテルを俺の前に置いた。

「樽《たる》熟成死体復活カクテル」

カクテルはロングステムのグラスで出された。ボンベイ・サファイア・ジンとコアントローの味がした。

「いくら？」

「お代はけっこう」

「本当に？ということは、俺に何か恩義があるということかな。警察嫌いだと言ってたのに……」

「ソフィによくしてくれたろ」アールは肩をすくめた。「で、今日は何の用？」

俺は微笑んだ。冗談ではなく、笑うと痛かった。「ときどき、俺は嘘つきを引き寄せる磁石かと思いたくなることがある」

アールは向きを変えて行こうとしたが、俺は腕を押さえて引き留めた。

「この件から逃げていいのか。ソフィは友達だろう」

アールはうなずき、俺は手を放した。

「ソフィは大丈夫なの」

「とりあえずはな。いま話したいのはきみのことだ。人はいろんな理由から嘘をつくものだな、アール。善意から嘘をつくことだってある」

「僕がどんな嘘をついたっていうのさ」

「よせよ」俺はカクテルを一口飲んで言った。「この期《ご》に及んでまだとぼけるつもりか。嘘をついたことはもう俺にもわかってるんだ。知りたいのは理由だ。さっき言ったよな、善意の理由も耳にしたことがある」

「僕の理由は何だと思ってるわけ」

「そこが問題なんだ。俺の仕事は何かを証明することだ。仮説を立てて、証拠を集める。だが、動機は別だ。誰かが手を上げて話してくれるまで、動機はわからない」

アールの表情はまだ少しも変わっていなかった。そこで俺は考えつくかぎり厳しいことを言った。「最悪のケースでいえば、きみの動機は人を振り回すこと、警察に時間を無駄に使わせることだな。ある女の子のためを思って手を差し伸べているふりをして、実はその子が苦しむのを眺めて楽しんでいる……」手応《てごた》えを感じて、俺は続けた。「そうじゃないなら、きみは俺が思っていたとおりの奴だろう。友達が利用されてるのを黙って見ていられなかった」

アールの目が一瞬だけ俺の視線をとらえた。

「きみはそういう奴だと思えれば、嘘をつかれようと気にならない。俺もたぶん同じことをしただろうから」

アールの喉仏が上下した。

「あのメモ。ソフィのジャケットから落ちたんじゃないんだろう」

アールはうなずいた。

「ソフィの部屋で見つけたのか」

またうなずく。

俺は語気を和らげた。「あれが何を意味するか知ってるのか」

アールはカウンターに目を落としてうなずいた。

「わかってるなら言ってみてくれ、アール……」

「ソフィは初めからあいつに会うために店に行った」アールの声がふいに怒りを帯びた。

「誰に」

「あのクソ野郎だよ。カートライト。あいつとやりに行ったんだ」悔しげな表情をしていた。

「とすると、飲みに出かけた先で偶然知り合ったわけじゃないということだな」俺は確かめた。アールは黙っていた。「きみが事務所前で開かれた抗議集会に参加したというのは本当なのか。それとも、あのメモを俺に渡すついでに、カートライトがどんな人間か、念のために教えておこうと思ったのか」

アールはうなずき、質問三つに一度で答えた。

「つまり、警察に電話した直接の理由はセックス動画ではないわけだ。ソフィはいったい何に巻きこまれてる？」

アールは答えなかった。

「カートライトはいま監獄にいるんだ、アール」

顔を上げて俺を見た。

「ドバイの空港で、荷物からコカインが見つかった。犯罪者に二度目のチャンスをやろうって気がそもそもない国の空港で……」

「元凶はあいつじゃないのに」

「じゃあ誰なんだ」

「あのクラブだよ」アールは言った。「あの店だ。インコグニート」

「ソフィがどこでカートライトと知り合ったか、きみは知らないと言ってたよな……」

アールはうなずいた。「でも、行ってみたんだ。あのメモを見つけたあと、一人で。店を見て、あいつの名前を見て、それに自分が寝た相手やそのとき撮影された動画を心底いやがってるソフィを見て、ようやく全部わかったんだよ」

「クラブで何を見た？」

「門前払いを食らった」アールは言った。「ドアマンに、オーナーと会って話がしたいって言ったんだ。この店が何をやってるか知ってるって言った。ドアマンは僕を笑った。僕の胸を小突いて、〝アイルランド人と犬と黒人はお断り〟って」

「ソフィが巻きこまれてるトラブルってのは？」

「金だよ。世の中の例に漏れず」アールは答えた。「肥だめみたいな田舎町で生まれ育って、そこから脱出するには、学位がいる。学位を取るには、金がいる。金はどこからも簡単には出てこない」

「良家の子女だと思っていたが」

アールが眉《まゆ》を寄せた。

「正式な被害届を出したくない理由はそれだとソフィから聞いた。〝うちの親に殺されちゃう〟と」

「そう言えって僕が教えたんだよ。ほんとは借金まみれの父親がいるだけだ」

「なぜそう言えと教えた？」

「びびってたから。警察を呼んだって話したら、おじけづいちゃったんだ。あんたがもう来て待ってるのに、完全にパニックになってた。僕のせいで自分に前科がつく、刑務所に行くことになるんだ、人生もうおしまいだ、みたいに。でも、あのクソ野郎のせいでソフィの画像がネットにばらまかれるなんて許せない。だから、親に何言われるかわからないから正式な被害届は出したくないって言えばいいって教えた。よけいなことしなきゃよかったな」

「そうとは言いきれない。きみは少なくともオリー・カートライトを追い払った。ソフィが脅される心配はもうなくなった」

「でも、元凶はあいつじゃないんだって。ソフィはまたあの店に行くかな。いや、行くしかないんだよな」アールはしばし黙りこんだ。「ソフィにはもう口もきいてもらえないな……」

「それは俺も同じさ」俺はカウンターから離れた。「カクテルをごちそうさま、アール」

3

通りを渡ってインコグニートに向かった。これまでに二度会ったバウンサーが、近づいてくる俺に気づいて入口をふさいだ。

「何だその顔は――」

俺は頭突きを食らわせ、倒れたバウンサーをまたいでクラブに入った。階段を上りきったところでまた別のバウンサーが現れた。片手をイヤフォンに当てていた。俺は膝を蹴《け》ってそいつも倒すと、ダンスフロアを突っ切ってガイ・ラッセルのいつもの席に直行した。指を目玉に突っこんでやりたかった。そこに座っていた男の肩をつかんだが、振り返ったそいつはラッセルではなかった。

ダンスフロアをまた逆に突っ切った。

客がよけて、俺の前に太い一本道ができた。

「ガイ・ラッセルは」俺は女性バーテンダーに訊《き》いた。

「今日は来ていません」彼女の視線は、俺の額についたバウンサーの血に漂った。俺は手の甲でそれを拭《ぬぐ》った。

「本当よ、刑事さん」

振り向くと、ラッセルの娘アリシアが俺を見つめていた。顔に笑みを浮かべていて、真っ白な下の歯が小麦色の肌に真珠のように映えていた。

「一杯おごらせてちょうだい……」

「きみが何を入れるかと思うと不安だな」

アリシアの顔から笑みが消えた。「だったら、そういう日々はもう過去のものだってことを見せてあげる」

奥の事務室に行った。内装は黒っぽい色と鏡が多用され、そこにぎゅうぎゅうと鳴る安っぽい革のソファが並んでいる。天井がおそろしく低くて圧迫感があった。まるで古いリムジンの後部シートに乗っているみたいだった。アリシアからは、初めて会った夜のネオンのような派手さが消えていた。洗練されたデザインの黒いワンピースをさらりと着こなし、化粧も最低限しかしていない。暗い色の服が白目を輝くばかりに見せていた。だが、変わったのは服装だけではなかった。アリシア自身が以前とどこか違っていた。入口から小さな事務室を見回している俺をソファからじっと観察している。

「パパはこういうのをクールだと思ってるの……」

「独特のセンスの持ち主だ」俺はアリシアと並んでソファに腰を下ろした。

「そのセンスがいいほうに出ることもあるんだけどね」

俺はアリシアを見つめた。

「だって、そうでしょ。パパのビジネスモデルは決して悪くないわよ。お金が余ってる中年男性と、お金に困ってる十代の女の子を引き合わせるっていうビジネスモデルは……」

「俺と話したあとでは、あまりいいアイデアじゃなかったとパパも意見を変えるかもしれないな。パパはいつ帰ってくる？」

「さあね」アリシアは肩をすくめた。「オリー・カートライトと同じくらい先だと思うけど。何年くらい？　態度が良好なら、二十年？」

「いったい何の話をしてる？」

　アリシアはしばらく俺の顔を凝視し、天井に頭をぶつけないですむようにだろう、ハイヒールを脱いだ。立ち上がって部屋の片隅のデスクに近づき、抽斗《ひきだし》を開けた。戻ってきてまたソファに座り、封筒を差し出した。表面に俺の名前が走り書きされていた。アリシアは、封筒のなかを早く見たくてたまらないとでもいうように俺の近くに座り直した。膝と膝が触れ合った。俺は封筒を開け、なかの写真を反対の掌《てのひら》で受け止めた。リッキーがザ・テンプルで見つけたものと同じだった。現金の詰まった袋を抱えて家を出る俺、バスターミナルで人目を忍んでドラッグを買う俺、カートライトが住む高層マンションに入っていく俺。そして袋を持たずに出てくる俺。最後の一枚に写った俺は、カメラのレンズをまっすぐ見つめている。

俺の車の真後ろに駐《と》まっていた車。

「きみが撮ったのか」

「まさか……」アリシアは笑った。俺の脚にそっと手を置き、哀れみの目を俺に向けた。

「そこまであなたに興味ないもの」

「どういうことだ」俺は彼女の手をどけて言った。

アリシアは微笑んだ。「あなたがクラブに来て、性的虐待《ぎゃくたい》疑惑があるって騒いだ夜、パパは私立探偵を雇ってあなたを監視させた」

「どうして」

「うちのクラブを脅《おびや》かす存在だから。でもパパは、あなたのことを排除できる危険だと考えたのよ。もともと人を脅すのが大好きだしね。ディックは――私立探偵のこと、ディックって呼ぶのよね？――ディックはあなたがドラッグを買うのを見て、あなたが何をするつもりか察したけど、インペリアル・ポイントに父の友達が住んでることまでは知らなかったの。だから、あなたは麻薬のブローカーみたいなことをしてる堕落刑事だろうくらいにしか思わなかったわけ。でも写真を見たとき、わたしにはディックより一歩先が見えた。オリーがインペリアル・ポイントに住んでるって知ってたから。あなたはソフィを助けてあげようとしてるんだってわかったのよ。堕落刑事なんかじゃないってわかったの……」

廊下から乱れた足音が聞こえ、入口のほうを振り返ると、バウンサーが二人、駆けこんでくるところだった。

「ここはいいから」アリシアが言った。二人が立ち止まった。

「しかしミス・ラッセル——」

「いいって言ってるでしょ。ご苦労様」

二人の重たい足音が出ていった。

アリシアは俺の膝から写真の束を取り、時系列に並べ直してから封筒に戻した。「母はわたしが十五歳のとき出ていった。十六歳になると、パパはわたしをクラブの顔にしようと決めた」封筒を俺に差し出す。「わたしの顔以外の部分もすぐにクラブのものになった」

俺は写真入りの封筒を受け取った。「冗談だろう?」

「父がわたしのポン引きになったわけじゃないわよ」アリシアはいらだたしげに言った。「店の客ともっとゆっくりおしゃべりをしろと言っただけ。テーブルについて、客をいい気分にさせろって。クラブがだんだん有名になって、父は欲を出した。金の卵を見つけたことに気づいたのよ。カギは年齢差だけじゃないって言ってた。それは大した要素じゃないのよ、いろんなことを考えるとね。このクラブの客が喜ぶのはパワーバランスなの。父が若かったころといまとは世の中が変わった。父が言うにはね、いまの女は男

みたいだそうよ、やかましくて、品がなくて。超高級コールガールというのも一つの方向性としてあったけど、この店の男性客を観察するうちに、彼らはもっと深いものを求めてるってわかったんだって。もっと恋愛感覚のもの。安宿でお札を何枚か渡して手でやってもらうような味気ないものを求めてるんじゃない。バカ高い会費を払ってクラブの会員になって、テーブルについて待ってると、きれいな女の子がおしゃべりに来る。そういう経験を求めてるの。つまらないジョークを言っても、腕に手を置いて笑ってくれるような女の子。問題は、理想的な女の子はどこで見つかるか。若くて、きれいで、世間知らずで、しかもお金に困ってる女の子……」

「大学生か」俺は言った。

アリシアはにっこりと笑った。「不景気、授業料の値上げ、近所に大学が三つもある街。パパはよく、地理的条件はその人の運命を決めるって言うの。まずは女子学生に入場料なしで来てもらって、次につけで飲ませる。それに抵抗がなくなったころ、今度はお金を貸すのよ。貸付額はわずかだけど、利率は六十パーセント。返済が追いつかなくなると、次は仕事を紹介する。セックスなんて言葉は出さない。一度たりともね。店に来て自然にふるまってくれたら、返済は免除しようって言うだけ。特定の男性客、〝ゴールドメンバー〟の名前や外見の特徴を伝えて、その客の話を熱心に聞いてくれと言うだけよ」

「客はその程度のことに金を払うのか」

アリシアは声を立てて笑った。「それはもう喜んで。だって週二百ポンドで、自分の半分くらいの年齢の女の子にちやほやしてもらえるのよ、安いものでしょ。相手と交渉する必要さえない。段取りも自分でしなくていいし、いかがわしいことをしてる気分にもならずにすむ。飲み物代を払って、予約席に座るだけ。自然な出会いと大して変わらない……」

「しかし、なかには男性客に持ち帰りされた女子学生もいる」

「うちは関係ないわ」アリシアは両手を挙げた。「もちろん、夜お酒を飲んでおしゃべりすれば、この仕組みをうまく回していけるだけのヒット率が見込めることはパパも意識してた。ローンの残高を一気に減らそうとする子もなかにはいるだろうってことも。常連客はだいたい、並のサービスで満足するようなタイプじゃないし……」

「どんなタイプの連中なんだ」

「実業家、政治家、マスコミ関係者。あなたの同僚《フレンド》も何人か……」

俺が顔をしかめると、アリシアは冷ややかな視線を俺に向けた。

「名前を教えたら、どんな見返りがあるの」アリシアが言った。

「きみをいますぐ逮捕するのは控える程度かな」

「ずいぶんと強気ね。証拠を偽造してる現場の写真を撮られてるくせに」

俺はにやりとした。「きみは何もわかってないな、アリシア」俺は低い天井に頭をぶつけないよう用心しながら立ち上がった。「ガイ・ラッセルに飼われるくらいなら、この写真を自分で警察に持っていくよ」

アリシアは口を開きかけてためらった。それからぎこちない声で言った。「きっとそう言うだろうと思ってた……」少し考えてから立ち上がってデスクに近づいた。「あなたのこのお友達《フレンド》は……」そう言ってまた俺の写った写真を差し出す。歩道でフレディ・コイルと話している場面だった。「うちの常連よ」

「きみのお父さんがそこまで寛容な人だとは知らなかったな」アリシアの怪訝《けげん》そうな顔を見て、俺は付け加えた。「フレディ・コイルはゲイだ」

アリシアは笑った。「フレディがゲイなら、わたしは男よ」

「ここの常連なのか」

「上客の一人」アリシアは俺に体を寄せた。「写真のことだけど、できれば自分で警察に提出するのはやめて」

「どうして」

「かっこいいと思ったから。あの子のためにあそこまでするなんて」アリシアは微笑んで本心を隠した。「少なくとも、その写真に感謝してる。私立探偵のジェリーはね、パパがドバイに出発する当日に来たの」

俺の表情が変わったことに気づき、アリシアは続けた。

「知らなかった？　パパとオリーは仲よしなのよ。何をするにも一緒。いまも仲よくやってるかしらね。その日、パパが旅行の支度をしてるところにジェリーが来た。伝言があればって言ったら、写真を渡された。ああ、その手があったかと感心したわ。あなたのやり方が気に入ったの……」アリシアは俺の目をのぞきこむようにした。「負けていられないとも思った」俺の肩に頭をもたせかけ、耳もとでささやいた。「だからわたしもコカインを買ったのよ。家に帰ってパパに行ってらっしゃいのキスをするついでに、ちょっとした贈り物をスーツケースにまぎれこませた」

　俺は一歩下がった。

「一生に一度のチャンスだもの。パパがいつも言うように、地理的条件はその人の運命を決めるのよ。だから、パパがドバイの監獄で違法薬物所持容疑と闘ってるあいだ、このクラブはわたしが代わりに仕切るしかないというわけ。インコグニートの経営方針は少し変わることになりそう……」

「つまり、この写真が表に出てきみが得るものは何一つないというわけか」俺は写真が入った封筒を持ち上げた。

「失うものしかない。あなたをちょっと揺さぶってやろうと思って、行きつけのお店にわざと置いてきただけ……」アリシアは俺の顔の痣《あざ》に指先を触れた。「ほかの誰かが犯

人だと勘違いしてトラブルに巻きこまれたんじゃなければいいけど」

「トラブルなどなかったよ」俺は言った。

「よかった……」アリシアはぴたりと体を寄せて俺の目を見つめた。それから、何ごともなかったかのようにそっけなく向きを変えた。ほしいものはもう手に入れたということだろう。

「初めて会った夜、きみは外の通りまで俺を追ってきたね……」俺はアリシアの背中に向かって言った。

「それがどうかした？」

「お父さんの頭に酒をぶっかけたのを怒ったからじゃなかったんだな」

　アリシアは肩をすくめた。「だって、パパにはあれがお似合いだったもの」

「カートライトがどこに住んでいるか——どこに行けばカートライトと接触できるか伝えようとしたんだな。カートライトとのあいだに何があった？」

　こちらを振り返ったアリシアの目は冷たい表情を浮かべていた。「女の子は、初めての相手を決して忘れないの」

　その目を見て、ネオンカラーのコンタクトレンズを着けるのをやめた理由がわかった気がした。もう必要ないのだ。

　俺は床に目を落とした。「お父さんが学生に貸した金だが……」

「もう返済無用よ」アリシアが言った。「それでも一部の女の子はやめないと思うけど。たとえほかの選択肢を与えられていても、たいがいの人は間違ったほうを選ぶのよ。何にせよ、わたしが生活に困るようなことはないから」

「きみのことは心配しなくていいんだな、アリシア？」

アリシアは目を閉じてうなずいた。この子なら一人でりっぱに生きていけるだろうという気がした。

「もう会うこともないだろうから——元気でね、ウェイツ巡査」

「きみも」俺は言って部屋を出ようとした。

「ところでそれ、いったい何があったの」

俺は出口で立ち止まり、顔に手をやった。「喧嘩《けんか》だ」

アリシアは微笑んだ。今回は作り笑いではなかった。「あのね、訊いてるのは喧嘩の前に何があったかなんだけど」

4

「うぐ」サティは額を拭いながら言った。「からから天気が続いてるよな、それはわかってる」車の助手席で通信指令員と無線で話している。俺から一言も引き出せないからだ。「しかし、エイダンの頭にせっかく真っ黒な雲がかかってるんだ、そんならとっとと雨を降らせてくれねえかなと思ったりするわけだよ……」

俺は勤務開始のずいぶん前に公用車を取りにいった。

サティは音楽を毛嫌いしていて、ラジオから音楽が流れてくるとパニック発作を起こす。トーク番組や電話参加型の番組を好む。たとえば政治亡命を求める移民に文句たらたらのタクシー運転手からの電話。サティは独り言をつぶやきながら話に合わせてうなずく。まるで最新のヒット曲でも流れているかのようだ。そこで俺は、ラジオのプリセットを端からいじってヒップホップやＲ＆Ｂの専門局に合わせておくのを日課にしていた。もうずっとそうやっているから、サティは機械のなかの幽霊のしわざだと信じている。プリセットをいじってからサティを拾いに行き、サティがラジオのスイッチを入れるのを待つ。

それでいつか車から飛び降りてくれるんじゃないかと期待している。

二日前に留置場にわざわざ来たのはいかにもサティらしいことではあったが、どういうわけか俺はそれ以上の何かを期待していた。相棒としての連帯を示すような何か。しかしサティはまるで何ごともなかったかのような顔で、俺が隣にいないかのように無線機に向かってぼそぼそしゃべり続けている。

俺はといえば、なかば自動操縦でぼんやり運転しながら、パレス・ホテルの前にさしかかったところでなんとなく建物を見上げた。サティの鮮やかな推理によって、殺人事件は別の殺人事件で解決された。笑う男はブリックを殺し、ブリックは笑う男を殺したのだとサティは言うが、まるで筋が通らない。一方の死体には名前がなく、名前があるほうには死体がない。二つを合わせて初めて、リアルな人間らしくなる。サティの事件解決率に輝かしい勝利がまた一つ加算された。

「うぐ」サティはまだ通信指令員と話していた。「ああやって文句ありげに横目でちらちら見られてるとな、白内障でよく見えてねえんじゃないかとか、疑いたくもなるってもんだよな……」

俺はパレス・ホテルを見上げた。目を細めた。次の瞬間、道路の真ん中に車を停め、シートベルトをかなぐり捨てて降りた。

サティのわめき声が背後から聞こえた。ほかの車のブレーキ音、クラクションも聞こえた。俺は車のあいだをすり抜けて反対側に渡り、メインエントランスのドアに飛びつ

いた。施錠《せじょう》されていた。ドアを力いっぱい叩《たた》き、蹴り、揺らした。ようやく人の気配がして、鍵《かぎ》が回った。

「はい？」アリが顔をのぞかせた。仕事に戻っていたとは意外だった。

「いますぐ入れてください」

「はい？」

「エイダン・ウェイツ巡査です。あなたが襲われたあと病院で話をした」

「ええ、覚えてますよ」アリは一歩下がった。

「この建物内にいま、ほかに人がいますか、ミスター・ナッサー」

アリの顔を暗い表情がよぎったように見えた。

「いいえ、誰もいませんが……」

「それなら、五一三号室のライトがついてるのはなぜです？」

「そんなはずありませんよ」アリは言った。

しかし俺はアリを押しのけてロビー奥の階段に向かった。アリが鍵をかけ直してから追いかけてくる足音が聞こえた。待ってくれと叫んでいる。長い階段を二続き上るとようやく一つ上の階だ。俺は手すりをつかんで体を引き上げながら上った。手すり越しに階段の吹き抜けをのぞくと、アリが一階遅れて追ってきているのが見えた。俺は五階に着いた。肩で息をし、目に落ちてきた汗を拭った。用心しながら五一三号室に向かった。

ドアは開けっぱなしだった。

灯りは消えていた。

周囲を見回す。何かないか。何だっていい、場違いなものがどこかにないか。廊下を近づいてくる足音が聞こえた。アリだ。やはり肩で息をしていた。階段側が明るいせいで、アリの姿はシルエットになっていた。

「巡査……」息を整えながらアリが言った。「言ったでしょう、電気なんかついてませんよ。ほかには誰もいないんですから。すみませんが、帰ってください……」

しばらくそうやって突っ立っていた。互いの顔さえ見えなかった。俺は部屋の入口を埋めたアリの巨大な影を警戒しながら、椅子を部屋の真ん中に引きずっていった。そこに立って電球に手を伸ばした。

電球は熱かった。

少年は森を走っていた。脚は小川の水で濡《ぬ》れている。鞄《かばん》のストラップが肩に食いこむ。耳鳴りがして、白点が豪雨のように視界を埋めていた。上昇が始まった。そのとき足はまだ地面をかすめていたが、上へ、上へと勢いよく昇っていった。まもなく木々のてっぺんが足の下に見えた。

俺はあえぎながら目を覚ました。

隣の部屋で電話が鳴っていた。

「はい」電話に出て言った。まだ朝早い。七時か八時くらいだろう。

「寝ていたか」

俺は電話を握り締めた。「ベイトマン、いいかげんにしてくれないか」

数秒のあいだ、ベイトマンの息づかいだけが聞こえていた。「やめられないよ、ウォリー。やめられない」

「俺の名前はエイダンだ。あんたにしてやれることは何もない」

「車を出せ」

「断る」

「車で行く」

「行っても何もない」

「妹を痛めつける」ベイトマンは言った。「妹を愛してやる。キスして、ファックしてやる――」

目を閉じて電話を切った。またすぐに鳴り出して、俺はコードを壁から引き抜いた。

X

デーモン・イン・プロファイル

Demon in Profile

1

俺はオフィスの前でストローマーを待った。ストローマーは俺に気づいてクリップボードから目を上げ、ドアを開けた。

「鍵《かぎ》はかかっていないのよ……」ストローマーは言った。

俺は続いてなかに入った。「あなたと話したかったので」

「私はすごく忙しいの、巡査。規則に従って、上官を通して面会のアポを取ってもらえるとありがたいわ」

俺は首を振って椅子《いす》に座った。「サティは自分の葬式一つ手配できませんよ」

「あらひどい」ストローマーはデスクの端に尻《しり》を載せて俺をしげしげと見た。「ここから見るかぎり、あなたのお葬式のほうが先になりそうね。ずいぶんとまたやられたものね……」

「パレス・ホテルで発見された男性の死因になった毒物は何でしたか」

ストローマーは、蘇《よみがえ》った死者を見るような目を俺に向けた。「〈スマイリー〉のこと？」

「それはサティがつけたニックネームです。俺じゃない」

「炭素と窒素が三重結合した物質」ストローマーは答えた。「青酸カリね。古典的な毒

薬。あの事件は解決したんじゃなかったの」

「どうやってのませたかわかりますか」

「お酒に混入された」

「酒とは？」

「ブレンデッド・ウィスキー。おそらくジェイムソン」

「胃の内容物からウィスキーの銘柄までわかるんですか」

「最先端技術でも何でもないわ」ストローマーは自分の鼻をそっと叩《たた》いた。「ホテルの部屋に空きボトルがあったし……」

「とすると、何者かが被害者に気づかれずに毒物を混入したと考えて間違いない」

「そうね。症状はすぐに出たはず」

「つまり本人にもわかったはずということですね」

「何かおかしいことには気づいたはずよ。症状が進むと、筋肉が麻痺《まひ》する。笑っているような表情は、そのせいかもしれない」

「または、幸せな気分で旅立ったか。摂取してから息絶えるまで、どのくらいの時間があったでしょうね」

「二十分から三十分といったところじゃないかしら。どうして」

「チェリーの死因は？」俺は言った。「運河で見つかったセックスワーカーです……」

「本名はクリストファー・ジョーダンよ。彼の場合は、喉《のど》がつぶされてた」

「彼女は女性として生きる選択をしたんです、ドクター。プロの殺し屋ですかね」

ストローマーは怒りを抑えきれない様子で言った。「いいえ、犯人は手加減を知らないしろうとよ。被害者の口をふさごうとしたか首を絞めようとしたんだろうけど、抑制がきかなかったのか、やりすぎもいいところ」

「女性でもできそうですか」

「よほど強い動機があれば」

「サティは行き当たりばったりの性犯罪として片づけようとしています」

「うらやましいほどの事件解決率の持ち主よね」

「死んだ当日に性行為をしたかどうかはわかりますか」

「あなたとチェリーは恋仲か何かだったの？」

「死んだ当日に性行為をしたかどうかはわかりますか」俺は同じ質問を繰り返した。

「していないわね」ストローマーは答えた。「死の当日に性交渉を持った形跡はなかった。彼女に個人的な思い入れがあるの？」

「ミッドランド・ホテルの血液については」俺は言った。

ストローマーはため息をついた。「アンソニー・ブリックの血液」

「間違いありませんか」

「確率は九十八パーセント」

「量はどのくらい？」

「ざっと三リットル分がカーペットに染《し》みてた」

「トイレから人体の痕跡《こんせき》は見つかりましたか」

ストローマーは答えなかった。

「そういう前提で考えていいんですか。バスタブでばらばらにされて、トイレに流されたと？」

「それも仮説の一つね」ストローマーは言った。「ミスター・ブリックの遺体がどこに消えたのか、わからないままになるかもしれない。あなたもサトクリフ警部補も、くず入れ連続放火事件の最初の二件の燃え残りを鑑識に回さなかったから。ばらばらにされて、くず入れで焼却されたということも充分に考えられる」俺は先を待った。「これまでのところ人体の痕跡は見つかってないけれど、鑑識はいまもミッドランドの排水管を調べてる。ねえ、こんなこと訊《き》くのはいやだけれど、ウェイツ巡査、あなた、大丈夫なの」

「絶好調ですよ」俺は帰ろうと立ち上がった。

「私の話を一言も聞いてなかったんじゃないかって気がする」

「それはお互い様です。お邪魔しました、カレン」

2

何か様子が変だなと思いながらエイミー・バローズの家の玄関前に立った。ノックし、少し待ってからチャイムを鳴らした。誰も出てこない。窓の前に立ち、両手でまびさしを作ってリビングルームをのぞいた。壁に並んでいた息子の写真は一枚もなく、ネイルガンを撃ちこまれた跡だけが残っていた。石膏《せっこう》ボードに、ピリオドのような穴が五つ六つ並んでいる。本棚も空っぽになっていた。

通りを渡り、このあいだ話をした婦人の家に行った。こういうときの頼りはのぞき趣味の持ち主だ。玄関を開けた女性は、前回と同じくたびれたドレッシングガウンを着ていた。

「おはようございます。エイミー・バローズはどうしたのかご存じですか」

女性は口もとを手で隠さずにあくびをした。「夜逃げみたいに引っ越してったわよ」

「その前に何か言っていませんでしたか」

「もしうちに顔を出してたら、鼻先にドアを叩きつけてやったわよ。荷物を車に積めるだけ積んで出ていったみたいだけど」

「いつ」

「朝方の三時か四時。ここいらに住んでるのはちゃんとした家族ばかりだったのに、最近は――」

「一人でしたか」俺は車に向けて歩き出しながら訊いた。

「坊やが一緒だった」女性はガウンの胸もとをかき合わせた。「ねえ、これは何なの、窓から家をのぞいてたこそ泥の件なの？　あいつ、また来そうだってこと？」

「それは絶対にありません」自信を持って答えられる質問が一つでもあってよかったと思った。

アリが入院していた病院で初めて会った日、エイミー・バローズはにこやかに俺に接した。慇懃《いんぎん》といってもいいくらいの態度だった。ところが俺が自宅に来てあれこれ質問を始めるや突き放したような態度を取り、何を考えているのかまったくわからなくなった。一方で、笑う男の遺体と対面したときの反応はひどく感情的だった。

二度と会うことはないと思っていた人物だったからだ。

俺は聖マリア病院に行き、まっすぐ受付に向かった。受付係の女性は顔を上げるなり眉《まゆ》をひそめた。

「救急ですか……」

「いや、こちらの職員に会いにきました。診療看護師のエイミー・バローズ」

「どのようなご用件でしょう」

「実は警察の者でして」俺は身分証を引っ張り出した。「ミズ・バローズに命の危険が迫っていると考えるに足る理由があります」人間的な反応が見たくてやや大げさに言ってみたが、受付係はまるで動じず、エイミーの診察室への道順を説明するだけすると、首を伸ばして俺の次に並んでいる人物を見た。立ち去り際《ぎわ》に一つ思いついて、俺は振り返った。「すみません、もう一つ。エイミーのご主人には何科に行けば会えますかね」

3

エイミーの診察室は救急救命科にあった。待合室は診察待ちの患者でごった返していた。みな暑さで朦朧《もうろう》とした様子で顔を扇《あお》いでいた。俺は誰か出てくるのを診察室の前で待った。携帯電話が鳴り出して、画面を確かめた。見覚えのない番号が表示されていた。

「ウェイツです」俺は電話に出た。

ベイトマンだ。息づかいだけが聞こえた。酔っているようだ。疲れがたまり、限界が近づいていることが伝わってきた。奴《やつ》の服役期間を想像した。二十年。グロテスクな顔、迫る老い。出所を待っている友人や家族はいない。日々を支えるのは、盗んだ鞄《かばん》のありもしない中身だけだ。このときの息づかいはそれまでと違って聞こえた。威《い》嚇《かく》のために息づかいを聞かせているというより、自分でも抑えられないといった風だった。

なぜかそのほうがよほど不吉に思えた。

「やめられないよ、エイダン。やめられない……」

俺は電話を耳から遠ざけ、無言で通話を切った。どうやら俺はよほど凶悪な顔をしていたらしく、歩行器に頼ってのろのろ歩いてきた高齢の患者が進路を変えて俺をよけていった。

数分後、診察室のドアが開いて眼帯をした男性が出てきた。俺はその男性とすれ違ってなかに入り、ドアを閉めた。エイミー・バローズは奥の壁際に立ち、小さな窓のほうに首を伸ばして煙草《たばこ》の煙を吐き出していた。俺に気づいて最後に一服してから煙草を外に投げ捨てた。顔は青白く、色むらがあった。よく見ると化粧をしておらず、目の下の深い皺《しわ》が目立った。髪を洗っていないようだ。脂《あぶら》じみてぺたんとしている。車で寝たのかもしれない。子供はどうしているのだろう。

「刑事さん」

「引越をしたようですね」俺は言った。

エイミーは俺の目を見つめたまま言った。「だって、あの家は危険でしょう。子供の安全を考えなくちゃ……」

「なのに警護は断るわけだ」

「それがわたしなりの安全策なの。警察とは関わらないようにすることも。家に押し入られたり、手を壁に釘《くぎ》で打ちつけられたりしたことなんて一度もなかったもの、あなたが来るまでは」

「夜逃げでは何も解決しませんよ」

「そう？　じゃあ、どうすれば解決するの」エイミーは椅子にどさりと座った。声も疲れきっていた。手に包帯が巻いてある。だが、俺の目はもう一方の手に引き寄せられた。

腕をテーブルの上に伸ばしていて、袖《そで》がまくれ上がっていた。勤務時間外には何本も着けている太いブレスレットがいまはなく、重なり合った線状の傷痕《きずあと》が手首に何本も走っているのが見えた。

「何があったのか話してもらえませんか」俺は言った。エイミーは黙っていた。「逃げても解決しなかったから、こういうことになっているのでは」

「あなたが現れるまでは何でもなかったのよ……」

しかし、エイミーの決意が揺らぎ始めているのがわかった。

俺は真向かいの椅子を引いてそこに座った。「ネイルガンの男は誰だったんです、エイミー」

「知らない……」

「知らないとは思えないな」

「本当よ」

「あなたには嘘《うそ》ばかりつかれたから、信じていいのかもうわからない」

「知らない人だった」エイミーは俺の目をまっすぐに見て言った。「あんな体格の人は知らないし、声もにおいも何一つ覚えがない」

「何と言われたんです」

エイミーはまた目をそらした。

「俺と話すなとか？　あんな男に脅されて、言いなりになる気ですか」

「そうよね。脅されて従う相手は、あなたみたいな人に限るべきよね。珍しく優しい声で話してるけど、そろそろいつもの脅しつけるみたいな話し方に戻したほうがいいんじゃないの」

「しかし、あなたはまだ安全ではないというのは事実です」

「わかってる」

「息子さんだって危険だ」

「わかってる」エイミーはやや気色ばんだ声で言った。

しばらく二人とも黙っていた。

「ご主人の意見は？」

エイミーの目がふたたび俺を見た。まるで別人のように鋭く非情な目だった。俺はたじろいだ。横目で獲物をうかがう路上強盗のような目だ。飛びかかってくるのではないかと思った。

「ご主人に会わせてもらえますか、エイミー」

「夫には会わせられない」

「それはなぜ」

エイミーは腕組みをし、薄い氷のように寒々しい笑みを作った。「私は結婚していな

いからよ、刑事さん」

「なら、写真の男性は誰です？　暖炉の上に飾ってあった写真。あなたと息子さんと、もう一人男性が写っていた……」

「さあね」エイミーは肩をすくめた。「あの写真は作り物なの。あれに写ってる男性には会ったこともない」

「息子さんはあなたのお子さんなんですね」

「いったい何が知りたくてそんなことを訊くの」

「みんな俺にそう訊くばかりで、誰も俺の質問には答えない。あなたを襲った人物に心当たりはないんですね」

「ないわ」エイミーは小さな声で言った。

「結婚していないというのは本当ですか」

「ええ」

「あなたの家でロス・ブラウンのことを尋ねたとき、あなたは落ち着かない様子だった。そろそろご主人が帰ってくるからと言った……」

「考えを整理する時間がほしかったの。すぐ逃げるか、それとも様子を見るか」エイミーはまぶたを閉じ、無意識にだろう、指先で手首の傷をなぞった。「いっそ死んでしまおうかとも思った……」

「息子さんのことを考えなくては」

「あの子のことしか考えていないわ。ただ……」喉がごくりと鳴った。「生まれてこなければよかったのに。わたしも、あの子も」

俺は何か言おうとしかけたが、自責の念がエイミーの胸に広がり始めているのがわかった。そこで話題を変えた。「身元不明のあの男性は誰なんです？ ロス・ブラウンとは話しました。彼の証言はあなたの証言と一致しています。交際していたのは事実だが、彼がマンチェスターを離れたとき関係が終わった。つまり、あなたは『ルバイヤート』をもう一人別の人物にも贈ったんでしょう。身元確認のときの反応を思うと、遺体の男性は、二度と会わないはずの人物だったとしか考えられない」

「どうしてあきらめてくれないの」エイミーは手首の傷に爪《つめ》を立てていた。「わたしに何の恨みがあるの」

「いいですか、そんな段階はとうに過ぎてるんですよ。この件に関して何かしたせいで、あるいは何もしなかったせいで、少なくともさらに二人が命を落としているんです」

エイミーは、怖いものから隠れる子供のように両手で目を覆《おお》った。

「死者のリストにあなたや息子さんが加わるようなことは許せない。留置場が一番安全な場所だと思えば、迷わず留置場に放りこみます。パレス・ホテルで見つかった男性。息子さんの父親はあの男性なんでしょう。違いますか」

俺の声は聞こえていたはずだ。しかしエイミーは、さらなる被害者が出たという事実を受け止めきれずに立ち往生していた。病院の漆喰塗りの壁を凝然と見つめている。俺が初めて彼女の家を訪ねた日から、十歳は年を取ったように見えた。一分ほど過ぎたころ、エイミーは口を開き、すべてを打ち明けた。何から逃げたのか、どこへ逃げたのか。パレス・ホテルで死んだ身元不明の男とどうやって出会ったのか。話すうちに、どこかぎこちない話し方の癖は少しずつ消え、ひたすら意思の力で隠してきた本来の訛《なまり》が露《あら》わになって、南半球の英語の癖だと俺にもわかった。オーストラリアか。あるいはニュージーランドか。

4

「マルセーユに着いたときには一文無しになっていたし、持ち物らしい持ち物は何一つ残っていなかった。いま思い出すと体中がむずむずするわ。それまでの暮らしぶりのせいでノミや埃《ほこり》や糞便《ふんべん》が体のなかにまで入りこんで、いまもそこでうごめいているような感覚。寝るときも同じ服のまま何日も過ごしたから、服がわたしとは別の命を持ってるみたいだった。わたし自身よりずっと生き生きしているんじゃないかというくらい。トロール船に乗ってるあいだに誕生日を迎えたの。船ではセバスチャンと同じ寝袋にもぐって、歯を食いしばって禁断症状に耐えた。汗で追い出すしかなかった。ひどい気分だったわ。この苦しみが一生続くんだと思った」

エイミーは俺を見た。

「実際、そのとおりなのよ。人生そのものが禁断症状みたいなものだから。ずっと鏡を見る勇気がなかったけど、マルセーユで船を降りて、海沿いの酒場に入って初めて見た。見るなり涙があふれたのを覚えてる。顎《あご》がふだんの倍くらいに腫《は》れ上がってたから。セバスチャンたちが手配した車で街に行く約束だったけど、店を出たら誰もいなかった。寝袋だけ残っていたわ。

フランス語はひとことも話せなかったから、とりあえず内陸に向けて歩き出した。建物が見えてる方角にね。泊まる予定の施設の名前だけ覚えておけば大丈夫だって言われてた。ちゃんと覚えてるか、何度も言わされたのよ。だから、道で人と会うたびに繰り返したの――〝サンザブリ〟〝サンザブリ〟（訳注／フランス語で「ホームレス」の意）。あのときの人たち、いまも思い出して笑ってるでしょうね。教えられた道順のとおり行ってみて、ホームレスの保護施設《シェルター》だとわかったときは、自分でも笑っちゃったわ。その立場になって初めて、人生の本質が見えてくるものね。

シェルターではシャワーを浴びさせてくれた。服や食べ物ももらった。居場所を与えられた。そのシェルターには何週間かいたけど、居心地は悪くなかった。もう逃げなくていいと思うとほっとしたし。薬物とも縁が切れた。わたしはそのシェルターにいたなかで一番まっとうな一人だった。ほかの人がどんなにひどかったかという話でもあるけれど。腕に注射痕が並んでいるようないかれた目をした若い男性が大半だった。あとはお金や健康を失ってもまだ女には優しいおじいちゃんとか。女と見ると、杖《つえ》にすがってでも行ってドアを開けてやるような。年配の女性もいたけど、わたしは関わりを避けてた。若いころの写真や古いウェディングドレスの切れ端なんかを後生大事に持ち歩いてるのよ。悲しい身の上話を裏づける証拠としてね。でも、要するにそういうことなのよ。若い男は自堕落じゃなくちゃいけないし、おとなの男性は紳士でなくちゃいけない。女

は悲劇のヒロインじゃなくちゃいけないの。わたしは若い女だったけど、同年代の女性はいなかったから、ひとりぼっちだった。どのグループにも属していなかった。おかげで目立っていたと思う。

ほかの誰ともなじまない男性が一人だけいたの。いつもいるのに、いつもいないような存在だった。ほかの人と距離を置いているように見えた。何か威厳のようなものがあったわ。周囲がついその人に従ってしまうような何か。笑っているところ、くつろいでいるところは一度も見たことがなかった。誰かをじっと観察していたかと思うと、すっと近づいていく。ふいに誰かの隣に腰を下ろして話し始めるの。といっても、独り言のようにつぶやくだけ。相手の顔さえ見ない。しばらくすると、そろって立ち上がって、しばらくどこかに行く。その人はそれきり戻らなくて、話していた相手だけが帰ってくるんだけど、その人の威厳を借りたような、自分は選ばれた人間なんだというような自信に満ちてるのよ。わたしは何度か彼に話しかけようとしたけれど、居心地悪そうな顔、気まずそうな顔をして、そそくさと部屋を出ていってしまった。英語がわからないか、若い女が苦手なのかなと思ったわ。その人について、勝手な想像をふくらませた。実は億万長者なんだとか、ドラッグの売人だとか、作家かもしれないとか。何もかも超越しているような人だった。この世の終わりを見てきたから、いまさら何が起きたって驚かないというような。

数週間後に彼がついに話してくれたときは、ちょっとがっかりしたくらい。あのときのわたしみたいに孤独な人間には、謎《なぞ》が気持ちに張りを与えてくれるのよ。彼は、自分は一種のビジネスマンだけれど、売り物は誰にでも勧められるものじゃないと言った。自分自分には必要のないものだと思えば、最後まで説明を聞く必要はないよとも言った。彼の話す英語は完璧《かんぺき》に近かった。わたしが育った環境にいた人たちの英語よりよほど正確だった。わたしよりきれいな英語を話したわ。彼は身分に関わる書類を買い取りたいと言ったの。違法なことだし、危険もあるけれど、リスクを背負うのは主に自分だからと説明された。わたしはパスポートを五百ユーロで売った。最後にもう一度だけ自分の本当の名前を見て、弱みにつけこんでいるのは彼ではなくてわたしのほうだという気がしたのを覚えてる。

もらったお金がポケットにあったのは、きっかり五分だけだった。取引をシェルターの外ですませて、いつもどおり彼はその日はもうシェルターに戻らない予定だった。だからわたしは一人で広場を歩き出した。すごくいい気分だった。お金の心配をしなくていいのは、逃げて以来初めてだったから。シェルターの入口に男の人が座って両手で顔を覆ってた。近づいてみると、顔じゃなくて鼻を押さえているとわかった。鼻が折れて血が出てたの。泣いてた。セバスチャンだった。船で一緒だった人よ。それで彼らに居場所がばれてしまったんだとわかった。だから逃げようと思って向きを変えたら、目の

前に兄のテッジがいた。兄は……」

エイミーは一つ大きく息を吸いこみ、こみ上げた感情をのみくだした。

「……兄から元気かと訊かれたわ。父が死ぬほど心配してると言われた。それからおなかを殴られた。兄はわたしのポケットを探って、お金を見つけた。どうやって稼いだかは訊くまでもないなと言った。そしてわたしが見てる前で、お金を下水に捨ててしまったの。何の価値もないものみたいに。パスポートはどこだと訊かれた。わたしを連れて帰るのに必要だからよこせと言われたの。だからシェルターに置いてあると答えた。自分のロッカーにあるって」

エイミーは微笑《ほほえ》んだ。手の震えが顔に、声に伝わっていた。

「シェルターのロッカーに道具を一式しまってた。彼らに見つかってしまったときのためにね。頭にかぶるビニール袋と粘着テープ。手首や足首を切るための大きなカミソリまで持ってたわ。

取ってこい、時間ならまだあるからと兄は言って、ベンチに座ってわたしに微笑んだ。逃げたわたしを見つけたとき、兄はいつもそうだった。わたしはシェルターに入った。セバスチャンはまだ泣いてて、ごめんよと何度も謝った。わたしはその横を通り過ぎて、ロッカーのある三階に行った。ロッカーを開けて、非常用のキットを取り出したところで、同じ部屋に誰かいることに気づいたの。わたしのパスポートを買った人だった」エ

イミーは俺を見た。「わたしが呼ばれて確認した遺体はその人よ。外にいるあの若者と一緒に行くつもりかと訊かれた。あいつと一緒に行くくらいなら手首を切るつもりと答えた。そうしたら彼は黙ってうなずいて、向きを変えて歩き出した。わたしは彼について裏口から外へ出た。彼は少しも急がなかった。街を見て回っている旅行者みたいな顔でタクシーを止めた。十分後、わたしたちはどこかのアパートの部屋にいた。彼はそこに住んでいたわけではないと思う。空っぽだったから。最低限の家具さえなかった。あなたは誰なのとわたしは訊いた。すると彼は、そんなことは気にするなと言った。それより、自分に何ができるかが重要なんだからと。何ができるのと訊くと、自分は〝人消し屋〟だと答えた。新しい名前、新しい身分、新しい人生を売るのを仕事にしてるというの。さっきもらったお金はなくなってしまったと打ち明けたわ。彼は微笑んだりはしなかったけれど、声の調子がほんの少しだけ変わった。微笑んでいるみたいに。そしてこう言ったの。特別に無料で引き受けるよって……」

いま俺がエイミー・バローズという名で知っている女性は、それから一週間、そのアパートで寝泊まりし、男は着替えや本を持ってきた。以前の名前、以前の人生に二度と戻れなくなるが、心残りはないかと確かめた。彼女はまったくないと答えた。男はまた、いったんマルセーユを離れたら自分とは二度と会うことも話すこともないだろうと言った。素性を隠し通すことこそがライフワークであり、そのために多大な労力を費やして

きたと話した。

最後の夜、二人は男女の関係になった。

義理や義務感からではない。気まぐれに彼女の命を救おうと思い立ったらしいどこの誰とも知れぬその男に、本心から惹《ひ》かれ、感情を激しく揺さぶられたからだ。持ち物らしい持ち物はぼろぼろの『ルバイヤート』一冊しかなかった。彼女自身もまだ読んでさえいなかった。ある日、チャリティ・ショップで見かけて買ったにすぎない品物だった。だが、詩の一節を選んで献辞とした。とにかく彼に贈り物をしたかった。新しいイニシャル――〝A〟――を何かに書いてみたかった。男は彼女が部屋を出ていくなり本を処分するだろうと思った。これまでどおり匿名性《とくめいせい》を優先するに違いない。ところが男はそうしなかった。それ以降も彼女のことを忘れずにいた。

「ロス・ブラウンが持っていた一冊は？」俺は訊いた。

「マンチェスターに来て落ち着いたところで、初めてあの詩集をちゃんと読んだの。詩にこめられたいろんな意味が心に迫ってきた。再生、自由、逃避。わたしが与えられたチャンスと同じものがロスにも与えられて当然だと思った」

俺はうなずいた。

「彼を殺したのは誰？」エイミーは言った。「わたしを救ってくれた人を、誰が……」

ずっと封印していた感情がついにあふれ出しそうになって、もはや押しとどめられな

くなりかけているのだとわかった。彼女が感じている恐怖の深さが俺にも伝わってきた。

「兄たち？　それとも父？」

俺はまだすべての情報を束ねようとしているところだった。「その件とは無関係なのではないかな。しかし、あなたの家をのぞいていた男がいると近所の住人から聞いたとき、追っ手が、家族が来たとあなたは思ったわけですね」

エイミーはうなずいた。

「実際には彼――〝人消し屋〟だった」

エイミーは眉をひそめた。

「あなたの行方をずっと追っていたんだと思います。事実、あなたからもらった本を捨てずに取っておいた。あなたの電話番号を調べ、献辞の下にメモした。解剖の結果、余命わずかだったことがわかっています。長くて数週間の命だったそうです。それを考えると、死ぬ前に自分の息子に会ってみたかった、もう一度あなたに会いたかった、それだけのことだったのではないかと」

「じゃあ……どういうこと？　病死だったの？」

「毒を盛られていました。商売柄、恨みを買うことも少なくなかったんじゃないかな。家に侵入してあなたにネイルガンを突きつけた男のことですが、知らない人物だったとおっしゃいましたね……」

「まったく知らない人よ。テッジや家族の誰かだったらさすがにわかったはず」

「その男に何を言われたんです?」

「パレス・ホテルの男のことは忘れろって言われた。あの若い刑事と話をしたら、坊主《ぼうず》の目を撃って壁にはりつけてやるからなって」

「あなたの家族なら、死体で見つかった男のことなど知ったことではないはずでしょう。迷わずあなたを連れ去ったはずだ。家族じゃありませんよ、エイミー」

「でも、捜査の記録に名前を出されては困るの」エイミーは言った。「警察には行かれない。証言はできない――」

「わかってます」俺は言った。「あなたの証言を求めることはありません。話を聴かせてくれてありがとう。あなたと息子さんに警護を手配したいんですが」

「あんな生活にはもう戻りたくない。過去の影に怯《おび》える暮らしには耐えられない」

俺も同じ気持ちでいた。事態はとうに危険水域に達している。

笑う男は人消し屋だった。この世から消えたい事情のある人々に手を貸していた。それなら、現在進行形の自分の人生の痕跡まで徹底的に消したことにも納得がいく。そしてたった一つ自分に許した望み、死ぬ前にエイミーと息子に会いたいという希望は、無情に奪われた。本当はどこの誰だったのか、彼の身元が判明する見込みはごく薄いだろう。それでも、誰かが彼を殺したという事実は動かない。彼は力を振り絞って休業中の

ホテルまで歩き、そこで息絶えた。その後、彼が投宿していた部屋でアンソニー・ブリックの血痕が見つかった。チェリーが殺されたのは、何かを目撃したからだ。

すべてがパレス・ホテルを指さしている。

「あと一日だけ」俺は言った。「最大で二十四時間、待ってください」

5

エイミーの診察室を出て、恨みと怒りと疲労の視線に刺されながら混み合った待合室を抜け、通りに出た。体も心も低いうなりを上げていた。笑う男が人消し屋だったのなら、それだけで多くの疑問は解決する。だが同時に、証人であるエイミーの名前を出せない以上、死体の身元を特定するのは不可能に近いだろう。パーズ警視から取引を持ちかけられたとき、俺はあまり期待するなよと自分に言い聞かせた。夜勤から別のシフトへの異動。新しいパートナー、サティからの解放。どちらも、笑う男の身元を突き止めることが条件だった。その希望も閉ざされて、俺は絶望的な気分でいた。

だが、笑う男を殺した犯人は誰かという疑問はまだ残っている。

一方で、手がかりの最後の一片がまだ残っている。被害者は人が新しいアイデンティティを獲得する手伝いをしていたという手がかりが。

アリのイギリスでの法的な身分も確認したほうがいい。亡命申請の可否に人生がかかっている人物、難民申請によって公民権を一時的に剝奪《はくだつ》されている人物が、いざというときどんな手段に出るか、誰にも予想できない。この事件につきまとうアイデンティティがらみの問題はそれだけではなかった。チェリーは誕生の際に与えられた名前と性別

を捨て、別の名前と性別で生きていた。異性の妻と同性の恋人がいたフレディ・コイルは、二つの異なるセクシャリティの持ち主だ。しかもインコグニートの有料会員でもあるなら、そこではまたストレートのプレイボーイに戻ったことになる。そのフレディの愛人ジェフ・ショートもいる。どれほど好感の持てる人物であろうと、家族を裏切ったことは事実だ。他人の家庭を壊し、その結果、転職を余儀なくされた。そしてもう一人、アンソニー・ブリックは、同僚や同業者から信頼されるビジネスマンだったが、借金がかさんで首が回らなくなり、どういうわけか笑う男が宿泊していたホテルの部屋で最期《さいご》を迎えることになった。彼の痕跡、カーペットに染みた大量の血液は、殺害された恐れを示してはいるが、まるきり筋が通らない。名前のないよそ者、エイミー・バローズの回想から想像されるような淡々と仕事をこなす影のような人物は、本当に残虐《ざんぎゃく》な殺人者だったのか。追い詰められた若い女性を見て命を救おうとした人物が、人を殺してばらばらにした？　死を前にして、息子の顔を一目見たいと、命がけで最後の旅を強行した人物が？

　事件と関係のないところにもアイデンティティにまつわる問題が存在する。俺の私生活に侵入してきたベイトマン。子供のころの俺にとっては美男のならず者、女性のあしらいを心得たドンファンだったが、強欲さが仇《あだ》となって二目と見られない別人のような顔になった。俺の妹もいる。やはり新しい名前、新しい人生、逃げ道を与えられた。そ

して、この俺。顔を鏡に映すたびに顔が歪《ゆが》んで別物に変わる男、自分の手を見て、その手が変わってしまったのは自分の激しやすい性格ゆえであることを認められない男。友人にさえもはや同じ人間と思ってもらえないほど変わり果てた男。

　携帯電話が震えて着信を知らせた。

その振動を感じると、即座にベイトマンの顔が浮かぶ。

「ウェイツです」

「お疲れ様です、ブラック巡査です」その声は、朝からずっと街娼《がいしょう》やポン引きに話を聞いて回っていた人物には不釣り合いにはずんでいた。

「やあ、ナオミ。できればいいニュースが聞きたい気分だな」

「手がかりを見つけました……」

「しばらくお目にかかっていないから、手がかりってのがどんなものだったか忘れてしまったよ」

「そうですね、高さは百六十五センチくらいです。ゆったりしたシャツとカーキのスラックスを穿《は》いてます」

「チェリーの常連か。ミスター・ハンズを見つけたんだね？」

「はい、いま署に来てもらっています。サトクリフ警部補にも連絡しますか」

6

俺は取調室の前でブラック巡査と話していた。

「あいにく、サティは来られないそうだ」俺は嘘をついた。「で、その常連客をどこで見つけた」

「一帯のストリートガールに聞き込みをしました。それでまずニックネームがわかりました。ふつうは話しかけてもにこりともしてもらえませんけど、死人が出たとなると仲間意識が芽生えるんですね。チェリーという人は周囲から好かれていたみたいです。噂《うわさ》が巡りめぐって常連のミスター・ハンズ当人の耳に入って、自分から名乗り出てきてくれました」

「ご苦労様」俺はなかに入る前に立ち止まった。「これは好奇心から訊くんだが、ニックネームの由来は何だろう」

「女の子たちにドイツ語で話しかけるのが好きだから」

「わからないな……」

「ミスター・ハンス」ナオミは小さく微笑んで言った（訳注／娼婦の客を意味する「ジョン」のドイツ語形の一つがハンス〈Hans〉。それをさらに英語読みするとハンズ〈Hands〉とも聞こえる）。

俺はうなずいて取調室のドアを開け、なかに入った。

俺たちが捜し続けていた人物、チェリーの常連客はテーブルにつき、耳障《みみざわ》りな音を立ててグラスの水をすすっていた。小柄だ。身長はブラック巡査の見積もりどおり百六十五センチくらい、年齢は五十代なかばから後半といったところだろう。真面目《まじめ》で正直そうな顔をしていた。このところ、初回の事情聴取で本当のことを話してもらえたためしがなかったから、たとえ真実を聞かされたところで俺はそのことに気づかないかもしれないなと思った。俺は正面の椅子《いす》に座った。

「こんにちは、ミスター……」

「ニールド」男性はテーブル越しに手を差し出した。「ラリー・ニールドです」

俺たちは握手を交わした。取調室では珍しい展開だ。

「今日はありがとうございます、ミスター・ニールド。あなたの立場の男性が名乗り出てくれるのは珍しいことです……」

「そうでしょうね」ニールドは言った。「あの子がかわいそうでかわいそうで。だって、殺されたって話じゃないですか」その声に畏怖《いふ》の念が感じ取れた。生と死に対する、そして人間には命を奪う力があるという現実に対する畏怖。俺はニールドに好感を持った。

「ええ、残念ながら事実です。まずは基本的な事実をいくつか確認させていただけますか」

「どうぞどうぞ」

「職業は」

「ＩＴコンサルタントです」

「年齢は」

「五十四歳」

「チェリーの常連客だったわけですね」ニールドがうなずく。「知り合ってどのくらいでしたか」

「知り合いといえるのかわかりませんけどね。たしかに何度か会いましたが、目的はおしゃべりじゃありませんでしたし」ニールドは両手を握り合わせた。「私が最初に声をかけたのは、オクスフォード・ロードでした。二カ月くらい前だったかな。それから三度か四度、会ったと思います……」

「最後に会ったのは先々週の土曜日だったわけですね」

ニールドがうなずき、俺は驚きを感じて一瞬黙りこんだ。今日は火曜だった。パレス・ホテルの事件からまだ十日しかたっていないのだ。

「最初に、チェリーの殺害事件の捜査対象からあなたを除外したいと思います。先週の月曜はどちらにいらっしゃいましたか」

「ポケットから携帯電話を出してもかまいませんか」

俺に撃たれるかもしれないと不安になったのだろう。

「ええ、かまいませんよ」

ニールドは携帯電話を取り出し、眼鏡を鼻の先端にずらしてからスクロールした。

「月曜の夜は、明け方まで会社で仕事をしていました」

「どなたかそれを裏づけられる方はいらっしゃいますか、ミスター・ニールド」

「誰も見ていないのに残業するなんて意味がない」ニールドはにやりとした。「覚えておきたまえ」

「ええ、そうします」意図した以上にそっけない口調になった。ニールドの顔から笑みが消えた。

「夜のあいだずっと、いろんな人間が出入りしていました」

「その人たちの名前を控えさせてください」

ニールドはうなずいた。ずっと恐れてきたことがついに現実になったとでもいうような顔をしていた。

「どんな捜査の対象からあなたを除外しようとしているのか、その人たちに伝えることはありませんからご心配なく、ミスター・ニールド。事実を答えていただけるのであれば」

「ええ、そうですよね」

「チェリーと最後に会ったときのことを話していただけますか。先々週の土曜の夜です。パレス・ホテルに一緒に行ったんですよね……」

「行ったのが間違いでした」ニールドは目を閉じた。「あの晩、私が誘っていなければ、あの子はそもそもあのホテルにいなかっただろうに」

「それ以前にもパレス・ホテルに行ったことがありましたか」

「一度だけ。ただ、そのときは状況が違いました」

「というと……？」

「その、どういった関係だったかは刑事さんもご存じですよね。友達があのホテルで働いていて、部屋を使わせてもらえるんだと言ってました。初めて行ったときは、私たちが行くとあらかじめ伝えてあったからでしょうね、正面玄関の鍵《かぎ》はかかっていなかった。しかし二度目はこそこそした感じだったもんで、ああ、そういうことかと思いました。その日は非常口から入ったんです。友達が開けておいてくれたんだとあの子は言ってましたけどね」

「それは何時ごろでしたか」

「ちょうど零時ごろかな……」

サティと俺が最初に通報を受けて駆けつけたときのアニーサの証言と一致する。「わかりました。それで」

「非常階段で五階まで行きましたが、その階の部屋はみんな鍵がかかっていました。するとチェリーが四階に開いている部屋があると言うので、その部屋に行きました。一度目に使ったのと同じ部屋だと思いますけどね、断言はできません。そこですませたあと、非常口から外に出るしかないわけですから、また五階に上がりました。いや、あの階段はおっかなかったな。相手が信用できない人物だったら、一緒に上り下りしたいとは思いませんね。五階に着いたところで、話し声が聞こえました。階段の少し下のほうで二人分の話し声がしていたんです。チェリーは私の手を取って、廊下を右に進みました。この時点ではもう生きた心地が――」

「その二人を見ましたか」俺は言った。「話し声が聞こえたという二人の顔を見ましたか」

「後ろ姿だけです。それもちらりと見えただけでした。一人はダークスーツを着ていたと思います。もう一人は……警備員ではないかと思いました。その、服装や何かがそういう風に見えましたね」

「その警備員の肌の色はわかりましたか」

「いや、すみません、見えなかったな……」

「その二人はどうしましたか」

「廊下を歩いていって、どこかの部屋のドアを開けて入っていきました」

「カードキーを使って？」

「いや、すみません。そこまでは見えなかった」

「わかりました」俺は言った。「二人は部屋に入って……」

「二人は部屋に入っていって、私はもうこんな恐ろしいことは充分だと思いました。まっすぐ非常口から外に出ました」

「一人で？」

ニールドはテーブルの上で組んだ手をもみしだいた。「チェリーは好奇心を抑えきれなかったようで。別の子もあのホテルの部屋を商売に使っているんだったらと心配になったんでしょう」

「その夜以降、チェリーと会ったり話したりしましたか」

「あの日、外で待ちました。あの子が無事だとわかるまで逃げるわけにはいかないと思って」

「そのときチェリーは何か見たと話していましたか。どんなことでもかまいません、何か言っていませんでしたか」

「部屋の前に行ったらいきなりドアが開いて、二人組の片方に顔を見られたと言いました」

「どちらの男だったか言っていませんでしたか。その男の見た目について何か言ってい

ましたか」

ニールドはしばらく考えてから首を振った。「覚えているかぎりでは何も。その男は激怒していたと言っていました。追いかけられたそうですよ。チェリーは駆け戻って階段を下りた。追われながら四階まで下りたところで、下の階から別の話し声が近づいてくるのが聞こえたそうです。チェリーは四階の廊下を走り出したそうですが、追ってきた男は踊り場で凍りついた。それからチェリーがいるほうに歩き出して、隠れる部屋を探したんでしょうね、部屋ごとにドアをがちゃがちゃ言わせてたそうです。それから、チェリーによると、その男は壁から消火器を取って、それで自分の頭を殴りつけた」

ニールドは口をつぐんだ。俺はテーブルをにらみつけていた。ニールドが咳払《せきばら》いをして、俺は自分が一分以上も黙りこんでいたことに気づいた。

「ああ、すみません、ミスター・ニールド。チェリーの話はこうで間違いありませんか。男に追いかけられて四階に下りた。ほかの話し声が聞こえて、男は消火器で自分の頭を殴りつけた。チェリーがそう話したというのは確かですね」

「ええ、チェリーは確かにそう言ってましたよ。その直後に懐中電灯を持った別の誰かが廊下をやってくるのが見えて、自分は逃げたって。五階に戻って、非常口から外に出たと言ってました」

7

「もしもし、ミズ・カーン。ウェイツ巡査です」

アニーサが深々と息を吐く気配が伝わってきた。「あなたの上司と連絡を取り合っていたのよ、ウェイツ巡査。あなた、許可なくナターシャやフレディの捜査をしていたっていうじゃない。申し訳ないけど、今後は弁護士の同席なしに二人から事情聴取しないでもらいたいの。事前に書面で申し入れをしてください。あなたの上司の署名入りで」

「わかりました」俺は言った。「今日お電話したのは、明日の朝、パレス・ホテルに立ち入る許可をいただきたかったからです」

「どうして」

「信頼に足る情報が寄せられたんです。遺体で発見された男性が五一三号室にあるものを残したはずだというんですよ。それさえ押収《おうしゅう》できれば、あとはもうご迷惑をおかけすることもないかと」

「あるもの？　何のこと？」

「殺害された男性の件です。犯人の身元につながる証拠を遺体発見現場に残したようです。そんなわけで、明日の朝、鑑識班が入室する許可をいただきたいんですが」

「証拠が残っているという情報がどこから寄せられたのかしら」

「目撃者が名乗り出てきたんです、ミズ・カーン」

「目撃者？ だって、パレス・ホテルは無人だったのに……」

「いや、無人とはほど遠い状態でした。被害者の死亡推定時刻前後、アリのほかにホテル内に二人、目撃者がいました。トラブルにならないよう、所有者のお二人に連絡しておいていただけますか。いや、もちろん、俺から連絡してもかまいませんが……」

「いいえ」アニーサは言った。「私から伝えます。お話はそれだけ？」

「以上です」俺はよけいなことを言わずに電話を切った。血液が脈打ちながら全身を巡っているのを感じた。今日の夜勤は病欠しよう。サティだってたまには自分で報告書を書けばいいのだ。俺はパレス・ホテルに張りつく。俺がでっち上げた鑑識による捜索の前にあの部屋を調べておこうと思い立つ人物がいないともかぎらない。

「ああ、そうだ、忘れるところでした」振り返ると、ナオミ・ブラック巡査が壁にもたれ、顔に笑みを浮かべて俺を見ていた。私服に着替えて帰宅するところらしく、晴れ晴れとした表情だった。「今日、あなたのことを訊《き》かれました、ウェイツ巡査……」

「誰に？」

「きれいな人です。アン……何だったかしら。ラストネームは、手帳を確かめないと」

俺は眉《まゆ》をひそめた。その反応に気づいたナオミの表情が変わった。

「アン？　その女性に会ったのはどうして」

　ナオミは廊下伝いに後ずさりした。それを見て、俺は自分が彼女に一歩詰め寄っていたことに気づいた。

「家宅侵入です」ナオミが答える。「その女性のヨーク・ロードの自宅に何者かが――」

　アン。アニー。俺の妹。

「無事なのか」

「ええ、本人はちょうど留守にしていたらしくて。何者かが玄関を破って、室内のものを手当たり次第に壊したんです。きっと近所の悪ガキ――」

「その女性に何を訊かれた」

「えっと、似たような事件がほかにも起きてるのかとか……」

「俺のことだ。俺について何を言っていた」

　黙っていればよかったとナオミが後悔しているのがわかった。

「あなたを知っているかと訊かれただけです……」

「きみは何と答えた」

「名前は知っているし、何度も見かけたことがあると。あの、二人のあいだを取り持とうとか、そんなつもりじゃ……」

「わかってる」俺は息を落ち着かせようとした。「悪かった。知らせてくれてありがと

う」

俺は荒い足音を立てて歩き出した。背中にナオミの視線を感じた。壁が左右から迫ってきているような気がした。外に出ると、あいかわらず息ができないくらい暑かった。携帯電話を取り出して、着信履歴をスクロールした。

ベイトマンを探した。

いつもかならず番号非通知でかけてくる。いますぐ奴《やつ》と話したかった。奴は俺に警告をよこしたのだから。画面を見つめ、いますぐ電話してこいと念じた。

「失礼します」ナオミが追い越していった。

「巡査」俺は呼び止めた。

ナオミが振り向いた。「もう非番なんですけど……」

「ナオミ。このあとの予定は」

「どうして」

「頼みたいことがある」

パレス・ホテルを見張るつもりでいたが急用ができたと話した。俺はよほど切羽詰まった顔をしていたらしく、二、三時間ならといって、ナオミは代わりを引き受けてくれた。

「出入りする人間がいたら、すぐに連絡してくれ。誰だろうときみはホテルに近づいて

はいけない」

　できれば自分で行きたかった。自分の目でなりゆきを確かめたかった。しかし、パレス・ホテルの件は俺の優先度リストの下のほうに一気に沈んでいた。ベイトマンが妹の家に押し入り、室内を破壊したのだ。俺の知るかぎり、子供のころ離ればなれになって以来、アニーと俺の唯一《ゆいいつ》の接点は、一年ほど前、アニーが新聞で俺の写真を見たときの一度だけだった。不正行為、麻薬、不祥事といった言葉と並んで、俺の名が印刷されていた。妹は俺に連絡を試みたが、俺は返事をしなかった。恥ずかしかったからだ。今日、アニーはブラック巡査と話した。おずおずと切り出しただろう。故意に自分を無視した相手のことを訊くには勇気が要っただろう。

　ベイトマンが俺たちをふたたび結びつけた。

　奴に対して優位に立てる材料が何かあっただろうか。どんなことでもいい。唯一の共通点が頭に浮かんだが、考えるだけでも気分が悪くて、即座に却下しかけた。だが、そこで妹のことをもう一度考えた。サイコパスに家に押し入られた直後だというのに俺のことを尋ねた妹のことを。自分にどれほどの危険が迫っているか、妹が知らずにいてくれればいいと思った。この先も知らずにすませてやりたいと思った。俺は一つ深呼吸をし、車に乗りこんで、走り出した。

8

俺が初めて訪れたとき、この屋敷はある帝国の鼓動する心臓だった。その主《あるじ》、光と影でできた不可侵の男に、俺は少しのあいだ引き寄せられていた。若く、美しく、魅力的な人物だ。彼の過去は謎に包まれ、彼の目はセールスパーソンのそれのように相手の弱みを的確に見抜いた。

その顔には輝くばかりに真っ白な笑みが仮面のように張りつき、周囲にはいくつものクエスチョンマークが漂っている。警察はなぜいつも彼に関心を向けているのか。働かなくても豪勢に暮らしていけるだけの金はどこから入《あが》ってくるのか。周辺で次々と姿を消した若い女たちの身に何が起きたのか。初めは崇められ、讃《たた》えられ、レストランやナイトスポットでは彼の腕に装飾品のようにぶら下げられている女たちは、間違った種類のことを言ったり、したり、考えたりしたとたん、姿が見えなくなる。目の周りを青黒く腫らし、胸の骨が折れた状態で生まれ故郷である陰鬱《いんうつ》な工業都市に帰郷することもあれば、この世から消えたかのようにそれきりになることもある。あのころ屋敷で開かれていたパーティは有名で、重低音のきいた音楽が鼓動のように窓や壁を震わせていたが、いまは静かだった。意外なことに、玄関が開いて顔をのぞかせたのは、出産間近の若い

女性だった。きれいな人だ。黒い肌は、見たことがないほどきめが細かくてなめらかだった。俺の驚きを察したのだろう、まるで助け船を出すように会話の口火を切った。

「はい……？」

「旧《ふる》い友人を探しているんですが」

あのころは独身主義者の陰影に満ちた住まいといった雰囲気だった内装は、明るく品のよいものに変わっていた。女性の案内で独創的な絵画が並んだ廊下からテレビのないリビングルームに入った。どこかに隠されたスピーカーからネオ・クラシック音楽が流れ、壁はどれも書棚で埋め尽くされていた。

「彼を呼んできますね」女性が微笑んだ。

俺は座って待った。自分がここに来ていることが信じられなかった。彼が現れ、入口をくぐってすぐのところでほんの一瞬だけ立ち止まった。向こうも信じがたい思いでいるのだろう。それから近づいてくると、俺の肩に手を置いて笑った。

「エイダン・ウェイツ。いつ以来だ？」

「前世で会って以来と思えるよ。突然お邪魔して申し訳ないね……」

「いやいや、かまわないさ。ニア」彼は言い、すぐ後ろから一緒に入ってきたパートナーに笑みを向けた。女性も笑みを返す。「このエイダンとは古いつきあいでね。何か飲み物を用意してもらえないかな」

「もちろん。初めまして、エイダン。何がいいかしら」

俺は微笑んだ。「いつもそいつと同じものを飲むんですよ……」

彼の表情に、俺とのいきさつのすべてが凝縮されていた。

「たしかエイダンはコニャック好きだった」

「コニャックをお二つ。すぐにお持ちします」ニアはウェイトレスのように言い、部屋を出ていこうとした。「わたしは飲めないから、その分も飲んでくださいね」

ドアが閉まり、彼が俺の正面に座った。

「おめでとう。すてきな人だな」俺は言った。

「ふん、よく言うよ」彼はそっけなく言った。「おまえが顔を出すとはな」

「所帯を持ったとは知らなかったよ」

奴はにやりと笑った。「おまえが彼女のことを知らなかったのは、おまえには知られたくなかったからだ。思いがけず来たからといって、事情が変わるわけじゃない。で、何の用だ」

「頼みがある」俺は言った。

ほかに言いようがない。

奴は思案顔をした。俺が知っている犯罪者の大多数と違い、ゼイン・カーヴァーは感情で動くという愚かなことをしない。感情というものを深く理解していて、その理解を

もとに自分の行動を決める。悪魔的な共感力の持ち主だ。カーヴァーは一瞬で事情を把握した。「俺に助けを求めるとは、よほどまずい状況にあるわけだな。まんざら悪い気はしないね。だが、見てのとおり、いまの俺はその手の連中と縁がない」

「最近は何をやってる？」

「あれとか、これとか」

「相談したいのは一《ひと》世代前のある男のことだ。連絡先を知りたい」

カーヴァーは少し考えてから言った。「最後に会ったときの俺のいったいどこを見て、次回から何でもぺらぺら教えるだろうと思った？」カーヴァーは身を乗り出した。「キャサリンの話をしたときか。泣きじゃくるおまえを道ばたに置き去りにしたときか」

キャサリンはかつてカーヴァーの恋人の一人だった女で、仮面の奥に隠された本性に気づいてカーヴァーのもとを離れた。カーヴァーがつく嘘《うそ》は堅牢《けんろう》だ。カーヴァー自身もその嘘を本気で信じているからだ。だから、仮面が剝《は》がれたとき——誰かの目に映った本物のゼイン・カーヴァーを目《ま》の当たりにしたとき、カーヴァー自身も周囲に負けず劣らず驚愕《きょうがく》する。そして自分を変えたり、後悔や良心の呵責《かしゃく》を感じたりする代わりに、自分の本当の姿を垣間見た相手のほうをどうにかすることで解決しようとする。

「仕事は関係ない」俺は言った。「訊きたいのがそれなら」

「また面倒に巻きこまれたわけか」

ドアが開いて、ニアがコニャックのオン・ザ・ロックを二つ持って入ってきた。カーヴァーはテレビのチャンネルが切り替わるように瞬時に変わった。俺たちに酒のグラスを渡したあと、ニアはドア枠にもたれた。「はぐらかさないで教えて。どこでどうやって知り合ったの？」

「それはエイダンから話してもらわないと……」カーヴァーが言った。俺の口から出る言葉を自分の言葉と変わらずコントロールできると思っているかのようだった。

「こいつは本当に謙虚な男なんだ」俺は言った。「そのころ、俺は近所のチャリティ団体が運営するホームレスのシェルターで働いてた。毎月、同じ人物から多額の寄付があった」そう言ってカーヴァーを指さした。「こいつだ。ぜひ直接会って礼を言いたいと思った。そして会ったとたんに意気投合した」

ニアがカーヴァーのほうを向いた。「そんな話、知らなかった。びっくり……」

「こいつの銀行口座をのぞいてみるといいよ」俺は言った。「謎《なぞ》の動きがあるだろうから」

カーヴァーが愉快そうな表情で俺を見て、グラスを挙げて微笑んだ。「恵まれない人々に」俺たちは酒を味わい、カーヴァーは続けた。「エイダンのニックネームの由来もそれだ。〝チャリティ・ケース〟（訳注／「慈善の対象者」の意味。そこから「哀れみの対象」「格下の相手」といった意味も）」

「こいつが何と呼ばれてたかは内緒にしておくよ」俺はニアに言った。「急にお邪魔し

て、ご迷惑でしたね」

「迷惑なんて、とんでもない。ゼインのお友達にはまだほとんど会ったことがないの」

「大半が音信不通になってるだろうからね」俺は言った。「実を言うと、昔なじみの一人と連絡を取ろうとしてるところで。どうやらゼインが連絡先を知っているみたいで助かった……」

「誰の連絡先が知りたいって？」カーヴァーがむっつりと言った。

「ニコラス・フィスク」

「痩《や》せた男か」カーヴァーが言った。「最後に会ったのは、それこそ前世だな。おまえたちが知り合いだとは意外だ……」

「一度だけ会ったことがある。向こうはたぶん覚えていないだろうが。ちょっと様子を見にいきたいんだ。元気にやってるかどうか」

「さすがチャリティ・ケース、変わらないな。調べてみよう。少なくとも、俺が知っているなかで一番新しい住所を教えるよ」もう一口だけ酒を飲んでから立ち上がった。

「ちょっと失礼」そう言うと、愛情のこもったしぐさでニアの肩に手を置いてから出ていった。

「なれそめを訊いてもいいかな」俺はニアに言った。

「わたし、ライト・ファンタスティックで働いてたことがあるの。中心街にあるクラブ

ね。わたしと知り合って、彼はクラブを買収したのよ。毎晩のように通ってきて、デートしてくれって」ニアは大きくなったおなかに手をやった。「そんなこんなで、ごらんのとおり……」

「性別はもうわかってるの？」

「生まれてからのお楽しみということにしてるけど、彼もたぶん、女の子だといいなと思ってるんじゃないかしら。だって、女の子の名前しか考えてないのよ、あの人……」

「万事順調にいくことを祈ってますよ」俺は言った。意図した以上に熱のこもった口調になった。ニアが怪《け》訝《げん》な表情をし、何か言おうとしたところでカーヴァーが戻ってきて紙片を差し出した。

「俺にできるのはここまでだ。昔、その住所にある不動産を所有していたはずだ」

「ありがとう」俺は言って紙片を受け取った。「悪いが、急がなくちゃいけない。ニア、お会いできてよかった。それに、おめでとう」

「ありがとう。こちらこそ光栄よ。次は一緒に食事でも」

「玄関まで見送ろう」カーヴァーが言った。

玄関を出る前に俺は振り返り、声をひそめた。「ガセじゃないだろうな」

カーヴァーはうなずいた。「俺は駆け引きをしない。忘れたか。ただ言っておくが、そこにのこのこ出かけていくのは、災難に自分から突っこんでいくようなものだぜ

「……」

　俺は帰ろうとした。

「こんなことを言っても信じないだろうが」カーヴァーが続けた。「おまえを痛めつけてやろうなんて気は俺にはなかったよ、エイダン。そう望んだのはおまえだ。おまえ自身だった。何が悲しいって、いまも何一つ変わっていないところだな」

「俺の首に賞金を懸けたのはだからだとでも、ゼイン？　俺の望みをかなえてやろうと思ったのか」

　カーヴァーは薄い笑いを浮かべた。「そんな話は初耳だ」

「やるならやれよ」俺は言った。「生まれてくる子供にせいぜい年に一度か二度しか会えなくなるぞ」

　カーヴァーの顔から笑みが消えた。「おまえはボスからよほど好かれているらしいな。市警の一員でいるあいだにおまえが殺されたら、俺たちをまとめて磔《はりつけ》にしてやると脅された。しかし失業したあとだったら、まともな捜査さえ……」カーヴァーは最後まで言わなかった。「ところで仕事は順調か、エイダン。ここに顔を出したということは、よほど切羽詰まっているんだろう」

「さっきも言ったな。これは個人的な話だ」

「おまえの場合はいつだってそうだ。一つ提案がある。俺にしても、ある朝、ニアが新

聞を広げたら、おまえが失踪《しっそう》したって記事があったなんていう事態は避けたいからな。俺から話をつけてやってもいいぞ。俺なら、殺し屋がどうのって話を一掃してやれる。それでおまえは今年初めて何の心配もなく眠れるだろう……」

「それであんたにどんな得がある？」

「キャサリンの居場所を教えろ。あれからどうしているか、ぜひ知りたいと思っていた……」

俺はキャサリンがあれからどうしたか知らない。このとき初めて、知らなくてよかったと心の底から思った。

俺は笑みを浮かべて言った。「最後に会ったときの俺のいったいどこを見て、次回から何でもぺらぺら教えるだろうと思った？」

カーヴァーは肩をすくめた。「好きにするといい。だが、顔が見られてよかったよ、エイド。忘れられたかと思い始めていたところだった……」

「世間は忘れたかもしれないな、ゼイン。俺は忘れない」

「幸運を祈る」カーヴァーは言い、ドアが閉まった。

9

カーヴァーから教えられた住所は、ロッチデールの郊外のものだった。本気でかっ飛ばせばカーヴァーの屋敷フェアヴューから三十分で行ける距離だ。カーヴァーを信用するのは危険だとわかっていても、代案があるわけではない。速度制限ぎりぎりで車を走らせていると、携帯電話が振動した。ベイトマンでありますようにと思いながら応答した。あいつが妹の家に押し入ったと知って、俺は浮き足立っていた。どんな要求にも応じるつもりでいた。

「ウェイツ巡査？」

「もしもし……」

「ブラック巡査です。いまパレス・ホテルの前にいます。南アジア系または中東系の男性がいまホテルに入っていきました」

「警備員の制服だったか」

「はい。いつこちらにいらっしゃれそうですか」

「できるだけ早く行くよ、巡査。いま手がかりを追っている。交代が必要なら、信用できる同僚に頼んでくれ。ただし、監視に空白ができないようにしてほしい」

「……了解」

「何か変わったことがあったら、ホテルには入らないで、まず俺に連絡をくれ」

「でも、わたしはここでいったい何を――？」

「監視だ」俺は言った。「最上階から目を離さずにいてほしい。どこかの部屋に灯りがついたら、電話してくれ」

パレス・ホテルに仕掛けた罠《わな》は一種のギャンブルだった。しかも思いついた勢いでことを進めた。いまになって疑念が頭をもたげかけていた。笑う男の職業が判明し、それならば特定のニーズを持った人々と出会う機会が多かったのではないかと考え、サティの仮説を改めて検討した。被害者はわざわざあの部屋を死に場所に選んだのではないか。犯人を指し示すために。

問題は、パレス・ホテルにはあまりにも大勢が関わっていて、その指が誰を指しているのかわからないことだ。ホテルのオーナー夫妻、ナターシャとフレディ。夫妻の弁護士、アニーサ。フレディの愛人、ジェフ・ショート。ショートの妻。国外にいたとはいえ、それでもナターシャに手紙を送ったのは彼女なのかもしれない。ホテルの警備員、アリとマーカスもいる。パレス・ホテルには三百近い客室があるというが、事件発生以降、灯りがついているのを俺が目撃した部屋は五一三号室だけだ。それも二度。そして二度とも、俺が部屋を調べに行ったときにはライトはすでに消えていた。

誰かが五一三号室にこだわっている。

誰かが五一三号室の何かに怯《おび》えている。

明朝、鑑識班が五一三号室を再捜索するとオーナー夫妻に伝えてくれとアニーサに頼んだのは、それでその〝誰か〟を燻《いぶ》り出せるのではないかと期待したからだ。しかしいまになってみると、犯人の正体と動機があまりにも複雑にからまり合い、解きほぐすのはとうてい不可能に思えた。さらに間の悪いことに、ベイトマンが妹の家に侵入したせいで、俺はその場に立ち合えそうにない。アリがホテルに入る前につかまえたかったのに、その機会はすでに失われ、彼はもうホテルのなかにいる。勤務の開始時刻より早く職場に来たからといって怪しむ理由は表向きないが、消火器で自分の頭を殴りつけたというチェリーの証言がある以上、アリは笑う死体事件の最重要容疑者だ。何の成果も得られずに終わるかもしれないとは考えないようにした。アクセルペダルを床まで踏みこむ。スピード違反くらい、いまさら気にするほどのことではない。

10

カーヴァーから教えられた番地を探し当て、ニッキーズの前に車を駐《と》めた。ニッキーズは高架下に押しこめられて建つボクシングジムだ。エンジンを切り、頭上の陸橋を渡る貨物列車を目で追った。ようやく列車が通り過ぎ、あたりはしんと静まり返った。一日もそろそろ終わりだというのにまだ蒸し暑く、空気はのしかかってくるように生ぬるかった。車を降りると、汗を吸ったシャツが体に張りついた。まずは様子を見ようと表玄関に近づいてみて、驚いた。物音一つ聞こえなかった。

何かおかしい。

俺が知っているボクシングジムはどこも、つねに人が集まっている場所、静止する瞬間のない場所だった。フォームやウィービング、ミットドリルに磨きをかける若者たちの姿や声や音がないボクシングジムなど想像できない。スピーカーからラップミュージックががんがん流れていないボクシングジムなどありえない。無人の受付を通り過ぎて練習場に入った。リングには誰もいなかった。天井から吊《つ》り下げられたサンドバッグを打っている者もいない。だが、廃業したというわけではなさそうだった。生々しい汗やテストステロンのにおいが充満している。鏡のように磨き抜かれた寄せ木張りの床に俺

の足音が響いた。声をかけてみようかと思ったちょうどそのとき、誰かがパンチングボールを叩《たた》いている小気味よい音が聞こえてきた。

そろそろとリングを迂回《うかい》して奥へ行くと、黒人の若者がいた。裸の上半身に汗が噴き出していた。肩を左右に揺らし、踵《かかと》を上げて小刻みに体を上下させ、小さな円を描きながらパンチングボールを叩いている。ゆったりとリラックスしたスタンスだった。左で打ち、間髪入れずに右で打ってベースとなるリズムを作りながら、徐々にスピードを上げていく。俺が視界に入ってもやめず、バッグにひたと視線を定めたまま、肘《ひじ》を使ったりダブルパンチを繰り出したりと、テクニックを誇示し始めた。動きがぼやけて見えるほどスピードとリズムが上がった。一分ほどそのペースを保ってからパンチの間隔を少しずつ開けていき、やがて完全に止めた。外から射《さ》しこむ光の条《すじ》のなか、体から湯気が立ち上った。ゆっくりと深呼吸をする若者は、薬物の陶酔感から覚めようとしているかのようだった。周囲を完全に遮断している。俺が咳払いをするとようやくこちらを見た。

「速いな」俺は言った。

「本気出したらあんなもんじゃないぜ」若者はつぶやき、タオルを取って呼吸を整えた。

「何か用？」

「営業していないのかと思ったよ……」

「火災警報が鳴ってさ、みんな帰ったんだ」

「ここのオーナーに会いたい」

「俺だ」若者は俺の顔の切り傷や痣《あざ》をしげしげと眺めた。「あんたは向いてなさそうだな……」

「きみがニコラス・フィスクか」

「ニッキー・フィスクだ。ニッキー・ジュニア」

古い新聞記事を見て、痩せた男、フィスクに息子が二人いることは知っていた。フィスク夫妻の行方不明を届け出たのはその二人だった。俺の人生のあの時期と交差する相手がこうして目の前にいる。俺の頭がおかしいんじゃないと証明されたようだった。ニッキーはグローブを取って手を差し出した。あまり接近したくはなかったが、俺は前に出てその手を握った。

「とすると、俺が探してるのはきみのお父さんということになりそうだ……」

「知ってるよ」ニッキーはそう言うなり俺の手が折れそうなほど握っておいて、左の拳《こぶし》を俺の腹にめりこませた。衝撃が背骨に響き渡るほど強烈なパンチだった。俺は体を二つに折って床に崩れ落ちた。ニッキーは俺の脚をつかんで隣の部屋に引きずっていき、投げつけるようにして椅子に座らせた。粘着テープがちぎり取られる音が聞こえ、まもなく俺の両手は背後で縛られた。

俺は口をきこうとした。

苦い液体が喉《のど》にせりあがって、俺は歯を食いしばった。

周囲を見回した。そこはめちゃくちゃに散らかった古めかしい事務室らしき部屋だった。俺のすぐ目の前に空っぽの椅子がある。

スピットバケツの中身を頭からぶっかけられた。嘔吐《えず》きながら目を開けたとたん、ニッキー・フィスク・ジュニアの右の拳が飛んでくるのが見えた。俺はぎくりとしたが、ニッキーは寸止めし、奇妙な声で笑った。血の混じった気色悪いにおいの他人のつばが口に入って吐き気がこみ上げたが、ニッキーは俺の体を強引に起こして椅子にまっすぐ座らせ、近くのデスクからスポーツボトルを取って俺の顔に水を吹きかけた。次に目を開けると、目の前の椅子に誰かが座っていた。

ニコラス・フィスク。父親のほうだ。

生まれてこのかた俺が会った誰よりも痩せた男。

二十年以上前のあの夜そのままに俺の記憶に刻まれている哀れに痩せ衰えた体は、信じがたいことに、いっそう細く、いっそう鋭角的になっていた。あれ以来、何も食べていないかのようだった。脚を組んで座っている。スラックスの生地を通して膝《ひざ》の骨の輪郭が見て取れた。異様に痩せ、異様に背が高いのに、服に覆《おお》われていない部分の土気色をした肌はなぜかたるんでいた。

「どう思う、ニッキー」フィスクは言った。「次の対戦相手になりそうか」セックス・

ピストルズのジョニー・ロットンが演説法の講師をしているような話し方だった。

「盛りを過ぎてる」息子のニッキーは腕組みをして奥の壁にもたれていた。「万年負け犬ボクサーのなれの果てってとこか」

「それはどうだろうな」フィスクは首を右に傾けた。「頭脳戦では使えそうにないが、消耗戦でならいけそうだ。それはおまえではないのだろうな」

「痣のこと？」ニッキーが言った。「ちげえって。もともとこういう顔なんじゃねえの……」

「うちの息子が申し訳ない」フィスクが言った。「ラッパーのような言葉遣いは母親譲りでね。何を言っても侮辱のように聞こえる。私と話をする前にこの子が腹をやったことも謝るよ。ただ、ボクシングの世界に格言があってね。私の座右の銘でもある。〝先手必勝〟だ」

　俺は顔を上げた。「カーヴァーから連絡があったんだな。俺が行くと……」

「そう、ありがたいことにね」フィスクは何か言うたび、文末にピリオドを打つように義歯をむき出して嘲《あざけ》るように笑った。

「話を聞いてくれ」

「いや、そっちが聞くんだな」

　頭のすぐ横で銃の撃鉄が起こされる音が聞こえた。続いて俺の息づかいだけが聞こえ

た。俺は横を向いて銃を見た。銃を突きつけているのは、別の黒人の若者だった。ニッキーのコピーのようだ。双子《ふたご》か。

「噂《うわさ》のバカはほんとに来たってわけか」双子のかたわれが言った。

「残り物がな」フィスクが言った。「大して残っていないようだが。本人の言い分によると、私たちはこの男の話を聞くべきだそうだよ……」

銃口がこめかみに食いこんだ。「なんで？」

「カーヴァーはあんたたちをはめようとしてる……」

フィスクは音を立てて義歯を吸い、首を今度は左に傾けた。「きみを信じてはならんとカーヴァーは言っていたな。きみは情報屋で、私を殺しにくると言っていた……」

「俺は警察の人間だ」俺は言った。銃口がなおも強くこめかみに食いこんだ。「本当だ。身分証を確認してくれ」

フィスクが双子の一方にうなずいた。そいつが俺のジャケットのポケットを探り、財布を抜き取ってもう一人に放った。もう一人は財布を受け止め、カードやら領収書やらを一枚ずつ確かめては床に落とした。

「へえ、嘘じゃないらしいぜ……」そう言って俺の身分証を父親に渡した。

フィスクは身分証を確かめ、首を右に傾けた。「これ一つできみの名前を私のブラックリストから消せというのか、刑事くん？」

「そうは言っていない。だが少なくとも、俺は本物の刑事で、ゼインは嘘をタレこんだって証明にはなるはずだ」

フィスクは目を細めて俺をにらみつけた。「カーヴァーがきみを消したがっているのはなぜだ」

「女のことだ」俺は言った。「あいつがどういう人間か、あんたも知ってるだろう」

「もしやその女は殺されたのかね」

「逆だ」

「ほう、逃げおおせたのか」フィスクはまた義歯を剝《む》き出して笑った。「となると、きみが恨まれているのは間違いなさそうだな。手に負えなくなると古家の壁に塗りこめるのがカーヴァーのいつもの手だ。まだ息をしている場合だってある。そうなると、また一つ疑問が浮かぶね。いまから行く男は私を殺す気だとミスター・カーヴァーは言ったわけだが、きみをそこまで殺したいと思っているなら、なぜ自分で殺さない？」

銃がまたこめかみに押しつけられた。

「自分でやろうとしたんだが、俺の上司が脅したんだ。部下の身に何かあったらその殺害容疑でおまえを逮捕するぞと」

フィスクは黙っていたが、フェイントをかけて相手を誘い出そうとするボクサーのように首を右に、左に揺らしていた。

「いまごろカーヴァーは、大勢が集まる場所であえて目立つことをして鉄壁のアリバイを作っているはずだ。あんたの息子のどっちかが殺し屋の役を務めてくれますようにと祈りながらな。あんたは奴の代わりに手を汚そうとしてるわけだ」

「で、きみは何をしに来た」

どこから話していいものかわからず、前置きはいっさい省くことにした。「ベイトマン」

こめかみから銃の感触が消え、ニッキーではないほうの息子が俺の耳に唾《つば》を吐きかけた。

「ここじゃその名前は禁句なんだよ」

フィスクは偽物《にせもの》の笑みを俺に向けた。「無作法だな。息子の母親、私の妻を殺したのは、ベイトマンという男だった」用心深い目で俺の表情を探った。「そいつが何だというんだね」

「出所した」俺は言った。「自由の身になった」

フィスクはすぐには動かなかった。息子たちがそろって振り向いて父親の顔を見た。

フィスクは尻《しり》をもぞもぞさせて座面の上で前進した。それから持っていた杖《つえ》にすがって危なっかしく立ちあがった。恐ろしく背が高く、天井に頭がぶつからないよう首を一方に傾けている。そのまましばらくゆらゆらしていたが、やがて杖を頼りにそろそろと歩

き出し、出口に向かった。

「知らせてくれて恩に着るよ」こちらに背を向けたまま言った。重々しい口調だった。

「だが、きみにはもう一つ詫《わ》びなくてはならんようだ……」

「ちょっと待って――」

「おまえの意見は、ニッキー」フィスクが言った。

「やっちまおう」ニッキーは笑っているのに笑っていない奇妙な表情を作って奥の壁から体を起こした。

「ドニー、おまえは」

銃口がこめかみに強く押しつけられた。頭蓋骨《ずがいこつ》に穴が開きそうだった。

「こいつ、エチケットってものを知らねえしな」

「悪いな、友よ」フィスクが言った。「しかし、きみは刑事だ。うちの息子たちから暴行を受けた。二人の名前を聞いた。顔も見た……」

「待て――」

「またボクシングの用語ですまない。三対ゼロのユナニマス・デシジョンだ」

「待ってくれ」俺は言った。「連中はあんたを地下室に監禁していた。あんたは脱出して、警察に通報し、キッチンのテーブルにあった銃を取った」

「新聞記事で予習してきたか。花丸をやろう――」

「トレイシー」俺は言った。フィスクが立ち止まった。「あんたは泣いてた。そこにドアのすぐ外から足音が聞こえた。誰かが廊下にいる気配がした。だからあんたは奥さんの名前を呼んだ」

　フィスクは振り返って俺を見た。

　俺の視界はにじんでいた。声は震えていた。「ベイトマンは子供をあの家に入らせた。鞄《かばん》を盗ませた。その子供は、ドア越しにあんたの声を聞いた」銃がいっそう強くこめかみに食いこんだ。「聞こえないふりはできなかった」俺は叫ぶように続けた。「聞いていられなかった。だからドアの鍵《かぎ》を回して、あんたを解放した」三人は目を見交わしている。「その子はあんたの命を救ったんだ」

　フィスクの重い息づかいが近づいてきた。杖の上に身を乗り出すようにして俺を凝視している。また首を傾《かし》げた。今回はよく見ようとしてのことだった。フィスクの目が俺の目の奥をのぞきこむ。どちらも動かなかった。互いに察したからだ。相手もまた囚《とら》われの身であることを。

「ほどいてやれ」フィスクは言った。その声は湿っていた。「早く」

11

ニッキーズからアクセル全開で車を走らせた。ウィンドウをすべて下ろし、汗とつばと恐怖のにおいを風で飛ばした。シャワーを浴びたくてたまらない。十時間の睡眠がほしい。頑丈なドアと頑丈な錠前に守られた部屋に閉じこもりたい。だが代わりに、手が震えてまともにハンドルを握れなくなったところで、そしてフィスク一家からもう充分な距離を稼いだと納得したところで、待避所に車を寄せて駐めた。ガードレールをまたぎ、道路際《ぎわ》の雑草だらけの一角へ歩き、涙がにじむまで何度も嘔吐《おうと》した。車に戻ると、ブラック巡査からの不在着信が表示されていた。

笑う男のことは完全に忘れていた。

ルーフにもたれ、深呼吸をして声の震えを追い払ってから、折り返しの電話をかけた。

「ブラック巡査……」

「ウェイツ巡査。たったいまパレス・ホテルに白人の女性が入っていきました。年齢は四十代半ばから後半」

ナターシャ・リーヴの特徴に一致する。俺は道の先にぼんやりと視線を向けた。

「わかった。すぐにそちらに向かう。最上階に目を光らせておいてくれ」

「了解」短い間があった。「あの、大丈夫ですか」

電話から二度ビープ音が聞こえた。もう一本別の電話がかかってきている。

「別の電話がかかってきた」俺は言った。「監視を続けていてくれ。二十分で行くから」

ナオミとの通話を切り、もう一本の電話に出た。「ウェイツです」

「……やめられない……」ベイトマンだった。

「妹の家に行ったそうだな」

「もうやめられないよ、ウォリー」ベイトマンが言う。「……エイダン……」

俺は覚悟を決めて言った。「明日、例の家に行こう。鞄を探す。あんたの勝ちだ」

12

ナオミ・ブラック巡査は、パレス・ホテルの真向かい、マンチェスター・メトロポリタン大学の二階にあるメディアハブにいた。俺は駐車禁止エリアに車を置き、身分証を掲げて受付デスクを通り抜け、ナオミがいる窓際のテーブルに近づいた。

「巡査」俺は声をかけた。

ナオミは俺の醜状に目を走らせたが、何も言わなかった。痣が二つ三つ増えたところでいまさら大した違いじゃない。

「ちょうどメールを送ろうとしてました。たったいま、男性と女性のカップルがホテルに入っていきました――」

「そうか」俺は落ち着いて考えようとした。「わかった。応援を要請してくれ。到着したら、ホテルの全出入口を固める。それから、サトクリフ警部補にも連絡を頼む」

「何て伝えますか」

「パレス・ホテルの事件に新しい展開があった、大至急来てくれと」

ナオミはうなずいた。それと同時に視線が動いて、通りの真向かいの建物を見た。俺も見た。五一三号室の窓が明るくなっていた。

「あの部屋、発見現場ですよね。〈スマイリー〉の発見現場」

「応援を呼んでくれ」俺は階段に向かった。建物から走り出て、両手を挙げて車や自転車を止めながら往来の激しい通りを渡った。

何もかもが一気に動き出そうとしていた。

ホテルのエントランスに飛びつき、ドアを押した。

意外にも鍵は開いていた。

ロビーで足を止め、誰かいないかと声をかけたが、返事はなかった。初めて来た夜と同じく、灯りはフロントデスクのライト一つだけだった。空間の広さに対してあまりにも無力だった。光はすぐ前のつややかな石の床を照らしているだけで、ロビーのほかの部分は闇《やみ》に包まれていた。周囲に視線を巡らせた。無数の影、壁に並んだ巨大な柱。それから光に向かって歩き出したが、ロビーの真ん中でまた足を止めた。黒っぽい水たまりがある。しゃがんで手を触れてみた。指先についた液体は鮮やかな赤い色をしていた。血だ。間違いない。まだ温かかった。血のしずくが道しるべのように点々と床に落ちていた。

「誰か……？」俺は大きな声で言った。

返事はなかった。

ロビー奥の廊下の入口に向かった。その先に大階段の上り口がある。角を曲がったと

ころで、男が一人立ち、うつ伏せに倒れた女を見下ろしていた。

　ここにも血だまりがあった。

「下がれ。そのひとから離れろ、アリ」俺は言った。

　アリはこちらに背を向けていて、すぐには反応しなかった。「怪我《けが》をしてる……」

「それはここからでもわかる」

　アリは背筋を伸ばし、振り向いて俺をにらみつけた。俺は二人に近づいた。倒れているのはナターシャ・リーヴだった。俺が近づくのに合わせてアリは後ろに下がっていき、両手をポケットに入れて壁にもたれた。俺はナターシャのかたわらにしゃがみ、脈を確かめた。息がある。携帯電話で救急車を要請した。そのあいだもナターシャを守るように肩に手を置き、アリから目を離さないようにした。電話を切り、ジャケットを脱いで丸め、ナターシャの頭の下に置いて支えとした。

　アリはまばたきもせずに俺を凝視していた。

「何があった？」俺は訊《き》いた。

「それはこっちのせりふですよ……」辛辣《しんらつ》な調子のせいか、これまでよりも訛《なまり》が強く感じられた。

　俺はアリを見つめて待った。

「この状態で見つけた」長い沈黙があって、ようやくアリが言った。

「死体が発見された夜、男の話し声を聞いたみたいに？」

「そうです……」

「そこに少しでも真実が含まれているとすれば、二人組の一方はあんただということだろうな」

「私が何を言おうと、どうせ信じてもらえない」

「死んだ男性を知っていたと初めから話してくれていたら、信じてたよ」

「私は知らない」

「あんたはあの男性と一緒にいるところを目撃されているんだ」俺は立ち上がった。

アリは廊下の左右をさりげなく確かめた。どちらに逃げるべきか考えているかのようだった。

「どの出口にも見張りがいる。俺が指示するまで、このホテルから誰も出られない。さあ、本当のことを話せよ」

アリは床を見つめた。「あの娼婦《しょうふ》……どうやって入ったんだろう」

「昼間のうちにマーカスが連れてきた。非常口のドアに何か嚙《か》ませて、マーカスの勤務が終わったあとまた入れるようにしておいた。あんたを目撃していなかったら、彼女はいまも生きていただろう」

アリはかっとなったように一歩こちらに踏み出したが、それこそ俺の思惑どおりだと

気づいて立ち止まった。

「今夜はその手は使えないぞ、アリ。消火器くらいじゃ俺を倒せない。チェリーがその後どうなったか知ってるのか」

アリは首を振った。

「喉をつぶされて、ごみか何かみたいに運河に棄《す》てられた」

「ガラクタを入れればガラクタが出てくる」アリはつぶやいた。自分を納得させようとしているように俺には聞こえた。

床の上のナターシャが身動きをした。

「むこうを向いて」俺は言った。アリは動かない。「むこうを向いて」俺は繰り返した。アリに背中で手錠をかけた。それからナターシャの隣にかがみこむと、彼女はちょうど目を開けた。「心配しないで。じきに救急車が来ます」

「殴られた……」ナターシャはか細い声で言った。

「誰に？　アリですか」

ナターシャの目がアリのほうに動いた。「いいえ、知らない人。少なくとも、知らない人だと私は思った……」

「実際には知っている人物だった？」

「彼は私を知ってた」ナターシャは自分の記憶の解釈に苦しんでいるかのように眉間《みけん》に

皺《しわ》を寄せた。「ものすごい憎しみのこもった目で私を見た……」

俺はアリを見上げた。「本当のことを話してくれ。あんたが見つけたとき、ナターシャはもう倒れていたのか」

「もう本当のことを話しましたよ」

「死んだ男性のことは」

アリは天井を見上げ、それから俺を見た。「あの日までは会ったことがなかったです」

「で？」

「エントランスに来ました。何を言ってるのかよくわからなかった。酔っ払いかなと思いました。病気なんだ、死にかけていると言いました。たしかにそういう顔色でした。何年も前、新婚旅行でこのホテルに泊まったとかで、その部屋を最後に一目見せてくれたら礼金をはずむといって、札束を差し出しました。恥ずかしいことですが、私は受け取りました」

「ところが、部屋に案内したら、そこで死んでしまった……」

アリは首を振った。「部屋に案内したときには頭がおかしくなってました。一人で笑ったりして。さっきやった金は偽物だよと言いました。何もかも偽物なんだ、人生は幻想なんだとも」

「毒をのまされていた。そのことについて何か言っていなかったか」

アリは目を閉じた。「いろんなことを言ってました。笑ったり、叫んだり。多重人格の人みたいにひとりでしゃべってました。私は怖くなって、部屋を出たところで、あの娼婦が見えました。私たちをこっそりのぞいて盗み聞きをしていたんです。だから追いかけました。追い払おうと思ったんです。そうしたら、またほかの話し声が聞こえて」

アリは俺を見た。「刑事さんでした。階段を上がってきた」

「だから自分で頭を殴りつけた……」

「あの男性といっさい関係ないふりをしなくちゃならなかったから」

「だからといって、あれはちょっと大げさに思えるが。で、五一三号室で、男性は何を話した？」

　アリは答えなかった。

「チェリーを殺したのはあんたか」

　アリが首を振る。

「とすると、誰かにチェリーのことを話したわけだ」

「そのあとに起きたことに私は関係ありません」

ロビーから足音が聞こえた。振り返ると、ブラック巡査が近づいてくるところだった。伸ばした警棒を握っている。

「この人を見張っていてくれないか」俺は言った。「救急車が来るから、ミズ・リーヴ

の手当をしてもらってくれ」

ナオミがうなずき、俺は大階段に向かった。

ナターシャは見知らぬ男に襲われたという。とすると、夫のフレディ・コイルは除外される。三階まで上ったところで、上から下りてくるアニーサ・カーンが回り階段のちょうど向かい側に見えた。俺は立ち止まったが、アニーサはまだ俺に気づいていなかった。

ショックで茫然《ぼうぜん》としているような顔だった。

「どうして」俺に気づいて、アニーサはその一言だけつぶやいた。

「どうしてかな」俺は応じた。

アニーサはちょうど真向かいにいる。俺とのあいだには階段の真ん中の吹き抜けが口を開けていた。俺はそれ以上近づかないようにした。

「あなたが来てるなんて最悪だわ」アニーサは言った。

「この建物は包囲されている。逃げ道はない」

アニーサはその意味を少し考えてからうなずいた。手すりを乗り越え、しっかりとつかまったまま、高さを確かめるように下を見た。

一階の床まで、控えめに見ても落差十五メートルはある。

「馬鹿《ばか》な真似《まね》をするな」俺は言った。

「どうして。どうして馬鹿な真似をしてはいけないの」アニーサの目は涙で濡《ぬ》れていた。

「あなたは若い。先は長いだろう。いまならまだ——」

「まだ、何？」アニーサは笑った。「まだ何だというの」

「やり直せる」

「馬鹿はどっちかしらね。だって、人を殺したら何年くらい刑務所に行くことになる？」

「自分で手を下したのかどうかによる。強要されたり脅されたりしてやったことかどうかによる」

「強要も脅迫もなかったとしたら。愛する人の頼みを断りきれなかったんだとしたら……？」

「数年」俺は言った。「最大で十年。受刑態度が良好なら、それより早く出所できる。いまのあなたと変わらない。まだ若い」

アニーサはまた声を立てて笑った。「出てきて何をするの。八十五歳になるまでスーパーで商品の陳列係でもする？　それくらいなら死んだほうがましよ」

俺は手すりを握り締めているアニーサの手を、手首を見た。あれほど華奢《きゃしゃ》な体、あんなに細い指、細い骨は見たことがないと思った。

「そんなことはない」俺は言った。アニーサがまた下を見る。「死んだほうがましだなんて、そんなことはない」俺は早口に言った。「初めて会ったとき、そう、アリが襲わ

れて怪我をしたと知ったとき、どう感じた？」アニーサが俺を見た。「死はもっと恐ろしい。あらゆる意味で、千倍は恐ろしい」

アニーサは哀れむような視線を向けた。「たしかに心配になったわ。ショックだった。怖くなった。もうだめだと思ったわ。あの時点でもうそう思っていたのよ。罰が当たったと思ったわ……」俺をまっすぐに見つめて続けた。「私はね、自分の心配をしていたのよ、刑事さん。それに、死？　人が死ぬところならこの目で見たの」

ある考えが浮かんで、胸が押しつぶされそうになった。「チェリーか」

「チェリー？　よしてよ、ウィッグをかぶった男じゃないの。気色悪い」

「何があった？」

「彼に全部聞かれたの」アニーサは肩をすくめた。「五一三号室で死んだ男が、私たちのことを洗いざらい話すのをね。あの男は笑ってた。謎《なぞ》を残して死んだって言った。うまくいけば私たちに冷や汗をかかせられるだろう、捜査の目は私たちに向くだろうって」アニーサは意味ありげな目で俺を見た。「そのあとあなたたちが来て、死体が発見された。アリがしゃべる心配はないと思ったわ。でもチェリーは……」アニーサは嘲るように言った。「アリから聞いた特徴を頼りに彼を探し出すのは簡単だった。ピンク色のウィッグにミニスカートってなりでオクスフォード・ロードをうろうろして、アナルを売ってる男。お金で解決しましょうと言った。交渉はしたの」一瞬、バランスを失い

かけて、手すりをきつく握り直した。指の関節が白く浮き上がるのが見えた。「なのにどう、あの男ときたら、私の目当てはファックだと思ったらしいわ」

「それはどこで?」俺は一歩彼女に近づいた。

アニーサが転落しかけたのを見て、俺のほうがめまいを起こしていた。

「チャイナタウンの吐き気がしそうな部屋。お金はいらないと言われたわ。私が笑ったら、怒っちゃったみたい。怒るなんて、何様のつもりよ。額を吊《つ》り上げようとしてるだけだと思ったわ。それに、お金を受け取ってもやっぱり口を閉じておけないだろうと思った。だから、私が代わりに口を閉じてあげたのよ」

「チェリーを部屋から引きずり出したのは男だったという証言がある」俺は言った。アニーサが目を上げて俺を見た。「たったいま、ナターシャを襲った男と同一人物だろう」

「フレディ・コイル?」アニーサが薄く笑った。

「だとしたら、ナターシャが自分の夫を見分けられなかったのはおかしい」

アニーサの顔から笑みがすっと消えた。「まさにそれが問題だったわけよ。その問題が残っていた。彼女とここで落ち合って殺すというのが彼の解決だった」アニーサは喉もとにせりあがってきた感情をのみ下して続けた。「だから私も来なくちゃならなかった。チェリーはともかく、ナターシャを殺すなんてやりすぎよ。どうかしてる。彼を止めようとはしたのよ……」

「止めようとしただけじゃない、本当に止めたんだ」俺は言ったが、アニーサの目は生気を失っていた。俺の言葉は届いていない。「ナターシャは助かる。彼の邪魔をしたのがあなたなら、あなたはおそらくナターシャの命を救ったんだ」

「そう、それはよかった」アニーサは下を見ていた。息づかいが乱れていた。小さく微笑《ほほえ》む。そして一つうなずいた。「そう聞いて安心したわ」

俺をまっすぐに見た。

「頼む、やめ——」俺は言った。

アニーサは手すりを放して消えた。俺は目を閉じた。おぞましい静寂があった。一瞬ののち、十五メートル下の大理石の床に彼女の体が叩きつけられる音が聞こえた。俺はすぐには動けなかった。長い時間が過ぎたころ、ようやく目を開けた。息をすることをやっと思い出した。足を踏ん張り、両手を手すりに置いた。錯覚であれと願った。奇跡を願った。下を見た。奇跡は起きていなかった。

13

五一三号室のドアは開いていた。俺は客室に続く短い階段を上った。オクスフォード・ロードの往来の音、街の気配が聞こえ、かすかな風が肌をなぞった。ドア口をくぐってすぐに一歩下がって壁に背中をつけた。デスクランプがぽつんと灯《とも》り、そのほのかな光が部屋にくつろいだ雰囲気を与えていた。街のまばゆい灯りが室内の壁に映り、光と影の模様を描きながら揺れていた。

部屋の奥、開いた窓のほうを向いて置かれた椅子《いす》に、ぴくりとも動かない男の黒い輪郭があった。その男自身の陰画のようだった。

「もう終わりだ」俺は言った。

影は動かない。

部屋は足の踏み場もないほど散らかっていた。凶暴な獣が暴れた跡のようだった。男が何かを探したのだろう。俺が存在をほのめかした決定的な証拠は、このどこかに隠されているはずだった。男が振り向いて俺を見た。俺は初対面の人物を見るように男を見つめ返した。

俺がフレディ・コイルという名で知っていた男。

「彼女は生きているのか」男は他人事《ひとごと》のように訊いた。

「誰のことを言っているのかによります」

「ナターシャだ。私の妻のことだ……」

「あいにく生きてますよ。意識もはっきりしています。ただ、あなたが誰だかわからなかったそうですが、フレディ……」

「それはおかしいな」男は弱々しい笑みを浮かべた。

「この半年のあいだにあなたの外見が大きく変わったからだとしか考えられない」

「〝世界を変えたいなら、まず自分が変わりなさい〟……」男はどこか遠くを見つめてつぶやいた。

「彼はあなたが別人になりすます手伝いをしていたんですね——あなたが殺した男性は」

男は俺を見た。「それはずいぶんな飛躍だね、刑事さん……」

「飛躍といえば、アニーサはたったいま、階段の吹き抜けに身を投げました。彼女は死にましたよ」俺は素っ気なく言った。「俺の忍耐が底をつきかけているとしても、うなずける話でしょう?」

このとき初めて、俺の言ったことに対する反応が男の顔に表れた。アニーサが死んだと知って愕然《がくぜん》としている。俺はそこにつけこんだ。

「何がどうなってこんなことになったのか、説明してもらいたいな」

男は首を振った。自分でもよくわからないのだとでも言いたげだった。俺の頭に血が上った。一歩踏み出し、男の腕を乱暴につかんで立たせ、部屋の外に引き立てた。

「やめてくれ」男が言った。「話をしたい気分ではない」

階段まで来ると、俺は男を手すりのほうに押しやった。

「見ろ」俺は言った。

男は力ない笑みを俺に向けた。「見たくない」

俺は男の襟首をつかんで手すりの際まで引きずった。「彼女を見ろよ」俺は繰り返した。

男は下を見た。そこから見るアニーサは影にすぎなかった。一階の床にできた汚れにすぎない。男は目をきつく閉じて体を震わせた。

「もっと近くで確かめようか」俺は男を階段の下り口に押しやった。

「聞いてくれ……」

「もう遅い。一階に下りて、あんたが何をしでかしたか、一緒に確かめよう」

「私にそんな口をきくな」

「いまから慣れておけ。刑務所に行ったら、毎日新しいニックネームで呼ばれることになる。考えてみれば、自分がどこの誰だかわからなくなってるあんたにはちょうどいい

のかもな」

「いったい何の話なのか、さっぱりわからない」

俺は男の腕をつかんで階段を下り始めた。

「見たくないと言ってるだろう」男は半狂乱になっているようだった。もしかしたら、俺たち二人ともが、かもしれない。

「一階に下りるルートは二つある」俺は言った。「アニーサのルートで行きたいなら、俺は止めない」

「具合が悪くなってきた……」

「知るか」

「いったい何がしたい？　さっきは話がしたいと言ったのに……」

「話ならいつでも聴くさ。だがいまは彼女のところに下りるのが先だ。あの勢いで激突したらどうなるか確かめようじゃないか」

「何が知りたいんだ」男はパニックを起こしていた。俺の手を振りほどこうとしている。

「さっきの部屋で死んだ男とどこで知り合った？」

「昔のクライアントの紹介で。税金亡命中の人物だ」

「だが、あんたには税金を逃れるよりもっと踏みこんだサービスが必要だった。まったくの別人に生まれ変わる必要があった……」

「フレディはおあつらえ向きだった。友達がいなかった。人づきあいがまったくなかった。フレディがジェフと不倫関係になったとき、私はすぐにそのことを把握した」

「だから、フレディと、彼が大切にしている一握りの人々との関係を断ち切ってやろうと考えたのか？」

「女房に手紙を送っただけさ。その結果どうなるかなんて、予想しろというほうが無理だろう」

「百も承知だったくせに。その結果、本物のフレディ・コイルは死ぬことになったんだろうから。離婚の手続きはすでに始まっていたし、多額の現金が関わっていた。ナターシャと別れたあとは、たとえフレディがいなくなっても誰も気づかない」

「ピンポン、正解だ。さあ、もうこんなことはいいだろう？　何もかも打ち明けた。彼女を見たくない」

　男はいまにも泣き出しそうな顔をしていた。

「あんた自身の写真を最初に俺に見せたのはあんただったな。赤い顔をした肥満体の男が若い女性に囲まれている写真。かなりの減量を迫られたようだ。ひょっとしたら整形までしたのかもしれない。だが、それはかつてのあんたとよりかけ離れた印象を作るための手段にすぎなかった」

「おい、いったい何の騒ぎだよ」

サティが一つ下の階段からこちらを見上げていた。

「警部補の推理どおりでしたよ」俺は言った。「笑う男がこのホテルで死んだのは、アンソニー・ブリックが犯人だと指し示すためでした」

「ついにいかれたか、エイド。そこにいるのはフレディ・コイルだろ。ブリックなら、ミッドランド・ホテルで失血死した」

「そうでしたね」俺は隣の男を見ながら言った。「ブリックはバスタブでばらばらにされて、トイレに流された。しかし、排水管から人体の痕跡《こんせき》がまったく見つかっていないというのは解《げ》せません……」

「くず入れで燃されたんだろう」サティが言った。

「それはないでしょう。笑う男は人消し屋だった。誰かが別人になりすますのを手助けしていた。アンソニー・ブリックがフレディ・コイルになりすますのを手伝っていたんですよ」

サティは俺たち二人の顔を見比べて眉《まゆ》をひそめた。「しかし血痕が……」

「もともとどんな計画だったのか知りませんが、計画の肝は、死体がないままアンソニー・ブリックは死んだと見せかけることだった。ブリックと笑う男は、定期的に血液を採取してたんじゃないかな。一度に失ったら生命を維持できない量になるまでためておいた。それを一度にぶちまければ、発見した人間は当然、アンソニー・ブリックが死ん

だと考える」俺は隣に立つ男を見た。「ところが、何らかの誤算が生じた……」

ブリックは階段に座りこんだ。「しごくつまらないことだった。渡した金が偽物だと知れてしまったんだ。約束どおりの額を払わなければ、悪事をばらすと言われた。そのころにはもう必要なものはすべてそろっていたから、ウィスキーに毒を仕込んで渡したんだ。何杯か飲んだころ、毒が入っていることに気づいたんだろう。あの男は何もかもぶち壊しにした。宿泊していた部屋に私の血液をぶちまけ、このホテルに来て死んだ。五一三号室を選んだのは、ミッドランド・ホテルの同じ番号の部屋に、私に、警察を誘導するためだ」

「アニーサ」俺は言った。「あんたとアニーサは恋仲だったんだな」

ブリックは床を見つめたままうなずいた。「あれは彼女じゃない……」

「残念ながら、彼女だ」

「私は見たくない」

「フレディ・コイル、五一三号室の身元不明の男性と、クリストファー・ジョーダン、通称チェリーの殺害容疑で、あなたを逮捕する」俺の声は震えていた。「そしてもう一つ、ナターシャ・リーヴに対する殺人未遂の容疑で」

サティは一瞬、俺を見つめてからうなずいた。

そして向きを変え、階段を下りていった。

Ⅺ

サムシング・トゥ・リメンバー・ミー・バイ

Something to Remember Me By

1

「つまりこういうことか、ブリックはフレディ・コイルを装《よそお》ってナターシャ・リーヴをパレス・ホテルに誘《おび》き出した」パーズが言った。

俺はパーズのオフィスに座り、今回の事件を俺なりの解釈で説明していた。デスクの向こう側に座ったパーズの充血した目はらんらんと光っていた。カレン・ストローマーはオフィスの隅から刺すような視線を俺に注いでいた。

彼女は俺の話を一言たりとも信じていない。

「そのとおりです、警視。ブリックが送ったメールを見ましたが、関係の修復を匂《にお》わせていました」

「ナターシャは夫を取り戻すつもりで出かけていった」パーズが言った。「ところが行ってみると夫を装った男が待っていて、そいつに殺されかけた」

「ブリックがそのあとどうするつもりだったのかはわかりません。何の計画もなかったのかもしれない。ブリックはナターシャを襲い、アニーサ・カーンがそれを止めようとした。そのあとブリックは五一三号室に行き、笑う死体事件の犯人を暴《あば》きかねないと俺がほのめかした証拠を探したわけです。部屋はめちゃくちゃになってました。剝《は》がせる

ものは全部剝がしたといった感じで。アニーサは五一三号室まで一緒に行きました。おそらく、ブリックを落ち着かせようとしたんでしょう。しかし、俺と行き会った時点ではすでに覚悟を決めていた」

パーズは俺をねめつけた。「最速ルートで一階に下りようとまでは思っていなかっただろう。おまえは何を言った？」

「チェリーのことを訊《き》きました」

「すべて目撃したというトランスジェンダーの街娼《がいしょう》か」

「チェリーは五一三号室で被害者が話している声を聞きました。アリを相手に、ブリックとの関係や、ブリックの第二の人生をぶち壊してやったといったような話をわめき散らしていた」

「どうやってぶち壊すつもりだったんだ」

「ブリックは世界の反対側にいるはずでした。しかし被害者は、自分が滞在していた部屋、ブリックが一度も入ったことがないはずの部屋に、ブリックの血液をぶちまけたんです。それからその部屋を出て、ブリックと金銭的なつながりのあるホテルに移動し、そこで身元不明の男として死んだ。少なくとも、ブリックはこの先一生、冷や汗をかきながら生きていくしかなくなっていたでしょう」

それは真実の一部にすぎない。

「〈スマイリー〉は自分にまつわるすべてを秘密にして生きていた。インターポールでさえ氏名を突き止められない次元で匿名性《とくめいせい》を維持していた。ところが、客の一人とトラブルになったとたん、自分に注目を集める行動に出たというのか……?」

笑う男の行動にまつわる謎《なぞ》は、エイミー・バローズを鍵《かぎ》にすれば大半が解明できそうだ。マンチェスターに来たのはおそらく、エイミーや一度も会ったことのない息子と接点を持つためだろう。だが、その機会は奪われた。毒を盛られたとき、彼は短時間で計画を立てた。パレス・ホテルに移動すれば、警察の目をブリックに向けられる。スラックスに縫いこまれた紙片は、警察にエイミーの存在を教える。エイミーは、彼を知っていたことを否定したいならできるし、必要なら自分の命を守るための対策を取れる。それでも、オマル・ハイヤームの『ルバイヤート』につながるものを持っていれば、彼女に会うための努力をしたことはエイミーに伝わるはずだ。

パーズがデスクに身を乗り出した。「……それにだ、ブリックが被害者を殺した動機は何だ」

「金のことで口論になったとブリックは供述していますが、それでは筋が通らない気がします……」

「なぜだ」

「被害者は末期癌《がん》を患《わずら》って余命数週間でした……」

「もっと根本的な考え方の食い違いがあったと思うのね」ストローマーが言った。俺が来て以来、彼女が口を開いたのはそれが初めてだった。

「事件の発端は身元の乗っ取りでした。しかし途中から物騒な様相を帯び始めた。ブリックがナターシャ・リーヴを危険視し始めたんだと思います。ナターシャなら、自分の正体を見抜くのではと不安がった。その問題を早いうちに解決しようとした」

パーズがにやりとした。「ところが、笑う男がナターシャ殺害に反対した」パーズはストローマーのほうを向いた。「このエイダンという男には、人が死ぬこととなると、やたらと情緒的に考える癖がある」パーズの目はまた俺に戻った。「死んだ男は職業的な犯罪者だぞ。罪が帳消しになるような美点を探そうとするな。ああ、それで思い出した……」

「はい？」

充血した目が俺の目をまっすぐに見た。「紙片だ。スラックスに縫いこまれていたという紙片。あれは特定の誰かに宛《あ》てたメッセージではないのか……」

「そうかもしれません。ただ、誰に宛てたものなのかわからない。きっと謎のままになるんでしょう」

「ふむ」パーズは言った。「で、フレディ・コイルは自然死したとブリックは主張しているわけだな」

俺はうなずいた。「しかし、遺体をどうしたかは頑として話しません。遺体がないことには、本当に自然死だったかどうか誰にもわからない。いずれにせよ、コイルの資産を乗っ取るのに好都合だと考えた。ホテルの経営が継続しているあいだは、信託から月々決まった額の配当を受け取れるだけです。しかし信託が解散すると、ホテルの売却利益の半分を一度に受け取れるんです。コイルは家に閉じこもったきりで、ブリックは彼の顧問弁護士だった。コイルの懐事情《アフェア》を完全に把握していたはずです」

「文字どおりな」パーズが言った（訳注／「アフェア」には情事や浮気といった意味もある）。「健康上の不安が見つかったことにして連絡を絶ち、五十キロ以上減量して、フレディ・コイルになりすます準備を進めた。本物のコイルは妻と別居中で、これも好都合だった」

「被害者の協力もあった」

俺はうなずいた。「身元乗っ取りのプロとされる人物」

「ブリックの供述によればな」パーズは言った。「どうも解《げ》せないのは、おまえが論理を飛躍させたきっかけだ、エイダン。おまえはパレス・ホテルに罠《わな》を仕掛けたというが、〈スマイリー〉が——〝人消し屋〟といったか？〈スマイリー〉が人消し屋だったことを知っていなくては、罠も何も仕掛けられなかったはずだ。〈スマイリー〉は警察に向けて何らかのメッセージを残したのではないかと、犯人が不安に思っていることをあら

かじめ知っていなくてはならなかった……」

パーズが俺からどんな話を引き出そうとしているかはわかったが、彼女の名前は絶対に出さないとエイミー・バローズと約束した。エイミーはかつて笑う男に命を救われたことを公《おおやけ》に証言しないだろうし、もしも証言を強制すれば、エイミーの命を危険にさらすことになる。何年もかけてようやく逃げ延びたのに、彼女を追う連中に居場所を知られることになりかねないのだ。

そんな危険を冒す価値はない。

「別件の捜査を通じて、フレディ・コイルを装ったブリックが中心街の高級メンバーズクラブの会員になっていたことを知りました。これは奇妙です。コイルは自分が同性愛者であることにようやく気づいたばかりなのに、異性愛の男性のみを対象にしたクラブに入会したわけですから。ブリックの歯切れの悪さも手伝って、俺の頭のなかで警報が鳴り出しました。ほかにも、事件後に何度か五一三号室に灯りが灯《とも》っていたことも思い出しました。それで、何者かがあの部屋で何かを探している、捜索で何かが見つかるのを不安がっているらしいと気づいたんです。その何者かはホテルに自由に出入りできる人物でなくてはならない。コイルは数人いた候補者のうちの一人にしかすぎませんでした」

手がかりはいくつかあった。

ずっと釈然としなかった点の一つは、フレディ・コイルは酒好きではなかったことだった。しかし初めて事情聴取に訪れた日、俺が会った人物は、朝の十時からカクテルを飲んでいた。ソファのクッションの隙間《すきま》に電子たばこがはさまっていて、隣の部屋に人がいる気配もした。いま思えば、あれはアニーサ・カーンだったのだ。もっと早く気づいてもよさそうなものだったが、その可能性を排除してしまったのは、フレディ・コイルはゲイだと判明したからだった。ところがアリシアは、コイルはインコグニートの会費制ゴールドメンバーの一人だと言った。それで俺に見えていた景色ががらりと変わった。アニーサはブリックの自宅に向かう車中で、電子たばこをなくしたと言って煙草《たばこ》を吸った。それを思い出して、俺の背筋はまた寒くなった。

壁と同化したように黙っていたストローマーが口を開いた。「エイミー・バローズが襲われた件は？」

俺はできるかぎりエイミーから話をそらそうとしていた。ネイルガンの男は、まず間違いなくアンソニー・ブリックだろう。ブリックは、エイミーとのつながりを被害者本人から聞いていたのかもしれないし、俺たちを尾行してエイミーの家を知ったのかもしれない。あるいはその両方だったとも考えられる。ブリックには、捜査全体を理解するのに欠けている断片――笑う男は人消し屋で、ブリックが他人になりすますのに手を貸していること――を知る唯一《ゆいいつ》の人物の口をふさぐ強い動機があった。

「今回の事件とは無関係ではないかと」俺はストローマーに答えた。「家族間のトラブルのようです。いまそちらも捜査を進めています」

　ストローマーは疑わしげに俺を見つめた。「でも身元確認のときの反応はどうなの。遺体の人物を知っていたか、私たちに何か隠しているか、どちらかとしか思えないわよね」

「ええ、隠していたことがありました」俺は言った。「被害者ではないかと初め疑われていたロス・ブラウンという男性と恋仲だったそうです。死んだのは彼ではないとわかって、安堵《あんど》のあまり失神したんです」

「あれはほっとした人が示す反応じゃないと思うけど、ウェイツ巡査」ストローマーは冷ややかに言った。

　パーズは椅子《いす》の背に体を預けた。「エイダン・ウェイツが語る真実は、氷山のようなものだと思ったほうがいいだろうな、ドクター。海面より上に出ている部分は、全体の十分の一程度にすぎない。笑う男の身元に関して、その看護師は捜査に協力できない。そういうことだろう」

「はい、残念ながらそのとおりです、警視」

「まったく残念だな。私がおまえに与えた課題は、笑う男の氏名を突き止めることだった。しかし、今回のブリック＝コイル＝カーン＝リーヴ事件で唯一欠けている答えがそ

れのようだ。課題を満たした場合の褒美《ほうび》は何だったか」

「別のシフトへの異動でした、警視。新しいパートナーも」

「そうだった」パーズはいつものサメの笑みを浮かべた。「あと一歩だったな」

「サトクリフ警部補から学ぶべきことはまだたくさんありますから」

「そのための時間もたっぷりありそうだ」

「お話がこれだけでしたら、警視、今日は休暇を申請していますので」

「そのようだな、巡査」パーズはうなずいた。「もう行っていいぞ」

俺は立ち上がってオフィスを出た。廊下を半分ほど行ったところで、後ろから足音が追いかけてきた。振り返ると、カレン・ストローマーだった。俺は立ち止まった。

「みごとな仕事ぶりだったわ、ウェイツ巡査」不本意そうな調子だった。「でも、あの看護師が何か知っているとしたら……」

「何も知りませんよ」

「悪いけど、そうとは思えない」ストローマーは俺をじっと見た。「こうしてしつこく言うのは、彼女が心配だからなの。遺体と対面したときのあの反応。悲しみやショックからのものではなかった。それに、暴漢が自宅に押し入って彼女と息子さんを脅した件もある。心配だわ」

俺が黙っていると、ストローマーは続けた。「どうして知っていることを話さない

の？　それで彼女の命を救えるかもしれないのよ。ついでにあなたのキャリアだって前進するかもしれないのに」

　俺は廊下の片側に寄って声をひそめた。

「俺が知っていることを話せば、そのためにかえって彼女を危険にさらしかねないからです。あなたの知性を疑うつもりなどありませんが、カレン、あとで誰かに訊かれることがあったら、俺はあなたとこの会話を交わしたことを全否定します。それでもこうして話そうと思うのは、あなたなら理解してくれるだろうと信じているからです。公の記録に名前が出ないかぎり、あるいは世間の注目が集まらないかぎり、エイミー・バローズは安全です。これまで彼女がどれほどつらい思いをしてきたことか。それを思えば、証言を強要することなどできません。おっしゃるとおり、彼女が失神したのは悲しみからでもショックからでもなかった。あのとき彼女は、自分の命の危険に怯《おび》えたんです」

　ストローマーはふっと表情をゆるめてうなずいた。そしてあの紙のように薄い笑みを浮かべた。「私はあのときの彼女の反応を誤解していたようね。人を見かけで判断してはいけないということかもしれない」

「そうかもしれません」その瞬間を噛《か》み締めたかった。ストローマーに認められた感慨にもう少し浸りたかった。しかしポケットのなかで携帯電話が振動を始めた。発信者を確かめるまでもなく心が沈んだ。「いろいろありがとうございました、カレン」

2

車は幹線道路をそれて走り続けた。道は正確にたどるのが不可能なくらい複雑だった。曲がりくねった道はやがて名もない通りに変わり、さらに木々のあいだを縫う小道になり、ついにはどこが道なのかさえわからなくなった。

俺は運転を続けた。

ベイトマンは後部シートに収まっていた。目的地が近いことを二人とも感じ取っていた。ウィンドウをかすめて飛び去るディテールが五感を鈍らせた。出発したのは昼過ぎで、少なくとも片道二時間はかかるドライブだ。天気予報によれば、街を襲った酷暑、誰もがうなされた悪夢は、そろそろ一段落しそうだという。

しかし、いまのところ気温はまだ下がっていない。

俺たちが通り過ぎた建物、人、とにかくありとあらゆる物体が陽射《ひざ》しに命を吹きこまれ、それぞれ最良の姿を見せていた。景色が変わり、灰色の街が背後に去って目の覚めるような緑が視野を埋め尽くしたころ、ベイトマンはジャケットからウィスキーの一パイント容器を取り出して無言でちびちび飲み始めた。奴《やつ》を中心として陰気で不吉な空気が広がっている。人生そのものに巣食った腫瘍《しゅよう》のようだ。このドライブの目的はあの鞄《かばん》

ではない。奴が信じて疑わないものがあの鞄に本当に入っていようといなかろうと関係ない。このドライブの目的は、俺とベイトマンだ。力と恐怖だ。自動車専用道を走っているあいだどちらも口を開かず、車内の空気はぴんと張り詰め、いまにもちぎれそうになった。幹線道路からそれてどこまでも続く曲がりくねった田舎道を走っていると、何かがほころびかけている錯覚にとらわれた。それは俺には追いつけない速度でばらばらとほどけていく。

記憶をうごめかせるものは、その感覚一つだった。

だが最後のカーブを抜け、ホワイトゲート・ハウスが視界に飛びこんできた瞬間、記憶が堰《せき》を切って押し寄せた。玄関に続く細い私道に、エンジンをかけたまま車を停めた。ベイトマンが身じろぎをした。首を伸ばして俺の肩越し、フロントウィンドウ越しに農家を凝視している。太陽はだいぶ傾いたとはいえ空はまだ明るく、人が住まなくなって何年もたっていることは明らかに見て取れた。もしかしたら、俺たちが最後に来たときからずっとうち捨てられているのかもしれない。車を進めて、俺の記憶に鮮明に残っている天に届きそうな巨木の前に駐《と》めた。後部シートのベイトマンと目が合わないようにバックミラーの向きを変えたが、エンジンを切ったとたん、奴の大きくて耳障《みみざわ》りな呼吸音が聞こえた。

奴が俺の頭のなかにいるように思えた。

俺はドアを開けて降り、家に向けて歩き出した。

「どこへ行く」ベイトマンがぼそりと言った。

「その辺を見てくる」

ベイトマンはふんと鼻を鳴らし、俺のあとから歩き出した。

玄関のドアは開かず、肩で押してみた。それでも開かなかったので後ろに下がると、ベイトマンがブーツの一撃で蹴《け》破《やぶ》った。その迫力にすくみ上がったことは表に出さないようにした。家のなかは俺の記憶にあるとおりだったが、歳月と湿気で劣化していた。

「お先にどうぞ」ベイトマンが言った。口の端からよだれが垂れ、あいかわらず老いぼれたブルドッグのように息をしていた。ガラスのないキッチンの窓は壁に空いたただの穴で、そこから射しこむ強烈な西日が俺たちの視野を真っ白に飛ばした。俺はキッチンに、死の部屋に足を踏み入れた。あの日と同じ陰のパワーがあるかと思ったが、何もなかった。建物は記憶を持たない。振り向くと、ベイトマンが入口に立って俺を目で追っていた。自分は敷居をまたぎたくないと思っているかのようだった。

「ここで何が起きた？」俺は訊いた。

奴のいいほうの目が俺を見た。「連中が女を殺した」

「フィスクの奥さんか。どうして」

奴が肩をすくめる。「フィスクが吐かなかったから」ゆっくりと答えた。「鞄のありか

を吐こうとしなかったから……」

「なのにあんたはどうして知っていた」

「え？」

「フィスクは口を割らなかったのに、あんたが鞄のありかを知っていたのはなぜかと訊いた。あんたは俺たちをここに連れてきて、この家のどこに行けばいいか、俺に正確に指示した……」

ベイトマンの大きな体が輪郭を変えたかに見えた。自分の姿を意のままに変えられる生き物のようだ。奴は背筋を伸ばし、巨軀《きょく》で戸口を埋めた。

「鞄はどこだ、エイダン」

「自分に嘘《うそ》をつくなよ。あんたにもとっくにわかってるだろう」

ベイトマンはにやりとした。「もうない……」

俺はうなずいた。「土手で転んで川に落ちた。銃声が聞こえて、鞄を川に投げ捨てた」

ベイトマンは百も承知だというようにうなずいていた。

「知ってるなら、どうしてこんなことをする？　つけ回したり、電話をかけてきたり、喧嘩《けんか》を吹っかけたり……」

「おまえが留守のあいだに部屋のなかを見て回ったり」ベイトマンは口の端を持ち上げた。「郵便物を読んだり、おまえの酒を飲んだり。自分に嘘をつくな。おまえにもとっ

くにわかっているだろう……」

「俺があの日ここに来たのは、ベッドから引きずり出されて連れてこられたから、それだけだ。まだほんの子供だった」

「いまは立派なおとなだな」ベイトマンは言った。「鞄はもうない《ゴーン》。歳月が過ぎた《ゴーン》。人生はだいなしだ《ゴーン》」それから、かつて女たちをとろけさせた顔、いまはめちゃくちゃに壊れた顔を掌《てのひら》でそっとなでた。「なくなった《ゴーン》」

ベイトマンの内面は空っぽなのだ。俺はそのことを思い出した。こいつから無慈悲さを取り上げたら、あとには何も残らない。

「俺の妹の家に押し入った。だからもう、こうするしかなかったんだよ」

ベイトマンはにやりとしてうなずいた。

「あんたと話がしたいと思った」俺は後ずさりながら言った。「暴力について話してみようと思った。それがどこから来るのか確かめたかった。一般的には連鎖だ。間違った選択の連鎖の結果だ。大勢がその鎖を断ち切ろうと努力したら、世の中から暴力はなくなるかもしれない」俺は窓際《まどぎわ》まで下がった。「俺の内にひそむ暴力の源はあんただ。だとしたら、あんたの暴力の源は何だ？」

ベイトマンは嘲《あざけ》るように鼻を鳴らしただけだった。だから俺は先を続けた。

「まあいい。さっきも言ったが、もうこうするしかないんだ。俺は二度と屈しないとあ

んたに言おうと思った。決着をつけたくてここに来たんなら、あんたの勝ちだよと言おうと思った。俺を殺すならやれよ、暴力の衝動に屈するくらいなら、殺されるほうがましだと言おうと思ったんだ」

「感動的なスピーチだ……」ベイトマンは言い、キッチンのなかに一歩踏み出した。「あんたは仲間を裏切ったんだな。ほかの二人はフィスクの奥さんを殺すのに反対したから。フィスクを殺すのに尻込《しりご》みしたから」

奴が次の一歩を踏み出す。

「それ以上近づくな」俺は言った。

ベイトマンは大口を開いて笑った。「何が暴力反対だ。何が連鎖を断ち切れだ」

「人の話はちゃんと聞けよ、ベイトマン」奴がまた一歩近づく。「俺はそうしようと〝思った〟と言ったんだ」

「しかし、俺は女を殺しちまったんだよ」ベイトマンは涙を拭《ぬぐ》うふりをしながら言った。

「あんたは俺たち二人を殺した」俺は言った。「これは自業自得《じごうじとく》だと思えよ」

ベイトマンは、何を言っているのかといいたげに顔をしかめた。

「あんたは俺の妹の家に押し入った。だからもう、こうするしかなかったんだ」俺は繰り返した。

その音が聞こえて、ベイトマンは動きを止めた。

大型車が私道を近づいてくる音。ベイトマンは向きを変え、重たい足音を残して廊下を戻っていった。玄関から、この家に近づいてくる白いバンのルーフが見えただろう。ベイトマンは笑い出した。それまでの軽蔑《けいべつ》まじりの嘲笑《ちょうしょう》ではなく、腹の底から湧《わ》き上がる本物の笑いだった。

「お仲間か」ベイトマンは左右の手首を合わせ、手錠をかけられる真似《まね》をした。「何の罪で？　おまえに電話で意地悪をした罪か……？」いつもの呂律《ろれつ》の回らない話し方は消えていた。あれは単なる演出だったらしい。

「違う」俺は言った。「あんたの罪はそれじゃない」

「住居侵入罪か。今夜おまえが街に戻るころにはもう俺は出所しているだろうな」

「そうだろうね」

俺は廊下を進んで奴に近づいた。ベイトマンは俺の耳の後ろに手をやり、コインではなく丸まった紙片を取り出して俺の目の前でひらひらさせた。

妹の名前が見えた。

番地も。

ベイトマンは紙片を俺の足もとに落とした。

「取っておけ。俺はもう覚えたからな」そう言って俺の顔につばを吐きかけた。

俺はベイトマンの背後に視線を移した。戸口を、奴がまだ背を向けたままの戸口を見

た。「あんた、視力はどのくらいだ、ベイトマン」

　ベイトマンは振り返った。

　バンの運転席からニッキー・フィスク・ジュニアが降り、運転台の前を回って助手席のドアを開け、俺がこれまでに会ったなかで誰よりも痩《や》せた男を助け降ろした。父親。ニコラス・フィスク・シニア。

　ベイトマンのひしゃげた口がぽかんと開いた。後ろに下がろうとして脚がもつれ、尻《しり》餅《もち》をついた。あわてて立ち上がり、一つ低い声でうなると、廊下を走り出した。家の奥へ、キッチンのほうへ、窓があるはずの開けた空間へ。だがすぐに湿った音がして、ベイトマンが後ろ向きによろめきながら廊下に戻ってきた。血の噴き出した鼻を押さえている。その向こうにドニー・フィスクが現れた。釘抜きハンマーを握っていた。父親のフィスクが家の戸口までやってきた。

「やあ、ベイツ」フィスクは言った。「元気そうじゃないか……」

　ベイトマンは立ち尽くしていた。息をするたびに鼻から血の霧が噴き出して丸めた両手に散った。次の瞬間、ベイトマンはいきなり玄関に向かって走り出した。そこへニッキーの右パンチが炸裂《さくれつ》し、ベイトマンはダウンした。ニッキーがベイトマンの脚を、ドニーが肩をつかむ。父親のフィスクの動作はぎくしゃくしていたが、息子たちは流れる影のように動いた。二人は地下室の入口に続く階段を下りていった。遠い昔、二人の父

親が囚《とら》われていた部屋、俺が鍵を開けた部屋。

「ここ?」ニッキーが確かめた。フィスクがうなずき、二人はドアを開けて長方形の闇《やみ》の奥に消えた。

俺はフィスクを見た。

彼は玄関まで来ただけで、一歩もなかに入っていなかった。ほんの刹那《せつな》、かつて監禁された地下室を見つめた。次に妻が殺された廊下の奥を見た。「差し支えなければ、私は外で待たせてもらおう」

俺は自分の立場がよくわからなかった。それでもほっとして一緒に外に出た。フィスクに腕を貸しながら私道をたどり、男の悲鳴とも聞こえるくぐもった音から遠ざかって、美しく静かな空の下を歩いた。フィスク父子《おやこ》が本当に来るか、確証はなかった。俺とベイトマンが来る前からドニーが配置についていたことも知らなかった。このあと俺をどうする気でいるのかはまだ知りたくなかったが、きっとベイトマンと同じく地下に連れこまれることになるのだろう。

そうわかっていても、一か八か賭《か》けてみるしかなかった。

俺に対する嫌がらせは我慢できた。だが、妹に手出しをしたとなると話は変わる。フィスクと俺が玄関から数メートル離れたころ、聞き間違いようのない音が、銃声が轟《とどろ》いた。続いてもう一発。俺の腕をつかんだフィスクの手に力が入った。俺たちは無言で歩

き続けた。

「きみが屋根裏から持ち出した鞄だがな……」

「川に捨てました」俺は言った。早口になりすぎた。

フィスクは刺すような視線を俺に向けた。「なかは見なかったのか」

俺は首を振った。それに俺の命が懸かっているのだろうか。

だがフィスクが何か言う前に、家から双子《ふたご》が出てきた。バンのところに行き、それぞれ灯油入りの容器を持つと、無言でまた家に戻って消えた。次に現れたとき、ニッキーが父親に歩み寄って紙片を差し出した。

「床に落ちてた」

俺の腕を支えにしたまま、フィスクは玉のように丸まった紙片を細く長い指で開いた。

「これは何だね」

「妹の名前と住所です。妹を殺すと脅された」

フィスクはしばし俺の顔を見つめた。それから紙片を差し出した。俺は受け取り、また丸めた。玄関に戻って戸口に置いた。

向きを変えると、ドニーが俺をじっと見ていた。手には血だらけの釘抜きハンマーがあった。

「あいつ、あんたの父親なんだって言ってたけど、本当か」

たぶん、俺は首を振ったのだと思う。

それ以上三人を見ていられなくなって、俺は自分の車に戻って待った。車を出そうにも行く手をバンでふさがれていた。フィスクは双子の一方の腕にもたれ、もう一人に何か言った。その一人が家のなかに消えた。しばらくして、煙が立ち上るのが見えた。フィスクとニッキーは俺を一顧だにせず車の横を通り過ぎてバンに乗りこんだ。バンが発進し、私道をたどって公道に出た。もう一つエンジンが始動する音が聞こえて、ドニーは別の車で来て家の裏手に駐めていたのだとわかった。俺もエンジンをかけ、バンを追いかけるように走り出した。

その後ろからドニーがついてきた。

木々にはさまれた細い道の途中でバンのブレーキランプが赤く光り、俺たちの奇妙な車列は窮屈に連なったまま急停止した。バックミラーを見た。ドニーの車もすぐ後ろに停まっている。俺は左を見た。右も見た。どちらにも、夕陽を浴びた野原がどこまでも広がっているばかりだった。逃げる先はない。バンのドアの一つが開いて、フィスクが降りてきた。杖《つえ》にすがってこちらに歩いてくる。俺はハンドルを握り締め、パニックを起こすまいとした。俺の車の真横に来たフィスクはルーフに腕を置いてもたれ、杖でウィンドウをこつこつと叩《たた》いた。俺はウィンドウを下ろした。

フィスクは険しい目を俺に向けたあと、拳《こぶし》を突き出した。

丸めた紙片が握られていた。

それを俺の膝《ひざ》に落とす。「せがれたちは、うっかり落としたと思ったようだ。使う使わないはともかく、私なら大事なものをあそこに残したりはせんな」フィスクは家のほうを半分振り返った。バックミラーをのぞくと、窓やドアから空を焦《こ》がさんばかりの勢いで炎が噴き上がっていた。「ところで、グローブだ」

「え？」

「きみが盗んだ鞄の話さ。私の親父《おやじ》のボクシンググローブが入っていたんだ。そこに隠してあったんだよ。トレイシーはボクシングが嫌いだったから。そもそもあの家に現金など置いていなかった。きみの親父さんに鞄のことを話したのは、ほかに何も思いつかなかったからだ……」

「父親じゃありません」俺は言った。

フィスクは目を細くして俺を見た。「似ているところがあるようにも思うが、まあ、私の目もだいぶ衰えたからな……」

それからフィスクは不自由な脚で歩いてバンに乗りこんだ。バンはふたたび走り出し、ウィンカーを光らせて右に曲がった。俺は何キロかその後ろについて走った。ドニーはうしろにぴたりとつけていた。しばらくして俺は路肩に車を寄せ、ドニーを先に行かせた。ドニーは俺を一瞥《いちべつ》たりともしなかった。

エンジンを切り、色を変えていく空をぼんやりと眺めた。

やがてウィンドウを叩く音がして、俺は飛び上がった。にわか雨の最初の一粒だとわかって胸をなで下ろす。また一つ、また一つと雨の粒が落ちてきてフロントガラスを連打し、やがて車を包囲した。まもなく本降りの雨が世界を埋めた。その音は声のよう、どこか遠くで叫んでいる無数の声のようだった。

XII
キル・フォー・ラブ
Kill For Love

1

街に戻ったのは夜になってからだった。十時間近く車を運転し続けた計算になる。目は疲れて焼けるようにぴりぴりし、肌はしょっぱいにおいをさせていた。このあとどうしようかと決めかねて、しばらく当てもなく車を走らせた。やがて抵抗する気力が尽きて紙片の玉を開き、妹が住む番地に目を走らせた。

その番地の前を通り過ぎ、交差点を二つ渡ったところに車を駐《と》めた。不安でいっぱいだった。玄関をノックして二十数年ぶりに会う妹に自己紹介する場面を思い描いた。頭のなかのシナリオを何度も書き直した。妹の目に俺はどう映るだろう、妹はどんな反応をするだろうか。自分を追い立てるようにして車を降り、ロックしようとしてキーを取り落として自分のぶざまさを笑った。

そこはテラスハウスで、妹は誰かと共同で借りているらしかった。窓のいくつかに明かりが灯《とも》り、テレビの音声が小さく聞こえていた。俺は時刻を確かめた。午後十時を回ったところだった。かろうじて常識の範囲内だろう。玄関に続く通路を歩き出す。輪郭のにじんだ白点が視界に散った。一瞬、このまま上昇を始めるかと思った。俺は肉体からするりと抜け出して宙に浮かび、そこから他人事《ひとごと》のように一部始終を眺めるのだろう

かと。

だが、上昇は起きなかった。

玄関をノックしようと片手を上げたところで、ドアに映った自分の姿が見えた。くたびれたダークスーツ。何時間眠っても消えない目の下のくま。ベイトマンと格闘したときの深い切り傷や痣《あざ》は、奴《やつ》が俺の頭のなかから手を伸ばして心の傷を肉体の傷に変えたかのようだった。ガラスの上で自分の顔が歪《ゆが》み、別物に変わるのを待ったが、いっこうに変化は始まらない。俺はついに一つの形状に落ち着いたらしい。何カ月もの迷いと混乱を経て、いま、自分の姿が初めて鮮明に見えた。

あの父親の息子が映っている。粗暴な男、俺としてはその真似《まね》をしているだけのつもりだった男。

突っ立ったまま、静電気のような感覚が通り過ぎるのを待った。無意識に一歩下がった。次に意識してもう一歩。それから元来た道を戻った。俺自身から遠ざかった。

通りを歩き出したところで、若い女性の二人組が向こうから歩いてきた。おしゃべりをして笑っている。俺はうつむいたままでいたが、すれ違いかけたところで息をのんだ。一人に見覚えがある。言うことをきかない強情な巻き毛。何かと深刻に考えがちな人間の大きな目が俺の顔をさっとなぞった。彼女の表情がわずかに動いたように見えた。

俺は立ち止まらなかった。

オリヴァー・カートライトとガイ・ラッセルは、アラブ首長国連邦に麻薬を持ちこもうとした罪でそれぞれ終身刑を言い渡された。聞いたところでは、上訴を検討中だという。ラッセルの娘、アリシアは、正式にインコグニートのオーナーになった。〈ラッセルズ〉と店名を変え、過去の常連を一掃して、いまは独自の道を歩み始めている。聖マリア病院にエイミー・バローズを訪ねると、退職したと言われた。ある晩、エイミーから連絡がなかったか確かめたくてかつての恋人ロス・ブラウンに電話をかけてみた。聞き覚えのある声が電話に出て、俺はひとり微笑《ほほえ》んで受話器を置いた。ソフィとアールはあれから一度だけ見かけた。手をつなぎ、笑顔で話しながら中心街を歩いていた。二人とも大学生らしい若さを取り戻していた。アンソニー・ブリックは、フレディ・コイルは自然死したとの主張を貫いていたが、ブリックの元自宅の裏庭の土中から遺骸《いがい》が発見されるに至って沈黙した。コイルの頭骨には殴られた痕《あと》があった。ナターシャ・リーヴはパレス・ホテルの売却を取りやめ、単独のオーナーとしてホテル名を変えて再オープンした。

ニアはゼイン・カーヴァーの娘を出産した。

その子はキャサリンと名づけられた。その名の意味をニアは知らないだろう。俺でさえ、カーヴァーの動機に首をかしげた。後悔の念か、意趣返しか。それとも、遠い将来を見据えた大胆な企《たくら》みの端緒なのか。自分の人生から消えた女たちを一人ひとり、そう

やって取り返していくつもりでいるのだろうか。

　俺は夜勤に戻った。上官はもちろんサトクリフ警部補だ。カンブリア州の警察からの要請文書が俺たちのデスクに届いたのは、数週間後のことだった。焼け落ちた農家の地下室から男性の死体が発見されたという。大口径の拳銃《けんじゅう》で左右の膝《ひざ》を撃ち抜かれ、生きたまま焼かれて死んだ。身元特定を進めているが、これといった手がかりがない。俺がその文書を読んでいると、サティが横から取り上げ、くしゃりと丸めてくず入れに投げこんだ。そして今後は被害者のフルネームが判明している殺人事件しか捜査しないからなと宣言した。というわけで、ベイトマンは伝説の仲間入りを果たした。長く語り継がれるミステリーの一つになった。アフガンコートの女。笑う男。

ミッシング・ミッシング。

　次の角まで歩いたところで俺は立ち止まって振り返った。たったいますれ違った若い女性の二人組は、五メートルほど離れた街灯の下に立っていた。二人の顔がよく見えた。二人のほうも立ち止まり、振り向いて俺を見ていた。妹は青ざめた顔で口を開いたまま凍りついていた。大きく見開かれた目は、気づいたことを伝えていた。

　美しかった。

　妹の連れは不思議そうに俺たちの顔を見比べている。一瞬あってから、俺はそうとわからないくらい小さくうなずいた。妹も同じようにうなずいた。唇が笑みを描きかけた。

俺は片手を挙げた。その手が傷だらけなことに気づいて、無意識に一歩下がった。次に意識してもう一歩。完璧《かんぺき》な世界があるなら、そこの俺たちはいまもあの街角に立って見つめ合っているはずだ。その世界の俺たちはそれ以上近づかず、それより離れることもなく、いまも見つめ合っている。

解説

杉江松恋

歪《ゆが》んだ世界には歪んだ探偵が似合う。

世界の歪みを元通りに正す役割を担《にな》うのが探偵だが、元から歪んだ世界にはそれに合わせた探偵が必要になる。自らも歪んでおり、その視点から世界を見られる探偵が。

ジョセフ・ノックスが二〇一七年のデビュー長篇『堕落刑事　マンチェスター市警　エイダン・ウェイツ』（新潮文庫）で登場させたのは、そんな探偵の主人公だった。

『堕落刑事』で〈俺〉ことエイダン・ウェイツは、押収品の麻薬をくすねた廉《かど》で停職中の警官として読者の前に現れる。すでに芳《かんば》しくない評判のあるエイダンは、いつマンチェスター市警から放逐《ほうちく》されてもおかしくない身の上だ。しかし一連の出来事には裏があった。エイダンは悪徳刑事の汚名を自ら背負うことで、ゼイン・カーヴァーが牛耳る麻薬組織に潜入を目論んでいたのである。あと少しでその目的が達せられそうなとき、任務にノイズが入る。国会議員デヴィッド・ロシターの娘イザベルが家出し、ゼインの元に身を寄せてしまったのだ。潜入捜査を続けながら少女の保護を行うのは危険な綱渡り

だ。案の定事態は破綻《はたん》し、死人が出る。そのためにエイダンの心は深く傷ついた。

潜入捜査を行う刑事が街のどぶどろに身を浸すのは定石ではあるが、『堕落刑事』のエイダンは常軌を逸して麻薬組織の側に肩入れしているように見える。女たちのためだ。原題の*Sirens*は歌で船乗りを難破に導く危険な妖女《ようじょ》のことだが、ゼイン・カーヴァーの組織を切りまわしているのは複数の女性なのだ。彼女たちへの共感が強かったために、エイダンは騙《だま》され、翻弄《ほんろう》され、身の破滅ぎりぎりまで追いつめられてしまう。そうした、常に危機と共にある人物を探偵役に起用したために作者は、起伏に満ちた物語の中にもろもろの伏線を埋め込むことが可能になったのである。歪んだ世界と運命を共にする者だけに見える真相だったのだ。ここに『堕落刑事』の謎解《なぞと》き小説としての美点がある。

二〇一八年に発表されたシリーズ第二作が本書『笑う死体』だ。前の事件から一年後、エイダンはサティことピーター・サトクリフ警部補と組んで、夜勤の通常勤務に戻っていた。ある晩彼は、大学生の女性が年上の男からセックス動画を元に脅されていることを知り、事態を処理するために動こうとする。その中で通報が入った。今は閉館中で売却を待つばかりのパレス・ホテルで不法侵入があったというのだ。エイダンとサティが駆けつけると、アリという警備員の男が後頭部を殴られて倒れていた。さらにその先、五一三号室には死体があった。なぜかグロテスクな笑みを顔に貼《は》りつけたままの、男の

死体が。

この通称〈笑う男〉の身元がまったくわからないという点がまず不可解である。作中に出てくる用語で言えば〈身元不明《ミッシング》の行方不明者《ミッシング》〉で、作者は実際の未解決事件から着想を得て本作を書いているという。事件が起きたのは一九四八年一二月一日のことで、オーストラリア・アデレード近郊のソマートン・パークという場所の海岸で男性の遺体が発見された。オマル・ハイヤーム『ルバイヤート』の最終ページから「タマム・シュッド（終わった）」という語句を切り取った紙片を隠しポケットに忍ばせていたことからタマム・シュッド事件と呼ばれており、通称〈ソマートン・マン〉の身の上は現在も判明していない。

こうした実在の事件を下敷きにした小説はミステリー・ファンにはおなじみのものだろう。エドガー・アラン・ポー「マリー・ロジェの謎」（一八四二～四三年。創元推理文庫『ポオ小説全集3』ほか）まで遡らなくとも、未解決事件に魅了されて謎解きを目論《もくろ》んだ作家は多数いる。最も有名なのが一九四七年に起きた実在の事件をロサンゼルス市警サーガの中に取り込んだジェイムズ・エルロイ『ブラック・ダリア』（一九八七年。文春文庫）だ。

実在の「タマム・シュッド事件」の要素を取り込んだ上で、作者は想像力を駆使して独自の物語を作っている。前述したようにエイダン・ウェイツという視点人物がこの小

説の要《かなめ》だ。エイダンは捜査中、見聞した中にある特異点を意識の表層に上らせる。たとえば関係者の証言を取っていた際、隣室に誰かがいたようだ、というようなことを。それらは読者に向けた指標である。エイダンが引っ掛かった場所には、推理のための手がかりが置かれているのだ。このフェアプレイ精神が謎解き小説としては重要である。後述する理由によりエイダンはいつも追い詰められた状態にあり、そのため示される指標が、事件解決に役立つものなのか、それとも彼の生き残りに必要なものなのかが最初はわからない。読者を混乱させて楽しませるための技巧であろう。

前作は、主人公が生き残りを懸けて綱渡りをしていくというタイプのスリラーかと思っていたら、最後にそれが犯人当て小説に化けるという構成に秀《ひい》でた点があった。本作はそれをさらに強化し、エイダンが推理によって真相を暴《あば》く場面が物語のクライマックスとなる。中心になっている大トリックには驚かされる人が多いはずだ。また六二一ページから始まる、証拠を一つひとつ挙げながら推理の答え合わせをする場面の丹念なことったらない。おもしろいのは、こうした理知的な推理をする人物でありながらエイダン自身には感情的な行動が目立つことである。

「そこが問題なんだ。俺の仕事は何かを証明することだ。仮説を立てて、証拠を集める。だが、動機は別だ。誰かが手を上げて話してくれるまで、動機はわからない」（五〇九ページ）

だが、相手の動機を決めつけて動いてしまった結果招いたのが『堕落刑事』の事態だったのではなかったか。本作でもエイダンは義憤に駆られて行動したために自ら危機を招いている。彼の存在は矛盾そのものなのだ。

いったん貼《は》りつけられた汚職警官という悪名はエイダンにずっとつきまとっている。夜勤という職務自体が出世街道の脇道《わきみち》にそれてしまっている証拠のようなものだが、監察医のカレン・ストローマーをはじめ、彼自体を警察組織を汚染しかねない元凶と見なしている関係者は多い。そうした負の評価に抗《あらが》い、自分が有能であるということを証明しながら居場所を確保するという、骨の折れることをしなければならない主人公がエイダン・ウェイツなのだ。いわゆるはみ出し者の警官キャラクターは他にもいたが、ここまで忌《い》み嫌われるのは珍しいのではないだろうか。彼をずっと監視し続けているのがパーズ警視である。前作で非情な潜入捜査を命じたのも彼なのだが、駒《こま》として使えなくなればエイダンなどいつでも切り捨ててしまって構わない存在なのである。上司とはいえ、庇護《ひご》を与えてくれる存在ではない。

今回エイダンと最も深い関わりを持つのは、前出のピーター・サトクリフ警部補、サティである。彼は、人類は滅亡寸前という持論を延々と語ってエイダンをうんざりさせるような男で、二人はパートナーでありながら互いに憎みあっている。そんな人物と組んで動かなければならないこともエイダンにとってはストレスの種なのだ。しかし、こ

のサティが微妙に変貌《へんぼう》していくのである。自分たちが巻き込まれた事態を巡って仮説と反論を繰り返す「シーソー」というゲームに興じる場面など、単なる低能の乱暴者ではない知性を感じさせる。そして物語が後半に入ると、サティは意外な一面を見せてくれる。変型の相棒小説という側面をこの小説に見出すことも可能なようだ。

理知的な謎解き小説、個性の際立《きわだ》った警察小説という二つの要素について書いてきたが、犯罪小説としての側面にも触れなければならない。物語の鍵《かぎ》は、エイダン・ウェイツという人物が信用できないことである。彼の目から見た世界は歪んでおり、しばしば感情の赴くままにエイダンは危険な行為に走る。その背後には、アニーという妹の存在があることが前作で明かされている。不幸な生い立ちをした兄妹は、アニーが安定した家庭に養子に行ったことで生き別れになった。その妹に対する思慕がエイダンの根底にはある。だから若い女性が食い物にされるような場面を見ると、思慮を欠いた行動に出てしまうのだ。今回もそうした逸脱行動ゆえにエイダンは自らを危地に追い込んでしまう。妹が彼のアキレスの腱なのだ。

ここまで一切触れずに来たが、本書の各章にはざらつく手触りの場面が挿入されている。視点人物はウォリーと呼ばれる少年で、彼が受ける虐待《ぎゃくたい》、悪魔的な男によって犯罪の駒として利用される場面などが綴《つづ》られていくのだ。こうした情景が物語のどこに位置づけられるかは物語が折り返し点を迎えるまで明かされない。エイダン視点の危なっか

しさとこの挿入場面の不気味さとが相まって、読者の心中には不安が募るはずである。しかし湧《わ》き上がる黒雲によって視界が塞《ふさ》がれていく感覚がノックス作品の醍醐味《だいごみ》であり、ざわざわする心を押さえつけながらページを繰っていかなければならない。本書には二か所驚愕《きょうがく》する箇所があり、その一つがエイダンによる謎解きなのだが、もう一つはこのウォリー視点の真相が明かされる場面だ。そこからは物語の見え方がまったく変わり、登場人物の抱える問題の切実さ、生きるための必死さといったことが読者にもより強く伝わるようになる。

前作にはザ・バグというカリスマ的な人気を誇るゲイのトリックスターが登場した。本書には残念ながら登場しないが、同じように越境する自我を持つ人物が多数登場する。〈笑う男〉が身元不明で人物像が曖昧《あいまい》な男であることに始まり、安定よりは動き続けることを、決められた役割を守るよりは心の赴くままに振る舞うことを選ぶひとびとだ。エイダン自身が定められた法と自らに内在する倫理の間で揺れる主人公であり、本当に正しいものなど容易には見つけることができない世界の不確かさを人物配置によって作者は描いているのである。エイダンがどこにも安住できず、危険な境界の地を彷徨《さまよ》い続けるしかないのは、そうした物語ゆえに与えられた運命なのだろう。

エイダン・ウェイツものは二〇二〇年の時点で *The Sleepwalker* が発表されている。たわみ続ける世界を一人で支える主人公であるエイダンは、傷つくことから免れないは

ずだが、この第三作ではさらに追い込まれることになる。中心にあるのは十数年前に起きた未解決の殺人事件で、その犯人と目される人物が血まみれで姿を現すことから話は動き始める。なんとかして自白を引き出して事件を解決したいという思惑が意外な方向にずれる一方、エイダンにのしかかる組織内の圧力も激しさを増し、彼は重い決断を強いられるのだ。

ジョセフ・ノックスはすでに第四作の準備に取り掛かっているが、それは続篇ではないようで、エイダン・ウェイツものは今のところ三部作で完結する見込みが強い。世界の歪みを支えきれず彼は自滅してしまうのか。それとも心の平穏を取り戻すことになるのか。それが物語の焦点となりそうだ。願わくばぜひ、エイダン・ウェイツにひとときでも心の安らぎを。

（令和二年七月、書評家）

J・ノックス
池田真紀子訳

堕落刑事
―マンチェスター市警 エイダン・ウェイツ―

ドラッグで停職になった刑事が麻薬組織に潜入捜査。悲劇の連鎖の果てに炙りだした悪の正体とは……大型新人衝撃のデビュー作！

J・グリシャム
白石　朗訳

危険な弁護士（上・下）

幼女殺害、死刑執行、誤認捜査、妊婦誘拐……ヤバイ案件ばかり請負う〝無頼の弁護士〟のダーティー・リーガル・ハードボイルド。

J・アーチャー
戸田裕之訳

運命のコイン（上・下）

表なら米国、裏なら英国へ。非情国家に追い詰められた母子は運命を一枚の硬貨に委ねた。奇抜なスタイルで人生の不思議を描く長篇。

T・ハリス
高見　浩訳

カリ・モーラ

コロンビア出身で壮絶な過去を負う美貌のカリは、臓器密売商である猟奇殺人者に狙われる――。極彩色の恐怖が迸るサイコスリラー。

I・マグワイア
高見　浩訳

北氷洋
―The North Water―

捕鯨船で起きた猟奇殺人、航海をめぐる陰謀、極限の地での死闘……新時代の『白鯨』とも称される格調高きサバイバル・サスペンス。

M・グリーニー
田村源二訳

イスラム最終戦争（1〜4）

機密漏洩を示唆する不可解な事件続発。全米テロ、中東の戦場とサイバー空間がシンクロするジャック・ライアン・シリーズ新展開！

H.A.ジェイコブズ
堀越ゆき訳

ある奴隷少女に起こった出来事

絶対に屈しない。自由を勝ち取るまでは——残酷な運命に立ち向かった少女の魂の記録。人間の残虐性と不屈の勇気を描く奇跡の実話。

I・マキューアン
小山太一訳

贖罪

全米批評家協会賞・W・H・スミス賞受賞

少女の嘘が、姉とその恋人の運命を狂わせた。償うことはできるのか——衝撃の展開に言葉を失う現代イギリス文学の金字塔的名作！

H.P.ラヴクラフト
南條竹則編訳

インスマスの影

—クトゥルー神話傑作選—

頽廃した港町インスマスを訪れた私は魚類を思わせる人々の容貌の秘密を知る——。暗黒神話の開祖ラヴクラフトの傑作が全一冊に！

E・レナード
村上春樹訳

オンブレ

「男《オンブレ》」の異名を持つ荒野の男ジョン・ラッセル。駅馬車強盗との息詰まる死闘を描いた傑作西部《ウエスタン》小説を、村上春樹が痛快に翻訳！

T・トウェイツ
村井理子訳

人間をお休みしてヤギになってみた結果

よい子は真似しちゃダメぜったい！ イグノーベル賞を受賞した馬鹿野郎が体を張って実験した爆笑サイエンス・ドキュメント！

P・オースター
柴田元幸訳

ブルックリン・フォリーズ

「愚行《フォリーズ》の書」を綴り、静かに人生を終えるはずだった主人公ネイサンの思いもかけない冒険の日々——愛すべき再生の物語。

Title：THE SMILING MAN
Author：Joseph Knox

笑《わら》う死《し》体《たい》

マンチェスター市警 エイダン・ウェイツ

新潮文庫　ノ－1－2

Published 2020 in Japan
by Shinchosha Company

令和二年九月一日発行

訳者　池《いけ》田《だ》真《ま》紀《き》子《こ》

発行者　佐藤隆信

発行所　株式会社新潮社

郵便番号　一六二―八七一一
東京都新宿区矢来町七一
電話　編集部(〇三)三二六六―五四四〇
　　　読者係(〇三)三二六六―五一一一
https://www.shinchosha.co.jp

価格はカバーに表示してあります。

乱丁・落丁本は、ご面倒ですが小社読者係宛ご送付ください。送料小社負担にてお取替えいたします。

印刷・株式会社三秀舎　製本・加藤製本株式会社

ISBN978-4-10-240152-1 C0197